W0324042

Frederic Morton · Das Zauberschiff

FREDERIC MORTON

Das Zauberschiff

Roman

Aus dem Amerikanischen
von Karl-Erwin Lichtenecker

Deuticke

Für Artie Shaw

Für seine anregende Gesellschaft
und Leckerbissen am Kaminfeuer,
die gemeinsam die Syngdam
in den sicheren Hafen geleiteten

Eins

Die *Syngdam* ist nun schon lange versunken, schon während des Krieges, ein durchbohrtes, rostiges Geheimnis im tiefsten Keller der See. Wo einst die holländische Flagge fröhlich geflattert hatte, hängt nun Tang an den Masten, in der Strömung schwebend wie die Schatten von Trauerweidenzweigen. Und in dem Kinosaal, in dem der Kapitän damals seine berühmte Ansprache gehalten hatte, pflegt nun eine Kolonie von Seeanemonen brodelnden, lautlos lasziven Verkehr. Und auf eben jenem Kajütenbett, wo Leon, der junge Mann, das erste Mal aus einer Frau ein goldenes Stöhnen gestreichelt hatte, haust jetzt ein Fisch mit fröhlich phosphoreszierenden Segelflossen, ein Drachen aus reinstem Neon. Die goldenen Tapeten im Speisesaal sind längst von der Strömung verwaschen, lange Meereswesen dinieren inzwischen an den Tischen, Wesen, die nur aus einem langen, eleganten Schweif bestehen und einem großen, großen Auge in der Mitte. Der festliche Saal ist erfüllt vom Resedagrün ihrer Gesten und dem Nicht-enden-Wollen ihres Erstaunens.

Aber als die *Syngdam* noch die Wellen bezwang, war da der Baron weniger mysteriös als die Matrone, die nun ihre siebzehn Fangarme zwischen Tür und Luke der Kabine streckt? War die *Syngdam* weniger rätselhaft, als sie sich noch etwas höher, an der Oberfläche bewegte? War das Menschengeschlecht, das sie erbaute und auch zerstört hat, vernünftiger als die schuppige Zivilisation, die sie jetzt belebt? Wußte der Kapitän besser, warum er lächelte, als das Seepferdchen weiß, warum es schwimmt? Und sie alle, die damals an der Oberfläche waren, die begehrten und verübelten und Leute aus so guten Gründen auf einen Drink einluden, waren sie nicht fabelhaft und seltsam, seltsam und fabelhaft wie die geheimen Lippen einer Ehefrau, die in eine Gewohnheit eingeheiratet hat, fabelhaft und seltsam wie alles, das von Nähe grau gemacht und von Gewöhnung maskiert wurde? Oh, hättet Ihr nur die *Syngdam* wirklich gekannt, dann hättet auch Ihr sie monströs und unerklärlich gefunden und – trotz allem – mehr als nur ein wenig magisch. Die einzige Herausforderung, die kühne, schreckliche Herausforderung, liegt darin, sie – und einander – gut genug zu kennen. Es geht darum, sich an der Antwort vorbei zu wundern, über den Lichtstrahl hinaus, hinein in die Offenbarung des Dunkels.

1

Leons rechtes Auge begann auf einem höchst fashionablen Deck zu tränen. Die *Syngdam* war ein Kreuzfahrtschiff, also ein sehr elitäres Wesen. Im Sommer ließ sie sich vom Eis der Fjorde kühlen. Im Winter zog sie träge ihre Bahn durch den Karibischen Ozean. In jeder ihrer Luxuskabinen gab es pastellfarbene Telefone. Ihr Aufgebot von Kajütenjungen konnte in fünf Sprachen »Gerne geschehen, nicht der Rede wert, Madame« sagen. Und eine irische Herzogin hatte sich einst unter der Kommandobrücke aus Liebeskummer um einen Falschspieler aus Bagdad das Leben genommen. Es war nicht leicht für ein derart großes, elegantes Schiff, vom Krieg für einen einfachen transatlantischen Fährendienst umfunktioniert zu werden, um Flüchtlinge in Sicherheit zu bringen.

Aber trotzdem verströmte die *Syngdam* während eines zauberhaften Mai-Zwielichts des Jahres 1940, als Leons Überfahrt begann, immer noch viel von ihrer friedlichen Fröhlichkeit. Die Politur der Stiefel ihrer Offiziere glänzte heller als der frühe Abendstern. Selbst die Schlepper, die sie aus dem Hafen von Southampton geleiteten, waren bunt beflaggt.

Vielleicht lag es an der Verdunkelung, daß diese Schubschiffe etwas unheimlich erschienen. Ihre unbeleuchteten Rümpfe wirkten fast gewalttätig, während sie den eleganten, weißen Luxusdampfer in die Bucht hinaus schoben. Sie verursachten ein Beben, das sich über die Reling Leons Hand mitteilte. Aus ihren Schloten keuchten die Wolken rotglühender Kohle- und Ascheteilchen. Eines davon hatte sich in Leons Auge eingenistet.

Und Leon? Nun, mit vollem Namen hieß er Leon Spiegelglass. Kaum neunzehn Jahre war er alt. Sein Anzug war aus jenem urenglischen Tweed geschneidert, den nichtenglische Mütter gerne für ihre Söhne kaufen; sein Gesicht zierte eine relativ große Nase, eine Unregelmäßigkeit, die doch seinem Gesicht eine gewisse Stärke verlieh. Er lehnte nicht an der Reling. Das wäre wohl die kosmopolitischere Haltung gewesen, doch hätte sie vielleicht seine frisch gefundene Körpergröße und Breitschultrigkeit beeinträchtigt. In der rechten Tasche seiner Jacke barg sich ein unangenehmer, ärgerlicher Brief, unter dem rechten Augenlid ein Aschenstäubchen. Von Kopf bis Fuß war er von hartnäckigem Eigensinn erfüllt. Ein anderer wäre wohl in seine Kabine gegangen und hätte das Körnchen mit dem Zipfel seines Taschentuchs aus dem Auge entfernt. Nicht so Leon, der rührte sich nicht vom Fleck.

Sein ganzes Leben hatte man ihn in Sicherheit gebracht, wenn es hart auf hart ging. Gerade als Wien in lautstarkem Nazi-Fieber zerfiel, hatte man ihn nach England geschickt. Während seine Eltern ihr Geld über die Grenze ins Ausland schmuggelten, hatte er nichts besseres zu tun, als sich in den hinteren Zimmern eines Country House in Sussex – das einem Freund der Familie gehörte – herumzutreiben, von einem weinbefleckten Butler Zauberkunststücke zu lernen und sich in einer zugigen Bibliothek voll von Manuskript-Entwürfen und Sir Walter Scott zu bilden.

Nun aber entschwanden die sicheren Gestade der Knabenzeit, lösten sich unter Möwenschwärmen auf in der sinkenden Dämmerung. Das wollte er sehen – Aschenkörnchen hin oder her. Er wollte während dieses großen Aufbruchs Wache halten. Insgeheim wünschte er sich sogar, daß er seinen Arm zu einem Abschiedsgruß erheben könnte. Es war ihm unmöglich. Ein Matrose, der in der Nähe an einer Winde arbeitete, hätte es für seltsam halten können, sich einem leeren Hafen gegenüber so sentimental zu verhalten. Um dem schmerzenden Druck dieses dummen Körnchens entgegenzuarbeiten, stellte er ein Bein auf die unterste Sprosse der Reling.

Der Matrose war verschwunden. Und nun winkte Leon doch zum Abschied. Fast wie zur Antwort begann nun Europa einen Abschiedsgruß zu kreischen. Southampton klagte mit heulenden Sirenen. Luftabwehrballons stiegen auf und warfen schwankende Schatten auf das bewegte Wasser.

Der Klang der Sirenen ließ seine Haut erschaudern. Er spürte, daß ungeheuer wichtige Ereignisse im Gang waren: Eine gewaltige Woche wurde dort unter der Gischt am Horizont geboren. Acht volle Tage auf einem Luxusdampfer, mitten durch den kriegszerwühlten Atlantik ... Alles, was er bisher erlebt hatte, schrumpfte, zerkrümelte, wie die Zeilen seiner Eltern in seinen Fingern. Suche Tante Ceil an Bord, hieß es in dem Brief aus New York. Dank ihr dafür, daß sie die Passage für dich arrangiert hat. Achte darauf ... Und dann war der Brief plötzlich verschwunden, wurde vom Fahrtwind einfach entführt – wie der Knabe, der er nun nicht mehr war – und verschwand in der Gischt des Hafens.

Er fühlte sich bereit fürs Leben. Doch just, als er dies fühlte, tauchte das Leben neben ihm auf und legte ihm eine Hand auf die Schulter.

»Was soll das heißen? Bomben da drüben?« fragte es in seltsam abgehacktem Deutsch mit eigenartigem Akzent.

Leon konnte wegen des Körnchens in seinem Auge, der Rauchwolken der Schlepper und der Klangwolken der Sirenen immer noch nicht so recht sehen, doch schien das Leben ein kleiner Mann zu sein, in dessen üppigem Bart eine glühende Zigarette herumirrte. »Es ist nur eine Übung«, gab Leon zur Antwort.

»Eine Übung? Entschuldigen Sie bitte, aber seit wann helfen Übungen gegen Bomben? Oder kann das Wegfahren die Bomben aufhalten? Mitten draußen im Ozean werden wir schon noch erleben, was für großartige Bombenverhinderer wir sind!«

Leon wendete sein Gesicht ab, um das tränende Auge zu verbergen, doch der kleine Mann deutete das als Mangel an Interesse.

»Verzeihen Sie. Wir sind also nun errettet – aber wofür? Von Konzentrationslagern! Um fröhlich auf einem neutralen Schiff davonzutanzen? Eine Woche lang Musik zu hören? Um in Amerika Gemüsekrämer zu werden? Dafür also die Errettung aus der ägyptischen Knechtschaft?«

Im Verklingen der Sirenen und zwischen Möwengeschrei begann Leon nun tatsächlich Musik zu hören.

»Was halten Sie von einer Partie Schach?«

»Schach«, sagte Leon überrascht, »ich spiele nicht Schach.«

»Verzeihen Sie bitte. Ich wollte Sie nicht drängen.«

Der kleine Mann zitterte. »Und das Licht leuchtet in der Finsternis. Die Finsternis verstand es nicht.« Aus seinem Bart staubte Asche, und er ging mit quietschenden Schuhen seines Weges.

Nun war Leon wieder allein mit seinem langsam anschwellenden Auge. Die Musik, die er zu hören vermeint hatte, erklang nun ganz deutlich. Dann war der Mann wieder da.

»Reiben Sie nicht daran herum!«

Es war aber gar nicht der Mann, sondern die Stimme einer Frau, die englisch sprach.

»Lassen Sie Ihre Tränen das Zeug einfach rauswaschen, junger Mann. Geben Sie der Natur eine Chance.«

»Ach, es ist schon in Ordnung«, sagte Leon. Doch da spürte er schon eine Hand an seinem Hals, eine sanftriechende Frauenhand, die so gar nicht zu dem blaugrauen Haar zu passen schien, das er verschwommen ausmachen konnte.

»Schauen Sie nach unten. Lassen Sie es herauswaschen. Nach unten! Sie sind kein Amerikaner, nicht wahr?«

»Nein«, sagte Leon, der sich bedrängt fühlte. »Es ist schon alles in Ordnung.«

»Jetzt seien Sie ein braver Bub und halten Sie eine Minute lang still. Schauen Sie nach unten!«

Er wehrte sich gegen die zarten Finger. Er wollte die Abfahrt erleben, das Auslaufen des Schiffes sehen, in kontemplativer Einsamkeit. »Es geht schon!« sagte er noch einmal.

»Ach, ich hab in meiner Kabine genau das Richtige.« Ihre Hand glitt langsam von seinem Nacken. »Wir brauchen nur einen Zahnstocher, um das Lid zurückzuschlagen. Warten Sie einen Augenblick. Bewegen Sie sich nicht!«

Er rührte sich nicht, bis das Klappern ihrer Absätze nicht mehr zu hören war. Dann ging er, so rasch er konnte, zu seiner Kabine. Doch das Zwinkern und Tränen hatte auch sein linkes Auge in Mitleidenschaft gezogen. Die Koffer im Korridor, an denen er sich hatte orientieren wollen, waren nun unter neuem Gepäck begraben. Schon schienen dem Schiff die europäischen Konturen der Einschiffungszeit verlorengegangen zu sein. Der Raum krümmte sich in verwirrenden neuen Dimensionen um ihn und bildete plötzlich den Eingang zum Salon. Sein erster Impuls war, zurück an Deck zu gehen, doch die feinen, duftenden Finger mit dem Zahnstocher standen drohend über ihm. Andererseits konnte er aber auch nicht einfach stehenbleiben. Dazu quälte ihn sein Auge zu sehr. Er zog sein braunes Halstuch aus der Tasche und schlug es sich um den Nacken. So ein wenig gegen die Kühle gerüstet, schob er sich durch die Schwingtüre.

Und just in diesem Augenblick gab das irritierende Staubkörnchen ihn frei. Die Welt wurde wieder erträglich, hell und durchsichtig, und etwas erregte sein Erstaunen. Nicht etwa das Orchester auf seinem Podium, das »*It's a Long Way to Tipperary*« intonierte, noch die Leute in ihren Armstühlen, ja nicht einmal der Schwarze mit dem Holzbein, der an der Wand lehnte.

Nein. Es war das junge Mädchen auf dem Boden. Auf einem Polster hockend, vor dem offenen Kamin, nahe bei einem älteren Herrn. Noch nie hatte er irgend jemand so unbekümmert im Türkensitz auf dem Boden sitzen sehen. Ein Geschöpf mit blauen, leicht schräg stehenden Augen, die sie halb geschlossen hielt, während ihre Hand über ihr kurzes, schwarzes Haar kratzte. Mit der anderen Hand hielt sie in einer langen, dünnen Zange ein Würstchen ins Feuer. Das wirklich Bemerkenswerte war, wie ihre Augen mit einem Blick, der ihm durch und durch ging, an ihm vorbeisahen – eine lichtblaue Kugel, die ihn durchbohrte und mühelos weiterflog. Das Orchester schien zu verhallen. Wie gebannt blieb er stehen. Hinter ihm schlossen sich die Türen. Der Luftzug seines Eintretens ließ die Flammen im Kamin auflodern. Die linke Braue des Mädchens beschrieb einen höheren Bogen als die rechte – amüsiert oder vielleicht wegen einer angeborenen Ungleichheit. »Eine Gangster-Prinzessin. Eine amerikanische Gangster-Prinzessin«, schoß es ihm durch den Kopf. Und das, noch ehe er wissen konnte, wie zauberhaft und verhängnisvoll sie tatsächlich war, noch ehe er mit der schlimmen Sache fertig werden konnte, die als nächstes kommen sollte.

Die Feuerzange in ihren Händen hob sich und schob ihm eine Wurst zwischen die Zähne. Ganz exakt. Er wußte nicht, was tun. Gegen so etwas gab es einfach keine Verteidigung. Verwirrt dachte er nach, ob es sich nicht um einen Irrtum handeln könnte. Sie sah ihn nicht einmal an. Aber dann drehte sie sich wieder um. Ihre Augen zwinkerten, als spottete sie seines eigenen tränenverschmierten Gesichtsausdrucks. Sie schürzte ihre Lippen, öffnete und schloß sie dann, als würde sie durch die Gitterstäbe in einem Zoo sprechen. »Ja, das ist Futter. Iß es doch, du komisches, kleines, triefäugiges Tier.«

Instinktiv drehte er sich zu den anderen, suchte nach Hilfe gegen diese Unverschämtheit. Die aber hatten sich alle abgewendet, waren hinter ihren schweren Trenchcoats verbarrikadiert; selbst Flüchtlinge, waren sie vielleicht schon gegen solche Bedrohungen ihrer Würde gewappnet. So mußte er allein damit fertig werden. Mit ironischer Nonchalance wollte er sagen: »I am grateful for the favour«, doch seine Lippen waren durch die Wurst, die noch immer dort stak, stark behindert. Außerdem ließ seine österreichische Aussprache das »r« in »grateful« unwiderstehlich komisch klingen. Die Luftröhre wurde ihm unvermittelt feucht, und er konnte nichts herausbringen als unzusammenhängende Silben. Dazu imitierte die Gangster-Prinzessin auch noch sein ersticktes Husten und machte ihn damit erst recht zu einem komischen, kleinen, tuberkulösen Eichhörnchen.

Das Orchester spielte »*Roll Out the Barrel*«, während Leon einfach dastand, gedemütigt und schrecklich allein – ein Flüchtlingsjunge, den Launen dieser amerikanischen Schönheit völlig ausgeliefert. Am liebsten wäre er in seine Kindheit zurückgelaufen, nach Europa, oder wenigstens in die Walter-Scott-Bibliothek. Das Schiff machte aber jede Flucht unmöglich.

Und doch war es das Schiff, das ihm einen Augenblick später zum Retter wurde. Es gab ihm einen Schubs, der seine Lähmung löste. Er stolperte und schlug mit dem Knie gegen die Kante eines Serviertischchens. Der Schmerz fachte sein Gefühl der Peinlichkeit zu großem, stolzem Zorn an. Er nahm das Würstchen aus dem Mund, als wäre es eine Zigarette. Nun verspottete er sie.

»Danke schön.«

Und es machte ihm durchaus nichts aus, daß sie ihm inzwischen wieder den Rücken gekehrt und alles vergessen hatte; daß sie schon ein weiteres Würstchen für einen anderen ahnungslosen Besucher grillte. Worauf es ihm ankam, war, immer noch die Würstchen-Zigarette zwischen den Fingern, hinauszugehen; worauf es ankam, war, ungerührt mümmelnd, ja sogar vor sich hin summend, durch die Glastür hinauszugehen; worauf es ankam, war, stracks in seine Kabine zu gehen und mit Tinte den genauen Punkt zu markieren, an dem er sein Knie verletzt hatte, und dann bei allem, was ihm heilig war, zu schwören, daß er sie, noch ehe die acht Tage der Überfahrt vorbei waren, dazu bringen würde, das Kreuzchen auf seiner Haut zu küssen.

Und erst nachdem er die Türe hinter sich gelassen hatte, wurde das Zittern unter seinen Füßen für ihn wieder bedeutungsvoll. Die Schlepper hatten abgelegt. Das waren nun die erwachenden Maschinen des Schiffes selbst. Ihre Vibrationen berauschten ihn ebenso wie sein feierlicher Eid.

Einem vorbeigehenden Steward rief er zu: »Cabin M-twelve, please!« und schlug dann die Zähne hungrig in das Katastrophen-Würstchen. Er würde es ihr heimzahlen. Und er – nun, er war endlich auf hoher See.

2

Das Seltsame an der *Syngdam* war, daß sie in einem Hafen, bedrängt von Schlepperschiffen, von Fähren angeplärrt, trotz all ihrer Größe mit den schlanken Masten zerbrechlich erschien – beinahe wie eine Gazelle, die man durch dunkles Wasser schleppt. Am offenen Meer aber erlebte sie eine entscheidende Veränderung. Ihr Rumpf schien breiter zu werden. Sie ließ ihre Muskeln spielen und wurde zur Katze. Sie glitt nicht so sehr über die Wellen hin, als sie auf jede einzelne zu warten schien, sie zu stören, um dann, mit einem besonders langsamen, leoparden-eleganten Sprung, den Bedränger zu überwinden. Die *Syngdam* war ein sehr stabiles Schiff, doch just die Bewegung, die im Sturm ihre Balance aufrechterhielt, machte es schwer, selbst bei ruhigem Seegang auf ihren Decks normal zu gehen.

Auf der ersten Cocktail-Party ihrer üblichen Luxus-Kreuzfahrten pflegte Kapitän Deerling zu sagen: »Nun, jetzt geht's los – prowling to Timbuktu.«

»Prowling?« fragte dann meist irgend jemand. »Sie ist eben ein Prowler«, erklärte Kapitän Deerling dann. »Auf diesem Schiff kann man nicht einfach nur so gehen. Wenn Sie das versuchen, guter Mann, dann werden Sie bloß so dahintaumeln. Sie müssen mit ihr ›prowlen‹. Etwa so ...« Und Kapitän Deerling wankte mit gebeugten Knien und erhobenen Händen auf irgendeine dekolletierte Dame zu, die kichern mußte. Sofort begannen alle, aufeinander loszuprowlen, und das Eis begann nicht nur in den Martinis zu schmelzen.

Auf dieser besonderen Fahrt aber, als sie nachts ihren Hafen verließ, erfuhr die *Syngdam* eine besonders auffällige Veränderung. An beiden Seiten des Schiffsrumpfes flackerten plötzlich Glühlampen auf. HOLLAND riefen die Lampen am Bug. NEUTRAL erklärten sie in der Nähe des Hecks. In der Mitte des Rumpfes aber erstrahlten rot, weiß und blau die Farben der Niederlande. »Jetzt sehen wir aus wie ein schwimmender Vergnügungspark«, sagte Kapitän Deerling. »So werden wir nur die US-Marine anziehen. Seekadetten werden uns massenweise überfallen und nach Spielautomaten heulen!«

In dieser Nacht gab es, außer der *Syngdam* selbst, nichts Aufregendes. Nebel löschte die Sterne und dämpfte das Licht der dünnen Mondsichel. Die Leuchtschiffe versanken in den Nebelschwaden. Die zehntausend Fenster von Southampton wurden, zusammen mit der Sonne, ausgelöscht. Nur die *Syngdam* leuchtete. Durch den leeren, schwarzen Raum einer toten Galaxie schwang sie hin – als einzige Überlebende.

Ihre Passagiere begannen sich dessen bewußt zu werden. Sie waren an Bord gegangen, als würden sie ein Haus im Hafen betreten. Und dann, plötzlich, mitten im Gespräch, oder während sie ihre Dokumente durchsahen, entdeckten sie, daß man ihnen ihren privaten Kosmos unter den Füßen weggestohlen hatte. Sie befanden sich nun auf einem aus der Bahn geratenen Planeten. Dieser entwickelte, völlig abrupt, seine eigenen Schwerkraftgesetze: Er zwang sie, aufs neue zu lernen, wie man einen Fuß vor den anderen setzt.

Die meisten von ihnen waren selbstverständlich Flüchtlinge, die wohl ihr Leben gerettet, doch ihre Welt verloren hatten. Ihnen schien es beinahe natürlich, daß sich der Boden des Exils als trügerisch erweisen sollte. Die anderen aber – und genau darum ging es: Es waren auch andere, Menschen in glücklicheren Umständen, an Bord. So blickten sie alle um sich, mit den raschen Blicken eines Fremden, der jeden anderen im Verdacht hat, zu Hause zu sein. Wenn die Bewegungen des Schiffes sie zum Straucheln brachten, lächelten sie flüchtig und gingen weiter. Entgegen den Gepflogenheiten machten sie sich auch schon am ersten Abend fein fürs Dinner. Sie versuchten sich keine Blöße zu geben. Nach Sonnenuntergang erforschten sie die Bar, tasteten nach einem Bruch, einer Lücke, in der Unbekanntheit des Schiffes und der Gesellschaft, in der sie sich wiederfanden.

3

Die gesellschaftliche Symmetrie an der Bar wurde durch Frau Schwabauch diktiert, die sich ihrer Bedeutung jedoch in keiner Weise bewußt war. Sie wußte nur, daß sie in jedem Augenblick bereit sein müsse, den Kampf mit ihrer Verdauung aufzunehmen. Trotz wiederholter Proteste hatte man sie nicht in eine Kabine mittschiffs einquartiert, sondern so nahe dem Heck, daß die Schiffsschraube beinahe streifte. Für sie bedeutete das, für die Dauer der Reise an einem anderen Ort kampieren zu müssen. Bei sorgfältiger Betrachtung der Deckpläne kam sie zu dem Schluß, daß sich die Bar genau in der vor Seekrankheit schützenden Mitte des Schiffes befand. Als die *Syngdam* die Anker lichtete, verließ Frau Schwabauch ihre schraubengeplagte Kabine endgültig. Nur eine kleine Reisetasche nahm sie mit und den großen schwarzen Hut, den sie immer aufsetzte, wenn es darum ging, ein besonders schwieriges Kaufhaus in der Münchner Innenstadt zu besuchen. Sie hatte nicht nur ihren Magen zu behüten, sondern auch einen anderen Gegenstand, ganz in dessen Nähe. Gleich unter ihrem Busen hing unterm Kleid versteckt ein rotgeblümtes Damentäschchen. In diesem befand sich alles Geld, das sie hatte retten können: Sechzigtausend schöne, geheime Schweizer Franken.

Frau Schwabauch tastete immer wieder nach der Geschwulst, um sich davon zu überzeugen, daß es sich nicht nur um ein Phantom handelte. Schließlich war alles andere dahin. Ihr drei Stock hohes Restaurant, ihre heuschnupfenbehaftete Sekretärin Fräulein Schmiedel, ihre Köchin Ilse (zwar ein kulinarisches Genie, aber mit einer Schwäche für Polizisten), ihr dummer kleiner Dachs, ihr diabetischer Broker, die Rummy-Runde am Donnerstag nachmittag, ihre Porzellansammlung – ihr ganzes nach Kaffee-und-Konditorei-duftendes-Reich war so vollständig verschwunden, daß sie das Überleben der kleinen Finanzreserve unter ihrem Busen kaum fassen konnte. Fast kam es ihr wie Falschgeld vor. Im Grunde gab es für sie nur einen einzigen schlagenden Beweis dafür, daß sie immer noch die gleiche war, die einst mit stolzgeschwellter Brust auf dem Münchner Platzl flanierte: die unveränderte Anfälligkeit ihres Verdauungssystems.

Und so klammerte sich Frau Schwabauch eben an die. Ihrem Reisesack entnahm sie einen Pepsin-Spender und ließ eine Tablette in etwas Tomatensaft zergehen. Sie hatte sich genau in der Mitte der Bar niedergelassen, also am Tisch unmittelbar zur Linken des Eskimo-Barmanns, der ihr eben in gebrochenem, aber durchaus lebendigem Deutsch erklärte, daß der Mai, oh nein, ein höchst ruhiger Monat für eine Atlantik-Überquerung sei. Frau Schwabauch saß bolzengerade präzise in der geometrischen Mitte ihres Stuhls, mißtraute ihm mit Würde und war darauf konzentriert, die ersten Anzeichen inneren Aufruhrs wahrzunehmen. Sie saß völlig allein, aber ganz angespannt und schien, ohne ausdrücklich darum zu bitten, öffentliche Unterstützung herauszufordern.

Als nächster trat Herr Mayerhaas ein. Liese, achtzehn, und ihr um zwei Jahre jüngerer Bruder Kurt folgten in seinem Kielwasser – zarte, schutzbedürftige Lasten. Sie durften von all dem Luxus an Bord nicht verzogen werden, insbesondere in Hinblick auf die unmittelbar bevorstehenden Einschränkungen. Herr Meyerhaas hatte seinen Kindern immer eingeprägt, daß man aus allem und jedem im Leben lernen könne. In diesem Sinne hatte er sie auf die kommenden kargen Zeiten vorbereitet – auf die Armut, um die Sache beim rechten Namen zu nennen –, die ihrer in New York harrten. Dort sollten sie Genügsamkeit lernen. Hier eine andere, nicht minder wichtige Lektion, die Weltgewandtheit; und Herr Meyerhaas hatte das Gefühl, daß ein kleiner Drink vor dem Dinner ein legitimer Teil kosmopolitischen Verhaltens sei – um so mehr, als zwei Drinks pro Tag im Preis der Reise inkludiert waren. Die dritte Lektion hieß günstige Gelegenheit. Oder vielleicht besser gesagt: Wißbegierde, eine gesunde Neugier bezüglich der Mitreisenden, eine Bereitschaft, freundlich zu sein, nützliche Verbindungen anzubahnen. Der richtige Treffpunkt dafür war offenkundig die Bar. Das könnte ihnen vielleicht Monate mühsamen Herumprobierens in der Neuen Welt ersparen.

All diese Argumente gingen Herrn Mayerhaas durch den Kopf, und dennoch fiel es ihm nicht leicht, seine Kinder in einem Raum voll – soweit er wußte – Betrüger und Spieler zu führen.

Herr Meyerhaas war erst davon überzeugt, etwas durchaus Vertretbares getan zu haben, als er die starke Dame mit dem großen schwarzen Hut bemerkte. Instinktiv ging er hinüber auf ihre Seite der Bar. Da er aber nicht sozusagen in ihrem Windschatten agieren wollte, ging er an ihr lediglich mit einem höflichen Kopfnicken vorbei und ganze drei Tische weiter, beglückwünschte sich dazu, eine frühe

Stunde, noch vor dem Eintreffen zwielichtiger Elemente, gewählt zu haben, zog sich einen Stuhl zurecht, sorgte dafür, daß Kurt sich ordentlich hinsetzte und nicht bloß hinplumpsen ließ, und bestellte einen Wermut und zweimal Aprikosenlikör.

Zwei Minuten später traf Madame Ceil ein. Sie sah auf einen Blick, daß noch nichts Interessantes da war, obwohl es bereits Viertel vor neun war. Es ist ein langsames Schiff, wahrscheinlich ein schlechtes Schiff. Aber immerhin konnte noch etwas aufkreuzen. Und da sie es von nun an nicht leicht haben würde, wollte sie sich keine Chance entgehen lassen. Mit dem Elan der Sorglosigkeit ging sie auf den Tisch unmittelbar rechts neben der Bar zu. Ein bleiches Flußpferd mit einem wahrhaft mörderischen Hut saß ihr gegenüber. Das war ihr nur recht. Sie kontrastierte sich gerne mit unmöglichen Alten, obwohl es ihr allmählich immer schwerer fiel, geeignete Kontrastpersonen zu finden. Jetzt erfaßte noch alle im Saal eine besondere Aufmerksamkeit, und man hörte ein Flüstern, wenn sie sich setzte und ihre Beine gekonnt kreuzte. Augenfällig, doch unbekümmert – das war von nun an ihr Motto. »Einen roten ›Rub Down‹, Suki«, bestellte sie mit ausdruckslosem Gesicht. Und selbstverständlich erkannte Suki sie. Sie kannte alle guten Barmänner der Großen Welt, alle modischen, billigen Drinks; und ebenso kannten alle Barmänner sie und ihre eigenartige Form der Bestellung. Suki sprang sofort auf und trippelte mit kleinen, javanischen Schritten heran. Es folgte eine bewegende Wiedersehensszene, freudige Rufe, ein Austausch von Erinnerungen an die letzte gemeinsame Kreuzfahrt auf der *Syngdam*, Verurteilung des Krieges, tapfere Vorsätze, sich nicht kleinkriegen zu lassen, und das übliche Wortgeplänkel, in dem sie ihn ermahnte, diese Zitrone, verdammt nochmal, auszudrücken – ja, wirklich auszudrücken, während er ihren roten Rub-Down mixte.

Ach, sie fühlte sich prächtig, für den Fall, daß jemand käme.

Wer aber dann kam, waren die Herren Fried, McFinnan und Bell, gemeinsam dreiundsechzig Jahre alt und grimmig entschlossen, wenigstens auf der Rückreise noch etwas zu erleben. Ein kleiner abschätzender Blick, ein Rippenstoß – und schon wußten sie, daß die rechte Seite die Seite der Bar war.

Fried schnalzte gierig mit der Zunge in Richtung des blutroten Drinks. Der Barmann seinerseits starrte ihn zwar an, ignorierte ihn aber. Es war ein vernichtender Kunstkniff, aber die drei verstanden ihn nicht. Das einzige, was sie verstanden, war, daß sie besser ein paar Tische Abstand halten sollten zur Bar, eine interessierte, aber kämpferische Distanz. Die Bewegungen des Schiffes behinderten ihren Weg dorthin, und sie stellten einander auch noch die Beine und knufften sich, und bei all dem Gelächter und dem Lärm, den sie machten, war es kein Wunder, daß niemand hörte, wie Bell in die Hände klatschte, um den Barmann auf die Art zu rufen, wie er es in Europa gelernt hatte. Aber natürlich machte sich Fried sofort darüber lustig, nicht gehört zu werden, und meinte, kein Kellner würde es wagen, ohne dezidierten einstimmigen Beschluß eine Bestellung anzunehmen, also plädiere er für Bourbon. McFinnan unterstützte ihn, Bell spendete lauten Beifall, und Fried berief die Sitzung mit einem derart gewaltigen Klopfen des Aschenbechers an der Tischplatte ein, daß der Barmann eintraf, bevor die drei eine weitere Abstimmung auch nur einberufen konnten.

Sie bekamen gerade ihre Drinks serviert, als Mr. Lawton durch die Türe trat. Nach dem ersten Schritt drehten sich die meisten Gesichter zu ihm und wendeten sich dann rasch wieder ab. Sie hatten das Bein zur Kenntnis genommen. Aber das genügte ihm nicht. Manchmal, wie hier im Halblicht der Bar, dachten die Leute bloß, er hätte sich einige Monate in Florida bräunen lassen. Jetzt aber blieb er lang genug unter dem Hauptbeleuchtungskörper stehen, um sie auch das andere wahrnehmen zu lassen. Dann beurteilte er die Reaktionen rasch. Zwischen der dicken Frau und der Familie zu sitzen wäre ganz nett, aber langweilig. Zwischen den amerikanischen Studenten und der gutaussehenden Dame zu sitzen wäre das wahrscheinlich nicht, und er hatte nicht vor, nett und langweilig zu sein – das hatte er sich für die Dauer der Überfahrt geschworen. Mr. Lawton setzte sich, einem plötzlichen Impuls gehorchend, das zu tun, was er eben tun wollte, sogar noch näher zu der Gutaussehenden. Aber er haßte sich dafür, daß ihn eine solche Kleinigkeit schon stolz machte, und er haßte sich auch dafür, daß ihm auffiel, daß die Hautfarbe des Barmanns heller war als seine eigene.

»Irish whiskey, please«, bestellte Mr. Lawton. Er ließ seine tiefe Stimme klingen, den Elfenbeinstock klicken. Was zum Teufel, dachte er, es ist ja schließlich nur eine Bar.

Zwei

1

Abgesehen von einer geringen, aber dafür irreparablen Schlagseite seiner Masche stand Leon der Smoking gut zu Gesicht. Aber sobald er seiner Kabine verlassen hatte, wo sich am Korridor Stewards in der neutralen Effizienz weißer Jacken an ihm vorbeischoben, war er sich plötzlich sicher, der einzige zu sein, der so angezogen war. Kein anderer an Bord würde sich so auffällig kleiden. Um sich ein wenig zu sammeln, flüchtete er zunächst einmal hinter eine Türe mit der Aufschrift GENTLEMEN.

Und da – nun da stand nun auch ein anderer in einem Smoking ganz so wie seiner und gab sich, im Smoking, der gewöhnlichsten Tätigkeit hin, der sich ein Mann hingeben kann. Leon tat ein Gleiches und fühlte sich sofort besser. Der Smoking war nun sozusagen »eingeweiht«.

Lächelnd, die Hand in der Hosentasche, kam er heraus. Unsichtbare, riesige Maschinen dröhnten. Die Elektrizität des Abenteuers durchströmte ihn nun wieder. Von jenseits der nächsten Ecke hörte man ein Gebrabbel. Eine archaische Inspiration sagte ihm, dies sei die Bar und alle wären dort.

Und da waren sie auch – beinahe alle in eleganter Abendgarderobe, und einige der Maschen waren noch weit schlagseitiger gebunden als die seine. Das Mädchen sah er nirgends, aber dafür erkannte er Tante Ceil sofort: die Dame in dem schwarzen, eng wie ein Badeanzug anliegenden Kleid, die mit dem Barmann lachte.

Wirklich, er kannte jemanden an Bord, und es war nicht nur irgendeine weitläufige Bekanntschaft. Tante erwies sich in ihrem Fall als Ehrentitel, für eine Frau, die man dringend irgendwie einordnen mußte. Bei den wenigen Treffen mit ihr hatten seine Eltern immer in dem Moment, als er mit ihr zu plaudern begann, gesagt: »Ja, und jetzt erzähl Tante Ceil noch von deinem Mal-Kursus, bevor du dich verabschiedest!« Und das deutlich stärkere Parfum, das sich seine Mutter seltsamerweise vor jeder dieser Begegnungen verpaßte. Tauchte Tante Ceils Name im Gespräch auf, so wurde er immer gleich mit wohlwollender Eile verdrängt: »Ja, wirklich, eine sehr begabte Schauspielerin.« Anstatt auf der Bühne sah man sie allerdings eher in Illustrierten, meist mit irgendeinem gutaussehenden Bildhauer in St. Anton skifahren. Aber wie sehr sich Leon auch bemühte, die Illustrierten aufzuheben, um sie Freunden zu zeigen, hatte das Dienstmädchen sie doch so gut wie immer schon irrtümlich fortgeworfen.

Nun aber saß Tante Ceil, sicher vor allen Dienstmädchen dieser Welt, unmittelbar und lebensgroß vor ihm am anderen Ende der Bar des Luxusdampfers. Und er? Er ertappte sich dabei, daß er zögerte. Warum wohl? Niemand zögert an Bord eines Luxusdampfers, schon gar nicht ein junger Mann im Smoking. Leon zupfte an seiner Masche und ging geradewegs auf die Dame in Schwarz zu, als hätte er schon von Anfang an nach ihr Ausschau gehalten.

»Tante Ceil?« Selbst als sie ihn erkannt hatte, hörte sie nicht richtig zu lachen auf.

»Ach nein!« Nun schlug sie ihm leicht auf die Schulter. »Leon? Schon so groß!« Sie drehte sich zum Barmann. »Leon, darf ich dir Suki vorstellen?« Der Barmann verneigte sich und zwinkerte ihm zu. »Suki, darf ich dich mit Leon bekannt machen? – Setz dich. Feiern wir erst einmal deine erstaunliche Körpergröße. Was möchtest du trinken? What will you have?«

Er setzte sich. Das einzige war, er hatte keinerlei Erfahrung damit, etwas »zu trinken«. Sukis prächtige Getränkeliste in seiner Hand war völlig nutzlos.

»Was wirst du nehmen?«

»Meinen Rub-Down selbstverständlich.« Ihre in Handschuhe gekleidete Hand hob neckend das Glas. »Magst du kosten?«

Er mußte seine Finger auf die ihren legen, um das Glas an seine Lippen führen zu können. Dann verbrannte ihn die rote Flüssigkeit so fürchterlich, daß er die Augen schließen mußte.

»Magst du auch einen?«

Es kostete ihn einen Augenblick.

»Warum nicht?« sagte er, immer noch hustend.

Nun lachte sie wieder. »Ganz wie Sir Maxie – erinnerst du dich noch, Suki? Nie einfach JA. Immer ›warum nicht?‹ Erinnerst du dich noch, wie der arme, betrunkene Maxie meinen Bräutigam gespielt hat? Der Kapitän fragte: ›Nimmst du diese Frau?‹ Und Maxie: ›Warum nicht?‹ Und schon lag er ohnmächtig im Schwimmbecken! Erinnerst du dich?« Und natürlich erinnerte sich Suki und ging kichernd zurück hinter seine Bar.

»Und ohne das Schwimmbecken, wärst du dann jetzt Lady Max?« fragte Leon, um zu beweisen, daß er nun nicht mehr hustete.

»Warum – ja, richtig!« Sie nahm sein Handgelenk und strahlte von plötzlicher Erkenntnis. »Ja! Ich glaube, das ist, was ich meine. Das könnte meine Rettung auf dieser Reise sein: Ich muß mich nur vor Schwimmbecken hüten. Cousin Leon, du bist wunderbar. Auf deine Gesundheit!«

Inzwischen hatte der Drink seinen bösen Biß verloren und hinterließ nur eine irgendwie erregende Wärme. Warum war diese Frau denn für seine kleinlichen Eltern so ein Problem gewesen? Sie und er verstanden sich prächtig. Natürlich hatte er immer noch keine genaue Vorstellung von ihr. Ihr Kleid hatte nichts mit einem Badeanzug zu tun – das sah er jetzt. Das schwarze Mieder betonte, verbarg aber zugleich eine erstklassige Büste und wandelte sich zu luftigem, hautfarbenen Stoff, der sich um ihre Schultern legte. Ihr Haar war reich und kupferseiden, und der Dutt in ihrem Nacken deutete eine fabelhafte Länge an. Über dem Dutt hielt ein goldenes Bändchen einen Schleier in Schach, der ihr Gesicht verzauberte.

Eine künstlerische Aura umgab sie. Selbst eben jetzt, vom Eingang der Bar her, war sie ihm sehr hübsch und sehr jung erschienen. Aus der Nähe waren ihre langen Augen immer noch da und die kleine, pikante Hebung ihres Kinns. Anmut und Jugend schienen aber nun wie in langsam fließendem Wasser gespiegelt, ein wenig verschwommen unter dem dünnen Netz des Schleiers, von Lachen umspült, von Überraschung und von Fröhlichkeit, die über ihr Gesicht flackerten. Aber auch das traf es nicht richtig. Denn wenn ihr Gesicht zur Ruhe kam, wie eben jetzt, sah er, daß ihre Lebensfreude, weit entfernt davon zu verschwimmen, ihr Aussehen eigentlich erst geschaffen hatte. Nun, da sie sich in Ruhe befand, sah er eine ganz andere Tante Ceil. Er sah ihre Jugend sozusagen versickern. Eine Nase, die er vorher nicht bemerkt hatte, trat nun hervor: eine feingeschnittene Adler-Nase mit kleinen, traurigen Nasenlöchern, von denen zwei dünne, bittere Linien zu ihren Mundwinkeln herabführten.

»Das ist nun schon lange her«, sagte dieser Mund nun in einem ganz anderen Tonfall.

Er wußte, daß er sie schon viel zu lange fixiert hatte. »Ach, ich möchte dir dafür danken, daß du für mich die Überfahrt geregelt hast«, sagte er schnell.

»Dank lieber meinem Freund, dem Kapitän.«

»Auch meine Eltern möchten sich bei dir bedanken.« Das hatte er sich rasch ausgedacht, um seinen überlangen Blick zu sühnen.

Sie lehnte sich zurück. »Ja, richtig. Wie geht es denn der älteren Generation derer von Spiegelglass?«

»Recht gut, danke.«

»Gründet dein Vater nun in New York wieder eine Fabrik?«

»Ich glaube, er wird es versuchen.«

»Dein Vater hat Glück. Wo immer er auch ist, wird er Regenschirme erzeugen können.«

»Na ja«, sagte er; auf seinem Knie begann das Tintenkreuz wie wild zu pochen. Die Gangster-Prinzessin ging gerade vorbei – mit dem Mann, der neben ihr auf dem Boden gesessen hatte. Ihr bloßer Arm, von zwei goldenen Reifen umspannt, baumelte unmittelbar vor seinen Augen. Ihr enganliegendes, schwarz-seidenes Kleid knisterte, als sie sich auf einen Barhocker schob.

»Und was wirst du nun tun, in den großen Vereinigten Staaten?« fragte Tante Ceil.

Das Seidengeraschel am Barhocker drang scharf durch seinen Smoking. Plötzlich spürte er wieder die Wirkung seines Drinks und war froh darüber.

»Ich glaube, ich werde mich aus irgendeinem College rausschmeißen lassen«, sagte er laut.

»Du? Du bist ganz wie dein Vater – du fällst immer auf die Füße, auf deine hübschen langen Beine. Nicht wahr, Suki? Schau, Suki hat dir einen kleinen Rub-Down gebracht. Vom Glück verwöhnte Menschen brauchen keine großen, nicht, Suki?«

Und das war es, was er wollte, ihre andere glitzernde Stimme, um das Rascheln an der Bar auszuschalten.

Leon griff nach dem kleinen, roten Kelch. »Nun, trinken wir auf – aufs Auf-die-Füße-Fallen!« sagte er ein wenig einfältig.

»Prächtig!« Tante Ceil warf rasch ihren Kopf zurück, lachte, und so entging ihr das Auftauchen eines sonnengebräunten Mannes mit stattlichem Schnurrbart. Dann aber sah sie auf. Ihr Gesicht überzog sich mit der gleichen Mischung aus Überraschung und Fröhlichkeit wie zuvor, als Leon sie im Gespräch mit dem Barmann gefunden hatte.

»Raoul!«

»Mein Gott! Ceil!« rief der Mann aus. »Und ich dachte, du wärest in London.«

»Das habe ich auch gedacht, bis mir plötzlich ein Yankee-Visum in den Schoß gefallen ist.«

»Herrlich! Wo wirst du wohnen?«

»Ach, für mich gibt's immer ein Dach überm Kopf – manchmal sogar zwei. Und du?«

Raoul lächelte. »Als ich das letzte Mal in den Staaten war, ging es so hektisch zu, daß ich nie genau herausfand, wo ich eigentlich wohnte.«

»Setz dich zu uns, und laß dir einen beachtlichen jungen Mann vorstellen.«

»Ceil, ich hab' es auf eine lange Wiedersehensfeier mit dir abgesehen, aber eben jetzt hat man mich dazu eingespannt, an Deck nach jemandem zu suchen.«

»Dann suche nur und laß uns trinken.«

»Trink!« befahl sie ihm, dem beachtlichen jungen Mann.

Das zweite Mal war noch gnadenloser, weil er diesmal einen größeren Schluck erwischte. Und doch stärkte und sicherte ihn das rote Gebräu auf eine seltsame Art, als hätte sich ein zweites Rückgrat von seinem Schlund sozusagen abwärtsgebrannt. Auch Tante Ceil schien der Drink zu verändern. Ihr Gesicht unter dem Schleier war wieder jung und bewegt, rosig und hübsch. Es neigte sich zu ihm.

»Hast du gesagt ›auf die Füße fallen‹? Nun, das paßt haargenau auf Raoul. Hast du bemerkt, wie er ›in den Staaten‹ gesagt hat? Nicht ›in den Vereinigten Staaten‹, sondern ›in den Staaten‹? Ist das nicht hübsch? Schon sind sie seine Freunde – achtundvierzig alte Kumpel. Er hat Talent. Großes Talent für einen haltsuchenden Menschen.«

Sie fischte eine Zigarette aus dem kleinen Handtäschchen und schnippte spielerisch eine Streichholzschachtel über den Tisch zu Leon. Fast schon zu spät wurde ihm klar, daß ein Gentleman einer Dame immer Feuer gibt.

»Danke, Leon«, sagte sie im Ausatmen. Sie strahlte, lebendig und exquisit. »Vielleicht denkst du, er sähe nicht aus wie ein haltsuchender Mensch. Natürlich sieht er nicht so aus. Darin liegt ja der Witz. Schau …« Ihre schlanken Hände in den schwarzen Handschuhen malten fröhliche Figuren in die Luft. »Er glaubt immer noch, er sei in Wien, im obersten Geschoß des Hotel Bristol. Dort nämlich hatte er seine Anwaltspraxis. Oh ja, er blendete mit seinen kostbaren Manschettenknöpfen all die reichen, kleinen Avantgarde-Schauspielerinnen, die mit ihren Scheidungen zu ihm kamen. Aber: Du darfst dreimal raten, was geschah, als Hitler kam? Raus mit dem armen Raoul durchs Dachfenster! Bumm! Es ging ihm nicht anders als all den anderen kleinen Juden in Wien. Er ist noch immer im freien Fall, ganz wie all die anderen auf diesem Schiff. Man hat ihm nicht erlaubt, mehr als nur Geld für eine Passage erster Klasse mitzunehmen. Und etwas gute Kleidung! Und warum auch nicht? Er ist nicht besser als all die anderen Zwischendeck-Passagiere hier – und all der faule Zauber mit Smoking und Abendkleidern.

Sie wartete, bis Leon ihr den Aschenbecher gereicht hatte, und klopfte ihre Zigarette zierlich darauf ab. »Es ist schon komisch. Der arme Raoul, der durch den Atlantik fällt. Acht Erste-Klasse-Tage lang. Sieh ihn dir nur an: Er wirkt glücklich. Ach, der ist schlau. Er läßt dich glauben, er sei die einzige Ausnahme. Er speist so elegant, kleidet sich so perfekt, sagt ›in den Staaten‹, gibt sich keine Blöße, aber er hat keinen Boden unter den Füßen. Glaube mit, Leon! Er fällt dreitausend Meilen hinunter nach New York. Siehst du, du hast ein paar Regenschirme, auf denen du landen kannst. Raoul aber hat nichts – keine Regenschirme, keine Avantgarde-Schauspielerinnen, kein Geld – nur Bruchlandung. Bruchlandung auf seinen achtundvierzig Kumpeln!«

Sie lachte. Dann tippte sie sehr erheitert an Leons Ellbogen. »Schau doch! Er fällt nicht einmal sehr geschickt. Er ist schon zurück vom Deck. Ts, ts, er ist nicht einmal mehr geschickt genug, den Schein zu wahren. Und wie groß seine Glatze geworden ist! Ah – jetzt verstehe ich, was für ein Spiel er spielt. Er spielt, ich habe meine Bekanntschaft an Deck nicht finden können. Er spielt, jetzt warte ich hier. Sehr hübsch. Ich wette, jetzt geht er hinüber zur Bar – hab' ich es dir nicht gesagt? Nächstes Mal wette ich mit dir um hundert Aktien deiner Regenschirmfabrik. Aber es war mir von Anfang an klar – als er unmittelbar hinter Mr. und Miss Hollywood hereinschlenderte – diesem Mädchen mit den goldenen Armreifen. Damit will er also seinen Fall abfedern, der gute alte Raoul. Er ist dabei, sich in Amerika Beziehungen aufzubauen – sieh ihn dir doch an, bravo! Schon setzt er sich neben sie. Prächtig. Für ihn ist nicht jeder Amerikaner gut genug. Siehst du die drei kleinen College-Boys? Nein, die sind nichts für Raoul. Oder den Farbigen dort drüben – ich kann nicht dorthin zeigen –, den gutaussehenden Dunklen mit dem Bein? Reich, aber nicht reich genug für Raoul, nein, nein. Ich hätte es mir denken können. Die Tochter des Mr. Hollywood persönlich – darunter tut er's nicht. Ehre, wem Ehre gebührt!«

Von seinem Stuhl aus konnte Leon die Bar nicht sehen. Es fiel ihm aber leicht, sich umzudrehen, um nach einer Serviette zu langen. Raouls Glatze war dem schwarzen Haar des Mädchens ganz nahe.

»Ach, d i e«, sagte Leon.

»Ja, bloß das dickste Ding an Bord, das einzige wirkliche Geld auf diesem Schiff. Hast du denn die Passagierliste nicht unter die Lupe genommen?« Sie lachte. »Hast du sie nicht alle zittern gesehen, all unsere kleinen Flüchtlinge im freien Fall, als Mr. und Miss Metunia hereinspazierten?« Amüsiert ergriff sie Leons Arm. »Da, schau einmal! Oder besser: Sieh lieber nicht zu auffällig hin, aber schon hat er das auf dem Boden schleifende Ende von Miss Metunias Stola aufgehoben. Oh, galanter Raoul! Macht die Anbiederung unauffällig. Sehr niedlich. Und schon sind sie miteinander im Gespräch, auch Mr. Metunia. Und er plaudert mit Herrn Superwichtig mit einer Hand im Hosensack, wirklich beeindruckend.«

Tante Ceil drückte Leons Arm aus lauter Begeisterung: »Bravo! Was ein Mann doch alles vermag, um im Leben weiterzukommen! Der arme Raoul hat mir zu Neujahr ein Bouquet nach dem anderen geschickt, und alles, was er je dafür bekam, war eines meiner hübschen kleinen Dankeschön-Billetts in Elfenbeinbütten. Besonders ein kleines Wochenende in Baden konnte er nicht verwinden. Er hatte geglaubt, er könne mit seinem Rolls einfach mein Boudoir erstürmen. Übrigens liegt darin mein ganzes Unglück – in diesem Rolls-abweisenden Boudoir! Aber es brachte den guten alten Raoul fast um den Verstand, bei mir keine Chance zu haben. Und heute! Heute setzt er sich nicht einmal mehr zu mir an den Tisch. Geht einfach an der guten alten Ceil vorbei. Dreht mir einfach den Rücken zu, macht aber das Theater mit der Stola von Miss Metunia. Da sieht man einen, der weiß, wie die Dinge liegen. Erstaunlich. Mmm, sind die drei nicht in angeregtester Konversation vertieft? Hach, da hüpft einem das Herzchen im Leib. Ich glaube, wir sollten einen auf sie trinken!«

Diesmal war der Biß des Rub-Down schon sanfter. Er machte Leon wacher, schärfte seinen Blick. Er fand sich nun schon ganz gut in den glitzernden Veränderungen hinter Tante Ceils Schleier zurecht. Er sah durch das Flüstern der dunkel nachgezeichneten Augenwinkel, vorbei an den flinken, vollen, lustigen Lippen, bis jenseits der perfekt gezupften Bögen ihrer Augenbrauen, tief in die

Pupillen mit ihrer hilflosen haselnußbraunen Hysterie. Aber der Augenblick, der ihn wirklich beängstigte und zutiefst berührte, kam, als er zum zweiten Mal zu lange hingesehen hatte. Sie nahm die Hand von seinem Arm und lehnte sich zurück.

»Waren deine Eltern besorgt, weil du das gleiche Schiff nehmen würdest wie ich?«

»Das kann ich mir nicht vorstellen«, sagte er rasch.

»Hatten sie vielleicht Angst, daß ich dich verderben könnte?«

»Nein, ich habe dir doch schon gesagt: Sie sind dir dankbar.«

Sie schüttelte langsam den Kopf und lächelte. »Du kannst ihnen melden: Ceil ist nicht mehr gefährlich. Nur mehr so eine angemalte Ruine.«

»Oh nein!« sagte er.

»Doch. Es wird sie beruhigen und erleichtern, wenn du mich schon am ersten Tag auf hoher See völlig kaputt angetroffen hast.«

Wieder hörte er das Seidengeraschel des Mädchens hinter sich an der Bar, doch zwischen dem Rascheln und ihm selbst gab es diese prächtige, nicht mehr ganz junge, elegante Frau, die tief in ihrem Sessel vergraben nach Luft rang. Er roch ihr Parfum und war froh, daß sie da war.

»Tante Ceil, ich bin sehr froh, bei dir zu sein«, sagte er, obwohl ihm solche Worte nicht leicht über die Lippen gingen.

Aber vielleicht war es gerade diese Unbeholfenheit, die sie wieder aufrichtete, strahlend jung saß sie da. »Ja, denkst du denn, ich bin nicht froh?« Ihre kleinen, weißen Zähnchen blitzten amüsiert, als hätte er ihr gerade einen Witz erzählt. »Weißt du denn nicht, was für eine kleine Karte ich in meinem kleinen Täschchen habe? Der Tisch von Kapitän Deerling fühlt sich durch meine und die Anwesenheit meiner Begleitung geehrt! Und wo war meine Begleitung, bis du gekommen bist? Wo wohl? Meinst du, es ist ein Vergnügen, hier herumzusitzen und mit Suki zu plaudern, während die anderen essen gehen – zu plaudern und zu plaudern, bis ich halb verhungert und bis über beide Ohren betrunken bin? Weißt du denn nicht, daß unser lieber Kapitän es nicht gerade für anständig hielte, mich an seinen Tisch zu laden, wenn ich nicht an jemandes Arm erscheine?«

»Ich hoffe sehr, du gehst mit mir«, sagte Leon – und diesmal sagte er es schon viel besser.

»Gerne – gerne geh' ich mit dir«, gab sie zur Antwort. »Wenn du jetzt aufstehst und mir den Tisch ein wenig zur Seite rückst. Danke. Und reichst du mir deinen Arm? Wenn wir gleich jetzt gehen, müssen wir nicht Raoul und seinem Gesindel hinterhertrotten! Oh und es wäre schön, wenn ich nicht mehr deine Tante wäre, weil ich das ja eigentlich nie war. Laß mich einfach deine Dame sein, und du bist mein Begleiter. Ja? Sag einfach ›Ja Ceil‹ ohne Tante, gut?«

»Selbstverständlich, Ceil«, sagte er. Für sie beide stand es außer Frage, daß er die Rechnung unterschrieb. Er ging mit ihr aus der Bar und in den Abend hinein, ohne sich auch nur einmal umzudrehen.

2

Zwischen ihnen beiden bestand eine Art stilles Übereinkommen. Auf der einen Seite konnte er sozusagen als vitaler, neuer Teil an ihrem gesellschaftlichen Leben teilnehmen, aber gleichzeitig konnte sie ohne seine Mithilfe ihre Verpflichtungen an Bord des Luxusdampfers kaum entsprechend erfüllen. Als sie den Tisch im Speisesaal erreicht hatten, stand sie dort – lächelnd, aber irgendwie hilflos. Ein Kellner, der sie devot begrüßte, wurde mit einem Kopfnicken bedankt, aber ihre anderen Muskeln schienen geheim und demütig unbrauchbar, bis Leon die Initiative ergriff. Sie erwartete mehr als nur die Wahrung der Etikette. Sie dankte nicht, als er den Stuhl für sie zurechtrückte. Sie belohnte ihre Erlösung nicht mit einfachen Floskeln. Was sie ihm schenkte, war das zarteste, perfekteste, ehrlichste Lächeln.

Das gute Einvernehmen der beiden verklärte Leons ganze erste Nacht auf der *Syngdam*. Eine magische Aura begleitete sie, gleichgültig wohin sie auch gingen. Sie wurde akzeptiert, als sie an der Tafel des Kapitäns ankamen, und sie hielt sich während ihrer ganzen seltsamen Nacht auf der *Syngdam*.

Kapitän Deerling begrüßte Ceil schon von weitem mit einer angedeuteten Umarmung, die in einem eleganten Handkuß endete. Ein Vollbart umrandete Kapitän Deerlings Gesicht – üppig, silbergrau und eindrucksvoll. Er war ein mächtiger, ein wenig dicklicher Mann, doch derart geschickt in seine enge, blaue Uniform geschneidert, derart beherrscht in seiner höflichen Gestik, daß es schien, als bewege sich sein massiger Leib auf den allerwinzigsten Präzisionskugellagern.

»Madame Ceil!« rief er ihr entgegen. »Ewige Jugend! Ich weiß nicht, wie das vor sich gehen kann: Ich verfalle, und Sie blühen auf. Wen bestechen Sie? Wo bleibt die Polizei, um dieser Hexerei Einhalt zu gebieten? Gibt es denn keine Gerechtigkeit mehr? Aber wie geht es Ihnen denn?«

»Mr. Leon Spiegelglass«, sagte Ceil nur und lächelte. Von diesem Moment an sprach Kapitän Deerling nicht mehr direkt zu Ceil. Er richtete seine Rede, von Diskretion gedämpft, an Leon, als bedürfe er sowohl Leons Billigung als auch dessen Übersetzung, um Madame Ceil zu erreichen. Sein Alter erkläre es, beichtete er Leon, daß, obwohl er selbst die Qualität der Pâté de foie gras auf dieser Reise nicht in Zweifel ziehe, er doch um Entschuldigung bitte, wenn er ihnen nun bei deren Verzehr nicht Gesellschaft leiste. Seit dem letzten Mal sei er noch weit gewichtiger geworden – oh ja, das war er wirklich. Er wünschte sich, Mr. Spiegelglass könnte Madame Ceil dazu bringen, zuzugeben, daß dies die reine Wahrheit sei! Von Gewicht könne man beinahe schon nicht mehr sprechen – es sei nun schon mehr eine Frage von Bruttoregistertonnen. Einem Banker stünde das gut zu Gesicht, bei einem ollen Kapitän aber habe es etwas absolut Operettenhaftes. Ach Gott! Das Mouton sei übrigens makellos, das Entrecôte könne er allerdings erst ab dem zweiten Tag der Reise empfehlen. Aber was meinte Madame Ceil damit, wenn sie bemerkte, sie würde es einfach nicht dulden, daß er sich zur Operettenfigur mache?

Was war denn der Kapitän eines Kreuzfahrtschiffes anders als ein besserer Jahrmarkt-Schreier? Vielleicht auch ein wenig Clown? Warum verleugnen, was ohnedies jeder weiß? Ein Kreuzfahrtskapitän sei so eine Art Animateur für die Passagiere und müsse sich überdies noch von ihnen hänseln lassen. Wie die Dinge nun lagen, war er nicht einmal mehr ein Kreuzfahrtskapitän, auf den Arm mußte er sich aber noch immer nehmen lassen.

Hätte jemand vielleicht Lust, sich eine todtraurige Geschichte anzuhören, während man warte, bis das Lämmchen älter würde?

»Ich liebe todtraurige Geschichten, nicht?« sagte Ceil und suchte Bestätigung in Leons Augen.

Dann werde sie bei jeder ihrer gemeinsamen Mahlzeiten eine weitere erzählt bekommen, schwor Kapitän Deerling Leon. Nun, diese traurige Geschichte beginne damit, daß, wegen irgendeiner obskuren Belästigung, die alle »den Krieg« nennen, die Radio- und Funkverbindungen für den ständigen Kontakt mit den Niederlanden freizuhalten wären. Deshalb konnte man bedauerlicherweise Mr. Metunia – der, so meinte der Kapitän, wohl bei seinen Zuhörern keinerlei Einführung bedürfe –, kurz, man konnte Mr. Metunias Bitte um eine Funkverbindung mit Kalifornien nicht entsprechen. Um es anders auszudrücken: Er, Kapitän Deerling, hatte sich als bestürzend unfähig erwiesen, die internationalen Feindseligkeiten wenigstens vorübergehend zu suspendieren, um Mr. Metunia eine Plauderei mit Hollywood über seinen neuesten Film zu ermöglichen. Das habe den großen Filmmogul richtig erzürnt. Vom hohen Olymp war die Nachricht herabgesickert, daß er und seine Tochter heute abend die Tafel des Kapitäns nicht zieren würden.

»Waren die auch eingeladen, hier mit Ihnen zu speisen?« konnte Leon in aller Unschuld fragen.

Nun, erklärte Kapitän Deerling mit einem Augenzwinkern, er habe tatsächlich lediglich – allerdings schriftlich – der Hoffnung Ausdruck gegeben, die Gesellschaft der beiden Metunias an seiner Tafel genießen zu dürfen. Aber da dies offenbar eine zu hoch gegriffene Erwartung gewesen sei, würde er die Metunias ab nun mit solchen Ansinnen nicht mehr behelligen. Darum werde er sich kümmern. Übrigens, falls Mr. Spiegelglass und seiner Dame nach einem Soufflé zumute sein sollte, würde er vorschlagen, es jetzt zu bestellen, da die Küche heute abend offenbar besonders schläfrig agiere – der Kapitän schalt den Kellner mit einem Lächeln. Aber, was nun l'affaire

Metunia betreffe, war es doch vielleicht keine wirklich todtraurige Geschichte –

»Ach, sie ist herzzerreißend!« rief Ceil aus.

Nein, nein, durchaus nicht. Vielleicht gab sie nur einen Eindruck von des Kapitäns völliger Unzulänglichkeit für diese Atlantiküberquerung. Die Kreuzfahrten in der Karibik – nun, die waren eher ein gemütlicher Karneval. Aber das hier, das sei eiskalte Realität. Seine Aufgabe umfasse unter anderem die Obsorge und Fütterung von Hollywood-Neurosen, und der Kapitän, der eben elegant ein Brötchen brach, fühlte sich dem nicht gewachsen, ebensowenig wie der Rettungsmission, die die *Syngdam* offenbar erfüllen müsse.

»Verlorene Seelen wie mich in Sicherheit zu schleppen«, murmelte Ceil hinter einer vorgehaltenen Serviette.

»Aber nein! Durchaus nicht!« Kapitän Deerling preßte nun seine Serviette ausdrucksvoll gegen seine Goldknöpfe und schwor, er wäre die »verlorene Seele«. Er bekannte, ihm wäre nun zum ersten Mal klargeworden, daß die *Syngdam* ein wirkliches Schiff sei und – ebenfalls zum ersten Mal – daß seiner wichtigere Aufgaben harrten, als nur liebevolle Amme für die zahlenden Kunden zu spielen. Tatsächlich komme ihm allmählich zu Bewußtsein – in diesem Moment kam der Schiffsoffizier mit einer Nachricht in einem Umschlag. Der Kapitän zog sie heraus, überflog sie mit fachmännischer Nachlässigkeit, zerriß sie und warf sie weg – allmählich komme ihm zu Bewußtsein, daß sie auf einem echten, wirklichen Ozean dahindampften. Ja, es war sogar nicht auszuschließen, daß er seekrank würde. Das ist doch bei den meisten Menschen so, bei ihrer ersten Fahrt auf hoher See?

Leon stimmte vorsichtig in das Lachen der anderen ein. Kapitän Deerlings Heiterkeit war wie die irgendeines berühmten Arztes. Sein Scherz erlaubte ihm ein aufrichtiges Anliegen kunstvoll durchscheinen zu lassen; verstehen zu geben, daß er bereit war, unterschiedlichste Gefahren auf sich zu nehmen und schmunzelnd in eine lustige Plauderei zu verwandeln. Der Kapitän wechselte kein einziges Mal den Tonfall.

Den Baron und den dunkelhäutigen Herrn schien etwas zu verbinden. Diese Gemeinsamkeit zwischen ihnen war ganz unvermittelt entstanden, sobald die beiden, ein wenig verspätet und jeder aus einer anderen Richtung kommend, an der Tafel Platz genommen hatten. Der Dunkelhäutige war hochgewachsen, sogar noch etwas größer als der Kapitän. Seine Haut war edel-bronzefarben, und er hieß Mr. Lawton. Von seinem linken Knie abwärts trug er ein Holzbein aus Mahagoni. War er nicht mit der Handhabung des Bestecks beschäftigt, zog es seine schmalen, eleganten Finger zum Elfenbeingriff seines Gehstocks. Abgesehen vom dunklen Leuchten hatte sein Gesicht einen klassisch angelsächsischen Schnitt, und trotz des gütigen Blickes seiner tiefbraunen Augen sah man Mr. Lawton niemals lächeln.

Der Baron erwies sich als Enttäuschung: Leon war die Familie von Neuhaus als Glied des eher seltenen österreichisch-jüdischen Adels bekannt. (»Also, darf ich euch Frau Baronin Neuhaus vorstellen!« pflegte sein Vater zu sagen, sooft seine Mutter einen neuen Pelz erwähnte.) Es war allzu schade, in ihm einen kleinen Mann zu erkennen, mit einer traurigen kleinen Warze unter jedem Auge. Immerhin hatte Baron Neuhaus eine sehr angenehm modulierte Tenorstimme, die sich gut mit der kontrollierten Opulenz von Mr. Lawtons Baß vertrug. Gleich nachdem man sie einander vorgestellt hatte, entdeckten sie, daß sie beide in Sizilien gewesen waren; Mr. Lawton erst vor einem Monat, der Baron für einige Winter.

Sie begannen sich über Sizilien zu unterhalten, ruhig, konzentriert und ausdauernd. Sie sprachen vom angenehmen Klima der Insel während die potage Bretonne und die hors d'oeuvres serviert wurden; vom Ursprung der Tarantella beim Filet Mignon, das sie beide gewählt hatten; rühmten die Kirchen Palermos beim Eskariol-Salat, verbrachten die Macédoine de fruits bei den klassischen Ruinen von Agrigento und widmeten ihren Gruyère den Schäden, die der Massentourismus in dieser Insel-Idylle angerichtet hatte. Sie ließen sich ohne weiteres unterbrechen; schätzten den Kapitän, dankten den Kellnern, erkannten und unterstützten das gute Einvernehmen zwischen Leon und Ceil. All dies aber taten sie übereinstimmend miteinander und nahmen, sobald der Anstand es zuließ, ihr angeregtes Gespräch wieder genau am rechten Punkt auf.

Der Kapitän seinerseits machte keinen Versuch, sie von ihrem Thema abzubringen. Nur ein einziges Mal beteiligte sich Ceil an dem Gespräch der beiden Herren – nämlich, als der Baron eine Bridgepartie erwähnte, die im San Domenico Hotel in Taormina stattgefunden hatte. »Ich bin direkt ausgehungert nach einigen Robbern Bridge«, sagte sie begeistert zum Baron. »Sollen wir nicht versuchen, für morgen nach dem Lunch noch zwei Bridge-Enthusiasten aufzutreiben? Das müßte doch gelingen.« Und gleich darauf schien sie ihre Unbesonnenheit schon wieder zu bereuen und preßte sich die Hand vor den Mund wie ein kleines vorlautes Mädchen, um Leons Entschuldigung einzuheimsen und des Grafen Zusage.

»Guter Gott, wenn das ein echtes Schiff ist, dann gibt es noch eine ganze Menge Arbeit!« sagte der Kapitän, als ein Bote eine weitere Nachricht brachte, eine, die man nicht einfach weg winken konnte. Sie rief ihn von seinem Stuhl, doch er entschärfte sie mit einem Lächeln. Er verschwand mit einer angedeuteten Umarmung für Ceil, einer Verneigung vor den drei Herren. Die anderen tranken noch ihren Mokka aus. Baron Neuhaus verabschiedete sich mit einer Verbeugung, Mr. Lawton mit einem feierlichen, unerwarteten Handkuß, der Ceils Gesichtsausdruck einen Augenblick lang völlig veränderte. Dann gingen die beiden Sizilien-Freunde und priesen gemeinsam die Schönheit der Meerenge von Messina.

Sie alle hatten ihre Abmachungen, doch meist seichterer Natur. Die seine mit Ceil blieb verborgen, duftend, unerfüllt. Sie gab die Regeln vor. Summend nahm sie seinen Arm.

3

»Sollen wir im Chez vorbeischauen?« fragte Ceil.

»Warum nicht?« gab Leon zurück.

Er hatte freilich nicht die leiseste Ahnung, wo das Chez war, doch er ließ sich vom leichten Druck ihres Armes leiten. Er führte sie die

Treppe hoch. Dort stand in Marmorbuchstaben »Chez Transatlantique« über einem Palasteingang, dessen funkelnde Glastüren einen Tango umschlossen: der Tanzsaal der *Syngdam*.

»Meinst du nicht, wir werden unseren Freund Raoul da drinnen finden?« sagte Ceil. »Ganz damit beschäftigt, sich um Hollywood zu bemühen? Das dürfte sehr komisch werden.«

Doch als sie eingetreten waren, fand sich kein Raoul. Es gab mächtige korinthische Säulen und kubistische Gobelins und ein vielfärbiges, von unten beleuchtetes Tanzparkett. Es beleuchtete eine eigenartige Szenerie. Das Parkett schien dicht bevölkert von kurzsichtigen Paaren. Alle Tanzpartner starrten einander mit derart verrückter Neugier an, daß sich ihre Nasenspitzen beinahe berührten. Als wollten sie diese Nähe ausgleichen, spreizten sie ihre Hände weit auseinander und bewegten sie im Takt der Musik.

»Sieh dir das einmal an!« Ceil lachte. »Am ersten Abend der Reise. Niemand will auch nur einen Moment Zeit verlieren! Beschnuppern sie einander nach guten Dollars? Es ist wirklich zu komisch!«

Der Druck ihres Armes gab ihm einen leisen Hinweis. Und Leon zog sie tiefer in den Saal hinein. Und ein Steward kam und rief »Oh, Madame Spay«, entfernte sich wieder und erschien einen Augenblick später mit zwei Rub-Downs und, trotz Ceils Protests, mit einem kleinen Gummiball.

»Tja, ich denke, jetzt müssen wir wohl.« Ceil fügte sich gutmütig in ihr Schicksal. »Also gut. Jetzt werden wir es ihnen einmal zeigen!«

Und schon waren sie auf dem Tanzparkett, Gesicht an Gesicht, den Gummiball zwischen ihre beiden Stirnen geklemmt.

»Wir dürfen einander nicht berühren, aber den Ball dabei nicht fallen lassen«, sagte sie. »Ja, so ist es richtig. ... Ein dummes Spiel. Unser Kapitän würde das auf einer richtigen Kreuzfahrt gar nicht zulassen. Aber hier wollen sich alle so dringend noch einmal gut unterhalten. Alles zu tun, was ihnen vorspiegelt, dies sei kein Flüchtlingsschiff. Arme Kerle!«

Sie schnitt den armen Kerlen ein Gesicht – ein komisches, hübsches Gesicht –, so nahe. Leon roch ihr Parfum, ja er roch beinahe den Rhythmus ihres berührungslosen Tangos, und ihre gute Laune hob und trug ihn. Die anderen keuchten und schnauften und quälten sich angestrengt durch diese Lustbarkeit. Nur Ceil und Leon tanzten wirklich.

Als der Gummiball von seiner Stirne auf seine Nase rutschte, mußte er lachen, erschrak aber gleichzeitig. Und als der Ball durch sein Lachen von seiner Nase auf seine Wange tanzte, merkte er, daß er – ohne vernünftigen Grund – in Panik geriet. Er kämpfte gegen jeden Zoll, den der Ball zu sinken drohte. Jetzt stöhnte auch er und plagte sich ab – ganz wie alle Mitbewerber.

Immer mehr Paare verloren nach und nach ihren Ball und räumten, eines nach dem anderen, das Tanzparkett. Darüber krähte Leon vor Vergnügen und riskierte so, den Ball fallen zu lassen. Sie kritisierte sein Ungeschick nicht, sondern verringerte bloß das Risiko durch geschickte Gegenbewegungen. Nicht ein einziges Mal verloren ihre Beine den Takt der Musik. Auf ihren Wangen sah man nichts als Fröhlichkeit. Sie tanzte kerzengerade, die Hände auf den Hüften, und summte: »*Jealousy* …« – den großen Schlager des Jahres.

Ihre tadellose Haltung schützte sie vor dem Purser. In Abständen von einigen Minuten brach die Musik immer wieder ab, und der Purser stolzierte herum, um die Tänzer zu kontrollieren. Er schien die geschickte Technik verschiedener Paare zu loben, kommentierte aber – unter lautem Gelächter der Zuschauer – die vertrackten Stellungen, in denen manche der Tänzer aneinanderklebten: Hier stand ein Hinterende verquer in den Raum. Was mochte das wohl sein? Zwei Ziegenböcke, die mit den Hörnern aufeinander losgingen? Und da, guter Gott, zwei hoffnungslos ineinander verknotete Hälse! Wollten die beiden etwa die Schiffspassage zusammen mit nur einer Karte hinter sich bringen?

Der Purser kam nie auch nur in ihre Nähe, doch der Ball rutschte und rutschte, während die Musik fröhlich weiterspielte. Von Leons Wange arbeitete er sich allmählich zu seinem Kinn hinunter. Auf Ceils Gesicht war er von ihrer Stirne in eine Augenhöhle geraten. Selbst einäugig nahm Ceil die drohende Gefahr einfach nicht zur Kenntnis. Das Ganze war für sie immer noch ein Riesenspaß.

»*Jealousy* …« Rings um sie wanden sich Paare in ihren letzten Verrenkungen, ehe ihnen der Ball entfiel und sie auseinandergingen. Leon schielte wild nach der Konkurrenz: zwei Paare hielten sich immer noch. Doch Ceil hob die Hand an ihren Schleier, der immer noch vom Dinner gerafft war. Nun ließ sie ihn fröhlich über ihre beiden Köpfe fallen.

Das Orchester wurde jetzt boshaft: Es wechselte den Rhythmus und spielte immer schneller, wurde dabei aber leiser, damit man die schleifende Mühsal der verbliebenen drei Paare besser hören konnte. Mitten im Lachen der Zuschauer begann Leon plötzlich die ganze peinliche Brutalität dieser Zurschaustellung zu hassen. Er war wütend über den Ball, der gegen die Spitze seines Kinns drückte. In seiner Verzweiflung versuchte er, ihn durch eine rasche Bewegung seines Kopfes in eine bessere Position zu bringen.

In diesem Augenblick kam sie auf ihn zu, die Augen geschlossen, leidenschaftlich, das Lächeln lag nur auf ihren Wangen. »Ruhig. Beweg nur deine Füße.« Der Ball an ihrer Oberlippe verzerrte ihr Flüstern zu einem Lispeln. »Nur die FÜSSE. Wir werden gewinnen! Als ein Zeichen! Ich werde den Baron gewinnen! Oder irgendwen, noch ehe wir in New York sind. Ganz r u h i g!«

Er bewegte nur seine Füße; er hielt still. Wieder kam sie mit einem winzigen Zucken ihres ganzen Körpers auf ihn zu. Ganz leise vernahm er etwas wie das Schnurren einer Wildkatze. Plötzlich bewegte sich der Ball an seinem Kinn; und ebenso plötzlich wurde ihm bewußt, daß sie hineingebissen hatte. Sie hielt den Ball nun mit den Zähnen fest. Einen Augenblick lang kam er ins Stolpern.

Diese heimliche Wildheit schockierte und erregte ihn. Er verlor kurz die Berührung mit dem Ball. Doch der Schleier, der ihre Köpfe bedeckte, verbarg auch seinen Fehler. »*Jealousy* …« drohte das Orchester. Jetzt bekam er wieder Berührung mit dem Ball, wenngleich in einer höchst unglaubwürdigen Position – nämlich mit der Spitze seines Kinns. Selbst diese Ungeschicklichkeit tarnte sie erfolgreich. Ohne einen Muskel in ihrem Gesicht zu bewegen, streifte sie ihren rechten Schuh ab und warf ihn achtlos ins Publikum. Schon begannen die Menschen zu klatschen, da entledigte sie sich auch des linken. Jetzt schien sie weit kleiner als er. Mit in den Nacken geworfenem Kopf konnten nun ihre Zähne recht überzeugend den Ball gegen sein Kinn drücken. Und danach war alles auf einmal so leicht. Er ging so geschickt auf ihre Bewegungen ein, stemmte nun auch die Hände in die Hüften, »drückte« den Ball mit einem eleganten Neigen des Kopfes und glitt mit ihr übers Parkett.

Beinahe zur gleichen Zeit fielen die anderen zwei Paare auseinander. Die Posaunen brachten den Siegern einen Tusch. Leon hielt den glorreichen Ball hoch. Dann warf er ihn in eine Ecke des Saals, und niemand würde je erfahren, wie naß er war. Schuhlos, nur in Seidenstrümpfen, ließ sie sich an seinem Arm zum Tisch zurückführen.

Die Gangster-Prinzessin war noch nicht da, um Zeugin seines Triumphs zu sein. Aber drei grinsende junge Amerikaner kamen auf ihn zu. Jeder von ihnen hatte an seine Smokingjacke einen Knopf geheftet, auf dem »Michigan State Stinks« stand. Sie kamen einer hinter dem anderen und brachten Ceils Schuhe, als wären sie ein kostbarer Schatz. Ob sie sich vorstellen dürfen? Fried, McFinnan und Bell, Absolventen der University of Michigan, zu Diensten. Sei es ihnen wohl gestattet, der Dame ihr Eigentum mit eigenen Händen zurückzustellen? Es wäre ihnen eine Ehre. Der, der sich Fried nannte, kniete nieder und half Ceil in ihren linken Schuh; der McFinnan Genannte besorgte die gleiche gute Tat für Ceils rechten Fuß; und der, der sich Bell nannte, verwendete sein Damasttaschentuch dazu, beide Schuhe zu polieren.

Leon und Ceil mußten lachen. Da ihre Augen signalisierten, die Entscheidung sei ihm überlassen, lud er die drei Jungen ein, sich an ihren Tisch zu setzen. Dann brachte der Purser dem Siegerpaar ihren Preis: eine riesige Bonbonniere mit flammend roter Seidenschärpe. Ceil öffnete die Schachtel und warf eine Handvoll Bonbons nach ihren neuen Freunden. Die begannen sich um die Schokolade zu balgen. Für Leon aber schälte sie das Mittelstück der Bonbonniere, einen köstlichen Block Nougat, aus seinem Goldpapier und steckte es ihm in den Mund.

»Ich küsse Ihre Hand, Madame ...« sangen die Geigen, sie lockten und verführten und zogen Leon in immer opulentere Höhlen der Nacht.

4

Die Geigen waren auch unten zu hören, wo Frau Schwabauch als einziges Überbleibsel der Cocktail-Stunde in der Bar saß. Inzwischen hatten sie schon sieben verschiedene Assistant Purser der Reihe nach besucht und gefragt, ob sie denn wirklich in der Bar und nicht doch in ihrer Kabine schlafen wolle. Alle hatte sie mit einem Befund über ihren Verdauungstrakt abgefertigt. So hielt sie tapfer ihren Posten – auf der einen Seite ihre Pepsintabletten, auf der anderen den Plan des Schiffes. So konnte sie jederzeit schlagend beweisen, warum just die Bar der Ort war, an dem man am ehesten von der Seekrankheit verschont blieb.

Und dann begannen die gleichen Geigen, die Leons Triumph feierten, Frau Schwabauch zu irritieren. *»Ich küsse Ihre Hand, Madame ...«* Beim Klang dieser Melodie hatte sie ihren Ex-Mann Carl dabei ertappt, wie er sich auf einem Hausball in München mit einem anderen Herren vergnügte. Zunächst hatte sie versucht, ihm seine homophile Lüsternheit durch eine radikale Diät auszutreiben: höchstens zwanzig Gramm Fleisch pro Tag, monatelang. Und die ganze Zeit über hatte sie das schöne Lied als Ohrwurm im Kopf. Letztlich mußte sie sich aber doch von Carl trennen. Als sie ihn rausgeschmissen hatte, verwandelte sie die Malschule, die sie für ihn eingerichtet hatte, in eine der elegantesten Café-Konditoreien in ganz Süddeutschland. Mit jeder weiteren Tasse Kaffee bekam der Gast ein neues Leinenserviettchen. Aber immer noch konnte sie das verdammte Lied nicht ausstehen.

Und nun, da sie zu allem auch noch ihr Erfolgs-Café verloren hatte und der Lästigkeit jedes herumstreunenden Assistant Purser ausgesetzt war, mußte sie diese Melodie in der Bar eines Schiffes hören, auf dem Weg in ein Emigrantendasein in Amerika. Und ein zweites Mal gab das Lied ihrem Leben eine neue Wendung. Durch die geöffnete Türe sandte das Schicksal einen kleinen Mann, der ein Kästchen unterm Arm trug. Er war bärtig, völlig in Schwarz gekleidet und sah einen Augenblick lang aus wie ein amerikanischer Gangster, der gekommen war, um Frau Schwabauch die Schweizer Franken zu rauben, die sie an ihrem Busen trug.

Und tatsächlich hätte die folgende Szene genausogut in einem Wildwestfilm stattfinden können: Das Kästchen rutschte dem kleinen Schwarzen aus der Achselbeuge. Es schlug mit explosionsartigem Knall auf den Boden auf und verspritzte Schachfiguren wie Schrapnell.

Eine der Figuren landete auf Frau Schwabauchs Handtasche. Furchtlos hielt sie sie dem Schwarzgekleideten entgegen, der sich inzwischen in einen ganzen Schwarm ärgerlicher Schachfiguren-Jäger verwandelt hatte. Dann hielt er inne und sammelte sich wieder. Mit einer kleinen Verbeugung nahm er das weiße Rössel entgegen, das sie ihm hinhielt.

»Eine Partie Schach?«

Sie war völlig überrascht. Zum ersten Mal seit über drei Stunden sagte jemand zu ihr etwas anderes als »Bitte übernachten Sie doch nicht in der Bar«.

»Ach du lieber Himmel«, sagte Frau Schwabauch, »das einzige Spiel, das ich kann, ist Gin Rummy.«

Darauf fragte sie der kleine Schwarze in einem Atemzug, ob es ihr etwas ausmache, daß er rauche und ob er sie das Spiel lehren dürfe.

Darauf konnte Frau Schwabauch nur antworten: »Ja, natürlich. Gerne«, was ihn dazu brachte, wie hektisch die restlichen Figuren einzusammeln. Jede Figur, die er fand, stellte er neben ihrer Teetasse auf. Und als er sie schließlich alle gefunden und aufgestellt hatte, begann er, Frau Schwabauch zu unterweisen. Reverend Kleinoff – so stellte er sich ihr vor – schien freilich ein wenig seltsam. Er hustete und brabbelte immerfort unverständliches Zeug in seinen Bart.

Immerhin erwies er sich auch als Gentleman: Um gewisse Eröffnungen zu erklären, zog er auch manchmal mit Frau Schwabauchs Figuren – sie spielte Weiß. Dabei sagte er jedesmal »mit Ihrer gütigen Erlaubnis«, wie ein höflicher Mensch, der sich etwas herausnimmt. Während er ihr einen Vortrag über die Tücken des Rösselsprungs hielt, geriet er so in Fahrt, daß er gedankenverloren Frau Schwabauchs Kuchenreste aufaß. Es kam der Moment, in dem ihm – den Mund immer noch voll Krümel – bewußt wurde, was er da in der Hitze des Gefechtes getan hatte. Um seinen Lapsus wieder gutzumachen, bot er Frau Schwabauch in rascher Folge gleich dreimal eine Zigarette an. Die Bar, die ihr noch vor kurzem so gottverlassen erschienen war, hatte sich in einen Ort angeregter Intimität verwandelt. Ihr war das nicht unangenehm. Frau Schwabauch gelang es zwar nicht, Sinn und Zweck der Rochade zu erfassen, aber sie begann, darüber nachzusinnen, ob eßbare Schachfiguren aus Lebkuchen nicht eine prächtige Idee wären, in die sie ihre verborgenen Schweizer Franken dann in New York investieren könnte. Angeblich würden die Amerikaner ja auf süße Neuheiten fliegen. Und als dann der achte Assistant Purser auftauchte, um ihr zu melden, man habe für sie in dem an die Bar angrenzenden Anrichteraum ein Bett aufstellen lassen – wenn sie doch, bitte, nicht weiterhin darauf bestehen würde, in der Bar selbst zu schlafen –, fand sie sich der Antwort enthoben. Sie sah bloß zu ihrem Schachlehrer hinüber und wartete.

»Jetzt ist unser König bedroht!« zischte dieser mit schneidender Stimme den unglücklichen Purser an. Und mit Frau Schwabauchs gütiger Zustimmung ergriff er einen weißen Turm und setzte sich damit selbst energisch schachmatt.

Der achte Assistant Purser verließ unverrichteter Dinge die Bar. Als er die Tür öffnete, erklang von oben wieder »*... küsse Ihre Hand, Madame ...*«, doch diesmal störte das Frau Schwabauch nicht mehr. Versonnen sang sie die Worte ganz leise vor sich hin.

5

Und zwei Decks darüber tat Ceil das gleiche, während sie mit Leon langsam durch den Saal kreiste. Sie tanzten viel, sie und er, und sie tranken ihren Sieger-Champagner. Sie schenkte Leon ihr bestes Lächeln und überhäufte ihn mit Aufmerksamkeiten: Kein Faserchen auf seinen Aufschlägen, das sie nicht sofort wegzupfte. Als wäre das das ruhigste und natürlichste Tanzverhalten, verwöhnte sie ihn mit dem Druck ihrer Schenkel. Und das amerikanische Trio fügte sich in ihr gutes Einvernehmen – nicht als Rivalen, sondern als Hofnarren.

Doch das ganz große Ereignis des Abends sollte noch kommen. Es begann mit einem Kennenlernspiel, bei dem jeder Herr auf dem Tanzparkett sich zur Dame hinter sich drehte, sobald die Musik innehielt. Und wer war wohl Leons erste neue Partnerin? Natürlich die Frau mit blaugetöntem Haar, an deren Parfum er sich noch von ihrem Zusammentreffen an Deck her erinnerte.

»Ach, der junge Mann mit dem Körnchen im Auge!«

»Ich bin damals an Deck geblieben«, sagte er kühl, »aber irgendwie haben wir einander verfehlt.«

»Schade –« Doch schon hatte das Aussetzen der Musik an ihre Stelle ein Mädchen gebracht, das sich ihm als Liese vorstellte. Alle zwei Minuten blies sie sich mit einem raschen Lächeln die Stirnfransen aus dem Gesicht. Danach kam ein kleiner Seufzer, der anzudeuten schien, sie habe nun die gewagteste Koketterie geübt, die einem braven deutsch-jüdischen Mädchen erlaubt sei. »Hallo Papa«, rief sie einem älteren Herrn ununterbrochen zu, der ausgerechnet mit Frau Blauhaar tanzte. Immerhin, Fräulein Meyerhaas war hübsch, keine üble Partnerin, von der aus man Ceil verständnisvoll zunicken konnte.

Doch anstelle des nächsten Signals zum Partnertausch geschah es: Plötzlich war die Metunia-Gruppe da. Sie gingen geradewegs durchs Tanzparkett. Miss Metunia pfiff eine Melodie, die mit der des Orchesters nicht übereinstimmte; Raoul begleitete sie, indem er den Takt mit einem Finger auf der Handfläche schlug; Mr. Metunia, der seltsam einherschritt, sah von rechts nach links, als suche er etwas Erfreuliches, das ihm wohl versprochen, aber bis jetzt nicht vorhanden war. Das ganze Chez Transatlantique, alles, was Leon erreicht hatte, verblaßte nun, war scheinbar nur ein bescheidenes Vorspiel zu den Belustigungen der Metunia-Gruppe.

Leon tanzte einfach zum anderen Ende des Saals. Aber er war noch nicht weit gekommen, da barst ein neuer Rhythmus in die Musik, der ihn zwang, sich erstaunt umzuwenden.

Mr. Metunia saß im Orchester am Schlagwerk. Er trommelte.

Besser gesagt: Er bearbeitete es mit rasenden Schlägen, brachte es zu einem Dröhnen, das rasch alle anderen Instrumente verstummen ließ. Aber wußte er eigentlich, was er da tat? Es schien, als hätte er sich irrtümlich die Hände eines virtuosen Drummers geliehen. Der Mund hing ihm halb offen, und sein schmales, dunkel gebräuntes Gesicht – völlig gelöst vom Donner, den er mit seinen Armen entfesselte – wirkte verträumt und gedankenverloren. Metunia sah aus, als hätte er sich nun damit abgefunden, das ihm zustehende Weiche, Vielversprechende niemals zu finden. Seine Tochter und Raoul – vielleicht um seinen seltsamen Gesichtsausdruck auszugleichen – lachten und klatschten laut in die Hände. Und bald begannen hier und dort immer mehr der Tänzer und Zuschauer gleichfalls im Rhythmus zu klatschen. Mr. Metunia überwältigte mit seinen Trommelschlegeln den ganzen Saal.

Nur Leon leistete Widerstand. Er schützte seinen Rumba. Er wies die Jazz-Trommeln zurück, die zu etwas völlig Betäubendem, Hypnotischem anschwollen, das ihn als einen Außenstehenden brandmarkte, Jazz-Schritte forderte, die er nicht kannte, ihn überfiel und geißelte mit einer bitteren Schönheit, just wie es die Gangster-Prinzessin erst vor wenigen Stunden getan hatte.

Unheilschwanger starrte die Gangster-Prinzessin Leon an, drohend und böse in ihrer hinreißenden Lieblichkeit im hautengen Kleid, die Schultern geschüttelt vom Beat ihres Vaters. Ach, sie starrte Leon an, weil er sich dem zwingenden Rhythmus der Trommeln widersetzte. Ja, er allein, Leon, widersetzte sich. Die Trommeln hatten das Orchester überwältigt, die Tänzer gebannt. Liese Meyerhaas lag in seinen Armen, ein sanftes Lämmlein, ohne seinen Schutz wehrlos preisgegeben. Er tanzte gegen die Trommeln wie einer, der gegen einen Sturm ankämpft, und es wurde ihm zum ersten Mal klar, daß er vielleicht den ganzen Abend lang schon ein wenig betrunken war. Aber auch Mr. Metunia war betrunken, verrückt oder sehr betrunken. Nun beugte er sich noch weiter vor, den Kopf kraftlos über die wild wirbelnden Trommelschlegel geneigt, und sein haltloser Mund begann sich zu einem Kinderlächeln zu verziehen, als hätte er eben irgendwo doch eine samtig-süße Sanftheit entdeckt – irgendwo inmitten all der Staccato-Schläge, die den Ballsaal füllten und zum Kochen brachten – bis sie ganz unvermittelt abbrachen.

Wirklich abbrachen. Ein Trommelschlegel zersplitterte. Mr. Metunia erwachte aus seiner Trance und glitt von seinem Hocker. Raoul und das Mädchen fingen ihn auf. Sie lachten über das seltsame Spektakel. Sie wischten ihm scherzhaft die Stirne trocken, nahmen ihn fest in die Mitte und verließen den Tanzsaal.

Ein etwas bleicher Papa Meyerhaas bat um sein Tochter Liese und erhielt sie. Im selben Augenblick glitt das Orchester wieder in die Nummer »*South of the Border, Down Mexico Way* …« Mit einer schwungvollen Bewegung seines Arms holte sich Leon Ceil von ihrem derzeitigen Tanzpartner zurück. Sie sah ihn an, und obwohl sie nun wieder Schuhe trug, blickte sie von tief unten zu ihm auf – mit lächelnden, immer noch barfüßigen Augen.

»Du hast eben Glück«, sagte sie, als sie wieder miteinander tanzten.

Stunden später lehnte er allein an der Reling des Hauptdecks. Die nachtdunkle Luft war gewürzt von der feinsalzigen Gischt, von Terpentin, mit dem das Personal die nun geisterhaft leeren Korridore aufwusch, von kaum merkbarem Kohlenrauch und vom Hauch der Endlosigkeit dieser Nacht.

Nun, da er sich auf hoher See befand, wußte er, wie grenzenlos – verglichen mit all den kleinen Schatten des Tages – dieses Dunkel war.

»Wenn du hörst, daß ich mich einsperre«, hatte Ceil gesagt, »ist das, weil ich mir selbst mißtraue. Nimm das als Kompliment.« Sie hatte dabei gelächelt. Er hatte gehört, wie sich der Schlüssel im Schloß drehte. Er beugte sich weit hinaus, doch die Lichter, die die Neutralität des Schiffes weithin verkündeten, blendeten ihn. Er konnte keine Wellen sehen. Gleichmäßiges, endloses Schwarz umgab das Schiff. Und doch wußte er, daß die *Syngdam* Fahrt machte. Der Ozean atmete sie mit titanischem Zischen ein und aus. Tag und Nacht durchpflügte sie die Wellen, jede Minute, jede Sekunde, durch Nebel, Wolken und heiteren Himmel – ihrem Schicksal entgegen. Er holte tief Luft, als wolle er den Augenblick für immer in seinen Lungen bewahren. Dann atmete er aus und fühlte sich endlich sehr müde. Als er sich zu Halle wandte, hörte er Schritte am Topdeck. Ein kurzes Auflachen. Aber er ging weiter.

So endete seine erste Nacht auf der *Syngdam*.

Drei

1

Am nächsten Morgen – es war der 8. Mai 1940 – kreuzte die *Syngdam* auf etwa zwölf Grad westlicher Länge von Greenwich, also etwas über hundert Meilen von Land's End entfernt, durch den Atlantik. Ein mildes Tiefdruckgebiet zog über sie hinweg. Windloser Nebel hüllte das Schiff ein. Und dennoch erwachten seine Passagiere mit dem Gefühl, ihren Platz gefunden zu haben. Und die neugewonnene Identität, die die Umstände ihnen verliehen hatten, leuchtete aus ihren Gesichtern.

Beinahe alle erhoben sich in dem Wissen darum, daß sie zu der provisorischen Heimstätte, die sie sich am Vorabend geschaffen hatten, zurückkehren konnten. Zu diesem Versteck fühlten sie sich durch unsichtbare Bande hingezogen; alle spürten sie das noch namenlose Versprechen neuer Freundschaften.

2

Herr Meyerhaas tat etwas, was er in seinem ganzen Leben bisher erst zweimal getan hatte – einmal während eines Gelbsucht-Anfalls und davor auf der Hochzeitsreise mit seiner Frau Ida, sie ruhe in Frieden. Nun aber, unter dem Einfluß sanfter, weicher Pölster und angenehmer Erinnerungen, gönnte er sich diesen Genuß wieder: ein Frühstück im Bett.

Nur war dies nicht so sehr Sentimentalität als vielmehr die Notwendigkeit, sich eine höchst angenehme Überraschung einzugestehen. Wie schön war doch der vergangene Abend gewesen! Wie gut war es ihm gelungen, mit der Lebensfreude der Amerikaner und ihrer prächtigen Ungezwungenheit Schritt zu halten! Wo, wenn nicht im Land der unbegrenzten Möglichkeiten würde eine Dame, eine richtige Frau Professor, ganz leger sagen, sie könne es kaum erwarten, »aus all diesen unbequemen Klamotten rauszukommen und sich aufs Sonnendeck zu legen«? Wo sonst würde die Inhaberin eines Lehrstuhles für Zeitgeschichte es wagen, mit solcher – ja mit solcher Würde blaugetöntes Haar zu tragen? Oder auch einem Herrn Meyerhaas gleich beim ersten Kennenlernen zu erlauben, sie Lenore zu nennen? Und würde etwa ein deutscher Professor gespannt den politischen Darlegungen eines bloßen Druckereibesitzers wie Herrn Meyerhaas – genauer gesagt: eines ehemaligen Druckereibesitzers – lauschen, selbst wenn besagter Ex-Druckereibesitzer dank seiner früheren engen Beziehungen zur Presse für wohlinformierte, politische Überlegungen besonders prädestiniert wäre? Und war es nicht auch offenkundig, daß, wenn – wie das gestrige Gespräch gezeigt hatte – immer mehr amerikanische Universitäten ihre eigenen Verlage und Druckereien einrichteten, dann auch entsprechender Bedarf an Fachleuten mit Verlags- und Druckereierfahrung bestünde? Und würde nicht ein verantwortungsbewußtes Mitglied des Lehrkörpers – ja würde es nicht geradezu ihre Pflicht sein – einen guten Freund und hervorragenden Fachmann auf diesem Gebiet für eine leitende Position vorzuschlagen – einen Mann, der zwar im Augenblick über kein Kapital, dafür aber über eine für Amerika neue europäisch-weltoffene Sicht der Dinge verfügte? Das waren durchaus nicht Tagträume, das war vielmehr zukunftsorientierte Logik. In der unmittelbaren Gegenwart freilich hatte sich Herr Meyerhaas vor allem um seine Kinder zu kümmern. Dabei inspirierte ihn seine gehobene Stimmung zu einer Idee.

»Liese, verdunkle doch bitte das Bullauge des Badezimmers!« sagte er. Dann ließ er Kurt ein Brett über die Wanne legen und auf diesem die Schalen für Entwickler und Fixierbad aufstellen. Sie würden einfach eine Dunkelkammer improvisieren. Sie würden genau das tun, was sie auf ihren gemeinsamen Reisen bisher immer getan hatten: die Fotos vom Vortag entwickeln: von Southampton, vom Hafen – und die faszinierenden Lichteffekte, die der Sonnenuntergang auf die Luftabwehr-Ballons gezaubert hatte. Für diese Aufnahmen hatte Herr Meyerhaas einen speziellen Farbfilter verwendet. Er und seine Kinder würden diese Überfahrt in die Emigration mit nicht mehr Sorge oder Panik meistern als ihre früheren gemeinsamen Reisen, doch mit ebensoviel gesunder Neugier und Bereitschaft, von neuen Landschaften zu lernen.

Herr Meyerhaas war äußerst zufrieden, als er die noch nassen Negative betrachtete, die sie, wie schon auf all ihren bisherigen Reisen, in Reihen zum Trocknen auf parallel gespannte Drähte aus ihrem Reiselaborkasten gehängt hatten. Als er aber Kurts Smoking achtlos über einen Stuhl geworfen vorfand, wurde er sehr böse. Er fragte seinen Jungen, wozu wohl Kleiderbügel gut wären, und ließ ihn seine Schlamperei augenblicklich korrigieren. Tatsächlich war er nahe daran zu sagen, der Smoking würde wohl in den Vereinigten Staaten verkauft werden müssen, um Geld für das tägliche Brot der Familie zu bekommen, und daß also Kurt durch den nachlässigen Umgang mit dem kostbaren Kleidungsstück das Wohl seiner ganzen Familie gefährde.

Aber Herr Meyerhaas hielt sich zurück. Schließlich lagen noch sieben ganze Tage vor ihnen, ehe sie den Hafen von New York erreichen würden. In sieben Tagen aber konnte ein Mann viel erreichen, einer, der sich von seiner Notlage nicht unterkriegen ließ und der auch nicht unbeholfen war, wenn es darum ging, den rechten Ton zu treffen. Herr Meyerhaas strich über Lieses Stirnfransen, um ihnen ein der Neuen Welt gemäßeres, schickeres Aussehen zu verleihen. Dann ließ er seine verdutzten Kinder aus der Kabine marschieren. Er trieb seine kleine Herde den Korridor entlang, bugsierte sie in den Aufzug, zwei Decks höher wieder aus diesem heraus, führte sie am Rauchsalon vorbei, blieb stehen, um ein paar interessante Bilder vom Meeresnebel durch das Salonfenster zu schießen – wobei er wegen des Gegenlichtes eine kurze Verschlußzeit wählte – und, wirklich und wahrhaftig, da war sie, auf dem überdachten Teil des Sonnendecks – elegant in ihren nicht allzulangen, jedoch immer noch dem Anstand entsprechenden Shorts –, seine liebe Freundin vom Vorabend. Sie lächelte ihm entgegen. Drei leere Decksessel standen neben dem ihren.

»Guten Morgen, Frau Professor Lenore«, sagte Herr Meyerhaas. »Wie nett, daß wir einander hier begegnen!«

3

Seit ihren Studententagen in Conrad Hall tranken Fried, McFinnan und Bell ihren Frühstückskaffee stets gemeinsam. Um sich aber auf einem Luxus-Liner gehörig verwöhnen zu lassen, war nun Frühstück im Bett angesagt. Weil die drei aber dennoch während des Frühstücks in gewohnter Weise miteinander plaudern wollten, riefen sie einander von ihren getrennten Kabinen aus dauernd gegenseitig an. Da lagen sie nun also im Bett, mampften und quatschten. Schließlich wurden sie des ständigen Wählens müde, und so wurde McFinnan delegiert, um bei der Zentrale eine dauernde Konferenzschaltung für die drei Anschlüsse zu erbitten.

Inzwischen rief Fried Bell an und sagte etwas, das bisher noch keiner von ihnen je gesagt hatte und das, genaugenommen, auch er nur schwerlich seinen Kumpanen von Angesicht zu Angesicht zu sagen gewagt hätte: Jetzt endlich, seit diese Geschichte mit Ceil im Gange war, begannen sie, ihren Europatrip in den Griff zu bekommen. Bisher nämlich – das konnte niemand leugnen – hatte dieser eher sie in seinem Griff gehabt. Irgend etwas war immer schiefgegangen; einfach Künstlerpech, meinte Fried aus seiner kosmopolitischen Sicht vom Polster aus und ließ dabei seinen Kaffee kalt werden. Und Bell – typisch Bell – kaute toastschmatzend ins Mikrophon.

»Erinnerst du dich noch? Rom!« sagte Fried. In Rom hatten sie doch diese fantastische Chance, die Tochter der Concierge, mit ihrem Superbusen, den einem daheim niemand glauben würde. Und dann, eben nach einem in der Zeichensprache geführten, höchst vielversprechenden Dialog, mußte das Luder Mumps bekommen. Und Paris? Diese Thérèse, mit den fünfundsechzig Akzenten in ihrem Namen? Köstlich! Sie hatten sie in die verwegensten Bistros, die elegantesten Restaurants ausgeführt. Und dann, als sie bereits so gut wie verführt war, stellte sich heraus, daß sie eine Brieffreundin von Frieds Cousine war. Verdammt! Und diese drei schwedischen Malerinnen, die sich durch das liebliche Sussex aquarelliert hatten? Da konnte doch wirklich nichts schiefgehen, so schien es. Ja, denkste! Genau an dem Tag, an dem sie sich aller menschlicher Voraussicht nach den drei jungen Herren hingegeben hätte – just an diesem Tag mußte dieser blöde Krieg ausbrechen! Telegramme über Telegramme von daheim und jede Menge Aufregung. Alles, was ihnen ihre langerwartete Europareise bisher gebracht hatte, war das Herumwarten in Hotelfoyers.

In diesem Augenblick stieß McFinnan einen für die beiden anderen höchst überraschenden Schrei aus. Es stellte sich heraus, daß der Halunke bereits seit drei Minuten durch die Konferenzschaltung mithörte. Jetzt aber, setzte Fried unbeirrt fort, jetzt hätte sich das Blatt gewendet. Genau das hatte er nämlich eigentlich sagen wollen. Seit dem gestrigen Abend waren sie Teil einer »europäischen Konstellation«. Hier warf McFinnan ein: »Eine Ménage à cinq!« Diesmal lachten sie alle drei: Das war nun wirklich ein amüsanter französischer Witz. Zum ersten Mal hatten sie nun alle das Gefühl, kosmopolitische Insider zu sein und nicht bloß blöde Touristen. Jetzt, sagte Fried – und es war ihm gleichgültig, ob nun sein Kaffee eiskalt wurde –, jetzt ging es nur noch darum, diesen Österreicher ihre Beute heißmachen zu lassen. »Like a tease pony«, ließ sich McFinnan wieder vernehmen, und ein vorbeieilender Steward wurde durch gleichzeitiges Lachen aus drei Kabinen erschreckt. Es ging also darum, sagte Fried, Madame Ceil – und war sie nicht wirklich großartig? So etwas konnte man in den Vereinigten Staaten um keinen Preis der

Welt finden, wirklich außerordentliche europäische Ware war eben immer von der reiferen Sorte – also, es ging darum, Madame Ceil wissen zu lassen, daß ihre drei jungen amerikanischen Anbeter getreu im Schatten für sie bereitstanden. »Mhm«, sagte Bell. Und plötzlich hatte Fried, der eben mit dem Telefon in der Hand zum Waschbecken ging, bemüht, weder den Hörer noch den Rasierapparat fallen zu lassen, einen phänomenalen Einfall.

»Mann, oh Mann!« rief er aus und lud sie umgehendst in seine Kabine ein. Die beiden kamen sofort angerannt, beide noch im Morgenmantel. Es war wirklich eine verdammt gute Idee, mußten sie zugeben, als er sie ihnen anvertraut hatte. Sie war so großartig, daß McFinnan gleich wieder losrennen mußte, um seine und Bells Kleider zu holen, damit sie sich alle in Frieds Kabine anziehen konnten. Dabei entwickelten sie seine Idee weiter: Sie würden sich nicht mehr rasieren! Sie würden in einen Rasierstreik treten. Alle drei würden sie sich Bärte wachsen lassen, und zwar bis ihnen Madame Ceil einen bestimmten Wunsch erfüllte. Und McFinnan oblag es, eine Resolution zu entwerfen, in der die Erfüllung dieses Wunsches erbeten würde. Das nämlich war der letzte und beste Teil von Frieds brillanter Idee: eine verrückt-parodistische Resolution, wie sie Finney schon für ihre Show zum Studienabschluß geglückt war. Nichts allzu Plumpes natürlich, doch wirklich rasend komisch – und verflucht treffend. So schickten sie Finney noch ein drittes Mal los, diesmal, um einen Bleistift zu holen.

Als sie zurückkamen, hatte der Brave bereits die Präambel konzipiert. Und bis sie alle mit dem Ankleiden fertig waren, hatte er wirklich ein Meisterstück zusammengebracht.

Lachend rannten sie nun miteinander die Treppe hoch, durch die Bibliothek, ulkten herum, zogen sich gegenseitig wegen ihrer Bartlosigkeit auf, doch als sie dann auf den Kern ihres Planes zu sprechen kamen, flüsterten sie nur noch. Und nicht, ehe sie ihren Platz in der Ménage à cinq mit Madame und dem Österreicher in der Cocktailbar wieder eingenommen hatten, und auch nicht, ehe die Konversation just den rechten Punkt erreicht hatte, wagte es Fried, laut herauszusagen, was eigentlich ihr Ansinnen war.

4

Als Sühne für sein Rauchen versuchte Reverend Kleinoff, sich des Frühstücks zu enthalten. Doch das war eine so tückische, verführerische Mahlzeit; er war nie sicher, ob er ihr würde widerstehen können.

An diesem Tag auf der *Syngdam* gelang es ihm – vorerst. Sein Frühstück bestand lediglich aus fünf Liegestütz und einem Gebet. Er dachte überhaupt nicht ans Essen. Er ging rasch nach oben, blickte aber scharf nach links, als er an der Bar vorbeikam.

Und tatsächlich: Die Dame mit dem Hut saß immer noch am gleichen Tisch. Das Kissen, das ihr während der Nacht als Polster gedient hatte, war noch immer gegen den Rückenteil ihres Sessels gelehnt. Sie war ihrem Entschluß treu geblieben und hatte es verschmäht, in ihre Kabine zu gehen.

Die Dame hatte ihr Bett verschmäht, und er hatte sein Frühstück zurückgeschickt. Ganz unvermittelt empfand der Reverend ein Gefühl warmer Zuneigung für sie. Eine große Überraschung bahnte sich in seiner Seele an: Könnte vielleicht SIE seine Verbündete werden? Seine Gefährtin bei dem, was er während dieser Reise noch zu tun hatte? Selbstverständlich würde er behutsam vorgehen, erst einmal vorfühlen. Der dringende Wunsch nach einem frühstücklosen Gespräch mit ihr begann ihn auszufüllen. Er drehte sich um und näherte sich langsam wieder der Bar. (Dabei ließ er das Schachspiel unter seiner Achsel deutlich hervorlugen, um seine guten Absichten zu bekunden.) Die Dame mit dem Hut verströmte etwas Wunderbares.

Umso bestürzter war er dann, als er, kaum war er eingetreten, einen ganzen Berg Orangenschalen vor ihr auf dem Tisch fand, leere Eierschalen, eine geöffnete Medikamentenschachtel und die Papieruntersetzer von zwei bereits verspeisten Schokolade-Eclairs. Eine berauschende Mischung von Gerüchen ging von dem Ganzen aus.

»Kaffee, Reverend?« fragte Frau Schwabauch. »Ich habe mit dem Kaffee auf Sie gewartet.«

»Ach«, sagte er. »Ich danke Ihnen. Nur um Ihnen Gesellschaft zu leisten. Eine Tasse. Jetzt müssen wir nur noch den Einsatz der

Bauern lernen.« Er öffnete das Schachspiel und begann, so rasch er konnte, die Figuren aufzustellen. »Die Bauern sind am leichtesten zu handhaben. Sie sind wie – nun, eben wie wir.«

5

Den während des ersten Tages an Bord der *Syngdam* geschlossenen Freundschaften und Bekanntschaften wohnte eine Intensität inne – etwas Leuchtendes und Reines –, die in dieser Form an Land unbekannt war. Die Passagiere hatten ja nichts anderes zu tun, als einander ab- und einzuschätzen, sich aneinander zu klammern und das so Gewonnene zu festigen. Zufallsgruppierungen wurden zu Klubs, schlossen sich enger zu förmlichen Kulturen zusammen, zu nomadischen Stammeszivilisationen, die die *Syngdam* bevölkerten, mit ihren gewohnten Lagerplätzen, spezifischen Wegen, mit einem Gesellschaftsleben und einem nur ihnen eigenen Kollektivgeist.

Das Motto von Ceils Anhängerschaft war ausgelassene Fröhlichkeit. Beim Zischen des Vichy-Wassers und zu den Späßen der jungen Amerikaner versammelten sie sich im Wintergarten; gegen Mittag besetzten sie das Sportdeck. Dort spielten dann Ceil und ihr sehr junger Freund (wie Professor Lenore Fennicksen Leon einmal Herrn Meyerhaas gegenüber nannte) gegen zwei der Amerikaner Deck-Tennis, während der dritte herumlief und den Schiedsrichter spielte. Am frühen Nachmittag versammelten sie sich im Kino und rissen mit tiefernster Stimme ihre Witze über die rührenden Liebesszenen. Gegen fünf fanden sie sich in tadelloser Abendkleidung an der Bar ein und sprachen ausgelassen über irgend etwas, das sich während des Tages ereignet hatte. Nach dem Dinner gewannen sie in der Main Lounge beim Bingo und tanzten im Chez Transatlantique bis zu ihrer und des Orchesters Erschöpfung.

Die Republik, die aus Herrn Meyerhaas samt Anhang und Professor Lenore bestand, war ausgeglichen und konstruktiv, ordentlich und quasi rechteckig. Sie erstreckte sich über zwei Territorien: das glasüberdachte Sonnendeck am Morgen und die Bibliothek am Nachmittag. Wenn sie sich zwischen diesen Revieren bewegten, aber auch zum oder vom Speisesaal, so ging Herr Meyerhaas mit der blauhaarigen Frau Professor voran, dicht gefolgt von seinem Sohn und seiner Tochter. Alle vier bewegten sich würdig und langsam, immer gleichen Abstand voneinander haltend, und sprachen mit dem gleichen Grad an Lebhaftigkeit. Nach dem Dinner tanzte Herr Meyerhaas mit Frau Professor (mit Lenore, wie sie ihn gebeten hatte, sie zu nennen) einen Walzer; Kurt dagegen durfte einen langsamen Foxtrott mit Liese tanzen. Herr Meyerhaas gab an seine Kindern jene Einsicht in das Sozialverhalten der Amerikaner weiter, die Professor Lenore ihm gewährt hatte. Die Frau Professor hatte ihrem Erstaunen darüber Ausdruck gegeben, wie lebendig und überzeugend Herr Meyerhaas über deutsche Methoden der Lehrbuchherstellung gesprochen hatte. Sie äußerte sich auch anerkennend über die Fortschritte, die er im Gebrauch seines zwar noch nicht perfekten, aber doch charmanten Englisch machte. Er schloß daran ein Kompliment (schon nach dem ersten Abend wurden daraus zwei), wobei er etwa seiner Bewunderung darüber Ausdruck gab, in wie jungen Jahren seine liebenswürdige Bekannte bereits zu so hohen akademischen Ehren gelangt sei. Und dann, wieder in genau gleichen Abständen voneinander, begleiteten die drei Meyerhaasen ihre amerikanische Freundin zu deren Kabine, bevor sie sich in ihre eigenen zurückzogen – oder eigentlich: ehe sie alle drei in Lieses Raum gingen, wo sie die Fotos des Vortages in Alben archivierten und mit entsprechenden Bildunterschriften versahen, wie sie es von all ihren bisherigen gemeinsamen Reisen gewohnt waren.

Die Metunias – stets treulich gefolgt von Raoul Stein – kamen wirklich nie und nirgends zur Ruhe, noch schienen sie irgendeiner bestimmten Basis zu bedürfen. Ihr Reich lag jenseits aller Geographie. Es lag in einer Art hochfliegender, sardonischer Geschwindigkeit, die sich am häufigsten noch auf dem Top Deck in menschlicher Form manifestierte. Dort konnte man Miss Metunia um Punkt neun Uhr sehen, wie sie mit ihrem Hund spazierenging, eher spazierenrannte. Mitten im Rennen wurde der Pudel dann um neun Uhr dreißig gegen Mr. Metunia und den Wiener Rechtsanwalt eingetauscht. Danach kam es zur ersten ihrer abrupten Absentierungen, denn die drei sperrten sich im Squashcourt ein, nur um wenig später souverän am Swimmingpool zu erscheinen und alle anzuspritzen; ob ab- oder unabsichtlich war nicht festzustellen, denn unmittelbar darauf begaben sie sich zum Lunch in ihre privaten Räumlichkeiten. Um drei Uhr nachmittags konnte man sie wieder als wandelnde Punkte auf dem Topdeck ausmachen, wo sie Shuffleboard und, beinahe gleichzeitig, ein anderes, sehr seltsames Spiel spielten: Aus unbesetzten Deckstühlen (egal, wem diese gehörten) errichtete Mr. Metunia futuristische, kartenhausartige Gebäude. Inzwischen versah Miss Metunia diese mit Fassaden aus Decken – bis Mr. Metunia sein ganzes Kunstwerk, trotz der Schreie, ja manchmal sogar Tritte seiner Tochter, durch einen wohlgezielten Schuß mit dem Shuffleboard-Puck zum Einsturz brachte. Es kam zu furchtbarem Geklapper, zu einem Krach, der ernsthafte deutsche Spaziergänger in Angst versetzte – und schon war die Metunia-Runde zum Tontaubenschießen an der anderen Seite des Schiffes verschwunden. Zur Abenddämmerung, begleitet vom dämonischen Gekläff ihres Hundes, besuchten – nein: stürmten – sie die Bar. Sie blieben eben lange genug, um Suki zu brüskieren, indem sie Drinks bestellten, die sie offenbar eben erst selbst erfunden hatten. Bei all seiner weltumspannenden Erfahrung hatte er von derlei Getränken noch nie gehört. Sobald sie Suki in tödliche Verlegenheit gebracht und weit über Gebühr mit Trinkgeld versehen hatten, schickten sie ein Ablehnungsbillett an den Dinnertisch des Kapitäns (besonders ärgerlich, da er sie nach ihrer ersten Absage gar nicht eingeladen hatte) und verschwanden, vermutlich zu einem privaten Dinner. Danach schien sich ihr Tempo etwas zu verlangsamen. Sie betraten das Chez Transatlantique in perfekter Abendkleidung. Und eben, als Mr. Metunia, endlich ohne seine alten Shorts und pyjamaartigen Sporthemden, eben wie ein bekannter Manager gekleidet, also sobald er begonnen hatte, wie ein Mensch auszusehen, ganz normal in einem Stuhl saß und hie und da ein Wort an einen der angrenzenden Tische richtete, in dem Moment also als, mit anderen Worten, die Herzen der Emigranten vor Freude über die Möglichkeit, mit dem Zentrum der amerikanischen Macht in Kontakt treten zu können, zu hüpfen begannen, genau da erwies es sich als Schimäre. Mr. Metunia war betrunken. Seine »Konversation« mit den Außenseitern bestand nun vermutlich aus lauter Beleidigungen, die sich hinter amerikanischen Dialekt-Ausdrücken verbargen. Und ehe noch diese enträtselt werden konnten, mimten Miss Metunia und ihr Freund schamlos Trunkenheit, stützten Mr. Metunia und verschwanden mit ihm in ihre höchst separate, exklusive Nacht.

Die Allianz, die Reverend Kleinoff mit Frau Schwabauch verband, war mit dem bewußten Tisch rechts von der Bar fest verwurzelt. Er schien anzuerkennen, daß dieser Ort wirklich der einzige war, an dem sie ihr Verdauungssystem unter Kontrolle halten konnte. Sie wieder achtete peinlich genau darauf, daß er stets einen Aschenbecher zur Verfügung hatte. Seinen knappen Schachbelehrungen folgte sie mit einem Kopfnicken; sein ominöses Mümmeln kaschierte sie durch sanftes, harmonisches Räuspern. Von zehn bis eins saßen sie einander über das Schachbrett gebeugt gegenüber, und nach dem Lunch wieder von drei bis sieben Uhr abends. Nur die Mahlzeiten vermochten die beiden zu trennen; und nur nach dem Lunch war ihre Allianz kurzfristig bedroht: Zu diesem Zeitpunkt, bei seiner Rückkehr, traf der Reverend seine Freundin meist mit offenem Mund rücklings in ihren Sessel versunken an. Sie schlummerte in so offensichtlicher Zufriedenheit, als hätten all seine ernsten Ermahnungen am Morgen nichts gefruchtet. Sie schien einfach noch nicht bereit für das Angebot, das ihm längst schon auf der Zunge lag, und auch die Art, wie er ungeduldig ihren Sitz umkreiste, konnte sie nicht erwecken. Suki mußte zu Hilfe kommen. Er kannte Frau Schwabauchs Reflexe inzwischen wie die eines Haustiers: Er hantierte geräuschvoll, als bereite er eine Riesenportion Schlagobers vor. Mit einem überraschten Schnauben wurde Frau Schwabauch sofort hellwach. Immerhin hatte sie die Geistesgegenwart, dem Reverend zu versichern, ein Alptraum hätte sie geweckt. Das beruhigte ihn immer. Er setzte sich und hielt eine Predigt über die Rösseleröffnung. Bald schon neigte sich seine schwere Soutane ihrem aus allen Nähten platzenden

Schneiderkostüm zu. Rund und undurchdringlich hielt die Kabale ihre Sitzung.

Was Baron Neuhaus mit Mr. Lawton verband, war nicht leicht nachvollziehbar. Den ganzen Morgen spazierten sie miteinander, umrundeten immer wieder das Hauptdeck. Ihre Gesichter aber waren einander nur selten zugewandt. Das Aufsetzen von Mr. Lawtons Stock war lauter als ihre Schritte oder ihre Worte. Sie schienen jedoch ständig miteinander zu sprechen, wobei die elegante dunkelhäutige Gestalt mit dem kleinen Baron mühelos Schritt hielt.

Nach dem Lunch aber trennten sie sich auf eine Weile voneinander. Da wurde es höchst geheimnisvoll: Mr. Lawton sperrte sich im Turnsaal des Schiffes ein. Kein Mensch wußte warum. Suki, die Informationszentrale der *Syngdam*, erzählte, daß der farbige Gentleman den Turnsaal für alle Tage der Überfahrt von drei bis vier Uhr nachmittags gemietet hatte. Doch wozu? Selbst Suki konnte hier nur raten und eine Vermutung äußern: Vielleicht um den Stumpf seines Beines von anderen ungesehen mit der UV-Lampe zu bestrahlen?

Während der Zeit, die Mr. Lawton im Turnsaal verbrachte, traf man den Baron meist an der Steuerbordseite der Brücke. Hier, um genau drei Uhr nachmittags, wurde die Uhr des Kapitäns um fünfundvierzig Minuten zurückgestellt, um dem auf der Fahrt westwärts an diesem Tag erreichten neuen Standort der *Syngdam* Rechnung zu tragen. Ein Bronzezeiger auf einer silbernen Landkarte wurde verschoben, um anzuzeigen, daß die Zeit an Bord nun die gleiche sei wie etwa in Dakar, Madeira oder auf den Kanarischen Inseln. Der Baron beobachtete diese kleine Zeremonie. Aber nie griff er nach seiner eigenen Uhr. Während alle Anwesenden an ihren Armband- oder Taschenuhren herumfummelten, ging er einfach fort, nach vorne, bis er das Zischen der Gischt am Bug des Schiffes erreicht hatte. Dort starrte er in die Wellen – starrte und starrte. Seine Uhr tickte dabei weiterhin in Wiener Ortszeit. Der Wind zerrte an seinem Anzug. Und nach einer Weile drehte er sich um, um zum Promenadendeck hinunterzugehen. Unfehlbar ging er immer eben in diesem Moment am Eingang des Turnsaals vorbei, als Mr. Lawton heraustrat. Vom Augenblick ihrer Wiedervereinigung an im Gleichschritt gehend, nahmen die beiden ihren Rundgang wieder auf. Ihre Stimmen waren gedämpft, und man hörte nur das Aufklackern des Stocks.

Jeder an Bord war nicht nur er selbst, sondern gleichzeitig ein Botschafter seiner Gruppe. Reverend Kleinoff hatte, während er noch finster die vergoldeten Salzstreuer auf der Dinnertafel anstarrte, das Gefühl, eigentlich zu einem weit entfernt in der Bar mittschiffs gelegenen Stuhl zu gehören – ein Zugehörigkeitsgefühl, das ihn beruhigte und aufrecht hielt. All die verschiedenen Zivilisationen hatten den anderen gegenüber eine Art von Außenpolitik entwickelt. So etwa schlossen sich Streitkräfte Madame Ceils enger zusammen, wenn die Metunias vorbeirauschten. Sie schienen außer sich vor lauter Lachen und schoben oft noch lautstark eine besonders witzige Anekdote nach. Andererseits wieder entsandte Madame Ceils Anhängerschaft oft Bell als amüsierten, jedoch nicht spöttischen Beobachter zu dem chronischen Schachspiel in die Bar. Den Baron konnte man dabei beobachten, wie er dem Pudel der Metunias den Nacken kraulte und dabei offenbar mit dem Filmmogul selbst sachkundig cineastische Bemerkungen austauschte. Nicht der kleinste Winkel des Schiffes war ohne internationale Beziehungen. Wer hätte wohl geahnt, daß die Freundschaften, aus denen sich diese autonomen Reiche und Einflußsphären entwickelt hatten, kaum erst zwei Tage alt waren? Schon am zweiten Abend der Reise erlangten sie feste Formen, Endgültigkeit und etwas wie bewährte Dauer. Gemeinsam bildeten sie das Gesellschaftsleben auf der *Syngdam*, das, eben erfunden, für alle Zeiten festgelegt schien.

Etwas von all dieser Geselligkeit bestand aus Menschen, die einfach heimfuhren, während andere Flüchtlinge waren, so ausgesetzt, solch schutzlos nackte Erforscher des Unbekannten, daß man sie nicht einmal als Exilanten bezeichnen konnte. Und doch trieben sie alle, mehr oder minder fröhlich, im selben Boot in die gleiche Richtung: von Southampton nach New York. Eine klar umschriebene, angenehme Welt hatte sich an Bord konstituiert. Niemand konnte sich vorstellen, wie rasch sie in spitze Scherben zerbersten würde.

6

Eine leicht geöffnete Türe im Korridor ließ den Pelzmantel eines Mannes vor einer Mahagonitäfelung erkennen. Zu ihrer eigenen Überraschung war Ceil nicht mehr auf dem Weg zur Lounge. Sie blieb stehen. Ein leises Klopfen der Finger vergrößerte den Spalt: ein Pelzmantel, ein Burberry Tweed, ein schweinsledemer Überseekoffer mit einem Hollywood-Etikett. Ein Schwanken des Schiffes half ihr in die Kabine.

Was sie dort am meisten beeindruckte, war nicht die ungeheure Größe des Appartements, das sich Luke um Luke weithin erstreckte; weder das rotseidene Toiletteköfferchen am Eingang der Kabine seiner Tochter noch der kaum wahrnehmbare, teure Duft einer After-shave-Lotion, und auch nicht der Pfeifenständer mit seinen elf kunstvoll geschnittenen Pfeifen – alle noch unbenützt. Nichts von alledem.

Was sie traf wie ein Schlag, war die Stabilität des Luxus. Ihre Kabine war nur um eine Kleinigkeit weniger elegant als diese. Und irgendwann einmal hatte sie selbst all das hier gehabt, die Düfte und die edlen Stoffe. All das hatte sie von sich geworfen: Es war ihr nicht ehrlich und gut genug. Sie hatte verschwendet und weggeworfen, weil ja doch etwas Besseres kommen würde, etwas Edleres, zusammen mit ehrlicheren Lippen. Aber außer ihrem vierundvierzigsten Geburtstag war nichts gekommen. Ihre Kabine, und auch all die anderen prächtigen Kabinen auf diesem Schiff, war nur Schimäre. In wenigen Tagen würde sie aus ihrem eleganten Logis hinaus in irgendeine kümmerliche Kochnische gehen. All die anderen graziösen Teetischchen auf der ganzen *Syngdam* würden zu schmutzigen Küchentischen zusammenschrumpfen. Aber das hier nicht.

Diese beiden teuren Mäntel würden ihrem Besitzer, wohin er auch ging, ständig zur Verfügung stehen, ob er nun mit dem Auto fuhr, segelte oder flog, man würde seine Zehn-Dollar-Lotion riechen; die Pfeifen würden ihm in speziell für ihn geschnitzten Dutzenden bereitstehen; das Köfferchen aus rotem Satin würde die in ihm verborgenen Schätze seiner Tochter bereitwillig präsentieren. Dieser allgegenwärtige, hartnäckige Luxus machte Ceil wütend. Sie wollte diesen geborenen Besitzenden etwas davon entreißen. Sie wollte diesem Luxusappartement seine Stabilität nehmen, sie in ihr eigenes Fleisch pressen. Rasch versanken ihre Finger tief in das Toiletteköfferchen.

Und dann – Glück à la Ceil: wischte eine Gestalt im Spiegel. So rasch, daß es zu spät war, fallen zu lassen, was sie in der Hand hielt. Sie schaffte es gerade, sich aufzurichten und ein Lächeln hervorzuzaubern.

»Das passiert mir auf Schiffen immer wieder«, sagte sie.

»Morgen«, sagte Mr. Metunia.

»Ich kann mich in völlig fremden Kabinen oft stundenlang unterhalten.« Sie war bemüht, im rechten Augenblick zu kichern. »Bis mir plötzlich auffällt, daß diese Koffer gar nicht mir gehören.«

»Lassen Sie sich nicht stören«, sagte Mr. Metunia.

Die gefährliche Hand hinter der Hüfte verborgen, begann sie zur Türe zu schlendern. »Meine Kabine liegt genau wie die Ihre«, sagte sie, »nur ein Deck tiefer. Und etwas kleiner. Sie sehen: Ich habe eine Entschuldigung.« – »Machen Sie sich deshalb keine Sorgen.« Seine Augen waren halb geschlossen, und sie dachte: Gottseidank – er ist betrunken.

»Ich bin Ceil Spay«, stellte sie sich ihm vor, schon ganz nahe bei der Tür, um diesen peinlichen Augenblick in eine völlig harmlose Begegnung zu verwandeln. »Natürlich weiß ich, wer Sie sind. Sie müssen mir versprechen, sich einmal in meine Kabine zu verirren – dann haben wir einander nichts mehr vorzuwerfen.«

Und damit war sie schon beinahe sicher aus der Tür, wenn er sich nicht unvermutet so schnell bewegt hätte, wankend und mit halb geschlossenen Augen. Er überholte sie und blockierte den Ausgang.

»Das ist ein sehr hübsches Kleid.«

Sie fühlte sich erbleichen. »Danke für das Kompliment. Es ist ein Souvenir aus besseren Tagen.«

»Wo haben Sie es her? Ich würde meiner Tochter gerne auch so eines kaufen.«

»Aus einem Geschäft in Wien«, sagte sie hilflos. »Das Geschäft gibt es jetzt nicht mehr.«

»Sie sehen wie eine Schauspielerin aus.«

»Eine ehemalige.« Sie lachte. »Ziemlich ehemalig.«

Nun schloß Mr. Metunia seine Augen völlig. »Diese kleinen Dinge da, die Sie in der Hand halten – sie sind es wirklich nicht wert.«

Sie hatte gespürt, daß das kommen würde, war schon im vorhinein gelähmt gewesen, und dennoch wäre sie immer noch in der Lage gewesen, fortzulaufen, einfach zu rennen, hätte dies nicht bedeutet, sich an ihm vorbeizuzwängen, an die Wand gedrückt, wie eine räudige Katze. Eine räudige Katze zu sein ließ sie völlig versteinern. Sie konnte die drei Goldringe nur noch auf den Teppich fallen lassen und sich gegen die Wand drehen. Mit aller Macht wollte sie das törichte Naß zurückhalten, das ihr aus den Augen zu strömen drohte. Sie brauchte eine ganze Weile, ehe es ihr vollends gelang. Eine ganze lange Minute lang standen sie so nebeneinander, sie mit dem Rücken zu ihm.

»Sie wollten mich ertappen«, sagte sie schließlich. »Das war geplant!« Da entdeckte sie, daß sie das Weinen mit ihrer Wut unterdrücken konnte. Solange sie wütend war, vermochte sie, sich ihm zu stellen.

»Ich wollte mir nur meine kleine Flasche holen«, sagte er.

»Sie haben die Türe offengelassen! Es war eine Falle.«

»Jetzt hören Sie einmal.« Er bückte sich, um die Ringe aufzuheben. »Da ist ein großer Brillantring im Safe. Meine Frau hat mir das Ding einmal angedreht. Der ist ohnehin versichert.«

»Sie haben zuviel getrunken.« Es kam jetzt nur darauf an, weiter wütend zu bleiben.

»Ja«, sagte er. Er hatte sich inzwischen wieder aufgerichtet. Er schob die Goldringe auf den Hals der Flasche und ließ sie dort auf und ab gleiten. Dann sagte er, als spräche er zu sich selbst: »Du reibst die Flasche, und das Wetter ist gut. Mein Film ist großartig. Alle Flüchtlinge hier sind Rothschilds.«

»Und Sie werden aus mir eine Rothschild machen!«

»Ich wollte nur sagen«, warf er hin, »dieser bestimmte Ring ist versichert.«

Das machte sie zornig. »Nein, danke sehr! Kein Mitleid, keine Almosen. So haben Sie nicht Ihr mahagonigetäfeltes Appartement bekommen! Ab heute werde ich auch sein wie Sie. Ich werde das trainieren. Ich werde auch Fallen stellen!«

»Wow«, sagte Mr. Metunia. Inzwischen hatte er den Verschluß der Flasche zu den drei Ringen auf den Hals geschraubt und betrachtete diese Leistung mit kindlichem Erstaunen. Aus irgendeinem idiotischen Grund war sie nahe daran, darüber in Tränen auszubrechen. Aus reiner Notwehr also wurde sie noch wütender. Sie hörte selbst, daß das, was sie sagte, lächerlich war, und dennoch konnte sie damit nicht aufhören.

»Ich werde in Ihrem komischen Amerika noch ein großer Erfolg – Sie werden schon sehen!«

»Es tut mir leid, daß ich hereingekommen bin.« Und er sah dabei so fragil und müde aus, mit seinen drei Ringen auf der Flasche, daß sie nun einfach gehen mußte – so stark drängten die Tränen –, räudige Katze oder nicht.

Er aber trat ihr in den Weg.

»Ich möchte Ihnen einen Vorschlag machen.«

Sie konnte sich kaum noch aufrecht halten; sie vermochte nichts zu sagen.

»Sie können ein ganz schönes Stück Geld verdienen.«

»Ich will aber keine Almosen!«

»Keine Almosen. Aber da sind viertausend für Sie drin.«

Plötzlich sprach er rauh, ein todmüder Tonfall, aber mit präziser und erfahrener Rauher-Burschen-Härte, die ihr dabei half, sich wieder unter Kontrolle zu bringen.

»Ich mag keine Spiele«, sagte sie.

»Treffen Sie sich morgen hier mit mir?«

»Schon wieder eine Falle.«

»Morgen früh? Sie können ja wenn nötig um Hilfe rufen.«

»Das ist ja lächerlich!«

»Sie werden kommen?« sagte er. »Morgen, etwa um zehn?«

»Ich glaube, Sie sind verrückt.«

»Sicher, aber Sie werden kommen?«

Plötzlich fiel ihr etwas ein: »Wenn Sie jemals Ihrem Freund Raoul von dieser Sache erzählen –«

»Werde ich nicht tun, wenn Sie kommen«, gab er zurück. »Okay?«

Und dann, um zu vermeiden, daß er sich wieder in einen kleinen Jungen verwandelte, was sie völlig aus der Fassung gebracht hätte, sagte sie: »Vielleicht ja« und nickte. Damit verschaffte sie sich einen einigermaßen guten Abgang und rannte dann zur nächsten Garderobe, um sich für den Nachmittagstee mit Leon und für eine fröhliche Bridgepartie mit Baron Neuhaus zurechtzumachen.

7

Sie alle saßen in ihren Deckstühlen und nahmen ihren Nachmittagstee zu sich, als Leon, einfach an der Art, wie sie ihm unbekümmert Kaffee eingoß, merkte, daß etwas Besonderes im Gange war.

»Ceil!«

»Raoul! So allein?«

»Ach Gott, wir haben ja noch immer nicht gefeiert, nicht wahr?«

»Ach ja, unser Wiedersehen. Ist das nicht schändlich?«

»Derzeit geht bei mir alles drunter und drüber, Ceil. Aber ich verspreche dir, morgen –«

»Mein Lieber, zur Zeit kann ich dir gar nichts versprechen! Ich bin in den Händen dieser Kerls hier – oh, hast du Mr. Fried, Mr. McFinnan und Mr. Bell schon kennengelernt? Ich glaube, morgen werden sie mich zwingen zu – was denn eigentlich – Wasserpolo?«

»Wasser-Baseball, genau gesagt«, erklärte McFinnan.

»Da hast du's – amerikanische Irre!«

Raoul lächelte seine Uhr an. »Ich verstehe dich. Ich habe selbst meine eigenen Yankee-Sorgen.«

»Aber du scheinst dich ihrer ja entledigt zu haben! Wie macht man das nur?«

»Der Jammer ist, ich soll sie eben jetzt treffen.«

»Wenigstens hattest du eine Weile Ruhe vor ihnen. Diese Burschen hier aber! Schau dir nur ihre scheußlichen unteren Gesichtshälften an. Weißt du, was sie gemacht haben? Sie haben ein Gelübde abgelegt, einen absolut unsittlichen Eid geschworen, sich nicht zu rasieren, ehe ich nicht für sie eine Intim-Show gebe.«

»Unter Bedachtnahme darauf«, begann McFinnan zu deklamieren, »daß es mutwillige Verschwendung der Ressourcen der *Syngdam* wäre, Madame Ceil durch ein hochgeschlossenes Kleid zu beengen; unter Bedachtnahme darauf, daß ein großzügiges Dekolleté geeignet wäre, entscheidend zu Ethos und Gesundheit der Passagiere und Mannschaft beizutragen, wird somit beschlossen –«

»Hör dir das bloß an«, sagte sie, »und nicht einmal er« – dabei begann sie, sich an Leon zu schmiegen, und gab diesem mit der Schulter einen kleinen Schubs –, »nicht einmal er will mich beschützen.«

»Ich weiß nur zu gut, wie dir zumute ist«, meinte Raoul.

»Ach, aber meine Yankee-Bande ist viel ärger als die deine. Wer immer die auch sind – so schlimm können sie nicht sein.«

»Nun, schau, wir müssen uns wirklich bald treffen.«

»Versuchen wir es vielleicht irgendwann übermorgen, nicht?«

»Ja, versuchen wir's.«

»Und bete für mein Überleben, kannst du das für mich tun?«

»Zweimal täglich.«

Sie lachten, und erst, als er gegangen war, löste sie sich von Leons Seite.

»Jetzt haben wir's ihm gezeigt«, sagte sie und blickte dabei Leon hart und offen an. Sie sah an den drei Amerikanern vorbei.

Tatsächlich war Leon, obwohl sie mit ihm nie wieder so offen gesprochen hatte wie in jener ersten Nacht, ihr Anker, ihr Vertrauter. Damals, nach der Bridgepartie mit dem Baron, war sie mit seltsam blassem Gesicht zurückgekommen.

»Hast du denn so viel verloren?« fragte er sie lächelnd.

»Ach nein«, gab sie zurück. »Nur eine faszinierende Information!«

»Du wirst Baronin!«, und er nahm ihre Hand in die seine. Als Teil ihres Abkommens hatte sie ihn gelehrt, mit ihr auf eine Art zu flirten, die ihnen beiden schmeichelte und die der Welt die elegante Freude zeigte, die sie aneinander hatten. In solchen Augenblicken hoffte er immer, daß die Gangster-Prinzessin sie so sehen würde.

»Ich – eine Baronin?« Sie legte ihren Kopf drollig zur Seite. »Eine nette, reiche Baronin? Wäre nicht eben faszinierend – nur sehr angenehm. Und nichts, was sehr angenehm ist, stößt Ceil jemals zu, weißt du denn das noch nicht? Dafür habe ich kein Talent!« Sie lachte auf.

»Stell dir nur vor: Nach dem Bridge habe ich vorsichtig meine Fühler ausgestreckt, war ein wenig neugierig, was für aufregende Pläne für New York unser Baron wohl hätte, ein Haus in den Vororten oder doch lieber eine elegante Wohnung in der Stadt und so weiter. Darauf sagte er – er sagte es ganz geradeheraus –: ›Nun, ich glaube, ich könnte immer noch als Sommelier arbeiten.‹ Das hat er einfach so hingeworfen.«

»Ein Sommelier?«

»Ein Weinkellner! Oh, daß ich so tief sinken konnte! Zu einem solchen Ignoranten als meinem Kavalier. Und dessen Stecktuch überdies noch ganz falsch sitzt.« Einige Leute gingen vorbei, und sie brachte das Tuch fröhlich wieder in Ordnung. »Hast du nie im Restaurant einen Sommelier gesehen, einen Burschen, der eine Kette um den Hals trug?«

»Ach so – den?« sagte Leon. »Und ich dachte immer, den hätte man verhaftet!«

»Komisch!«, und er erhielt einen zärtlichen Knuff von ihr. »Aber wirklich, es ist alles so faszinierend, denn der Baron scheint keine Ringe mehr zu haben. Das war das erste, was ich beim Bridge bemerkte. Guter Gott, nackte Finger. Und dabei hatte er früher zwei wunderbare Smaragde. Noch vor ein paar Jahren habe ich sie mit eignen Augen in Kitzbühel gesehen. Und jetzt – alles dahin, so wie wir alle. Das macht doch wirklich froh, nicht?« Sie lachte wieder. »Vielleicht sollten wir eine Kollekte beginnen, um ihm eine Sommelierskette zu kaufen? N'est-ce pas ? Und anschließend lassen wir den Hut für den Ankauf meiner Dienstmädchenschürze rundgehen – ach, hab' ich dir denn das nicht erzählt? Die Leute, die mir das amerikanische Visum besorgt haben – es steht so auf dem Affidavit, das sie an das Konsulat geschickt haben –, nun, die haben für mich in ihrem Haus eine nette Anstellung als besseres Zimmermädchen parat. Ist das nicht fabelhaft? Sie haben dafür sogar einen urkomischen Ausdruck – ›domestic functionary‹ oder so ähnlich. Ich muß dir das direkt einmal zeigen.«

»Wirklich?« sagte Leon, es fiel ihm nichts Besseres ein.

»Wirklich. Ich werde das Dienstbotenproblem in den Vereinigten Staaten lösen! Ich ganz allein. Glaubst du, daß ich damit in die Annalen der amerikanischen Geschichte eingehen werde?«

»Ich denke, das dürfte das Ende der Bridgepartien mit dem Herrn Baron sein«, sagte Leon rasch.

»Das Ende der Bridgerunde und der Anfang des Kongo.«

»Ist Mr. Lawton der nächste?«

»Ah! Mein Kavalier versteht es, klug zu sein, wenn er nur will! Klar, der Dunkelhäutige.« Sie holte tief Atem und sprach plötzlich mit doppelter Lebendigkeit. »Es scheint – nun, sagen wir einmal so: Ich glaube, ich bin ihm aufgefallen. Suki sagt, Mr. Lawton sei angeblich der Eigentümer aller farbigen Versicherungsgesellschaften in Memphis, oder wie immer sie diesen Staat nennen. Ich glaube von all dem kein Wort – er ist so ungewöhnlich. Er ist in Wahrheit ein Prinz aus dem Kongo, und sein Hinterbein hat er bei einem Voodoo-Duell verloren, und wenn ich meine Tage nicht als Haushaltshilfe beschließe, so werde ich den Rest meines Lebens in einer großen Hütte im Busch mit seinen sechzehn anderen Frau verbringen!«

Sie tätschelte Leon die Wange und rannte los, um mit den Dillingers – wie sie ihre amerikanischen Anbeter seit neuestem nannte – Wasser-Baseball zu spielen.

Leon sah ihr nachdenklich nach. Das fröhliche Flattern ihres Schals … und die heitere Unbeholfenheit ihrer Versuche, ihren Liegestuhl umzustellen. Und ihre unbekümmerte, aber höchst vage Vorstellung von Amerika; einmal hatte er einen Blick auf eine Broschüre erhascht, die sie in ihrer Handtasche mit sich herumtrug: »Das ist USA«. Als Lesezeichen stak darin ein Zeitungsausschnitt über Mr. Metunias neuesten Film. Hatte Leon das alles wirklich gesehen? Wie fashionable und frivol sie davonstöckelte …

Obwohl sie längst verschwunden war, sah er ihr immer noch nach. Sollte er sich in ihre Kabine drängen, wenn sie diese am Ende des Abends vor ihm verschließen wollte? Wenn sie ihn lächelnd verließ, die Lippen zwar zum Kuß geschürzt, ihm aber dann doch keinen Gutenachtkuß gab?

Am berückendsten war sie genau dann: ihre Oberarme weiß und durch die Nachttischlampe erglühend, um deren Schirm sie (darauf hatte er einmal einen kurzen Blick werfen dürfen) einen rosigen Seidenschal geschlungen hatte. Und ihr Alter, das nach Mitternacht unter ihrem Make-up hervorkroch – ihr Alter hatte mit Altsein überhaupt nichts zu tun, sondern schien eher wie eine ihrer persönlichen Eigenheiten, wie etwa ihr Schleier oder die langen grünen Handschuhe mit den Strumpfband-Broschen am oberen Rand. Und ebenso wie die malvenfarbenen Bereiche unter ihren Augen nicht eine Niederlage, sondern ein reizvolles Raffinement andeuteten, Teil ihres Duftes und der Reife ihres Seins, so war ihre Weiblichkeit durch einen geheimen Hauch von Verzweiflung zwar gewürzt, doch noch nicht vergiftet.

Wäre er ihr aber eines Nachts wirklich in die Kabine gefolgt, dann aber zurückgewiesen worden, so hätte das wohl alles zerstört. Seine Ungezwungenheit im Umgang mit ihr wäre plötzlich Schwindel, seine Situation den Dillingers gegenüber eine hohle Pose. Und sollte er sie zu Bett bringen ... ja, das spürte er ganz deutlich, er wußte nicht warum, dann würde ihre ganze Verzweiflung mit voller Macht ausbrechen. Vielleicht war das alles, was ihr noch blieb, ihre Reserve; ihr Leib vielleicht ein eiserner Vorrat – und überhaupt war das, was nun zwischen ihnen bestand, nicht das Begehrenswertere: das Spiel, die Ungezwungenheit, die Eleganz einer ungenützten Möglichkeit?

8

Nein, Leons schweigend geschlossener Pakt mit Ceil hatte nichts mit der Unruhe zu tun, die ihn am zweiten Tag auf hoher See befiel. Plötzlich versickerten die Stunden so schrecklich schnell. Was andere bereits bedrückte, fiel nun auch ihm auf die Nerven: die Furcht davor, völlig passiv in einen anderen Kontinent getragen zu werden. Er sehnte sich danach, etwas zu tun, das Vorbereitung auf das Kommende wäre, etwas, das es ihm ermöglichen würde, Tritt zu fassen, auf dem harten Pflaster von Manhattan. Und daß dieses Pflaster hart war, das wußte Leon: hart, hochfahrend, feindlich – wie die Gangster-Prinzessin. Aber vielleicht doch nicht ganz so hart wie er selbst.

Nichts war bisher geschehen. Er hatte geschworen, er würde ihre Lippen auf seinem Knie fühlen. Irgendwie würde das geschehen, sagte ihm ein blinder, zorniger innerer Glaube. Allerdings waren nun schon zwei Tage vergangen. Sie hatten nicht ein Wort miteinander gewechselt. Er kannte nicht einmal ihren Vornamen. Andererseits weigerte er sich, sich zu ängstigen. Seine Chance würde sicherlich kommen. Er durfte sich nur nicht drängen lassen.

Und doch drängte sie ihn. Es war nicht zu übersehen. Auf alle möglichen und unmöglichen Arten neckte und provozierte sie ihn. Einfach wie sie faul an Deck herumstreunte, die nasse Nase ihres Pudels (der hieß Franz Josef. Er hatte gehört, wie sie ihn gerufen hatte), die unachtsame Schnauze des Köters, mir der er das Buch umstieß, das Leon so sorgfältig auf seinem Knie aufgebaut hatte – das allein war schon eine Herausforderung: »Wagt es vielleicht jemand, etwas gegen mich zu haben?« Und ihr ganzes Aussehen war einfach eine einzige Beleidigung. Nur Lippenstift und Naturbräune in einem Gesicht, das etwas zu dick in der Kinnpartie, zu stupsnäsig und zu oval, auch mit nicht genügend ebenmäßigen Augenbrauen ausgestattet war; insgesamt aber ein Gesicht, das so tat, ja manchmal tatsächlich so aussah, als sei es einfach wunderschön. Sie trug immer Slacks aus schwarzer Seide und dazu ein schwarzes Seidenhemd. Beides saß eng und war schmucklos, ließ Beine von klassischer Linie und die zarteste Büste erkennen. Sie ging ohne Firlefanz, ohne die Schönheitshilfen und die angstvolle Künstlichkeit, mit der sich Frauen sonst in Szene setzen. Ihre Kleidung war einfach reiner Egoismus.

Und sie ging in irgendwelchen samtigen kleinen Mokassins so völlig geräuschlos, daß er nie wußte, ob sie nicht plötzlich hinter ihm auftauchen würde. Und ihr kurzgeschnittenes Haar wurde hinten durch etwas zusammengehalten, dessen Identität er erst herausfinden konnte, als sie ihm einmal im Aufzug praktisch ihre ganze Frisur ins Auge geschüttelt hatte: Es war ein ganz hundsgemeines Gummiringlein. Am Abend natürlich wurde dieses Bändchen durch ein aufwendiges, perlengeschmücktes Ding ersetzt. Das schwarze, schimmernde und knisternde Kleid, das sie dazu trug, hatte vermutlich auch ein Vermögen gekostet. Aber sie verschwendete ihre abendliche Eleganz nicht so sehr an die Öffentlichkeit – nein, nicht Miss Metunia. Deshalb kam er auch kaum je dazu, die ganze Herrlichkeit genauer zu beäugen. Am Abend kam sie mit ihren beiden männlichen Begleitern in die Bar – nur um diese zu ignorieren. Nach wenigen Minuten rauschten sie schon wieder ab – in die höheren Sphären ihrer Luxuskabinen. Bisher waren sie auch noch nie für mehr als nur wenige Minuten im Chez Transatlantique aufgetaucht. Sollten sie aber doch einmal länger bleiben, hatte sich Leon schon eiserne Verhaltensregeln zurechtgelegt.

Er wollte selbst schon dem bloßen Gedanken zuvorkommen, er spiele mit der Möglichkeit, aufzustehen und sie um einen Tanz zu bitten, doch wage es nicht, dies auch wirklich zu tun. Seine Strategie für das Chez war folgende: kein einziger Blick, nicht die geringste Kenntnisnahme.

Im Laufe der Zeit wurde sie immer unerträglicher. Zu ihrer allgemeinen, bedenkenlosen Manierlosigkeit begann sie nun mit spezifisch gegen Leon gerichteten Gesten – kleine, eindeutige, pointierte Aggressionen. Auf dem ganzen Siebenunddreißigtausend-Tonnen-Dampfer *Syngdam* war ihr kein anderer Fleck für ihr Shuffleboard recht, als die paar Quadratmeter just vor seinem Liegestuhl. Auch wie sie mit dem Shuffleboard umging, war nicht bloßes Spiel. Sie schwang ihren Schläger gegen Raoul wie eine Sense, oder sie trippelte an Raouls Arm in die beste Spielposition; oder ignorierte Raoul plötzlich, weil fliegende Fische in Sicht kamen, und sprang dabei fast über Bord; oder sie rammte mit dem Kopf Raouls Schulter, wenn sie einen Punkt verloren hatte. Entweder wollte sie, was Raoul anlangte, extreme Sorglosigkeit demonstrieren – oder aber bodenlose Intimität – wer konnte das schon wissen? Mit ihrem Vater spielte sie das lächerliche Spiel, ein Haus aus Liegestühlen zu bauen und dann mit ihm zu kämpfen, um ihn daran zu hindern, das kunstvolle Bauwerk zu zerstören. Und selbstverständlich richtete sie es so ein, daß das Handgemenge in unmittelbarer Nähe Leons ausbrach. Solche Kindereien quittierte er einfach damit, das Feld rasch zu räumen.

Doch nicht immer fiel ihm schnell genug die richtige Verteidigungsstrategie ein. So etwa ging er ganz friedlich an Deck spazieren, und – BAM! – die Kappe wurde ihm vom Kopf gerissen. Er wußte augenblicklich, wem er das zu verdanken hatte, doch brauchte er eine Weile, um sie auch zu finden: hoch oben auf einer Strickleiter mit Mr. Metunia. Sie half einem Matrosen, einen Wimpel zu hissen, locker in schwarze Seide gekleidet und unschuldig wie der Wind. Als wäre nicht sie es, die das Seil fallen gelassen hatte, das ihm die Mütze vom Kopf schlug; als hätte sie nicht die leiseste Ahnung davon, daß sein Haar nun, kappenlos und von der Brise zerzaust, besonders lächerlich aussah. Die Mütze vom Boden aufzuheben und sich ironisch gegen den Himmel hin zu verbeugen blieb eine lahme Geste, doch es fiel ihm nichts wirklich Angemessenes ein.

Und mit welcher Parade konnte man reagieren, wenn man sie und Raoul im sonst menschenleeren Chez antraf? Auf dem Orchesterpodium, wo sie auf zwei Saxophonen eine Kinderweise spielten. Es klang an sich schon schlimm genug, doch im Augenblick, da er allein eingetreten war (sie hatte eine abscheuliche Art, ihn immer wieder allein anzutreffen, ohne den Schutz, den Ceil oder die Dillingers ihm gewährten) – genau in diesem Moment wandelte sich das Spiel der beiden zur reinsten Katzenmusik. Sie begleiteten seinen Weg mit Jaulen und Quieken, einem ganzen Konzert von Dissonanzen, und alles, was er tun konnte, war, weiter den ganzen Saal zu queren, bis zum bitteren Ende am Ausgang auf der anderen Seite. Er tat es grimmig, die Hände in die Taschen gestemmt, und als sei er taub. Es war die gleiche Erniedrigung wie damals mit dem unerwarteten Würstchen.

Aber Gott sei Dank bestand da doch ein Unterschied. Die Sache mit dem Würstchen gehörte in seine ersten Stunden auf der *Syngdam*. Er war damals noch um viele Erfahrungen jünger gewesen, ein Greenhorn, allein gegen das ganze Schiff. Die Wurstgeschichte war eine Katastrophe gewesen; das jetzt war nur eine Belästigung.

Und Belästigungen konnte man loswerden, schwor er, nachdem er die Katzenserenade überstanden hatte. Er würde sie durch ein ganz einfaches Mittel loswerden: Er würde sie einfach geradeheraus damit konfrontieren. Es würde Spaß machen, ihre Reaktion zu sehen, wenn sie endlich Farbe bekennen müßte. Wie würde sie wohl all diese Bosheit in ein Gespräch von Angesicht zu Angesicht äußern? Was würde sie wohl sagen, wenn er sie fragte, was denn an ihm so verdammt komisch sei? Und wenn sie sich gedeckt hielt, unsere großartige Miss Metunia, wenn sie stammeln oder gar fortlaufen würde – das wäre ja noch besser, als wenn sie ihm das Knie küßte. Wenn sie sich andererseits aber dem offenen Spiel stellte, nun, so sollte ihm das auch recht sein. Sein blinder, wütender Glaube sagte ihm, daß er dann schon wissen würde, wie mit der jungen Dame im Nahkampf umzugehen sei. Er würde seinen Schwur einlösen.

Der erhoffte Kontakt ergab sich bereits am zweiten Nachmittag. Es begann im Kino. Er war allein zu diesem Film gegangen, eigentlich um einmal von ihr und all dem Druck, den sie machte, loszukommen. Man spielte einen amerikanischen Film über einen Sänger, dessen Lieblingslied etwas wie »*Great Little Old Vaudeville*« war. Dieser Sänger machte eine Karriere, die ihn von Kleinstadtbühnen bis zu Mißverständnissen am Rande seines eigenen Swimmingpools in Hollywood führte. Dort lebte er in einer phantastischen Welt, in der Frauen auf ihren Pelzmänteln herumtrampelten und Chihuahuas Sonnenbrillen trugen – vermutlich Miss Metunias Welt, und das erklärte vielleicht auch ihre Anwesenheit. Zu Leons Überraschung saß sie einige Reihen vor ihm. Doch der Film schien sie zu langweilen.

Die Beine hoch auf die Lehne des Vordersitzes gelegt, flüsterte sie mit dem unvermeidlichen Raoul, kicherte und teilte ungebührlich laut ihre gerösteten Erdnüsse mit ihm.

In einem plötzlichen Wutanfall ertränkte der Sänger sein Chihuahuahündchen, und als Leon wieder hinsah, waren sie und Raoul bereits verschwunden. Doch etwas Weißes lag in der Nähe ihres Sitzes auf dem Boden. Rasch verließ Leon das Kino und hob im Vorübergehen das weiße Ding auf.

Geborgen hinter einer Türe mit der Aufschrift GENTLEMEN entfaltete er das weiße Taschentuch und fand darauf einen Lippenstift-Kuß. Der rote, üppige Abdruck war weit voller, als er von ihrem schmalen Mund erwartet hätte. Er verbreitete immer noch ein wenig Feuchtigkeit unter seinen Fingern. Das Tüchlein schien sogar etwas nach ihr zu duften. Er hielt es staunend, ja sogar etwas schockiert in seinen Händen. Ein plötzlicher Verdacht befiel ihn: Amerikanische Mädchen wischten sich doch immer die Lippen rein, ehe sie sich auf ein Liebesabenteuer einließen. Die beiden mußten offenbar durch den Vordereingang des Kinos verschwunden sein – schnurgerade zur Suite der Metunias ... natürlich!

Oh, wie er die Treppe hinunterflog! Mit der jubelnden Wildheit süßer Rache! Er rannte weit schneller nach unten, als sie es mit dem Aufzug schaffen konnten. Als er die Ecke gegenüber der Metunia-Tür erreicht hatte, wo er ihnen aufzulauern gedachte, war er nicht überrascht, sie beschwingt heranmarschieren zu hören. Er wußte haargenau, was jetzt zu tun sei – er brauchte nur lange genug zu warten, um die beiden in flagranti auf der Schwelle ihres Liebesnestes ertappen zu können. Und wie er dann plötzlich vor ihnen erscheinen würde, das Taschentuch freundlich hinzureichen, den verräterischen Lippenabdruck selbstverständlich nach oben: »Bitte verzeihen Sie die Störung, aber ich glaube, Sie haben dieses Taschentuch im Kino verloren.« Und dann einfach fortgehen, wissend und doch gleichgültig, ihrer Verlegenheit den Rücken kehrend ...

Doch irgend etwas störte ihn. Seine Finger, die sich bereits um die verborgene Waffe in seiner Tasche schließen wollten, wurden plötzlich an dem, was sie fühlten, irre. Das war doch nicht Leinen?! Es war

Papier. Schweres, leinenähnliches Papier. Genau das, was reiche amerikanische Mädchen anstelle eines Taschentuches trugen; genau das, was sie nach einmaligem Gebrauch fortwarfen. Ja, er hatte sie das ja tun sehen – dessen war er sich jetzt völlig sicher, ebenso, wie er sich des niederschmetternden Lächelns sicher war, mit dem sie ihn entlassen würde: »Ich danke Ihnen, mein Herr, aber das habe ich nicht verloren. Zufällig habe ich es einfach weggeworfen.« Er war ganz sicher und konnte es doch nicht glauben. Also zog er das weiße Ding heraus und starrte es an, und als sie nun um die Ecke gebogen kamen, ertappten sie ihn dabei, wie er fassungslos das Papiertaschentuch anstarrte – wie ein Schuljunge, der sich über ein Pornofoto beugt. Mit einem Ruck richtete er sich auf, fort von dem Tuch, doch er hatte nichts, mit dem er seine Verlegenheit hätte kaschieren können, nichts, als sich der Wand zuzuwenden, als gäbe es dort etwas äußerst Interessantes zu bewundern. Das Schlimmste aber war: Sie gingen gar nicht in die Kabine, sondern einfach weiter, vermutlich, um wieder im Chez ihre grauenvolle Saxophon-Katzenmusik zu machen. Angeregt plaudernd gingen sie an ihm vorbei.

Doch nein – das Schlimmste sollte noch kommen, als er schon die Sicherheit seiner Kabine erreicht hatte. Er konnte das verfluchte Stück Papier einfach nicht fortwerfen. Er mußte es glattstreichen. Er mußte den roten Bogenschwung nochmals genau studieren. Er mußte spekulieren: Vielleicht hatte sie ihre Lippen gereinigt, um Raoul während des Films zu küssen, doch hatte er nichts dergleichen bemerkt – oder vielleicht doch? Vielleicht waren sie im Korridor weitergegangen, weil sie ihn bemerkt hatten, waren dann aber zur Kabine zurückgekehrt. Vielleicht lagen sie längst in glühender Umarmung, und er saß immer noch hier herum und spielte mit einem dreckigen Stück Papier, das einen Kußmund zeigte.

Endlich Schluß damit! Er brauchte Ablenkung. Rasch. Er warf das idiotische Stück Papier zur Luke hinaus. Grimmig wühlte er dann in seinem Überseekoffer.

Und als er sieben Minuten später im Meditationsraum vor seinem geöffneten Zauberkasten stand, fühlte er sich bereits ein wenig besser. Das Chez, wo er sie vermutete, war nebenan, doch das war ihm gleichgültig. Den Meditationsraum konnte man von innen versperren; er war also hier vor dem Eindringen des Stewards ebenso geschützt wie in seiner eigenen Kabine. Und auch die Dunkelheit und der für alle Religionsbekenntnisse geeignete Universal-Altar, den er als Podium benützte, sagten ihm zu.

»Die verdammte Welt wird dich reinlegen«, hatte er einmal Lewis, den alten Butler und Salonmagier, sagen hören, »verdammt nochmal, dann legst eben du sie rein.« Und genauso war's. Er fühlte tief innerlich, daß die Anziehungskraft des Mädchens irgendein Schwindel war, eine Mystifikation, irgendein bösartiges und gemeines Geheimnis, das sie ihm nicht preisgeben wollte. Schon gut – auch er hatte seine Zauberkunststücke! … Er war nie sehr weit über die einfacheren Tricks hinausgekommen, doch das Gleiten der Zigaretten durch seine Finger, ins Nichts und aus diesem wieder zurück, beruhigte ihn. Ah, jetzt wußte er, wie er es anfangen würde. Er würde ankündigen lassen, Mr. Leon Spiegelglass werde – nur für seine Freunde – eine Privatvorstellung geben, und zwar in diesem oder jenem Raum zu dieser oder jener Zeit. Seine Ankündigung würde am Schwarzen Brett angeschlagen, so daß sie ihr einfach nicht entgehen konnte. Er würde sie ausschließen, deren bloße Existenz eine ungeheure, teuflische Ausschließung seiner selbst war. Und seine Vorstellung würde ein Niveau haben, daß man noch nach Tagen an Bord über sie sprechen würde. So wäre sie für die Dauer der Überfahrt einfach ausgeschaltet … Er strahlte: Hier war eben noch die Zigarette, und plötzlich im Nirgendwo; das weiße Seil, eben noch zerrissen, war plötzlich wieder heil. So gut war ihm der Seiltrick noch nie gelungen. Er verbeugte sich. Applaus geisterte durch die leeren Sitzbänke vor ihm. Geisterhafte Musik klang auf, ihm zu Ehren. Vielleicht würde er eines Tages sogar noch Berufsillusionist.

Und die Musik erklang nun lauter. Er würde vielleicht sogar Raoul einladen – über Ceil; das Mädchen aber würde er ausschließen – nur, um noch eine kleine Bosheit draufzugeben. Ja, dieses kleine Manöver würde sie richtig lähmen. War ihm das erst einmal gelungen, konnte er sich zurücklehnen und das Leben genießen. Sobald das Mädchen aus dem Weg geräumt war, würde ihm die Überfahrt erst richtig Spaß machen. Der Dorn in seinem Fleisch würde verschwinden, ebenso wie jetzt die Zigarette in seiner Hand – eben noch deutlich zu sehen und schon verschwunden. Puff – keine Gangster-Prinzessin mehr!

Er triumphierte, und dann lauschte er. Er kam zu sich, aber die Musik spielte weiter. Erstaunt versuchte er, genauer hinzuhören.

Ja, die Musik war immer noch zu hören. Er sah sich um. Die Musik, Blasinstrumente und Rhythmusgeber, wurde immer lauter – und schließlich gab sie ihren Ursprung preis: In der linken Ecke war die Wand anders tapeziert als sonst ringsherum, doch sah er dort einen winzigen, verräterischen Glasknopf.

Nun fühlte er sich nicht nur außerordentlich gut und völlig wiederhergestellt; er amüsierte sich auch noch königlich. Die Tür ließ sich tatsächlich öffnen. Der gute alte Meditationsraum erschien ihm nun unerwartet komisch. Die Scharniere des geheimen Eingangs gaben ein leises, mystisches Knarren von sich – ein Eingang in das Chez, mit den beiden dort?

Es mußten die beiden sein. Im Dunkel des Ganges schwoll die Musik nun an. Decken waren um ihn her angehäuft. Es war offenbar der Vorratsraum des Deck-Stewards. Er tastete sich weiter vor – immer noch zaubernd. So trieb er seine Magie weiter, während seine Zigarette glomm und die Musik noch lauter wurde. Und in der Tat: Jetzt hatte er sich eine zweite Türe gezaubert. Als er das kalte Metall des Türknopfs berührte, gerann seine Vermutung zur Sicherheit: Da draußen lag das Chez. Er betätigte den Drücker – nein, er schlug geradezu auf ihn ein.

Es war nicht das Chez.

Er stand im Turnsaal des Schiffs. Die Musik schepperte blechern aus einem rotlackierten, kleinen Grammophon bei den Übungsleitern. Die beiden waren nirgends zu sehen. Statt dessen sah er auf der anderen Seite des Saals etwas, was er kaum für möglich hielt: Mr. Lawton.

Er hatte den dunkelhäutigen Gentleman nie auch nur einen Schritt ohne seinen Stock machen sehen. Der aber lehnte jetzt hier an der Wand. Und dort bewegte sich Mr. Lawton ganz ohne ihn. Bewegte sich nicht nur, sondern tanzte. Er tanzte in einem Sporthemd aus seltsam grünem Satin (das jedoch Leon weit weniger erschreckte als das Fehlen des Stockes), und das Holzbein stampfte nicht schwerfällig auf, sondern klopfte einen flotten Rhythmus zur wilden Musik. Mr. Lawtons Schultern zuckten auf und ab, auch seine wie Flügel erhobenen Arme mit den gespreizten Fingern. Und als Mr. Lawton sich steppend herumdrehte, war sein Mund zu einem breiten Grinsen geweitet. Die Zähne leuchteten weiß zwischen seinen Lippen. In keiner Weise glich er dem eleganten, gutaussehenden Mr. Lawton, sondern einer von diesen dreistbunten, verschwitzten Clown-Puppen, die da geschickt über das Parkett hüpfen. Und doch schien alles irgendwie vertraut – vor allem das Grinsen. Die Tanzschritte – sie waren wie die des Helden in Great Little Old Vaudeville, die Musik war beinahe die gleiche, und Mr. Lawtons Grinsen war wie das breite Grinsen aller Farbigen in diesem Film.

Doch dann erhob sich die Melodie zu einem Todesschrei. Mr. Lawton hatte sie durch einen Tritt zum Schweigen gebracht. Er sprang, um sich seinen Stock von der Wand zu holen. Den Stock mit beiden Händen fest umklammert, trat Mr. Lawton Leon gegenüber, dessen magische Zigarette immer noch an ihrem verborgenen Häkchen von seinem Finger baumelte. Fetzen von Jazzmusik klangen aus dem Chez herüber, das sich ja doch ganz in der Nähe befand. Und dann standen die beiden einander in eisigem Schweigen gegenüber, ein Schweigen, das bis auf die Knochen zu gehen schien.

»Entschuldigen Sie ... ich bitte Sie, mir zu verzeihen ...«

Das war alles, was Leon zu sagen vermochte, als er rücklings ins Dunkel zurücktaumelte. Er hörte sich selbst vor all dieser amerikanischen Rätselhaftigkeit fliehen.

In der Dunkelheit rannte er gegen zusammengefaltete Liegestühle, die hier gelagert waren. Und wieder konnte er es hören, durch die Wände, durch sein eigenes Fleisch und seine Torheit: Er vernahm das siegreiche Gequieke des Saxophons der Gangster-Prinzessin.

9

Ceil hatte natürlich beschlossen zu gehen. Die einzige Frage war: Was sollte sie anziehen? Nach sorgfältigen Überlegungen vor ihrem Spiegel entschied sie sich für Corduroy Slacks. Es war das am wenigsten verführerische, legerste Kleidungsstück in ihrem Schrankkoffer. Dazu wählte sie einen ebenso legeren Tennis-Sweater. Dann brachte sie noch ihr Haar in Ordnung und nahm ein Paket Rummy-Karten mit, um notfalls darzutun, sie wäre unterwegs zu einer Kartenpartie.

In dem Augenblick aber, in dem sie in seinem Korridor angelangt war, merkte sie, daß sie einfach nicht den Mut hatte anzuklopfen. Nach fünfundzwanzig Jahren dramatisch gelebtem Frau-Seins stellte sich nun heraus, daß sie es nicht wagte, an die Türe eines Mannes zu klopfen. Aber sie konnte doch nicht einfach vor seiner Kabine herumstehen. Schon waren ihre Beine dabei, ganz ohne ihr Zutun umzukehren, da merkte sie, daß die Türe wieder einen Spaltbreit offenstand – sogar im gleichen Winkel wie gestern. Langsam trat sie ein. »Wunderbar!« rief Mr. Metunia, in Shorts und Badesandalen. Die Zipfel seines Hemdes flogen hinter ihm her wie bunte Standarten. »Da!« sagte er und schob einen Stuhl in die Mitte der Kabine.

In seinen kurzen Sporthosen sah er wieder wie ein kleiner Junge aus, ein leicht graumelierter, ein wenig gebeugter, seltsamer Junge. Sein Aussehen half ihr. Sie mußte das Ganze nicht so ernst nehmen. Sie spielten miteinander ein lustiges Spiel – ein Spiel, bei dem es um viertausend Dollar ging. Sie setzte sich. Flup, flup, wanderten die Sandalen in einen Schrank. Flup, flup, kamen sie wieder hervor, mit einem Riesenungetüm auf Rädern. Ein Hebel wurde umgelegt, und das Ding begann zu schnurren.

»Falls Sie nicht gut sehen können, rücken Sie sich bitte den Stuhl zurecht«, sagte er.

»Was sehen?« fragte sie, obwohl sie schon begriffen hatte, daß das schnurrende Dings ein Filmprojektor war.

»Einen Film.« Flup, flup, zur ersten Luke, um die Vorhänge dichtzumachen. »Der erste unabhängige Metunia-Film, mein erster eigener Streifen. Die andere Vorschaukopie ist in New York. Durch diese idiotische Funkstille würde ich es nicht einmal wissen, wenn die den Film dort als Weihnachtsgirlande verwendeten. – Aschenbecher?«

Von hinten her kam seine schmale, kleine Knabenhand zum Vorschein und stellte einen Aschenbecher auf die Armstütze ihres Sessels. Flup, flup, jetzt wurde die zweite Luke verdunkelt. Flup, flup, die dritte. Dunkelheit. Ein Rumoren. Seine Silhouette verschwand wieder im gleichen Schrank und tauchte mit einem Gegenstand wieder auf, der etwas an ein riesiges Skelett erinnerte.

»Sie machen es wirklich spannend.« Sie lächelte.

»Schauen Sie sich bitte einfach den Film an. Sie werden gebeten, an geeigneter Stelle ›ooh‹ oder ›aah‹ zu machen«.

»Ich danke Ihnen für Ihr Vertrauen.«

»Sie haben sicher ein gutes Urteil. Schließlich waren Sie ja selbst im Showbusineß –« Sum! Aus dem Skelett quoll eine riesige Projektionsleinwand. »Die senden jetzt womöglich die Bewertungen von meiner Vorschau in die Funkstille. Sie sind meine Bewertung, okay? Ein guter Kritiker ist viertausend Dollar wert. Für manche Beurteilungen zahlt man noch viel mehr.«

Flup, flup, schon wieder die Sandalen. Ein leuchtendhelles Rechteck erschien auf der Leinwand, verlöschte augenblicklich und erschien dann wieder in doppelter Größe.

»Sie sind wirklich sehr großzügig, Mr. Metunia.«

»Dafür sind Sie das hübscheste Publikum, das ich je bei einer Vorschau gehabt habe.«

Flup, flup – kratz –, ein Funke. Nun vermischte sich der Rauch seiner Pfeife mit dem Geruch von Brandy und seinem Zehn-Dollar-Aftershave. Da sie nicht recht wußte, wie sie auf seine Bemerkung reagieren sollte, sagte sie, einfach um die Sache loszuwerden: »Was immer ich auch gestern in überreiztem Zustand angestellt –«

»Sie waren gestern absolut in Ordnung.«

»Ich hatte wirklich nicht vor, so pathetisch an Ihre Großzügigkeit zu appellieren –«

»Wollen Sie nicht ein wenig weiter hinten sitzen?«

»Nein – nein, danke«, sagte sie, froh, daß sie das Thema nicht weiter verfolgen mußte. »Außerdem habe ich ein kleines Geheimnis: Ich bin kurzsichtig.«

»Nun, dann eben weiter nach vorn!« Er half ihr, den Sessel weiter vorzuschieben. Dabei strich sein seidenes Hemd über ihre Schulter. Es strich nicht nur drüber – es verweilte auch dort. Sein Arm glitt sanft auf ihren Nacken herab, wie eine weiche, etwas verschwitzte Schlange. »Fühlen Sie sich jetzt wohl?« Das Flüstern war nun ganz nahe. »Immer noch überreizt?« Sein Finger berührte zart ihre Wange.

Die ganze Panik vom Tag davor brach plötzlich wieder in ihr los. »Bitte nicht!« sagte sie. Schreck und Widerwillen ließen ihre Hand zur Faust werden. Sie stieß ihn mit den Knöcheln zurück, ganz fest – obwohl sie doch wissen mußte, daß der ganze Zweck ihres Hierseins war, ihn NICHT zurückzustoßen.

Stille. »Wow, Sie sind aber verdammt energisch!« sagte er irgendwo aus dem Dunkel des Zurückgewiesenen.

Es wurde ihr klar, daß dies schon wieder einmal die gleiche alte Geschichte war. Ihr ganzes Leben lang hatte sie die richtigen, die wichtigen Arme weggestoßen. Und nun wendete sich ihre Panik und lief plötzlich in die andere Richtung. Um zu retten, was möglicherweise ihre letzte Chance war, sagte sie rasch: »Es ist nur, daß ich jetzt gerne den Film sehen möchte. Ich bin schon sehr neugierig.«

»Okay«, sagte Mr. Metunia. »Gleich geht's los.«

Doch zunächst einmal ging gar nichts los. Nichts, was das Dunkel und die Peinlichkeit gebannt hätte. Nur hinten beim Projektor hörte man Geräusche. Sie versuchte sich mit dem Gedanken zu trösten, wie völlig lächerlich es sei, sich Sorgen über verpaßte Chancen mit einem Hollywood-Alkoholiker zu machen, wo sie sich doch eigentlich darüber freuen sollte, den Nazis entronnen zu sein.

Diesen Satz dachte sie sich dreimal. Sie staunte darüber, welch schwacher Trost die Rettung des eigenen Lebens sein kann – sobald man in Sicherheit ist. Dann begann der Projektor zu surren. Ihre Finger suchten an den Armstützen des Sessels halt. Auf der Filmleinwand löste sich gleißend weißes Licht in eine Schnecke auf.

Wirklich und wahrhaftig eine Schnecke. Eine Schnecke in einem

Zeichentrickfilm, die auf Rollen dahinraste und von einem Fuchs verfolgt wurde. Sie konnte es einfach nicht glauben – sie mußte sich umdrehen. Mr. Metunia hockte mit einer Trommel auf dem Boden, auf der er mit seinen Schlegeln die Kick-Sprache der Schnecke hervorzauberte.

»Hurra?« sagte Mr. Metunia. Die Schlegel verpaßten keine einzige Mundbewegung der Schnecke.

»Es – es ist sehr süß«, sagte sie.

»Sid, die Schnecke«, sagte Mr. Metunia. »Ich habe sie immer mit, als Glücksbringer. Sid hat mir meinen Start in der Filmindustrie ermöglicht.«

Sid staubte inzwischen im Dahinrasen sein Schneckenhaus mit einem Mop ab. Dann schüttelte er, zu einem Trommelwirbel, den Staub seinem Verfolger ins Gesicht.

»Damals, im Fünfundzwanzigerjahr, konnten die Kinder einfach nicht genug davon bekommen.«

»Aber, ich habe gedacht –«, sagte sie.

»Sid hilft mir heute über vieles hinweg«, sagte Mr. Metunia. »Ach, am liebsten würde ich ihn vierundzwanzig Stunden lang laufen lassen. Der macht die Vergangenheit wirklich wieder lebendig. Sie hätten die Kinder rasen hören sollen. Damals wußten sie noch, wie man sich echt freut.«

»Aber, ich habe gedacht, Sie wollen mir Ihren neuen –«

»Nein. Wenn viertausend Sie nicht zum Schmusen bringen, dann werden Sie um dieses Geld sicherlich nicht in Jubelrufe über einen großartigen Film ausbrechen.«

»Mr. Metunia!« Sie bemühte sich, ihre Verwunderung mit einem Lächeln zu überspielen.

»Sie würden auch für vierzigtausend keine Begeisterung heucheln«, sagte Mr. Metunia. »Nicht einmal aus Mitleid. Wenn Sie wüßten, daß diese Funkstille für mich Gift ist – nicht einmal dann würden Sie jubeln.«

Inzwischen brachte Sid auf seinem Schneckenhaus eine Tafel an: »No Soliciting. This means *you*.« Und neben das »*you*« war das Gesicht eines Fuchses gezeichnet.

»Ich fürchte, das ist alles ein wenig zu ungewöhnlich«, sagte sie mit einem ängstlichen, kleinen Lachen.

»Jetzt kommt die Stelle, bei der die Kinder wirklich vor Begeisterung heulten«, sagte Mr. Metunia. Der Fuchs hatte Sid auf einen Baum gehetzt. Jetzt streckte dieser seine Fühler aus, als seien sie ein Zweig. Diesen raste nun der Fuchs entlang, bis er – als Sid die Fühler plötzlich einzog – unter großem Trommelgetöse zu Boden fiel.

»Immer noch nicht lustig genug?« wollte Mr. Metunia wissen.

»Sie müssen mir verzeihen«, sagte sie, »aber ich gebe leider kein besonders glaubwürdiges Kind mehr ab.«

Ein jäher Schlag auf einen Hebel löschte den Film. »Ich weiß nicht recht«, sagte er. Seine Worte glitten leise in das plötzliche lautlose Schwarz. »Ich habe ein merkwürdiges Gefühl bei dem neuen Film. Vielleicht habe ich Sie mir ausgesucht, weil ich Sie gestern ertappt habe. Ich habe mir gedacht, all right, wenn sie findet, der Film ist Mist, dann ist das so, als hätte sie mich ertappt. Dann hätte eben keiner von uns dem anderen was voraus. Jeder von uns beiden hätte dann etwas gegen den anderen. Ist das verrückt?«

»Heutzutage ist es leicht, etwas gegen mich zu haben«, sagte sie.

»Nein«, sagte er in die Dunkelheit. »Vielleicht geht es Ihnen so dreckig, daß Sie stehlen. Aber so tief unten sind Sie noch nicht, daß Sie sich verkaufen.«

»Ja, freilich«, gab sie zurück. »Ich bin schrecklich tugendhaft – die einzige Heilige an Bord.«

»Meine Billy auch«, sagte die Stimme. »Meine Tochter ist innen noch immer echt geblieben. Zumindest ein wenig. Auch in mir war noch ein wenig, als ich den Sid-Film machte. Das war für mich das Tollste: Die Kids wirklich lachen zu hören. Scheiße, kein Mensch lacht heute noch so unschuldig herzlich.« Der Projektor surrte. Der Zeichentrickfilm sprang wieder die Leinwand an. Sid glitt den Baum herunter. »Vielleicht würden Sie wenigstens einmal so über Sid lachen?« sagte Mr. Metunia. »Er würde sich so sehr darüber freuen. Dafür allein würde er viertausend zahlen.«

Sie konnte einfach nicht. Sie war zu steif. »Ich kann nicht lachen«, sagte sie, »es tut mir leid.«

»Schauen Sie!« sagte er. Er selbst war nun zu Sid geworden, glitt schneckengleich über einen Stuhl, sah über seine Schulter nach dem ihn verfolgenden Fuchs. »Das ist jetzt für das Kindertheater.« Er schien zu fallen, schlug aber tatsächlich einen Purzelbaum und landete kichernd vor ihr in der Hocke.

»Immer noch nicht lustig genug?« Der Trommelschlegel bewegte sich auf sie zu. Genau an die Stelle, die seine Finger schon einmal gesucht hatten.

»Ich kann nicht!« rief sie, nun schon den Tränen nahe.

»Nicht ein einziges Mal?«

»Nein!« Die Berührung des Trommelschlegels traf sie wie ein Elektroschock. »Nein!« Sie stolperte über einen Draht, riß den Projektor herunter, der mit einem Krachen auf dem Boden landete, und stand dann, zitternd und endlich allein, auf dem neutralen Gang.

Es ist gut so, versuchte sie sich zu beruhigen. Wirklich gut. Vielleicht würde sie ihn jetzt nicht einmal mehr beneiden. Es ist gut, daß dieses Kapitel nun abgeschlossen ist. Jetzt kann ich mich wirklich dem Schwarzen widmen.

Vier

1

Am Morgen des 9. Mai fuhr die *Syngdam* immer noch durch ein ausgedehntes atlantisches Tief. In ihrem Logbuch waren dreiundvierzig Stunden ununterbrochenen Nebels verzeichnet. Das war ein Rekord, an den sich Kapitän Deerling auch in späteren Jahren noch gerne erinnerte. »Ach ja, das Wetter«, pflegte er dann, etwas versonnen, aber doch mit ein bißchen Stolz zu sagen, »völlige Erbsensuppe. Wenn man's recht betrachtet, nicht eben gut für einen schwierigen Tag.«

Für die Passagiere damals war das Wetter einfach scheußlich. Es lähmte den Atem. Ihre Sicht war stark eingeschränkt; man konnte kaum die Wellen sehen. Aber viel schlimmer noch war, daß sie durch das Wetter noch stärker aufeinander angewiesen waren. Plötzlich nämlich – und keiner vermochte so recht zu sagen warum – war das gesellschaftliche Leben erlahmt. Das Schiff war voll von Leuten, die ihr Bestes getan hatten, einander angenehme Bekannte zu sein, die aber nun erwachten und sahen, daß sie ihre Anstrengungen an engstirnige, kleinliche, zum Tratsch neigende Cliquen vergeudet hatten. Wie das so plötzlich geschehen konnte, wie eine jungfräuliche Zivilisation so rasch der Dekadenz verfallen konnte oder weshalb eine derartige Entzauberung, die oft erst nach einer halben Lebensspanne zur Reife gelangt (nämlich, daß die Herrliche, die wir nicht rasch genug heiraten konnten, letztlich nur bürgerliche Konvention und Küchengeruch hergibt) – wie das bloß in einer Handvoll Stunden zusammengedrängt werden konnte – nun, all das gehörte eben zur Eigentümlichkeit der *Syngdam*.

2

Am Nachmittag des Neunten saß Frau Schwabauch am Schachbrett des Reverends und dachte darüber nach, was ihm wohl in letzter Zeit über die Leber gelaufen sein könnte. Seine Finger, mit markant schmutzgeränderten Nägeln, trommelten auf der Tischplatte. Sie erinnerten sie an ihren verstorbenen Ehegatten Carl oder vielmehr an die genialen Maler, die er zu ihrem Jour fixe am Mittwoch einzuladen gepflegt hatte. Sie hatten schockierende Dinge gesagt – ebenso wie der Reverend; sie hatten viel Atmosphäre um sich verbreitet und eine Unmenge von belegten Broten verschlugen, wobei sie die pikanten bevorzugten – just wie das, an dem der Reverend eben mampfte. Und sie hatten ebensolche dreckigen Fingernägel – als wären die das Abzeichen einer Geheimgesellschaft. Auch die Maler hatten dazu geneigt, herumzuwetzen und mit den Fingern auf dem Tisch zu trommeln (besonders nachdem Frau Schwabauch ihnen ihre neuesten Kleiderentwürfe und Schnitte gezeigt hatte, oder andere Dinge, die sie hätten interessieren sollen). Nie aber hatten sie derart intensiv herumgewetzt wie Reverend Kleinoff in letzter Zeit: Manchmal wand und krümmte er sich direkt, als ginge er mit einer großen, wichtigen Botschaft schwanger, an deren Geburt ihn Frau Schwabauch leichtfertig hinderte.

»Wehrt sich Ihr Organismus nicht gegen so viel Gewürz?« wollte Frau Schwabauch wissen.

Reverend Kleinoff schüttelte den Kopf. Er begann in der feindseligen, ungeduldigen Art zu summen, die Schachspielern eigen ist, wenn sie wollen, daß ihr Gegner endlich zieht.

»Wissen Sie, daß man von Gewürzen einen Kropf bekommen kann?« bohrte Frau Schwabauch nach. Ihre Worte ließen den Reverend nach seinem prominenten Adamsapfel greifen.

»Kropf ist nicht wichtig.«

»Eine Freundin von mir hatte eine Operation. Die hat fünf Stunden lang gedauert«, wußte Frau Schwabauch zu berichten.

»Operationen sind ein gutes Thema.« Des Reverends Hand griff nach den Bartstoppeln, die wie kleine Mohnkörnchen seine Kehle bevölkerten. »Hypochondrie hält den Geist rege.«

Das war noch so eine Eigenart, die der Reverend in jüngster Zeit entwickelt hatte: Er sagte Worte, die eindeutig an Frau Schwabauch gerichtet waren, blickte aber dabei unverwandt auf die Schachfiguren. Er sah sie zornig an, kniff sie, zupfte an ihnen herum, als wären sie die einzigen, die ihn verstehen konnten. »Wir mögen die kleinen Ängste«, fuhr er fort und versuchte diese profunde Wahrheit in seine Königin hineinzukneten. »Kleine, gewöhnliche, alltägliche, unwichtige Ängste, hinter denen wir uns vor dem eigentlichen großen Rätsel verstecken.«

»Was denn für ein Rätsel?« fragte Frau Schwabauch etwas verwirrt.

»Ach ... das könnten wir ja herausfinden ... Weil im Konzentrationslager ...«

»Ja, waren Sie denn im KZ?« wollte sie nun wissen.

»Nur eine Woche lang ...« Der Reverend stieß hustend eine Rauchwolke aus. »Aber dort gab's keine Kropf-Diät, nein – auch keinen Raucherhusten –« Der Reverend sah böse auf seine Zigarette, die ihn zum Husten brachte. Frau Schwabauch schlug ihm fest auf den Rücken. Das brachte ihn aber nur dazu, den Kopf zu schütteln und noch schlimmer zu husten. »Nein – im Lager gab's keine kleinen Irritationen. Nur Tod oder Leben – nur eine einzige Frage dort – warum – warum so etwas geschehen konnte – wie wir herausfinden könnten – die Bedeutung –«

»Es muß schlimm gewesen sein«, sagte Frau Schwabauch.

»Nein – es war wichtig dort!« Der Reverend keuchte. »Eine ganz wichtige Zeit! Alles nachher – in England und hier – es ist so unwesentlich – so lächerliche Eitelkeiten, kleine Peinlichkeiten und Verlegenheiten. Und deshalb – in einem Rettungsboot –«

»In einem Rettungsboot?« wollte Frau Schwabauch wissen.

»Ein Mann ganz allein oder eine Frau ganz allein – wenn sie sich von all dem hier lösen – vom kleinen Ehrgeiz und den kleinen Peinlichkeiten. Wenn sie – nur allein in einem kleinen Boot – dem Entscheidenden gegenübertreten –«

»Manche kleinen Boote halten sich im Wellengang besser als große Schiffe«, meinte Frau Schwabauch.

»Vielleicht gibt es kein – kein großes Schiff.«

»Haben Sie eine Vorahnung?« Frau Schwabauch glaubte zwar nicht an derlei Dinge, beschloß aber, auf alle Fälle eine Pepsin-Tablette zu nehmen. Zu dieser Zeit schien der Reverend durch das spezifische Kneten seines Läufers eine etwas hustenfreiere Sprechweise gefunden zu haben.

»Ich habe mehr noch als bloß eine Vorahnung«, sagte er, »ich besitze konkretes Wissen. Ich weiß, daß es – verstehen Sie? – keinen leichten Gott gibt. Eine leichte Religion läßt sich leicht konstruieren, aber es gibt keinen leichten Gott. Deshalb werden diese – diese leichten, seichten Menschen hier – untergehen. Aber wenn ein Mann – oder ein Mann und eine Frau – in einem kleinen Rettungsboot –«

»Ich bin einmal in einem kleinen Motorboot auf dem Genfer See gefahren«, berichtete Frau Schwabauch und versuchte das Gespräch in freundlichere Gewässer zu lenken.

»In einem kleinen Boot im Ozean!« sagte der Reverend. »Dort ist alles ganz anders. Keine guten Manieren. Keine Höflichkeit. Nur – nur einfach und wahr – wie beim Schachspiel. Jeder gute Zug wird belohnt. Jeder schlechte Zug bestraft den Spieler. Sie werden sehen.« Er starrte die Pepsin-Tablette an, die sich langsam im Tomatensaft auflöste. »Das verdient, gehört zu werden.«

»Die Notverpflegung in den Rettungsbooten ist angeblich scheußlich«, gab Frau Schwabauch zu bedenken.

»Essen ist unwichtig«, meinte der Reverend verkniffen.

»Man ist, was man ißt«, wandte Frau Schwabauch ein. »Mein Arzt –«

»Nicht in einem kleinen Boot«, sagte der Pastor. »Nicht auf einer entlegenen Insel wo – ein Boot könnte einen zu so einer einsamen Insel führen. Überlegen Sie sich das einmal.« Und er schob seinen Läufer mit einer mächtigen Bewegung drei Felder weit. Es schien, als übe er auf den Läufer ungeheuren Druck aus, nur um Frau Schwabauchs Verständnis zu wecken.

»Es tut mir leid«, sagte sie, »ich fürchte, ich tauge heute nicht mehr zum Schachspielen.«

Der Reverend schreckte so heftig zusammen, daß er wieder zu husten begann.

»Wollen Sie damit sagen –« Er spie Rauch wie ein Drachen. »Sie geben auf?«

»Ich gebe nicht auf«, sagte Frau Schwabauch, »ich bin nur einfach müde.«

»Müde – nur einen Zug vorm Schachmatt?«

»Mein System ist nicht in Ordnung«, bekannte Frau Schwabauch.

»Beim vorletzten Zug? Man – man gibt entweder auf, oder man versucht –«

»Ich bitte um Entschuldigung, Reverend Kleinoff, aber ich habe in den letzten drei Tagen einfach zu viel Schach gespielt.«

»Bei diesem Stand! Noch nie hat jemand bei diesem Stand einfach zu spielen aufgehört und ist fortgegangen!«

»Ich bin müde, und ich bin hungrig«, sagte Frau Schwabauch.

»So!« Der Reverend erhob sich hustend und warf das Spiel zusammen. »Ich verstehe! Prächtig. Natürlich. ›Müde‹!« Er warf alle Figuren so wütend in ihr Kästchen, als wolle er sie für immer auf den Meeresgrund verbannen. »Natürlich.« Er schlug das Kästchen zu, klemmte es unter den Arm und ging fort.

»Mr. Suki«, rief Frau Schwabauch den Eskimo. Wenn sie jetzt schon wieder allein sein sollte, würde sie sich doch wenigstens mit Muße ihrer Diät widmen können.

»Mr. Suki, zwei Ladyfingers und ein kleines Petit Four – und vielleicht auch etwas heiße Milch! Ich glaube, ich werde mich jetzt ein wenig ausruhen.«

Sie war zu einem wahren Monsterschläfchen bereit.

3

Herr Meyerhaas wünschte sich innig intimere Kenntnisse der amerikanischen Idiomatik. Er saß in einem Liegestuhl und hielt »Weber's Guide to New York« vor sich. Aber sooft er auch das kleine Wörterbuch im Anhang durchsah, blieb er doch im unklaren darüber, was genau eine amerikanische Lady meinte, wenn sie sagte: »I am just going to relax a little while.«

In der vergangenen Nacht, als sie eben den Ballsaal verließen, hatte die amerikanische Frau Professor just das gesagt: »You go on to sleep. I am just going to relax a little while.« Was war wohl die wahre Bedeutung dieser Phrase?

»Vater, in zehn Minuten beginnt der Film«, unterbrach sein Sohn seine Grübeleien.

»Ganz recht«, sagte Herr Meyerhaas eher streng. »Aber deine Schwester hält das offenbar nicht von ihrer englischen Lektüre ab.«

Herr Meyerhaas hatte das Gefühl, als würde die Disziplin ein wenig zerbröckeln. Es wäre ja schließlich auch kein Wunder. Die Kinder sahen, wie andere ihren Vater unehrerbietig behandelten, und sie wären keine richtigen Kinder, wenn sie das nicht nachahmen wollten. Jetzt etwa ließ Frau Professor Lenore Herrn Meyerhaas warten. Das würden die Kinder sicherlich bemerken. Und dieser Satz mit »relax« gestern nacht hatte doch einen unverkennbar rüden Unterton. Empfand die Dame etwa die Anwesenheit von Herrn Meyerhaas als zu bedrängend? War ein mit ihm verbrachter Abend denn wirklich so beengend? Hatte sie vielleicht erraten, daß Herr Meyerhaas in den Vereinigten Staaten unter etwas kargen Bedingungen einen neuen Anfang machen mußte, und fand daher scheinbar unwichtige Gesellschaft wie die seine unerträglich? Dachte sie vielleicht, das Verlagswesen amerikanischer Universitäten könnte durch seinen Einfluß geschädigt werden? Was immer es auch bedeuten mochte: »Relax a little« schien ihm eine seltsame Bemerkung; vielleicht ein typisch amerikanischer Ausdruck, aber sehr wahrscheinlich auch eine Kritik. Hatte denn nicht im ganzen Verhalten der Frau Professor in letzter Zeit etwas wie eine verborgene Kritik an Herrn Meyerhaas gelegen?

Und das wirklich Bizarre an der Sache war, daß doch er weit mehr Grund gehabt hätte, sie zu kritisieren. Daß sie etwa diese riesigen, maskenhaften Sonnenbrillen trug, obwohl doch absolut keine Sonne schien. Das wäre in Europa allerhöchstens eine Pose einer Verkäuferin, die zu viele Hollywood-Magazine gelesen hatte. Und obschon Herr Meyerhaas gegen die gewagte Abendkleidung der Frau Professor nichts einzuwenden hatte – wenn das nun eben die Art war, in der Professorinnen aus Amerika sich kleideten –, so hätte er doch angenommen, sie würde ihre Jacke über dem Bustier tragen, wenn sie mit einem Jungen in den kritischen Jahren – wie zum Beispiel Kurt – tanzte.

Außerdem folgte der »Relax«-Episode gestern abend noch ein anderer Vorfall. Was fand Herr Meyerhaas gestern abend, als er seine Schuhe vor die Kabine stellte? Stand da doch die Frau Professor gemeinsam mit einem Steward an die Wand des Korridors gelehnt und lachte – offensichtlich auch ein Akt der Entspannung.

Und dann die Sache mit dem blauen Haar der Frau Professor. Natürlich wollte Herr Meyerhaas sich über solche modische Torheiten nicht zum Richter aufwerfen. Nichts läge ihm ferner. Er gab sich bloß ein heimliches Versprechen: In der Neuen Welt würde er den Umgang seiner Tochter mit dem Friseur sehr genau im Auge behalten.

Der Ton einer bekannten Stimme unterbrach Herrn Meyerhaas' Erwägungen. Er steckte ein Lesezeichen in »Weber's Guide«, um die Stelle nicht zu verblättern. Und stand dann auf, um sich die Beine zu vertreten. Wie erwartet stand da auch, gleich um die Ecke, seine Frau Professor – die wieder einmal mit einem anderen Steward »relaxte«. Nun hatte es Herr Meyerhaas sich zur Regel gemacht, nie das Gespräch anderer zu unterbrechen – eine Regel, die er auch seinen Kindern nachdrücklich eingeprägt hatte. Andererseits schätzte er es auch nicht, selbst warten gelassen zu werden – vor allem nicht auf so demonstrative Weise.

»Hallo, guten Tag«, sprach er die Frau Professor an.

»Ah, da ist ja Herr Meyerhaas«, sagte sie, mehr zu dem Steward, sozusagen als eine Art Vorstellung, als erwarte sie tatsächlich, daß dieser nun dem Steward die Hand schütteln würde.

»Es scheint, als hätten Sie sich das mit dem Film anders überlegt«, sagte Herr Meyerhaas und achtete darauf, verbindlich zu lächeln.

»Ach ja, der Film!« gab Frau Professor Lenore zurück.

»Nur wenn wir jetzt gleich hingehen, können wir noch den Anfang sehen«, meinte Herr Meyerhaas, »das heißt, wenn Sie überhaupt noch daran interessiert sind.«

»Ist er am Ende auf deutsch?« fragte Frau Professor.

»Ich werde gerne ein wenig übersetzen«, sagte Herr Meyerhaas.

»Also los! Ich möchte Ihnen die Freude nicht verderben.«

»Aber im Gegenteil«, sagte Herr Meyerhaas entschieden, »das wird eine gute Gelegenheit sein, meine Fähigkeiten in der englischen Sprache zu üben.«

»Sie sind wirklich sehr entgegenkommend«, sagte sie mit einem tiefen Atemzug, einem tatsächlich nicht erklärbar tiefen Atemzug, ohne ersichtlichen Grund.

»Wovon handelt der Film übrigens?«

»Es dreht sich dabei um ein Duell von Goethe«, erklärte Herr Meyerhaas.

»Oh. Oh. Haben Sie denn den Film schon gesehen?«

»Nein«, gab Herr Meyerhaas zur Antwort, »aber ein befreundeter Filmjournalist hat mir den Inhalt erzählt. Es ist besonders interessant, wie es den Nationalsozialisten gelungen ist, selbst sentimentale Themen mit Propaganda zu durchtränken.«

»Um Himmels willen!« kicherte die Frau Professor; bedauerlicherweise ist »kichern« der einzige Ausdruck für das, was Meyerhaas zu hören bekam. »Sentimentalität allein ist schon schlimm genug, aber wenn es sich um Nazi-Sentimentalität handelt, dann, lieber Herr Meyerhaas, möchte ich Sie nicht dazu verurteilen, das nur um meinetwillen über sich ergehen zu lassen.«

Herr Meyerhaas beschloß, deutlicher zu werden. »Ich habe mir gedacht, ein Film dieser Art könnte für einen Professor der Zeitgeschichte ein interessantes Dokument sein.«

»Ach, wissen Sie, ich bin eine alte Puritanerin aus New England«, warf Frau Professor hin. »Für mich ist es einfach sündhaft, mir am hellichten Tag Filme anzusehen!«

Hätte sie nicht – und diesmal auch der Steward – wieder gekichert, hätte Herr Meyerhaas das für eine durchaus achtbare Erklärung gehalten.

»In der Bibliothek habe ich ein deutsches Buch gefunden«, sagte er, nur um sie zu prüfen. »Das handelt auch von Goethe. Von einem typischen hitlerhörigen Universitätsverlag herausgegeben. Voll Propaganda. Falls Sie das inter –«

»Wissen Sie, was sogar noch sündhafter ist?« unterbrach ihn die Frau Professor. »Wieviel Mühe Sie sich meinetwegen machen. Das sollten Sie wirklich nicht tun!«

»Es hilft meinen englischen Sprachkenntnissen«, sagte Herr Meyerhaas und blickte ihr in die Augen.

»Ach – ich bitte Sie! Helfen Sie doch lieber meinem Schuldbewußtsein«, sagte sie. »Bitte sehen Sie sich doch den Film an. Genießen Sie ihn, ohne einer alten Langweilerin die Dialoge übersetzen zu müssen. Tun Sie das doch bitte! Und dann kommen Sie wieder und erzählen mir alles.«

Nicht die kleinste Kleinigkeit entging Herrn Meyerhaas: weder wie die Frau Professor mit der großen Zehe zappelte, die ihr Schuh freiließ; noch wie der Steward mit einem Schlüsselbund, den er hinter seinem Rücken verborgen hielt, mit der gleichen Ungeduld klimperte.

»Wie Sie wünschen«, sagte Herr Meyerhaas höflich. Er lächelte zum Abschied und wandte sich auf der Ferse.

»Ich denke, wir sollten unsere Liegestühle lieber dort hinüber stellen. Dort zieht es weniger«, sagte er zu Kurt, als dieser zurückkehrte. Und etwas später sagte er noch: »Ich habe dir gesagt, unsere Stühle, Kurt!«

»Nicht den der Frau Professor?« fragte Kurt.

»Hör zu, wenn man mit dir spricht. Und wenn du noch lange mit offenem Mund dastehst, werden wir noch den Film versäumen.«

»Wir gehen also! Hurra!« schrie Kurt.

Angesichts solcher Wildwest-Manieren verlor Herr Meyerhaas beinahe die Beherrschung. Aber er war glücklich, daß er die Kontrolle über sich behielt und mit Sohn und Tochter an der Frau Professor vorbeiging, mit einem korrekten Kopfnicken. Und er war stolz auf sich, weil er auf die Frau Professor durchaus nicht wütend war. Im Gegenteil: Er war ihr dankbar. Er war ihr dankbar dafür, ihm gewisse wertvolle Vorinformationen gegeben zu haben. Er war sehr zufrieden damit, so einen Einblick in bestimmte amerikanische Verhaltensweisen erhalten zu haben. Er gewann dadurch Zeit, sich entsprechend einzustellen. Er war wirklich sehr, sehr froh zu wissen, wie sie – sogar ihre Universitätsprofessoren – eigentlich waren. Das würde ihm im kommenden Existenzkampf in den USA unendlich helfen. Es machte ihn sogar glücklich, daß er mittellos war und daß er wirklich würde kämpfen müssen, anstatt sich bloß auf Beziehungen zu verlassen. Wirklich. Er fühlte sich wieder jung, jünger noch als irgend so ein Steward.

»Bitte, gehe voran, Liese«, sagte Herr Meyerhaas und hielt für sie die Türe zum Kinosaal offen.

4

McFinnan und Bell lungerten in der alten Bar herum, ihre Beine angewidert hoch auf den Armlehnen der Sessel. Die ganze Geschichte war verdammt langweilig geworden. Erst hatte Ceil noch die Preisgabe eines tiefen Dekolletés versprochen – eine tolle Sache, die die Resolution erfüllen würde, um derentwillen sie sich hatten Bärte wachsen lassen. Statt dessen fiel sie nur noch durch ihre Abwesenheit auf. Sie hatte sich einfach völlig verflüchtigt. Und dieser österreichische Kerl hing, statt sich um sie zu kümmern, sentimental und kümmerlich Gott weiß wo herum. Fried hatte sich verpißt – im wahrsten Sinne des Wortes. Hier saßen sie nun, McFinnan und Bell, und wetzten auf ihren Stühlen herum; da waren sie also, wie McFinnan bemerkte, mit Stoppeln am Kinn und blamiert bis aufs Hemd.

Fried tauchte plötzlich keuchend vor ihnen auf.

»Aufs Klo, Burschen, aber rasch!«

Die Toilette der Bar hatte einen Seiteneingang vom Promenadendeck. Fried schob McFinnan zum Guckloch der Außentüre, die aufs Deck hinausging.

»Heiliger Himmel«, rief McFinnan lachend aus. »Wie ist denn das passiert?«

»Ich hab's euch doch gesagt«, meinte Fried triumphierend.

»Ich habe euch gleich gesagt, sie ist flatterhaft. Heute am Morgen mit diesem Hollywood-Kerl, wie heißt er doch; geht schnurgerade in seine Kabine rein, und jetzt –«

Nun hatte Bell McFinnan vom Guckloch verdrängt. »Der Neger mit dem Holzbein!« sagte er.

»Da habt ihr's – schwarz auf weiß«, fügte McFinnan hinzu.

»Hey«, sagte Bell, »jetzt drängt sie ihn gegen die Reling –«

»Wie? Was?« schrien die beiden anderen, und es begann ein solches Gerangel, daß Bell seine ganze Kraft aufwenden mußte, um den Platz am Guckloch zu behaupten.

»Ach, regt euch doch nicht so auf«, kommentierte er, »sie hat doch bloß seinen Arm genommen.«

»Laß uns wissen, wann sie das nächste nimmt«, bat McFinnan.

»Hey!« rief Bell. »Es scheint, sie gehen jetzt ins Dunkel. Unter den Rettungsbooten –«

»Hol rasch mal diesen Österreicher«, rief Fried zu McFinnan, »und beeile dich. Er soll sich seine liebe Freundin jetzt ansehen.«

»Jetzt sind sie wieder zurück im Licht«, sagte Bell, während McFinnan losrannte, »aber sie lacht über irgend etwas.«

»Laß mich mal sehn!« Fried stieß Bell zur Seite. »Wirklich! Sie platzt beinahe vor Lachen.«

»Und mir hat sie all diesen Quatsch erzählt«, sagte Bell mißmutig, »sie könnte nachts nicht an Deck spazierengehen – wegen ihrer Nebenhöhlen.«

»Das hast du sie gefragt?« fragte Fried.

»Nun ja. Nur so ganz beiläufig«, gab Bell lethargisch zurück.

»Seht euch nur diesen abgefeimten Burschen an!« sagte Fried. »Hinter unserem Rücken!«

»Hört euch das einmal an«, meinte Bell. »So hat sie mit uns nie gelacht.«

Und dann brachte McFinnan den Österreicher angeschleppt.

»Hallo, wir wüßten gerne Ihre geschätzte Meinung in einer bestimmten Frage«, sagte Fried mit einer kleinen Verbeugung und führte ihn zum Guckloch.

Der Österreicher sah durch. »Ich weiß nicht, was Sie meinen«, sagte er etwas verwundert.

»Ja, sehen Sie denn nicht?« rief Fried. Und nun blickte er selbst hinaus und – tatsächlich – da gab es nichts zu sehen. Auch McFinnan prüfte es: Es stimmte. Da war nichts.

»Wir werden Ihnen erzählen, was Sie noch vor einer Minute gesehen hätten«, sagte Fried. »Ihre Madame Ceil ging da draußen mit dem behinderten farbigen Gentleman spazieren.«

»Oh«, sagte der Österreicher.

»Sie schienen sich sehr gut miteinander zu verstehen«, sagte McFinnan.

»Ach, Sie meinen Mr. Lawton«, sagte der Österreicher wie ein Idiot. »Der sitzt ja an meinem Tisch.«

»Was wir meinen, ist«, sagte Fried, »daß Mr. Lawton und Madame Ceil sich wahrscheinlich noch viel besser miteinander verstehen werden, ehe die Nacht vorbei ist.«

»Tja«, sagte der komische Österreicher, »wenn Sie Madame Ceil noch sehen sollten, sagen Sie ihr bitte, sie hat ihre Stola in der Lounge liegenlassen.« Und damit ging er einfach fort.

Es war nicht zu fassen: Er verdrückte sich einfach!

»Großartig!« rief McFinnan, der als erster die Sprache wiederfand. »Ein richtiger Kämpfer. Wow! Na, den haben wir wirklich gebraucht!«

»Jetzt halt's Maul«, befahl ihm Fried, »wart einen Augenblick.«

Er ließ sich von diesem Mißerfolg nicht aus dem Konzept bringen. Er scharte seine Freunde um sich. »Wartet mal«, erklärte er, »sie hat also dem Österreicher den Laufpaß gegeben. Sie wird also auch das Holzbein abschütteln. Hey! Wir schicken ihr einen Limerick. Finney, deine Dichterseele ist gefragt!«

»Du meinst so?« fragte Finney, »Etwa ›There was a young lady named Ceil. She –‹«

»Bring uns auch unter«, sagte Fried, »um sie daran zu erinnern, daß es uns immer noch gibt. Wir werden den Limerick für sie verlautbaren lassen. – Wo glaubt ihr, sind sie hingegangen?«

Sie versuchten eiligst und möglichst gleichzeitig die Toilette zu verlassen.

Draußen an Deck begrüßten sie ein kühler Wind, ein Hauch ihres Parfüms und eine Menge verdammter Geheimnisse. Der Österreicher war weg. Der mit dem Holzbein war weg. Ceil war weg. Es fand sich kein Hinweis darauf, wohin sie alle entschwunden waren.

»Wartet mal«, sagte Fried, »wir schicken ihr den Limerick in die Kabine. Und wir rasieren uns auch weiterhin nicht. Nicht, bis der erste von uns in ihrer Kabine ist. Abgemacht?«

Sie verbündeten sich aufs neue, legten Hand auf Hand. Finney erdachte einen Limerick, der so dreckig war, daß sie ihn ihr doch nicht schicken konnten – nicht einmal anonym. Was sie allerdings taten, war ihre Stola aus der Lounge zu holen, und sie marschierten damit singend an Deck herum. Das war immer noch unterhaltsamer als all diese einsamen Hotel-Foyers in Europa.

5

Die Zukunft verwirrt uns. Um uns zu rächen, entschlüsseln wir sie, hat sie sich erst einmal offenbart, doppelt. Je größer ein Ereignis, je unvorhergesehener vor seinem Eintreffen, desto unvermeidlicher erscheint es uns nachher. Leons dritter Tag an Bord begann unwesentlich, außer daß Madame Blauhaar ihm am Morgen auf dem Top Deck auflauerte.

»Aha, der junge Mann mit dem Stäubchen im Auge.«

»Das Staubkörnchen?« fragte er, als wisse er nicht, worauf sie anspielte. Würde sie das niemals vergessen?

»Sie haben's vergessen! Wohl weil Sie jetzt so gut sehen. Ich bin davon überzeugt, Sie werden ein besseres Auge für mein Land haben als irgendeiner hier auf dem Schiff.« Sie lächelte – nur so im Vorübergehen, den Körper immer noch in die Gehrichtung gewendet. Aber sie hielt inne und sagte zu ihm: »Sie haben genau das richtige Alter für eine Neue Welt.«

»Danke«, gab Leon zurück.

»Oh, ich möchte Sie um eine Gefälligkeit bitten – selbst auf die Gefahr hin, Sie zu langweilen?«

Da mußte er wohl oder übel sagen: »Bitte sehr.«

»Darf ich Ihnen meine Adresse geben? Wenn Sie mir nur zweimal im Jahr schreiben – einfach, wie Sie dieses Land erleben, einfache Eindrücke, so meine ich, ich werde mehr daraus erfahren als aus einem dicken Reisebuch irgendeines gelehrten europäischen Denkers. Empfinden Sie meine Bitte als Zumutung?«

»Durchaus nicht«, sagte Leon. Und sie klopfte ihm mit ihren rotlackierten Fingernägeln auf die Schulter und ging nun doch weiter.

Abgesehen von diesem Zwischenspiel schien sich der ganze Tag vor ihm zurückzuziehen und im Nebel zu versinken. Die Metunias waren offenbar über Bord gesprungen, glücklicherweise einschließlich des Mädchens. Mr. Lawton war unsichtbar geworden. Ceil war beim Friseur. Die Dillingers vermißte er nicht. Und das Dinner –

Das Dinner begann in Abwesenheit des Kapitäns. Der Steward des Kapitäns entschuldigte ihn – der Nebel mache seine Anwesenheit auf der Kommandobrücke unumgänglich. Das Dinner verlief in einer seltsamen Stille.

Einige Male lachte Ceil direkt in ein Vakuum hinein. Der Baron versteckte sich hinter einer Flasche St. Emilion. Ein günstig placiertes Blumenarrangement verbarg Mr. Lawtons Gesicht. Als er sich setzte, tauschte Leon einen raschen Blick mit dem Farbigen und wußte: Der Turnsaal würde immer dasein, und sie beide waren sich darüber einig, sie würden sein Vorhandensein immer bestreiten.

Und dann kamen plötzlich zwei Männer mit schwarzen Kappen in den Speisesaal. Keinen der beiden hatte man je zuvor gesehen. Doch als sie auftauchten, schien es, als hätte jedermann auf sie gewartet. Sie näherten sich einem glatzköpfigen Mann mit blondem Schnurrbart – den gleichfalls bisher niemand bemerkt hatte. Die drei sprachen leise miteinander. Und doch hörten alle, oder wußten wenigstens innerhalb einer Minute, worüber sie sprachen.

»Herr Walter?« sagten die beiden.

Der Herr legte gemächlich seine Gabel nieder.

»Sie sind ein Vertreter der deutschen Reichsregierung?«

»Ein Handelsbeauftragter!« sagte der Mann mit hoher Stimme. Er erhob sich abrupt.

»Kommen Sie bitte mit uns.«

Und der Glatzköpfige folgte ihnen und hielt auf dem langen Weg zwischen all den Tischen hindurch seine Serviette immer noch fest umklammert, bis sie ihm der Oberkellner an der Türe abnahm.

Im gleichen Augenblick, als sich die Türe schloß, versank der ganze Speisesaal in Dunkelheit.

»Hey!« hörte Leon einen von den Dillingers überrascht aufschreien. Aus dem Dunkel begann das Lautsprechersystem zu dröhnen. Aber es sprach mit einer nasalen, etwas präzisen Baritonstimme, die man erst nach und nach als die des Pursers erkannte, der sonst die Deckspiele überwachte. Und als handle es sich um einen plumpen Scherz über das Mikrophon des Ballsaales, sprach die unsichtbare Stimme mit gelangweilter Präzision in die Dunkelheit: »Das Schiff ist nicht in Gefahr. Der Kapitän bittet alle Passagiere, ihre Schwimmwesten aus ihren Kabinen zu holen und sich im Kinosaal zu versammeln. Ich wiederhole: Das Schiff ist nicht in Gefahr.« Die Stimme sprach dann die Anweisung auf holländisch, deutsch und französisch und sagte jedesmal am Ende ein höfliches »Dankeschön«.

»Ach, hört euch das nur an«, ließ sich Ceil vernehmen, »das ist nur unser Kapitän, dieser Angeber. Cappy glaubt, er muß die Reise für uns so etwas aufregender gestalten.«

Doch – ebenso wie Leon – war sie aufgesprungen und hielt seinen Arm umklammert. Als die Stimme aus dem Lautsprecher zu Französisch gewechselt hatte, erschienen schon die ersten Stewards mit Sturmlaternen, um die Passagiere im Speisesaal in ihre Kabinen zurückzubegleiten. Wer eben noch gegessen und gescherzt hatte, brach nun hastig auf, stieß kleine Schreie aus und stolperte durcheinander. Man hörte plötzlich Stimmen, die nichts mit den Gesichtern zu tun zu haben schienen, zu denen sie gehörten. Ein bisher schweigsamer älterer Herr strafte seinen tapferen Schnurrbart Lügen, indem er ununterbrochen mit lächerlichem Diskant schrie, er würde die Schifffahrtslinie klagen! Er würde es nicht zulassen, daß sie das wenige, was ihm geblieben war, auch noch versenkten! Er würde die niederländische Regierung verklagen! Er würde seinen letzten Groschen für Rechtsanwälte ausgeben – doch statt dessen sank er einfach in seinen Stuhl zurück, als seine Frau ihn mit ihrer Petit-Point-Handtasche niederstieß. Eine besonders lästige Vierjährige, die man oft hatte hinaustragen müssen, weil sie beim kleinsten Anlaß in Tränen ausbrach, schluchzte jetzt keineswegs, ängstigte sich auch nicht vor dem erregten Treiben im Halbdunkel um sie herum, sondern bat ruhig und höflich um ihren Schokoladehasen, den irgend jemand auf den Boden geworfen hatte. Und der Baron nahm gemächlich, fast schlürfend, einen großen Schluck St. Emilion. Gemessen an seinem sonstigen aristokratischen Verhalten war das ziemlich volksnah. Er stand auf, stellte sich zu Mr. Lawtons Sessel und blickte angenehm überrascht um sich, als wolle er sagen: »Nun, so im Fackellicht sieht das Dekor hier endlich leidlich gut aus.« Leon war mit ihm einer Meinung. Das Chaos bereitete ihm eine seltsame Art von Vergnügen. Ein wenig Angst glitt ihm noch durch die Handgelenke, doch es war die erste saubere Regung des Tages. Eben noch war die große Welt an ihm mit abweisendem Geheimnis und unverständlichem Ziel vorbeigerauscht. Jetzt aber erfreute er sich daran, sie auf eine Anzahl ängstlicher Schatten reduziert zu sehen. Es fiel ihm leichter, die Menschen in ihrer Beunruhigung zu lieben, denn erst jetzt schienen sie ihm so menschlich wie er selbst. Er ließ alle Verwirrung an sich vorbeigleiten. Jetzt war er der Ruhige. Er wollte bleiben und zusehen. Leichtfüßig und geschickt entschlüpfte er den Stewards, die ihn hinausdrängen wollten. Er wollte sich von dem ganzen Spektakel absolut nichts entgehen lassen. Und als dann die Gangster-Prinzessin auf ihn zukam, war er für sie bereit.

Es war fast wie die Geburt eines Traums. Sie löste sich aus Reflexen von gelbem Laternenlicht, aus nicht erkennbaren Körpern, aus dem ganzen Dickicht aus Armen und Beinen. So stand sie ganz vor ihm. Sie kam näher. Er mußte keinen Finger rühren, einfach nur stehenbleiben, um sie zu sich kommen zu lassen. Und, wie um das Irre, Unwirkliche der Situation noch zu unterstreichen, setzte er sich auf den Eßtisch.

»Wo ist der Kapitän?«

Da inzwischen sogar Ceil und der Baron fort und zu ihren Schwimmwesten gegangen waren, mußte wohl sie ihm die Frage gestellt haben.

»Auf der Kommandobrücke, nehme ich an«, sagte er und blieb selbstsicher auf dem Damasttischtuch sitzen.

»Er täte gut daran, seine rauhen Burschen aus der Bar abzuziehen!«

Leon blickte zur Seite, damit sie nicht sehen konnte, wie sehr ihm ihre Empörung gefiel. Ihr ganzer Körper keuchte, raschelte und bewegte sich unter ihrem hautengen Kleid. Ihr Haar trat unter dem perlenbesetzten Kamm hervor, und eine Strähne ringelte sich zu ihrem Ohr hin.

»Er sollte wirklich seine miesen Kerls aus der Bar zurückpfeifen! Die sind ja verrückt!«

In der Mitte des Satzes brach ihr ein wenig die Stimme. Irgend jemand hatte ihr auch den einen Satinträger von der Schulter geschoben, die schmalen Lippen klafften, ihre Zunge schlüpfte rasch hervor, und die Anspannung hatte in ihrem Gesicht unter dem Kinn eine winzige Falte gezeichnet, die sich in späteren Jahren vielleicht zu einem Doppelkinn auswachsen konnte. Ihre ganze sorglose Vollkommenheit lag nun in Trümmern. Wie herrlich wäre es doch, dachte er, wenn sie weinen würde. Doch sie weinte nicht. Sie strich die Haarsträhne von ihrem Ohr zurück.

»Irgend jemand sollte sich das in der Bar einmal ansehen und es diesem idiotischen Kapitän berichten!« Sie drehte sich rasch herum und schickte sich an, fortzugehen. Er brauchte einen Augenblick, um ihr auf Deck zu folgen. Oben angelangt, mußten sie sich eine Minute lang durchdrängen, um zum Eingang der Bar zu gelangen. Er wußte: Drinnen harrte ihrer ein höchst ungewöhnlicher Anblick – und er hatte recht.

Eine ganze Menge Stewards standen in einem Halbkreis, vor ihnen die zwei mit den schwarzen Kappen. Sie leuchteten mit ihren Taschenlampen einen Tisch an. Dort saß die Frau aus Deutschland, die immer in der Bar blieb, und umklammerte ihre Handtasche, wobei sie ihrerseits von Mr. Metunias Arm umklammert wurde.

»Alle öffentlichen Räume müssen geräumt werden«, sagte einer der Schwarzkappen. »Befehl des Kapitäns, Sir. Ausnahmslos.«

»Verstehen Sie ›Sir‹?« fragte Mr. Metunia die Dame. Er nahm all die anderen nicht zur Kenntnis, sondern neigte sich ihr zu, erfüllt von einem großen zärtlichen, müden Verlangen, die Sprachschranke zu überwinden. »›Sir‹ bedeutet, sie wenden die Ritz-Technik auf uns an. R-i-t-z, verstehen Sie? Wenn man Sie in Brooklyn zur Schnecke machen will, dann sagt man dort ›Mac‹ zu Ihnen. Will man Sie aber im Ritz kleinkriegen, dann sagt man ›Sir‹ zu Ihnen. Klar? Wenn man Sie aber völlig vernichten will, dann sagt man ›Old Boy‹. Verstehen Sie ›Old Boy‹?«

»Tja…«, sagte die Dame. Und dann auf deutsch, mit der schwächlichen Modulation in der Stimme, mit der europäische Ehefrauen normalerweise ihre Gatten losschicken, um den Waschraum ausfindig zu machen: »Bitte erklären Sie den Gentlemen, daß ich unmöglich hier weggehen kann, wegen meines …wegen meines Verdauungssystems.«

Einer der Schwarzkappen kam einen Schritt näher: »Alle in den Kinosaal, Sir.«

»Hurra«, sagte Mr. Metunia todmüde zu der Dame. »Und ich dachte, etwas Champagner vor dem Ertrinken täte uns gut. Nun bekommen wir statt dessen eine Rauferei. Wissen Sie, was auf meinem Grabstein stehen soll?«

»Sir«, sagte einer der Schwarzkappen und kam näher.

»M-e-t-u-n-i-a.« Mr. Metunias Finger buchstabierte die Inschrift sorgfältig für die deutsche Dame. »M-e-t-u-n-i-a-h-a-t-s-e-i-n-e-n-C-h-a-m-p-a-g-n-e-r-v-e-r-m-a-s-s-e-l-t.« Mit einer müden Bewegung zerschlug er die Flasche an der Tischkante und hielt den Schwarzkappen den scherbenzackigen Hals unter die Nase. »Champagner, Burschen?«

»Nun habt Ihr ihn aber richtig böse gemacht«, tadelte die Dame die Schwarzkappen auf deutsch.

»Den Champagner vermasselt. Das ist die Geschichte meines Lebens«, sagte Mr. Metunia traurig.

»Dad!« sagte das Mädchen rasch und sehr laut. »Hier ist jemand vom Kapitän.«

»Yeah?« Mr. Metunia drehte sich um. »Billy bringt einen Gesandten.« Der wild gezackte Flaschenhals schwang zu Leon herüber, eben als ihre Finger seine Schulter berührten. Er, Leon, war der Gesandte.

»Ich glaube, der Kapitän würde es sehr schätzen, wenn Sie ins Kino kommen wollten«, sagte er, noch immer verwirrt.

»Er würde es schätzen?« sagte Mr. Metunia zu der Dame. »Im Laufe meines Lebens ist mir sehr viel Wertschätzung zuteil geworden. Verstehen Sie ›a-p-p-r-e-c-i-a-t-e‹? Aber sie schätzen mich erst, wenn sich herausstellt, daß sie mich nicht fertigmachen können. Warum, glauben Sie, ist das wohl so? Warum schätzt man mich nicht von Anfang an? Zuerst wollen sie alle eine Million Previews. Vielleicht habe ich ihnen nie genug Champagner gegeben.« Die Flasche hob sich bedrohlich.

»Geht weg!« Das Mädchen ging mit ihren kleinen Fäusten auf die Schwarzkappen los. »Idioten!« Und tatsächlich traten sie einen Schritt zurück.

»Hurra«, sagte Mr. Metunia, »verehrter Gesandter, sagen Sie Ihrem Kapitän, die Dame hier ist anders. Die läßt sich nicht herumschubsen. Die bleibt, wo sie ist. Die hat eine Menge in sich. Ich liebe sie. Sagen Sie's dem Kapitän.«

»Ach, mein Verdauungssystem«, sagte die Dame unbezwingbar, als hätte sie das englisch geführte Gespräch verstanden.

»Aber der Kinosaal ist auch in der Mitte des Schiffes«, sagte Leon auf deutsch zu der Dame, was tatsächlich stimmte.

»Wirklich?« fragte die Dame und sah Mr. Metunia Bestätigung heischend an.

»Genau im Schwerpunkt, glaube ich«, sagte Leon und war selbst von seiner Bestimmtheit überrascht. »Ich denke, Mr. Metunia würde Sie gerne hinbegleiten.«

Die Dame stand auf. »Tja …?« Sie ging noch einmal mit sich selbst zurate, faßte dann aber einen Entschluß: Sie nahm den Hut ab und legte ihn auf den Tisch, so daß sie – im Überlebensfall – ihres gewohnten Platzes sicher war. Die Schwarzkappen waren sichtlich erleichtert. Stewards kamen gelaufen, um Leon, dem Mädchen und ihrem Vater in ihre Schwimmwesten zu helfen. Im Falle der massigen Dame allerdings mußten sie wie beim Anlegen eines Korsetts vorgehen.

»Let's get appreciated – lassen wir uns also ›wertschätzen‹«, sagte Mr. Metunia. Im Licht der Taschenlampen machte sich die Prozession auf den Weg, die Stewards voran, die Schwarzkappen als Nachhut. Die Dame wogte stolz an Mr. Metunias Arm dahin. Ohne einander zu berühren oder – wegen des erneuten Lautsprecherlärms – zu sprechen, schritten Leon und die Gangster-Prinzessin dahin, bei der sich schon wieder eine Haarsträhne zum Ohr hin lockte. Er triumphierte – triumphierte voll Zorn. Selbst wenn sie alle innerhalb der nächsten Minute ertränken, würde sie sich doch bei ihm bedanken müssen, und er würde die Art, wie sie das tat, genießen, und wäre es das letzte, was er in diesem Leben zu hören bekam.

Sie brauchte sehr lang dazu, es auch wirklich zu sagen. Sobald sie gemeinsam beim Kinosaal angekommen waren, schwitzten sie alle schon in ihren Schwimmwesten. Er konnte sie in der von allen Seiten herandrängenden Dunkelheit nicht sehen. Doch er konnte hören, wie sie sich ihr nasses Haar aus dem Gesicht blies; und im Kinosaal selbst, als sie sich zu den hinteren Sitzen vortasteten, da sie ja erst spät in den gedrängt vollen Raum gekommen waren, meinte er sogar, sie riechen zu können. Es war ein zartes und doch scharfes Aroma, manchmal ein Hauch, der nur der Dunkelheit und seiner Phantasie zu entstammen schien, doch dann wurde dieser Duft konkreter, atmend, ganz nah bei ihm seidenraschelnd und wurde zum Geruch eines seidenglatten, wilden Tieres, das in etwas Namenlosem gefangen war. Wenn er seine Augen sehr anstrengte, konnte er sie mit elegant übergeschlagenen Beinen sitzen sehen, den Arm über ihres Vaters Sessel geworfen.

Und doch war dieser Fast-Geruch seiner Nase so angenehm, wie es ihr Weinen für seine Ohren gewesen wäre. In den Nächten, die nun folgten, versuchte er, sich in Erinnerung zu rufen, wie der Kinosaal in diesen Minuten ausgesehen hatte, denn dieses Bild öffnete das Parfümfläschchen seiner Phantasie: die bedrückende, blinde Hitze des Saals; ein Heer von Silhouetten, unförmig aufgeschwollen in ihre Schwimmwesten gepreßt; und wie der Kapitän plötzlich auf dem Podium auftauchte. Oder – genauer gesagt – wie ein Schiffsoffizier den würdigen Bart und die Goldtressen auf dem Ärmel mit dem Licht seiner Taschenlampe zum Leben erweckte, als wolle er das ganze Publikum mit bloßen Symbolen zum Schweigen bringen. Und Leon konnte sich an jedes einzelne Wort erinnern, das der Kapitän gesprochen hatte, denn jedes von ihnen enthielt für ihn eine winzige Phiole ihres Duftes.

Und auch die Form ihres Ellbogens, ja, die blieb auch für alle Zeit danach mit dem Fall der Niederlande verborgen: Ihr Ellbogen drückte leicht gegen seinen Ärmel, als der Kapitän seine Verlautbarung begann. »Ladies and Gentlemen«, sagte der Bart, der da erleuchtet im Dunkel schwebte. Die Stimme klang nun ernst und nüchtern, völlig anders als der normale, leicht scherzhafte Ton des Kapitäns. »Ich muß Ihnen bedauerlicherweise mitteilen, daß Rotterdam soeben bombardiert wurde. Eine Invasionsarmee hat die holländische Grenze überschritten. In ganz Holland sind die Lichter erloschen. Deshalb sind auch hier auf der *Syngdam* alle Lichter ausgegangen. Holland befindet sich im Krieg mit der deutschen Wehrmacht. Es kann sein, daß wir es mit deutschen Unterseebooten zu tun bekommen. Das war der Grund dafür, warum ich Sie beim Dinner gestört habe.«

In der Pause, die nun folgte, ging ein Raunen durch die Reihen. Jemand rief nach Wasser. Der Ellbogen entfernte sich von Leons Ärmel. »Ladies and Gentlemen, was bedeutet diese Nachricht?« fragte der Kapitän. »Sie bedeutet, daß wir ein sicheres, ruhiges Schiff haben werden, solange wir nette, ruhige Passagiere haben. Wenn Sie versprechen, sich auch weiterhin gut zu unterhalten, verspreche ich dafür, das Schiff pünktlich in den Hafen von New York zu bringen. Ist das fair?« Sein Lächeln im Licht der Taschenlampe breitete sich beruhigend in der Dunkelheit aus. »Und wenn unsere braven Schiffszimmerleute geneigt sind, uns bald Verdunkelungsläden zu tischlern, so werden unsere Räume wieder ins Zeitalter der Elektrizität zurückkehren – vielleicht schon morgen abend. Freilich« – seine Hand strich über sein Lächeln – »könnten wir dank Monsieur le Führer noch ein paar erregende Augenblicke genießen. Schließlich hat er uns den Gefallen getan, unsere Decks in schummrige Liebeslauben zu verwandeln.«

Hier und dort wurde gelacht. Die Stimme hatte ihre frühere beruhigende Resonanz wiedergefunden. Es war ja die ganze Zeit der Kapitän als Arzt gewesen, der Arzt, der eine ernste Diagnose auch ernsthaft stellt, Angst und Sorge sich ausbreiten läßt und dann alles mit seiner souveränen Spöttelei wiedergutmacht.

»Die heutigen Nachrichten bedeuten auch, daß wir uns alle ab jetzt an gewisse Vorschriften und Regeln halten müssen. Sie finden diese auf dem Informationsblatt, das wir Ihnen morgen früh unter der Türe in Ihre Kabinen schieben werden. Das heißt, daß die Einnahmen aus dem Bingo ab nun an die Holländische Kriegshilfe gehen. Und letztlich bedeutet es, daß ich nun noch zwei Bitten an Sie richten werde, worauf ich Sie dann nicht länger aufhalten will.« Die Stimme strahlte Zuversicht aus und brachte sogar den Ellbogen des Mädchens zu Leons Ärmel zurück. »Meine erste Bitte richtet sich an die Person, die das Teleskop aus meiner Kabine gestohlen hat. Ich ersuche um rasche Rückerstattung. Hat sie es aus Loyalität zu Deutschland gestohlen, so hat sie sich vergeblich bemüht, denn mein Erster Offizier besitzt ein Instrument gleicher Qualität. Hat er es aber gestohlen, weil er mysteriöse Verwicklungen liebt, so versichere ich ihm, daß wir dieses Rätsel schnell lösen werden.« Drei Finger des Kapitäns, von der Taschenlampe beleuchtet, glitten zur Wange des Kapitäns und strichen dort über seinen Bart. »Inzwischen ersuche ich Sie, an unserer Rettungsübung im Mondenschein teilzunehmen. Benützen Sie die Ausgänge entlang des Decks, sagen Sie Ihre Kabinennummer laut, und die Mannschaft wird Sie zu Ihren Gondeln einweisen. Gute Nacht.«

Das Lächeln des Kapitäns war erloschen. Statt dessen wurden die Sturmlaternen der Stewards angezündet. »Schhh«, flüsterte das Mädchen und zog Leon näher zu sich heran. An ihrer anderen Seite waren Mr. Metunia und die Frau aus Deutschland eingeschlafen. Genaugenommen war die Dame entschlummert, während Mr. Metunia dem Alkohol erlegen war. Dem Betrachter erschien es allerdings eher umgekehrt: Die Dame schnarchte mit gebleckten Zähnen, Mr. Metunia aber saß, mit leichtem Stirnrunzeln, den Kopf auf nur zwei Finger gestützt. Er war vornübergeneigt, als wolle er durch die geschlossenen Lider seiner Augen das Wunderbare schauen, auf das er während seiner Jazztrommelei einen kurzen Blick erhascht hatte. Die Beine hatte er gekreuzt, und sein Scheitel schimmerte – wie jugendlich, traurig und doch voll edler Haltung dieser Mann doch war! Leon begriff in diesem Augenblick, wie ähnlich Vater und Tochter einander waren.

Und als würde sie ihm diese Einsicht, diese Erkenntnis nicht gestatten, riß sie ihn plötzlich fort.

»Gehen wir. Erteilen wir ihm eine Lehre.«

Sie strich ein einzelnes Haar aus Mr. Metunias Gesicht. Man wußte nicht: War das eine weitere kleine Bosheit oder mehr eine Zärtlichkeit? »So ein Idiot! Immer muß er die ganze Nacht aufbleiben!«

Sie rannten das Deck entlang. Da so viele andere auch auf die Rettungsboote zuliefen, mußten sie sich an der Hand halten, um einander nicht zu verlieren. Die Nacht war, dem Versprechen des Kapitäns gemäß, von Mondlicht überpudert, der leichte Dunst wie ein Schleier und das Schwarz der Nacht vom Strahl der Taschenlampen durchbohrt. Er konnte ihre Finger sich fester schließen oder sie den Kopf wenden lassen – einfach, indem er seinen Schritt ein wenig verlangsamte. Er probierte das einige Male aus. Direkt unter ihrem Rettungsboot hielt sie inne.

»Kommst du rauf? Metunia wird ihnen nicht abgehen, wenn sie die Köpfe zählen.«

So erfuhr er zum ersten Mal, daß sie tatsächlich von ihrem Vater schlicht als »Metunia« sprach. Er erfuhr und erlebte überhaupt sehr viel Neues. So etwa, daß ihre Lippen in Wirklichkeit weit weicher und schwellender waren, als er geargwöhnt hatte – das war für ihn unübersehbar, als er ihr half, die Leiter zu erklimmen: In ihrem hautengen Kleid konnte sie nicht so recht klettern. Und oben im Boot, obwohl sie zweimal die angebotene Jacke zurückwies und auch nicht fröstelte, bemerkte er, daß sie auf ihren unbedeckten Armen eine Gänsehaut bekommen konnte, kleine, mondblaße Tüpfelchen, die für ihn ebenso lustvoll waren wie ihr Beinahe-Duft. Und als einer ihrer Schicksalsgefährten im Rettungsboot die Cognacflasche kreisen ließ und dazu faule Schiffbruch-Witze erzählte, entdeckte er, daß ihr Lippenstift auf dem Flaschenhals abfärbte und daß die Flasche, wenn er nach ihr einen Schluck nahm, glatt und parfümiert schmeckte. Irgendwie hatte er erwartet, daß ihr Lippenstift sich nur in vollkommenem Abdrücken auf Damastpapiertaschentüchern von ihrem Mund lösen würde. All diese Beweise ihrer menschlichen Fehlbarkeit sammelte er sorgfältig, weil sie inzwischen schon wieder erschrekkend vollkommen und nahtlos geworden war. Jetzt allerdings war ihr Zusammensein nicht mehr sozusagen ein Nebenprodukt irgendeiner Zufallssituation, wie etwa sein Eintreten für ihren Vater in der Bar. Jetzt betraf ihre Nähe unmittelbar ihn. Mit jeder neuen Sekunde wurde er verletzlicher und empfand Furcht vor ihrer Willkür und dem Zwang, Konversation zu machen.

Gerade als die Lautsprecheranlage etwas über eiserne Rationen in den Rettungsbooten plärrte, begann sie zu sprechen.

»Ach, ich habe ganz vergessen – ich bin Billy Metunia.«

»Ich heiße Leon Spiegelglass«, sagte er. In dem überfüllten Rettungsboot konnte er nicht gut aufstehen, doch seine Erziehung zwang ihn zu einer der Vorstellung angemessenen Geste. Er erhob sich also halb und halb, wobei er in seiner Schwimmweste so mühselig komisch wirkte, daß er sich schnell wieder fallen ließ. Um die Peinlichkeit dieses Versuchs zu übertünchen, sagte er rasch: »Ein höchst ungewöhnlicher Name für ein Mädchen.«

»Ach, in Wirklichkeit heiße ich Belle-Marie«, sagte sie.

»Wirklich? Das klingt hübsch«, sagte er; und um noch irgendwie zu punkten, fügte er hinzu: »Sehr melodiös.«

»Nein, es klingt einfach scheußlich.« Sie versetzte ihm einen leichten, amerikanischen Rüffel in die Seite. »Danke für die Sache in der Bar.«

Und dann rettete ihn der Lautsprecher aus seiner eigenen Sprachlosigkeit.

»War aber auch schon höchste Zeit«, sagte sie; die Rettungsübung war beendet.

Sie sprang die Leiter eher hinunter, als daß sie kletterte, und als er sie, gegen die ihm entgegenströmenden Menschen ankämpfend, endlich beim Eingang des Kinos erreichte, war sie schon wieder aus diesem zurück und stieß ihm den Zeigefinger in die Brust.

»Erinnere mich bitte daran, Metunia jetzt einen Kinnhaken zu verpassen.«

Sie ließ sich die Treppe zu den Kabinen hinunter. Es war wie eine weitere unausgesprochene Einladung. Konnte sie denn nie sagen: »Bitte komm mit«? Wenn das nicht so völlig undenkbar gewesen wäre, wäre er nun einfach schnurstracks zu seiner Kabine gegangen. So ging er ihr, die Treppe hinunter, nach, doch erst, nachdem er sich seiner Schwimmweste entledigt hatte, und auch dann nur bewußt gemächlich. Als er beim Appartement der Metunias auf dem A-Deck angelangt war, erkannte er an der offenen Tür, daß ihm der Eintritt gestattet war. Dennoch klopfte er an.

»Hhm«, sagte Mr. Metunia zustimmend.

Offenbar stimmte es: Sie hatte tatsächlich versucht, bei Mr. Metunia einen Kinnhaken zu landen. Davor hatte er sich gerettet, indem er sie in den Schwitzkasten genommen hatte.

»Das ist mein Freund, Leon Spiegel-Irgendwas«, sagte sie etwas undeutlich unter Mr. Metunias Arm hervor und versuchte dann mit Vehemenz freizukommen. Leon hatte eine solche Umgangsweise zwischen Vater und Tochter noch nie gesehen.

»Ah, da ist ja der Gesandte«, sagte Mr. Metunia. Und Raoul, der mit Ceil befreundete Wiener Rechtsanwalt, den Leon jetzt erst bemerkte, sagte: »Howdy, ich glaube, wir haben einander schon kennengelernt.« Er sprach inzwischen mit extrem amerikanischem Akzent, der oberste Knopf seines eleganten Smokinghemdes stand offen, und er machte sich an einem kleinen, faltbaren Pooltisch zu schaffen.

»Wo ist denn meine wunderbare dicke Dame?« fragte Mr. Metunia hinunter zum unter seinen Arm geklemmten Kopf seiner Tochter.

»Und wo warst du?« fragte nun das Mädchen seinerseits und versuchte einen Hieb anzubringen. »Immer mußt du dich mit irgendwelchen Gorillas herumprügeln! Hättest du nicht im Kinosaal warten können? Du Knilch!« Dann biß sie ihren Vater genüßlich in die Hand.

»Ich bin aufgewacht, und da war der gute alte Raoul«, erklärte Mr. Metunia.

»Wo war den der unnütze Raoul, als wir ihn in der Bar gebraucht hätten?« fragte das Mädchen. Da sie Raoul nicht anders erwischen konnte, gab sie ihm einen Tritt.

»Der unnütze Raoul war mit fünftausend hysterischen Weibern in der Lounge eingesperrt«, rechtfertigte sich Raoul. Dann gab er dem Mädchen den Fußtritt zurück, aber eher zart und vorsichtig.

»Meine Dame war nicht hysterisch«, sagte Mr. Metunia verträumt, hielt aber den Kopf seiner Tochter immer noch unter seinem Arm fest. »Meine Dame ist fett, trägt einen scheußlichen Hut –« Um das näher zu illustrieren, stellte er einen Aschenbecher aufs Haar seiner Tochter und wurde dafür sofort von ihr in die Schulter geboxt. »Aber die ist ein Steher. Die läßt sich nicht kaufen. Der erste Mensch, der so unkorrumpierbar ist wie ich. Wir haben eine Szene miteinander gemacht, sie und ich. Wißt Ihr was? Wir werden in Hollywo –«

»Du hast doch versprochen, du würdest nicht mehr über Hollywood reden!« zischte das Mädchen und versuchte vergeblich, sich aus dem Schwitzkasten zu befreien.

Dann vermochten die beiden Kämpfer nur noch hektisch zu keuchen.

»Nein, ich spreche ja gar nicht über Hollywood!« verteidigte sich Mr. Metunia. »Ich will mich nur endlich einmal gut unterhalten.«

Inzwischen hatte er begonnen, das wilde Haar des Mädchens zu Zöpfchen zu flechten – ein schier aussichtsloses Unterfangen während all der Knuffe, Bisse und Tritte, die seine Tochter ihm verpaßte. Irgendwie gelang es ihm aber dennoch. »Wenn ich Billy schon nicht an die Westküste mitnehmen kann, so schleppe ich meine Größe-Fünfzig-Dame mit.«

»Ich bring' dich um«, fauchte das Mädchen von unten.

»Ich werde Maxie meinen Film zeigen«, sagte Mr. Metunia, »mit der Größe-Fünfzig-Dame im Hintergrund. Ich zeige ihn Maxie. Mit ihr traue ich mich das.«

»Dich krieg ich schon noch!« stöhnte das Mädchen.

»Ich weiß auch schon, was Maxie sagen wird: ›Wer wird schon dafür hinaus in den Regen gehen?‹ Ein berühmter Ausspruch Maxies über Filme: ›Wer wird schon dafür hinaus in den Regen gehen?‹ Weißt du, was wir tun werden, die Größe-Fünfzig-Dame und ich?«

Nun versuchte das Mädchen, ihren Vater beim Haarschopf zu packen, wurde von ihm aber erfolgreich abgewehrt.

»Weißt du was?« sagte Mr. Metunia. »Niemand wird wegen meines Films ›hinaus in den Regen gehen‹ müssen. Ich ziehe einfach alles zurück: Vertriebskopien, Vorschaukopien – alles. Hurra. Mit dieser Funkstille werden wir schon noch fertig. Wir zerschnipseln einfach das ganze Zelluloid. Schneiden es zu wunderschönen, schwarzen Kongo-Püppchen.« Mr. Metunia streichelte jetzt die von ihm geflochtenen Zöpfchen des Mädchens, als wären sie die Püppchen. »Beautiful black dolls for all the Billy girls of the world.« Er küßte jedes Zopfende. »Wir werden Millionen verdienen, die Größe-Fünfzig-Dame und ich. Wir werden uns wirklich amüsieren.«

»Metunia, halt's Maul!« keuchte das Mädchen.

»Hey, Herr Gesandter«, fragte Mr. Metunia direkt aus einem Zopfkuß heraus, »glaubst du, die Größe-Fünfzig-Dame wird mir helfen, Püppchen auszuschneiden?«

»Okay«, sagte Raoul, ehe Leon noch eine passende Antwort eingefallen war. Er hatte den tragbaren Pooltisch aufgestellt. »Was nun?«

»Ah«, seufzte Mr. Metunia. Eben hatte er Billy aus dem Schwitzkasten freigegeben. Mit hochrotem Gesicht tauchte sie auf. »Du Teufel!«

Doch durch einen urplötzlichen Wechsel der Haltung war aus Mr. Metunia ein junger Halbstarker geworden, der sich überhaupt nicht mehr um sie bekümmerte. »Jetzt werden wir ein wenig Pool spielen«, sagte er.

»Du Penner!« sagte Billy völlig entgeistert. Sie griff nach ihrem Haar.

»Was für ein Pool?« fragte Raoul mit seinem neuen, uramerikanischen Akzent. Er warf die Kugeln auf den Pooltisch, wo sie sofort wie irre herumzurollen begannen. »Seht euch das einmal an!«

»Man kann also auf einem Schiff nicht Pool spielen?« fragte Mr. Metunia enttäuscht. »Ich soll aufgeben? Würde meine Größe-Fünfzig-Dame aufgeben?«

»Sie ist ein schmieriger, alter Sack«, sagte Billy immer noch vor Wut kochend und flocht ihre Zöpfchen wieder auf.

»Wir könnten das Schiff das verdammte Spiel für uns spielen lassen«, sagte Raoul.

»Sicher«, knurrte Mr. Metunia und strich um den Pooltisch. »Einfach die Taschen verbarrikadieren und dann nur zusehen und wetten. Wird sehr lustig werden.«

»Ganz wie bei einem verdammten Pferderennen«, sagte Raoul.

»Sie ist eine schäbige, ungepflegte, aufgeschwemmte Frau«, sagte das Mädchen.

»Klar ist sie das, aber sie ist der einzige aufrechte Mensch, der mich mag.« Und als er dann einen Flachmann aus der Tasche zog, warf sich das Mädchen wieder auf ihn. Mr. Metunia, der ja die Flasche nicht loslassen wollte, konnte Billy diesmal nicht wieder festhalten. Mit der einen Hand gelang es ihm eben, sie sich einigermaßen vom Leibe zu halten. Ihre Blicke trafen sich: Es war ein Patt. Die Wangen des Mädchen waren hochrot, Mr. Metunia verlor einen Augenblick das Gleichgewicht, taumelte. Sie ließen voneinander ab.

»Ich habe meine Handschuhe im Boot vergessen.« Sie legte beide Hände fest um seine Flasche. Metunia, der diese nicht aus den Händen ließ, nahm blitzschnell die Gestalt eines alten farbigen Dieners an: »Da sin' keine Handschuh' in keinem Scotch, meine Chefin.«

Sie ließ die Flasche fahren und wandte sich Leon zu: »Wo war doch unser Rettungsboot?«

»Ich glaube, ich erinnere mich«, antwortete Leon.

»Ihr wollt gar nicht zusehen, wie wir wetten?« fragte Mr. Metunia enttäuscht vom Pooltisch her.

»Komm, gehen wir«, sagte das Mädchen und zog Leon an der Hand.

Einer ihrer Handschuhe baumelte weiß von einer Sprosse der Leiter des Rettungsbootes. Der zweite aber schien nicht im Boot zu sein. Genaugenommen war überhaupt nichts dort oben in dem Rettungsboot, niemand, der das endlose, flackernde Dunkel beeinträchtigt hätte, das die glitzernde Gischt und die See im Mondenschein verband. Das war fast zuviel für ihn, das – und der plötzliche Reichtum, sie hier ganz allein bei sich zu haben, ohne irgendwie darauf vorbereitet zu sein.

»Komm schon herein«, sagte sie. Sie saß bei der Ruderpinne. »Schau! Oh, ich muß Metunia sagen, daß er hier heraufkommen soll! Ich wette, er würde sofort den Captain Bligh mimen.« Ihre schmale weiße Hand griff nach dem Halteseil des Bootes. »Ist er nicht irre? Er hat eben den großartigsten Film in Italien abgedreht, unabhängig, ganz allein. Er ist ein unglaubliches Genie. Komm schon, leg dich in die Riemen!«

Leon setzte sich. Da sie, das Belegseil in der Hand, in der leeren Luft »steuerte«, schien es ihm völlig in Ordnung, daß er nun zu den Rudern greifen und »rudern« sollte. Es war immer noch besser, als sie bloß anzustarren. »Metunia hatte den Krieg gegen sich«, sagte sie. »Mussolini und all diese Idioten. Wir hatten den verrücktesten Drehplan. Ich war manchmal Stand-In für den Star, dann wieder las ich die Belichtungsmesser ab.« Sie spielte mit dem Belegseil herum, und das Mondlicht sprang von ihren schmalen Schultern zu ihren weit auseinander und leicht schräg stehenden Augen. Einer, der ihr gefestigter gegenübergestanden wäre, hätte sie besser wahrnehmen können; er hätte gewußt, daß sie jung war, tödlich jung, wie es nur Amerikaner sein können, begeistert und zugleich verwundbar, noch nicht von der Lebensweisheit älterer Generationen abgestumpft, ganz von vorn beginnend, getrieben von einer heiligen Unschuld, Erfahrungen nicht in sich aufnehmend, sondern von ihnen aufgesogen werdend. Doch Leon merkte nur, daß sie sich mit Schönheit und Grazie über dieses Leben empörte. Er sah völlig klar, daß ihre Exaltiertheit mit ihm nichts zu tun hatte, und um sie zu zwingen, ihm dennoch ihre Aufmerksamkeit zu schenken, sagte er bösartig: »Ich glaube, dein Vater war etwas betrunken.«

»Met unterhält sich prächtig!« Sie lachte rasch auf. »Er parodiert so gerne Leute. Er war nämlich einmal ein Pantomime; das ist seine Art, sich zu entspannen. Du solltest einmal sehen, wie er hier den Kapitän imitiert. Bart und alles. Er ist irre. Oh! Er muß beim Kostümball wirklich den Kapitän spielen! Wir müssen nur irgendwie ein paar Epauletten für ihn auftreiben – weißt du, eine Uniform«, erklärte sie mit dem gebräuchlicheren Wort.

»Ich habe fünf Jahre Englisch gehabt«, sagte Leon, sein Mund lächelte, seine Ohren glühten. Er hatte sicherlich mehr Walter Scott gelesen als zwanzig Billys zusammengenommen. »Manche Ausländer«, schob er noch nach, »verstehen Englisch recht gut.«

Plötzlich lag sie flach auf dem Rücken im Boot. »Die Flüchtlinge und all das Zeug.« Sie blickte hinauf in die Sterne und schüttelte den Kopf. »Ich meine, Hitler und der Krieg und all das. Ich hab' da dieses große, in Seide gebundene Tagebuch, und nichts drin. Schau, für mich geschieht so viel auf dieser Reise mit Met – ich bin einfach zu beschäftigt. In den Mama-Monaten komm' ich dann wieder auf gleich –«

»Wie bitte?« fragte er.

»Mama-Monate.« Sie formte das Belegseil zu einer Art Gürtel um ihre Taille. »Ich bin nur zwei Monate im Jahr bei Met. Sorgerecht und so. Für den Rest des Jahres heißt es bloß Mama und die Schule. Also nutze ich in der Zeit, in der ich bei Met bin, jede Sekunde, um mit ihm wirklich etwas zu unternehmen. Und überhaupt, man kann doch den Krieg nicht in ein seidengebundenes Tagebuch stopfen – oder die Flüchtlinge –«

Sie setzte sich auf. »Hör zu!« Sie neigte sich zu Leon und flüsterte eindringlich. Ihn traf ihr Atem wie ein Segen. »Das soll eine Geburtstagsüberraschung für Met nächsten Monat werden. Es ist ein Geheimnis. Und er soll, solange er an Bord ist, nicht über Filme sprechen. Also sag bitte kein Wort darüber.«

»Aber was?« wollte Leon wissen.

»Raoul und ich arbeiten am Treatment für einen Kurzfilm über einen Flüchtlingshund. Franzi wird den Hund spielen. Wenn Met den Film macht, so dürfte der so gegen hunderttausend Dollar für ein Einwanderer-Benefiz einspielen. Was hältst du davon?«

»Eine hübsche Idee«, sagte er. Aber diese Antwort genügte nicht, um ihn darüber hinwegzutrösten, daß er hier hilflos vor ihr saß, unfähig, all den Plänen und Erregungen, die sie mit Raoul teilte, irgend etwas entgegenzusetzen. Er mußte irgend etwas Besseres sagen, versuchen, mit ihrer rasanten Geschwindigkeit wenigstens mitzuhumpeln.

»Ich besorge dir eine der Uniformen des Kapitäns«, versprach er.

»Für Metunia? Den Kostümball? Für eine Parodie?«

»Ich kenne den Kapitän recht gut. Es wird ganz leicht gehen.«

»Gut.« Sie war schon aufgestanden und die Leiter hinuntergeschlüpft. Er konnte es kaum glauben. »Ich kann sie dir schon morgen verschaffen!« rief er, um sie noch aufzuhalten.

»Herrlich! Danke.«

»Noch einen Augenblick!« sagte er. »Wo kann ich sie dir übergeben?«

»Möchtest du um drei Pingpong spielen?«

»Ja«, sagte er, »warte!«

»Gute Nacht«, rief sie, und man hörte nur noch das Geräusch ihrer Mokassins auf dem Deck.

Dann wurde ihm klar, daß er selbst schon die Hälfte der Leiter hinabgestiegen war, ganz allein, und auch noch ein lächerliches Versprechen gegeben hatte, das er nun einlösen mußte. Und dabei hatten sie eigentlich nach dem verlorenen Handschuh gesucht. Sie hatte ihn glatt vergessen. Sie war zurück zu ihrer Kabine gerannt, die eine Hand nackt. Und plötzlich berührte ihn, durch Billys unsteten Glanz hindurch, ein wenig von einer schrecklichen Verlorenheit.

Durch die Sprossen der Leiter starrte er in die Nacht. Der Mond wanderte, ein bleicher kleiner Prinz, über einem kannelierten Königreich von Wellen, wanderte und wanderte, bis er schließlich in dem schweigenden, geheimnisumwobenen Schiff verschwand.

Fünf

1

Am vierten Tag auf See, also am 10. Mai, segelte die *Syngdam* in einem Hochdruckgebiet, das beinahe mit der gleichen Geschwindigkeit auf dreiundzwanzig Grad westlicher Länge von Greenwich dahinzog. Das Wetter wurde dünn und durchsichtig. Die Luft wurde zu Glas. Den ganzen Tag lang sah man immer wieder Schwärme fliegender Fische. Im Sprung schienen ihre Flossen schwarze Fächer aus dem grellweißen Horizont zu schneiden. Es war kalt. Die See wurde eisig blau. Auf der Wachtbrücke standen nun die Matrosen – die Wache war von einem auf drei Mann verstärkt worden –, Buckelwale in grauen Mänteln mit riesigem Kragen.

Die Passagiere gruben in ihren Koffern nach Schals, Cardigans und schweren Strickjacken. Es war nicht nur die Kälte, gegen die sie sich schützen wollten. Es war etwas anderes, das über Nacht gekommen war und nun das ganze Schiff in Besitz genommen hatte: die Emergency – der Notstand. So hatte es der Kapitän in seiner Bekanntmachung genannt: Wegen des Notstandes war nun bei Nacht das Entzünden von Zigarren, Zigaretten oder Pfeifen an Deck verboten. Faustfeuerwaffen der Passagiere wurden von den Stewards eingesammelt und verwahrt. Der allabendliche Tanz wurde vorübergehend in die Lounge verlegt, da die Verdunkelungsvorhänge für das Chez immer noch nicht fertig waren. Funk- und Telefonstille waren nun auf die gesamte Dauer der Überfahrt ausgedehnt worden. Das waren aber nur die kleineren Ärgernisse. Sie fanden sich in elegantem Frakturdruck auf dem Anschlagbrett, als wären es Hochzeitseinladungen.

Schlimmere Ärgernisse folgten, doch auch diese mit dem einem Luxus-Kreuzfahrtsschiff angemessenem Flair. Früher oder später erschienen in jeder Kabine und Suite zwei Männer, die schwarze Kappen trugen. Der Kapitän sprach von ihnen bei Tisch als »meine Emergency Boys«. Meist gelang es ihnen, die Kabine in Abwesenheit des Inhabers zu betreten. Und gewöhnlich fand dieser die beiden dann ganz in ihr Geschäft vertieft, das hieß, tief vergraben in seinen Koffern, Schubladen, Mantel- und Jackentaschen, Hand- oder Aktentaschen. Stellte man sie zur Rede, so erfuhr man, daß sie eigentlich dabei waren, einem einen Gefallen zu erweisen. Ihre Durchsuchung bedeute nicht etwa, daß man des Diebstahles verdächtigt werde; man wolle lediglich vermeiden, sagten die beiden lächelnd, daß der Dieb das gestohlene Teleskop im Gepäck Unschuldiger verstecken könne. Dann fuhren sie – im Namen der Emergency – damit fort, frisch gebügelte Hemden zu zerschmuddeln.

Die häßlichen Konservendosen, die am dritten Tag auf See an der Lunchtafel auftauchten – auch sie waren Früchte der Emergency. Die Stewards erklärten, nachdem sie die nackten Dosen mit Satinbändern hübsch geschmückt hatten, daß dies die eisernen Rationen wären, einfach nötig, und daß man die Passagiere darum bitte, sie für den äußersten Notfall bereitzuhalten.

Es war etwas Merkwürdiges um diese Emergency: Sie brachte den Krieg an Bord. Die Männer verliehen sich durch das Tragen von Trenchcoats Rauheit, während sich die Damen durch ihre gröbsten Tweeds schützten. Bisher harmlose Flaneure erschienen plötzlich an Deck in einer Art Nahkampfausrüstung. Alle fluchten auf die Emergency. Alle beschwerten sich über die Unzulänglichkeiten und Härten. Alle warteten auf weitere »Entwicklungen« – warteten mit wachsender Neugierde, wenn eine Stunde lang nichts geschah, und mit kaum verhohlener Ungeduld, wenn ein ganzer Nachmittag ereignislos verstrich. In der Öffentlichkeit fürchtete man die Emergency, insgeheim genoß man aber das Abenteuer. Wie die nicht der Jahreszeit entsprechende Kälte wurde sie zwar als schneidend, aber doch auch als anregend empfunden. Unter anderem entstand so etwas wie eine Demokratie der gemeinsamen Gefahr: Jetzt waren sie alle bedroht. Amerikanische Leiber konnten genauso von Torpedos zerfetzt werden wie die von staatenlosen Flüchtlingen. Das gab den Emigranten an Bord ein unausgesprochenes Gefühl des gerechten Ausgleichs; die Amerikaner dagegen empfanden die Tapferkeit freiwilliger Feuerwehrleute.

Aber – und das war vermutlich noch wichtiger – die Emergency erlöste auch alle von jener Welt, die sie in den vergangenen Tagen so emsig an Bord der *Syngdam* aufgebaut hatten und derer sie so rasch müde geworden waren. Nun lag die Zukunft in den Händen einer höheren Macht. Diese verwandelten die Schwarzkappen in Einschleichdiebe, den Atlantik in ein Aquarium voller Unterseeboote und verliehen jeder noch fernen Welle die Umrisse eines deutschen Panzerkreuzers. Es zirkulierte ein Gerücht, demzufolge der verhaftete Deutsche der Kopf von Hitlers nordamerikanischem Spionagenetzwerk sein sollte.

Solch übernatürliches Getriebe nahm den Passagieren selbst die Last der Eigenverantwortung. Sie waren erleichtert und gleichzeitig erwartungsvoll gespannt. Noch gestern eine ermüdende Arena von Ehrgeiz und Enttäuschung, war die *Syngdam* nun zu einer magischen Bühne geworden, auf der niemand außer der geheimnisvollen Emergency inszenieren durfte. Nun war die Reise auf einmal ein großes Abenteuer, gleichzeitig aber auch eine bequem-unverbindliche Lustbarkeit. Seitdem man den Passagieren selbst die Rundfunk-Nachrichten vorenthielt – wofür der Kapitän allseits laut beschimpft wurde –, war man auch vom Druck des Krieges schlechthin befreit. Das Leben ging weiter – wenn möglich, sogar schneller als vorher. Doch Schwächen, Irrtümer, Ungeschicklichkeiten waren nun nicht mehr persönlicher Natur, sondern beruhten auf einer alle betreffenden und etwas romantischen Notlage. Am 10. Mai begannen sich die Passagiere der *Syngdam* an ihrer Hilflosigkeit zu berauschen. Ihr Schicksal war nun nicht mehr ihre Sorge, sondern lag in anderen Händen – so jedenfalls schien es ihnen auf eine Weile. Die Emergency war – wie jede Katastrophe – auch eine Art von Befreiung.

2

Nachdem sie es mit Sicherheit in Erfahrung gebracht hatten, kamen sich Fried und McFinnan wie Idioten vor. Himmelherrgott, das hätten sie doch wirklich erraten können. Sie hätten es schon wissen müssen, als Bell so spät von diesem Verdunkelungswirbel zurückkam. Er hatte damals einfach ganz unschuldig erklärt, die anderen Leute in seinem Rettungsboot hätten ihn in ein längeres Gespräch verwickelt. Und sie – sie hatten ihm geglaubt.

Freilich war unter den gegebenen Umständen ihr Verstand nicht ganz auf der Höhe. Da das Schiff ohnedies noch vor dem Frühstück versenkt werden würde, hatten sie ihre letzte Flasche Wodka in Frieds Kabine hervorgeholt und auf ihre kurzen, jungen Leben und auf die Haifische geleert, die Madame Ceils treulosen Leib in delikate, kleine Stückchen zerreißen würden. Doch da dies gleichzeitig auch Ceils letzte Nacht auf Erden sein würde, brachten sie es einfach nicht übers Herz, ihr das schreckliche Gedicht zu schicken, das Finney ersonnen hatte. Sie verurteilten sie lediglich dazu, es in anderer Form zu erhalten, verbrannten den Brief und sandten die Asche durch einen verwirrten Botenjungen in ihre Kabine. Alles verlief wirklich prächtig; nur Bell war etwas zu früh volltrunken und zog sich taumelnd zurück. Also konnten sie dann »*Damn Your Eyes*« nur im Duett singen, was den Effekt eindeutig schmälerte.

Am nächsten Morgen um elf wurden sie von ihren Stewards geweckt. Das Schiff war noch immer nicht gesunken, aber der Wodka war fast völlig geleert. Wären sie alle ertrunken, so ließ Fried McFinnan, noch unter der Brause, telefonisch wissen, wären sie also alle umgekommen, so wäre ihnen auch dieser scheußliche Katzenjammer erspart geblieben. Und als wäre das Leben nicht auch so schon hart genug, fanden sie Bell auch noch in der Lounge, wie er mit einem deutschen Mädchen Dame spielte. Dame! Und das kaltblütig und am hellichten Tage! Und das Mädchen vom Typ, zu dem man auf einer Party sagt: »Ach, verzeihen Sie bitte; ich muß mal nachsehen, wo ich meinen Drink hingestellt habe.« So ein richtig stures, europäisches

Ding, dem das Haar ins Gesicht hing, als wäre es zum Trocknen auf der Wäscheleine. Ein Anblick, der an einem solchen Morgen nur schwer zu verkraften war.

Klar versuchte sich Bell, als sie vorbeigingen, mit einem verschwörerischen Blinzeln zu rechtfertigen. Und als er sich ihnen einige Minuten später zugesellte, erklärte er umständlich, er habe einfach nichts Besseres zu tun gewußt. Er habe erst Fried, dann McFinnan angerufen, als Antwort aber nur geräuschvolles Schnarchen bekommen. Selbstverständlich nahmen sie ihm diese faule Ausrede nicht ab. Doch zu diesem Zeitpunkt war für sie die ganze Sache immer noch Spaß. McFinnan gab nun zu bedenken, daß mit einem Mädchen Dame zu spielen ein ziemlich ernsthaftes Engagement bedeutete. Und Fried seinerseits beruhigte McFinnan und sagte, er sei gewiß, Bell beabsichtige, aus dem Fräulein – wie hieß sie doch? Wilhelmine? – eine ehrbare Hausfrau zu machen. Nun bleibe eigentlich nur noch die Frage des Hochzeitsgeschenks zu klären: eine Wärmeflasche oder ein langes Nachthemd?

Darauf beförderte Bell die beiden mit Fußtritten in den Swimmingpool, und sie spielten Deck-Tennis, und sie zischten Ceil an, als sie vorbeigetrippelt kam, vermutlich auf dem Weg zu ihrem schwarzen Liebhaber, mögen sie doch beide in der Hölle verfaulen, und alles blieb mehr oder minder so, wie es bisher auf der ganzen gemeinsamen Reise gewesen war, bis Bell plötzlich um vier Uhr nachmittags McFinnan bat, ihm ein Stecktuch zurückzugeben, das er McFinnan seinerzeit in Italien geliehen hatte.

Das war das erste sichere Zeichen. Normalerweise war Bell mit seiner Kleidung nachläßig bis gleichgültig. Als sie ihn aber nun mit dem Stecktuch zur Schiffswäscherei hasten sahen, wußten sie, daß etwas ganz Besonderes im Gange war. »Warten wir mal, was jetzt kommt«, sagte Fried.

Nun, sie hatten nicht sehr lange zu warten. Zu Beginn des Tanz-Cocktails hatte Bell die Unverschämtheit, sich zu ihnen zu gesellen, als wäre nichts geschehen. Doch schon bei der ersten Nummer sauste er zu seiner Wilhelmine hinüber, um sie zum Tanz aufzufordern. Diese war übrigens auch noch abscheulich aufgedonnert. McFinnan fand, sie sähe aus wie eine Kuh im langen Abendkleid. Und dann, als wäre das keine Verletzung ihres gemeinsamen Junggesellentums, als widerspräche es nicht allen Gepflogenheiten ihres bisherigen Reisecodex, kehrte Joseph Michael Bell II. nachher nicht an den Tisch seiner Gefährten zurück. Er saß drüben und quatschte, was das Zeug hielt, mit seiner Wilhelmine und auch mit ihrem Vater und Bruder, falls diese beiden deutschen Affen das sein sollten.

Und tatsächlich hatten Fried und McFinnan erst wieder eine Gelegenheit mit Bell zu sprechen, nachdem sie sich bereits zum Dinner umgezogen hatten. Sie begegneten ihm auf dem Weg zum Speisesaal, trafen ihn mit seinem frisch gewaschenenen Stecktuch und ohne Bart!

Ja, tatsächlich, ohne Bart, selbst nach allem bisher Geschehenen waren sie auf diesen unerhörten Verrat nicht vorbereitet. Selbst Benedict Arnold* hätten die nunmehr glattrasierten Wangen ein wenig erröten lassen.

»Freunde, Ihr habt doch selbst gestern in der Nacht gesagt, es sei okay. Erinnert Ihr euch denn nicht? Während unseres Wodka-Gelages?«

»Oh?« sagte Fried.

»Vielleicht wart Ihr schon zu besoffen, um euch heute noch daran erinnern zu können, aber Ihr habt mich feierlich meines Eides entbunden. Jawohl, das habt Ihr getan, Ihr hoffnungslosen Rauschkugeln!«

»Mein lieber Junge«, sagt Fried pathetisch, »selbst wenn wir gestern in der Nacht nicht ›okay‹ gesagt haben – jetzt ist es ›okay‹. Ich versichere dir«, dabei ließ Fried seine Zähne blitzen, »ab jetzt ist alles, was immer du auch tun magst, okay.« Er zog den Zipfel von Bells Stecktuch etwas weiter hervor.

»Ich – ich rasiere mich einfach für gewöhnlich, wenn ich eine Verabredung habe«, versuchte Bell sich zu rechtfertigen.

»Eine Verabredung!« kreischten Fried und McFinnan wie aus

* General der amerikanischen Unabhängigkeitsbewegung, oft zitierter Verräter (1741–1801)

einem Munde. »Na ja, so eine Art Rendezvous«, sagte Bell. In einem kläglichen Versuch, wieder der gute alte ihnen vertraute Bell zu werden, grinste er schamlos. »Nun, sie und ich, wir wollten nur vom Deck aus ein wenig nach deutschen U-Booten Ausschau halten.«

Doch das war viel zu künstlich, viel zu durchschaubar; es war auch ganz und gar nicht der frühere Kumpel Bell. Fried ließ ihm das nicht durchgehen. »Nein, mein lieber Junge«, sagte er pseudoväterlich. »Du darfst diese reine, kleine, keusche deutsche Blüte nicht pflücken und entehren. Du sagst einfach immer nur ›Heil!‹ zu ihr. Opfere einfach all deine heiligen Eide und die deiner alten Freunde für deine Wilhelmine. Also werde nur ein braver, verliebter Ehemann und friß ihr Sauerkraut aus der Hand! Okay?«

Plötzlich griff sich McFinnan Bells rechten Arm, während Fried sich gleichzeitig des anderen bemächtigte. Zu Lohengrins Hochzeitsmarsch zwangen sie Bell, den Korridor entlangzumarschieren. Dum-dum-di-dum …

»Ihr Schweine! Hört auf damit!« zischte Bell.

Es half ihm nicht. Dum-dum-di-dum … Sie gingen den Korridor entlang, dum-dum-di-dum, schnurstracks in den Speisesaal, wo alle erschreckt aufsahen, dum-dum-di-dum … und erst beim Tisch, an dem Wilhelmine saß, gaben sie den widerstrebenden Bräutigam frei.

Es war der erste Abend, an dem Fried und McFinnan nicht am allgemeinen Tanzvergnügen teilnahmen. Statt dessen verschanzten sie sich in Frieds Kabine und schnipselten den Verräter aus allen ihren gemeinsamen Urlaubsfotos. Als Mitternacht vorbei war, warteten sie noch auf die Krönung des Tages. Bisher hatten sie sich immer gegen ein Uhr früh in Frieds Kabine versammelt, einen Drink genommen und über das Geschehen des vergangenen Tages gesprochen. Und richtig: Bald schon hörten sie, wie sich Bells Schritte näherten. Das war nun wirklich seine allerletzte Chance, abzuschwören und sich von ihnen vergeben zu lassen. Die Schritte kamen näher, gingen an der Kabine vorbei und verklangen dann wieder. Es war, als hätte man das Messer in der Wunde ihrer Freundschaft noch einmal kräftig umgedreht: Als nämlich Bell an der Kabine seiner Gefährten vorbeimarschierte, hörte man ihn ganz deutlich fröhlich pfeifen. »Sieh mal einer an«, sagte Fried. Eine zwar bittere, aber dennoch köstliche Erkenntnis machte sich in ihnen breit. Sie beschlossen, sie beim Genuß des restlichen Wodkas reifen zu lassen.

»Der Kerl war nur darauf aus, seine eigenen Ziele zu verfolgen«, sagte McFinnan. »Das war alles, was er von uns brauchte.«

»Eigentlich hätte ich es schon kapieren sollen, als ihm die Sache mit Ceil entschlüpfte«, sagte Fried. »Habe ich dir damals gesagt, daß er sie hinter unserem Rücken zu einem Spaziergang eingeladen hat?«

»Verdammt – er war schon damals in diesen Hotel-Foyers wie wild am Werk«, sagte McFinnan. »Er hing immer am Telefon. Wir waren nur seine Staffage.«

»Das ist aber noch gar nichts«, sagte Fried. Ihm begann zu dämmern, daß Bells Verrat sozusagen rückwirkend alle gemeinsam unternommenen Dinge ihres Studentenlebens entwertete und ungültig machte: Die Singles-Feste, die sie besucht, die Chemielaborübungen, die sie geschwänzt, die Freundessolidarität, mit der sie Prüfungsangst und Fußball-Ausgelassenheit geteilt hatten. Andererseits aber ersparte ihnen die Enttarnung Bells für die Zukunft weitere Enttäuschungen dieser Art. Sollte die *Syngdam* jetzt torpediert werden, würden sie wenigstens nicht als Idioten sterben.

»Ja, sieh mal einer an«, sagte er noch einmal und hob sein Glas. »Das war die Europareise schon wert – endlich herauszufinden, wer dieser Bursche eigentlich ist.«

»Weißt du was?« McFinnan stieß mit Fried an. »Es ist im Grunde ein Glück, daß uns jetzt endlich ein Licht aufgegangen ist.« Sie tranken ihre Gläser leer. Noch nie hatte ihnen Wodka so wohl getan.

»Komisch«, meinte Fried. »Etwas Besseres hätte uns gar nicht passieren können.« Es war wirklich phantastisch: Endlich waren sie draufgekommen, warum bisher alles auf dieser Reise schiefgegangen war. Jetzt aber konnte ihre Europa-Tour immer noch ein Erfolg werden. Sie waren beide über diese Erkenntnis sehr froh; Fried und McFinnan empfanden nun eine überwältigende, allerdings auch unaussprechliche Zuneigung füreinander. Ihre Freundschaft war jetzt so rein und von allen Makeln befreit; aus Erfahrung und Enttäuschung hatten sie gemeinsam so profunde Einsichten erlangt, schien ihnen.

»Finney-Boy«, sagte Fried, »den Speisesaal soll morgen der Teufel holen. Ich lade dich feierlich ein, dein verdammtes Suppengeschlürfe in meiner Kabine zu vollziehen.«

»Friedy, es wird mir ein ganz besonderes Vergnügen sein, dich ganz privat rülpsen zu hören!«

»Immer noch um ein Haus besser, als dieser Unglücks-Wilhelmine beim Essen zuzusehen!«

»Amen!«

An diesem Punkt ihres Gedankenaustausches angekommen, beschlossen sie, eine weitere Flasche Wodka zu kaufen.

3

Grundsätzlich stand Herr Meyerhaas Barhockern durchaus nicht positiv gegenüber. Nun waren aber alle Tische in der Bar besetzt. Und da der Verehrer seiner Tochter in der Lounge erwartet wurde, beabsichtigte Herr Meyerhaas durchaus nicht, dort in atemloser Anspannung auf seinen Stuhl gebannt zu warten. Schon gar nicht in Anbetracht der Nationalität des jungen Freundes seiner Liese. Der war nämlich Amerikaner, wie Herr Meyerhaas inzwischen herausgefunden hatte. Nach seinen Erfahrungen mit der Frau Professor hatte er nicht mehr vor, sich im Umgang mit der Neuen Welt weiß Gott welchen Mühen zu unterziehen, selbst wenn das bedeuten würde, daß er in dieser Neuen Welt verhungern müsse. Er wollte auf den Burschen nicht in der Lounge warten. Eher noch erduldete er einen Barhocker und bestellte eine Limonade.

Doch der Barmann warf verzweifelt seine braunen Hände in die Höhe. Keine Limetten! Keine Zitronen! Es war diese schreckliche Blockade – auch schon als Holland noch neutral gewesen war. Doch wenn der Gentleman vielleicht bereit wäre, wie die Dame dort drüben, einen kleinen Schuß Gin … zwei Tropfen Gin in einem Glas Orangensaft –«

In diesem Augenblick sagte die Dame mit dem schwarzen Hut, die links saß: »Mit nur zwei Tropfen Gin schmeckt das Zeug ohnedies nur wie Limonade.« Herr Meyerhaas, ganz Mann von Welt, gab dem Barmann einen zustimmenden Wink. Ebenso machte er eine kleine, unbestimmte Verbeugung nach links, in Richtung seiner ungefragten Ratgeberin.

»Für Menschen, die zur Seekrankheit neigen, ist die Bar auf diesem Schiff der günstigste Ort«, sagte nun die Dame.

»Tatsächlich?« fragte Meyerhaas höflich.

»Ich muß mich wegen meines Verdauungssystems hier aufhalten«, fuhr die Dame fort, »also habe ich nach und nach alle alkoholfreien Drinks kennengelernt, die man hier bekommen kann.«

»Wirklich?« meinte Herr Meyerhaas. Er mußte nun seine vorgefaßte Meinung über diese Dame, die er früher schon oft, vielleicht zu oft, in der Bar gesehen hatte, wohl revidieren. »Ich kann mir vorstellen« – Herr Meyerhaas räusperte sich –, »ich stelle mir vor, daß Fachwissen dieser Art sich in den Vereinigten Staaten als sehr nützlich erweisen dürfte. Angeblich ist es dort gar nicht so leicht, etwas Alkoholfreies zu trinken zu bekommen.«

»Haben Sie das vielleicht auch schon gehört?« fragte die Dame. »Man sagt, daß dort sogar das Leitungswasser mit Abfallprodukten aus den Destillerien verunreinigt ist.«

»Es würde mich jedenfalls nicht überraschen.« Herr Meyerhaas war mit der Wendung ihres Gesprächs zufrieden. »Ja, wenn wir nicht hier im Salzwasser ertrinken, sterben wir dann halt an all dem Whiskey in New York.« Hier gestattete sich Herr Meyerhaas ein kleines, kultiviertes Lachen. Auch sein Vorurteil gegen Barhocker mußte er nun revidieren: Ihre größere Höhe verlieh dem Benützer, ja sogar seiner Sprache, etwas Distinguiertes.

»Nur zwei Tröpfchen, Mr. Suki!« rief die Dame. »Nimmt man drei, so schmeckt das Zeug dann nach Bier.«

»Ich danke Ihnen für Ihre aufmerksame Fürsorge. Bier ist nicht gerade eines meiner Lieblingsgetränke«, sagte Herr Meyerhaas.

»Für mich ist es absolut widerwärtig«, sagte die Dame. »Es verschleimt die Lungen.«

Herr Meyerhaas lauschte ihrem deutschen Dialekt und hatte eine glückliche Eingebung. »Verzeihen Sie«, sagte er, »aber ich kann mir nicht helfen: Sind Sie am Ende auch aus München?«

»Du guter Gott!« rief sie erfreut. »Ich habe am Prinzregentenplatz gewohnt.«

»Ist das nicht ein unglaublicher Zufall? Und ich in der Föhringer Hauptstraße.« Hier hielt er einen Augenblick inne, damit ihr zu Bewußtsein kommen könnte, daß seine frühere Adresse ebenso respektabel gewesen sei wie die ihre. »Ach, ich glaube, Bier ist überhaupt das Verhängnis Münchens – und zwar immer schon.«

»Für den Magen ist es sogar noch schlechter als Whiskey, weil man davon wesentlich mehr trinken kann.«

»Und das Gesindel, das das Bier stets in unsere schöne Stadt gelockt hat! Ich meine, ohne Bier wäre Hitler einfach nicht möglich gewesen«, mutmaßte Herr Meyerhaas.

»Das ist, was ich immer schon gesagt habe. Dieser ganze Nazi-Wahnsinn kommt nur von einer Verfälschung der deutschen Eßgewohnheiten.« Die Dame rückte ihren Hut zurecht. »Zu viel Fleisch verursacht einen gefährlichen Eiweißdruck im Nervensystem.«

»Das ist eine sehr interessante Auffassung«, sagte Herr Meyerhaas. In eben diesem Augenblick steckte Kurt seinen Kopf in die Bar und rief weithin hörbar: »Papa! Lieses Romeo!«

Herr Meyerhaas schwor sich im stillen, mit Kurt einmal sehr ernsthaft über sein Mickey-Rooney-Benehmen* – oder wie der Kerl hieß – zu sprechen. Vier Jahre in einer der besten Eliteschulen Bayerns waren an seinem Sohn offenbar spurlos vorübergegangen. »Wenn Sie mich jetzt bitte einen Augenblick entschuldigen würden?« Herr Meyerhaas verbeugte sich vor der Dame mit dem Gehabe eines von vielen dringenden Aufgaben geplagten Geschäftsmannes.

Als Herr Meyerhaas aber die Lounge betrat, mußte er doch zugeben, daß Lieses Verehrer etwas Romantisches hatte, freilich rührend linkisch und yankeehaft, und ebenso sein Zeigefinger, mit dem er sie behutsam durch die Menge steuerte. Herr Meyerhaas bemerkte, daß

* Berühmter amerikanischer Entertainer

Liese eine von ihm nicht genehmigte Blume im Haar trug, und sie hatte sogar, wie eine echte Dame, ihre Handtasche auf die Tanzfläche mitgenommen, von der sie eben zurückkehrten. Ihre Wangen waren gerötet, doch wenigstens nicht von Rouge, dessen Gebrauch Herr Meyerhaas ihr ein für allemal verboten hatte.

»Ah, Mr. Bell!« sagte Herr Meyerhaas. »Ich sehe, Sie tanzen bereits mit meiner Tochter?«

»Ja, ich hatte soeben die Ehre«, antwortete Mr. Bell und versuchte ungeschickt, Liese beim Niedersetzen zu helfen, die ebenso ungeschickt dabei war, sich helfen zu lassen.

»Mr. Bell, wenn ich aus Ihrer Begeisterung der Terpsichore Schlüsse ziehen darf, scheint mir, als wollten Sie Tanzlehrer werden«, sagte Herr Meyerhaas.

»No, Sir. Ich werde Industriechemiker«, korrigierte Mr. Bell.

»Industriechemiker«, wiederholte Meyerhaas und wog mit langsamem Kopfnicken die Zukunftsaussichten dieses schönen Berufes ab. »Ich höre, man bekommt auf diesem Gebiet in den Vereinigten Staaten eine gute Ausbildung?«

»Ich habe vier Jahre an der University of Michigan studiert und vor kurzem dort meinen Abschluß gemacht, Sir.«

»Interessant«, meinte Herr Meyerhaas, »dem Vernehmen nach sind in den Vereinigten Staaten die Berufschancen auf diesem Gebiet gut?«

»Oh, Papa!« rief Liese aus.

»Mein Alter hat eine Firma«, sagte Mr. Bell, »ich werde bei ihm arbeiten.«

»Was für ein Alter?« wollte Herr Meyerhaas nun wissen.

»Oh, Papa, er meint seinen Vater«, erklärte Liese.

»Du bist mein Alter«, sagte Kurt zu seinem Vater.

»Ich verstehe«, sagte Herr Meyerhaas. »Interessant. Gibt es größere Chemie-Industrieanlagen in Michigan?«

»Mein Alter ist Industriekonsulent und arbeitet hauptsächlich für Ford«, gab Mr. Bell zur Antwort.

»Ich nehme an, Sie sprechen von der Ford Motor Company«, sagte Herr Meyerhaas. »Eine gute Firma. Aber Ihr Herr Vater ist nicht direkt an ihr beteiligt?«

»Oh, Papa!« stöhnte Liese wieder.

»Ich interessiere mich einfach für die Vereinigten Staaten, und zu denen gehört auch Michigan«, sagte Herr Meyerhaas.

»Sir«, sagte Mr. Bell nun. »Ich wollte Sie fragen, ob ich heute abend beim großen Ball das Vergnügen der Gesellschaft Ihrer Tochter haben dürfte?«

»So, so – das möchten Sie also?« sagte Herr Meyerhaas in einem Ton, den er für wohlwollend hielt. »Gestern erst haben Sie meine Tochter in einem Rettungsboot kennengelernt – und heut' abend geht es schon zum Ball. Die Bürger der Neuen Welt legen wirklich ein erstaunliches Tempo vor.«

»Da haben Sie, glaube ich, recht, Sir«, und nach einem Augenblick gelang ihm sogar ein etwas gezwungenes Lachen.

Und Lieses Hände, die sich blaß um den Griff ihrer Tasche klammerten, schienen schon wieder »Oh, Papa!« zu sagen.

»Verstehen Sie, Mr. Bell –«, sagte Herr Meyerhaas.

»Bitte, sagen Sie doch einfach Joe zu mir«, unterbrach ihn Mr. Bell etwas unerwartet.

»Wenn Sie es wünschen. Sehen Sie, Joseph«, sagte Herr Meyerhaas, »in den fünf Stunden, die uns noch vom Ball trennen, schwimmen wir vielleicht alle schon im Atlantischen Ozean.«

»Das ist tatsächlich möglich, Sir«, sagte Joseph.

»Haben Sie für diese Eventualität entsprechende Vorsorge getroffen?« fragte Herr Meyerhaas.

»Vorsorge – nun, ich bin irgendwie darauf gefaßt«, behauptete Joseph verlegen.

»Wir zum Beispiel«, fuhr Herr Meyerhaas fort, »bewahren alle unsere Dokumente in einem wasserdichten Öltuchsack auf, den ich ständig bei mir in der Tasche trage. Ich nehme an, Sie besitzen auch etwas dieser Art?«

»Ach herrje, nein, Sir«, gab Joseph zurück, »ich habe nur meine Brieftasche.«

»Dürfte ich sie einen Augenblick sehen?« fragte Herr Meyerhaas, und als Joseph sie hervorholte, untersuchte er sie und blätterte auch im Reisepaß, der sich in ihr fand.

»Oh, Papa!« flüsterte Liese.

»Im Salzwasser wäre das alles in dreißig Sekunden unleserlich«, sagte Herr Meyerhaas. »Es wäre mir ein Vergnügen, Ihren Paß für Sie in unserem Öltuchsäckchen aufzubewahren.«

»Nun, vielen Dank, Sir, aber –«

»Es will mir scheinen«, sagte Herr Meyerhaas dezidiert, »daß, wenn sie weit genug in die Zukunft blicken, um an den Ball zu denken, Ihr Weitblick auch diese andere Möglichkeit in Betracht ziehen sollte.«

»Nun – ja –«, stammelte Joseph. »Eines dürfte Hand in Hand mit dem anderen gehen«, meinte Herr Meyerhaas. »Es wird mir ein Vergnügen sein, Ihren Paß für Sie sicher aufzubewahren.«

»Ja, natürlich, klar«, sagte Bell. »Danke.«

»Wirklich gerne geschehen«, sagte Herr Meyerhaas, tat den Paß in das Säckchen und zog den Reißverschluß zu. Er würde nicht wieder einen Reinfall erleben. Mochte es auch einer Amerikanerin gelungen sein, sich unter Vorspiegelung falscher Tatsachen in ihren Kreis einzuschleichen – dieser Amerikaner hier aber sollte sich in acht nehmen.

Den hatte er nun unter Kontrolle.

»Schon gut, also vorwärts, junge Leute«, sagte Herr Meyerhaas in die plötzliche Stille. »Die Kapelle spielt schon wieder. Übt für den Ball!«

Und tatsächlich tanzten sie. Es war kaum zu glauben, wie gut sie miteinander harmonierten. Herrn Meyerhaas faszinierten vor allem Lieses weißen Gaze-Handschuhe, die sie offenbar speziell für den heutigen Abend aufgehoben hatte. Nie zuvor hatte Herr Meyerhaas diese Handschuhe bemerkt, nicht einmal daheim in München. Sie mußte sie irgendwo versteckt gehalten haben. Nicht ein einziges Mal hatte sie sie für ihren eigenen Vater getragen; nun aber wurden sie an einen dahergelaufenen Ford-Yankee verschwendet. Die Durchsichtigkeit des Materials irritierte Herrn Meyerhaas; ebenso Lieses Hand, die sich mit leicht gespreizten Fingern viel zu wohl auf Mr. Bells Schulter zu fühlen schien.

Der Anblick der Handschuhe löste bei Herrn Meyerhaas einen beunruhigenden und ernüchternden Gedankengang aus: Wenn dieser junge Naseweis die Gestade Amerikas betrat, lag ihm die Zukunft zu Füßen. Und er, Herr Meyerhaas, mit all seiner Bildung und Erfahrung? Oberflächlich betrachtet (und so urteilten wohl die meisten Leute) würde er dann nur irgendein Ausländer sein, der nicht einmal hundert Dollar sein eigen nannte. Niemand würde versuchen, ihn durch den Gebrauch verführerisch-durchsichtiger Gewebe für sich einzunehmen. Durch irgendeine rätselhafte Krankheit der Neuen Welt würde seine ehrbare Vaterschaft zur Senilität eines »Alten« degenerieren. Schon schwankte die Loyalität zu seiner einzigen Tochter. Die Türe der Hoffnung auf einen Universitätsverlag hatte man ihm rüde ins Gesicht geknallt. Und Kurt – Herr Meyerhaas blickte um sich, doch sein Sohn Kurt war verschwunden. Gerade da traf sein Blick Frau Professor Lenore, die mit einem sehr jungen Mann tanzte. Die Ungerechtigkeit der Welt brachte Herrn Meyerhaas fast um den Verstand.

Plötzlich und mit großer Dringlichkeit überfiel Herrn Meyerhaas das überwältigende Bedürfnis nach einer Visitenkarte. Irgendwie mußte er sich eine Visitenkarte besorgen: Etwas, das seine eindrucksvolle Vergangenheit und die Achtbarkeit seiner alten Münchner Adresse, gleichzeitig aber auch seinen Wagemut und Unternehmungsgeist in der westlichen Welt ausdrücken würde. Etwas, das seine ungebrochene Begabung und Expertise auf dem Gebiet von Design, Typographie und Drucktechnik repräsentierte. Er wollte sich diese Karte noch an Bord des Schiffes so rasch als möglich drucken lassen. Er wünschte, er hätte schon jetzt eine, um sie der Gin-mit-Orangensaft-Dame zu überreichen. Und dann, beim Aufrauschen der Trompeten des Orchesters, überkam ihn ein Gefühl, das er seit dem Hinscheiden seiner Gattin Ida, sie ruhe in Frieden, nicht mehr gekannt hatte. In seinem dreiundfünfzigsten Lebensjahr überkam Herrn Meyerhaas eine unverkennbare Sehnsucht nach weiblicher Gesellschaft.

Herr Meyerhaas stand auf, fotografierte den Sonnenuntergang mit einem Spezialfilter und ging dann zurück in die Bar, wo die

Dame mit dem Hut eben ein Stück Torte mit einer Unmenge an Schlagobers vertilgte. Der Barhocker, auf dem sich Herr Meyerhaas so frei und überlegen fühlte, stand leer.

»Bon appétit«, sagte er und schwang sich wieder auf den Hocker.

»Schmeckt nicht schlecht«, sagte die Dame, »aber Bittner ist es nicht.«

»Bittner?«

»Ach, Sie müssen sich doch an Bittner auf dem Feldherrnplatz erinnern. Die beste Konditorei in ganz Deutschland – BITTNER!«

»Ach ja«, sagte Herr Meyerhaas. Er erinnerte sich jetzt, wie schwer es damals gewesen war, dort vorbeizufahren, denn die Straße war meist verstopft von Taxis, die gewichtige Matronen zu diesem Tempel der Gaumenlust karrten. »Ach ja, Bittner war bei den Damen der Gesellschaft sehr beliebt.«

»Erinnern Sie sich vielleicht auch an Bittners Schokolade-Mignons?« fragte die Dame. Und Herr Meyerhaas dachte, daß die Dame, abgesehen von ihrer Gedrungenheit, die, wenngleich nicht eben modisch, recht gut zu ihr paßte, im Grunde recht gute Züge hatte; auf jeden Fall aber hatte sie unleugbar schöne Augen. Aus dem konzentrierten Blick dieser Augen erkannte er, wie wichtig diese Frage für sie war.

»Ja, selbstverständlich – die Schokolade-Mignons«, sagte er.

»Sehen Sie, hier«, sagte die Dame und fuhr mit dem Arm plötzlich in eine voluminöse Handtasche, aus der sie eine Handvoll in Silberpapier gewickelter Kugeln zutage förderte. »Diese Mignons habe ich an meinem letzten Tag in München gekauft.« Blitzschnell befreite sie eine der Kugeln von ihrer Hülle und überreichte Herrn Meyerhaas ein kleines Geschenk.

»Ach nein!« Herr Meyerhaas sah auf die angegraute Schokoladekruste. »Das sind doch Ihre! Das kann ich wirklich nicht annehmen!«

»Aber ich bitte Sie – von Münchnerin zu Münchner«, überstimmte ihn die Dame.

Herr Meyerhaas biß in die fettige Spröde. »Das ist einzigartig«, sagte er nach kurzem Nachdenken.

»Natürlich sind sie nicht mehr ganz frisch, da ich sie nicht ordentlich einpacken konnte.«

»Ich verstehe«, sagte Herr Meyerhaas. Und nun gab es für ihn nur noch eines zu tun: Er zog seinen Reserve-Öltuchbeutel hervor, den, der ursprünglich dafür vorgesehen war, Personalien und Adressen wichtiger amerikanischer Kontakte zu schützen, die er an Bord zu machen gehofft hatte. Nun aber wollte er das gute Stück seiner neuen Bekannnten schenken.

»Der ist nicht nur wasserdicht, er ist auch luftdicht«, sagte Herr Meyerhaas voll Stolz, »die perfekte Verpackung für Lebensmittel unter den extremsten Bedingungen.«

»Oh! Ich danke Ihnen!« sagte nun die Dame ihrerseits.

»Ich würde mich freuen, wenn Sie dieses kleine Geschenk annehmen wollten«, sagte Herr Meyerhaas galant. »Ich selbst brauche es nicht.« Und da er nun schon an ihrem Tisch stand, schien es ihm sinnlos, sich wieder in die gehobene Position des Barhockers zu begeben. Er schlug also die Hacken zusammen und machte eine höfliche kleine Verbeugung: »Ernst Emil Meyerhaas«, stellte er sich nun vor. »Darf ich mir die Ehre geben, Ihnen Gesellschaft zu leisten?«

4

In der versperrten Bar, wo sie, nachdem Suki seine Arbeit beendet hatte, schlief, holte Frau Schwabauch im tiefsten Dunkel der Nacht ihre geheimen Schweizer Franken unter ihrem Busen hervor. Sie verpackte sie in den Öltuchbeutel, den ihr Herr Meyerhaas geschenkt hatte. Danach fühlte sie sich nie mehr so ganz allein. Dieser Beutel, der für die Nutzung in allen vier Elementen geprüft war, würde zu ihrem Verbündeten gegen die Risiken der Emigration werden. Sie vertraute ihm die Notkonserven an, und dann gab sie noch sieben Ladyfingers und die fünf restlichen Mignons dazu – all das sollte sie unterstützen, bei Seenot genauso wie in den ersten Tagen in New York; einen Bauern aus dem Schachspiel, den Reverend Kleinoff vergessen hatte, steckte sie auch in den Öltuchbeutel. Sie wußte nicht genau wozu: vielleicht einfach als kleines Andenken an die Reise, außerdem amüsierte es sie, den wilden Bart des Reverend in einiger Entfernung herumirren zu sehen – offenbar auf der Suche nach etwas, das er nie finden würde. Schließlich dachte Frau Schwabauch noch darüber nach, ob sie nicht, im Falle von Seenot, die Nelke aus der Vase nehmen und gleichfalls in den Beutel tun sollte.

Das mit der weißen Nelke war eine seltsame Geschichte. Der amerikanische Film-Mogul hatte sie ihr geschenkt. Am Abend war er für einige Minuten in die Bar gekommen. Zunächst schien er Frau Schwabauch gar nicht zu bemerken. Er fuhr einfach fort, mit denen, die ihn umgaben, rätselhafte amerikanische Geräusche von sich zu geben. Aber ganz unvermittelt war er allseits um sie herum, klopfte ihr wohlwollend auf die Schulter und sprach mit markantem Whiskey-Geruch für sie unverständlich, aber eindeutig freundlich auf sie ein. Als er dann, so rasch, wie er gekommen, wieder verschwunden war, lag eine weiße Blume vor ihr auf dem Tisch. Sein Abgang war so unvermittelt, daß sie ihm weder danken konnte, noch um einen Börsentip aus der Filmbranche bitten.

Aber noch etwas anderes war an der weißen Nelke seltsam: Während ihres Dinner-Nickerchens, das meist besonders erholsam war, hatte sie einen merkwürdigen Traum gehabt: Sie träumte, die *Syngdam* sei torpediert worden und läge nun am Grund des Meeres; und daß ausgerechnet ihr Ex-Gemahl Carl in einer Taucherglocke heruntergekommen sei, um das Schiff zu bergen. Dort habe er sie, Frau Schwabauch, ertrunken in der Bar gefunden. In Händen hielt sie einen Öltuchbeutel voll der zauberhaftesten weißen Nelken. Und Carl hatte in seiner Taucherglocke bittere Tränen geweint, traurig und voll Reue …

Als sie erwachte, bemerkte sie, daß sie tatsächlich die Blüte in der Hand hielt. Letztlich war ihr Traum gar nicht so unlogisch gewesen. Die *Syngdam* konnte wirklich torpediert werden. Sie selbst könnte dann wirklich in einem versunkenen Luxusschiff aufgefunden werden – neben einem Hollywood-Magnaten schwebend, umkränzt von hermelinartigen Blütenblättern. Als sie nun auf die Nelke herabblickte, wurde Frau Schwabauch von einer Überlegung gestört: Es wäre einfach unschicklich, mit einer weißen Nelke in solchen ungepflegten Dienstbotenhänden gefunden zu werden. Jetzt, da sie daran dachte, kam ihr zu Bewußtsein, daß sie schon seit mehr als zehn Jahren ihre Fingernägel nicht mehr wirklich professionell hatte maniküren lassen. Dabei waren es doch hübsche, schmale, elegante Nägel, immer noch hell mit den Monden der Jugend. Sollte das Schiff wirklich versenkt werden, so würden doch ihre ertrunkenen hübschen Nägel einen schützenden Überzug gegen die Zersetzung durch das Salzwasser verdienen ... Ein leiser Schauder befiel Frau Schwabauch – wie melodiös und traurig, begleitet von ein paar verlorenen Geigenklängen aus dem Ballsaal oben – ein Bedauern, über alles, das zu spät kam, und all die Jahre, in denen ihren mädchenhaften Fingern und Nägeln nichts, aber rein gar nichts, geschehen war. Frau Schwabauch steckte die Nelke in eine Vase. Dann stand sie auf und ging schnurstracks zu Mr. Suki.

»Herr Suki, ich brauche bitte eine Kosmetikerin!«

»Eine Kosmetikerin?«

»Ich möchte mich maniküren lassen«, verkündete Frau Schwabauch, »und eine Dauerwelle.«

»Der – der Schönheitssalon ist nebenan«, sagte Mr. Suki.

»Mr. Suki!« Frau Schwabauch drohte ihm mit dem Finger. »Jetzt sollten Sie es aber wirklich schon wissen. Mein Verdauungssystem!«

Zum ersten Mal in seinem Leben geriet Mr. Suki ein trockener Martini zu naß. »Madame, Kosmetik und Coiffeur in der Bar?«

»Warum denn nicht? In irgendeiner Ecke«, sagte Frau Schwabauch ungerührt. »Bitte rufen Sie den Schönheitssalon an.«

»Die Kosmetikerin soll hierherkommen?«

»Oh, Mr. Suki«, sagte Frau Schwabauch und fand einen Tonfall, der weit in ihre Jugend zurückreichte, einen Tonfall, mit dem man auf dem Münchner Fasching mit kecken jungen Männern flirtete. »Mr. Suki, Sie wollen doch sicher nicht, daß in Ihrer Bar die ganze Zeit eine ungepflegte Dame herumsitzt?« – Und obwohl sie den

Grund dafür vergessen hatte, fiel ihr eine Geste ein, die unbedingt zu diesem Tonfall gehörte. Den Kopf ein wenig seitlich geneigt, lehnte sie sich vertrauensvoll etwas nach vorne: »Das wollen Sie doch sicher nicht?«

Mr. Sukis Augen blickten tief in die ihren – rund, braun, verwirrt.

»Ich werde das auf der Stelle veranlassen, Madame«, sagte er. »Auf der Stelle.«

5

Der Baron und Mr. Lawton promenierten am Top Deck und sprachen über den Osten Spaniens.

»Ja, die Katalanen sind wirklich ganz anders als die Kastilianer«, sagte Baron Neuhaus. »Die Kastilianer können sie nicht ausstehen.«

»Den Eindruck hatte ich auch«, gab Mr. Lawton zurück.

»Wenn einer sich im feindlichen Feuer nicht bewährt, dann sagen sie sofort: ›Aha, katalanisches Blut‹.« Der Baron lachte ein wenig. »Gestern abend bei der Seenotübung gab's eine ganze Menge katalanisches Blut.«

»Ach ja«, sagte Mr. Lawton. »Es tut mir leid, daß ich Sie dann nach der Übung nicht mehr finden konnte.«

»Madame Ceil hat mir ausgerichtet, sie hätten nach mir gesucht«, sagte der Baron.

»Tja«, gab Mr. Lawton zurück. Sie kamen eben auf den sturmgepeitschten Teil des Vorderdecks. »Könnten Sie bitte nun ihr etwas von mir bestellen?«

»Huch«, machte der Baron. »Verdammt zugig. Madame Ceil?«

»Könnten Sie mich bitte bei ihr entschuldigen?« bat ihn Mr. Lawton. »Ich glaube, ich fühle mich heute der Cocktailstunde nicht gewachsen.«

»Das könnten Sie ihr doch selbst beim Lunch sagen«, meinte der Baron.

»Mir ist auch nicht nach Lunch zumute.« Mr. Lawton klopfte auf seine Magenregion.

»Aha, katalanisches Blut.« Der Baron lächelte. Beide knöpften ihre Mäntel zu, der Sturm wurde nun unangenehm kalt.

»Madame Ceil ist eine bezaubernde Frau«, sagte der Baron.

»Ja, ja, sehr schön«, antwortete Mr. Lawton, »ich bedaure nur, daß mich der Bürgerkrieg daran gehindert hat, auch Madrid zu besuchen.«

»Sehr schade«, sagte der Baron. »Ich fürchte, Ihre Indisposition wird uns auch einen Strich durch unseren Nachmittagsspaziergang machen?«

»Nein, durchaus nicht. Ich hoffe, es geht mir bis dahin schon wieder besser«, antwortete Mr. Lawton.

»Soll ich Madame Ceil bestellen, daß Sie nur zum Lunch und zur Cocktailstunde indisponiert sein werden?«

»Ja«, sagte Mr. Lawton. »Ja.« Schweigend stemmten sie sich einer jähen Windböe entgegen.

»Ich verstehe«, sagte der Baron.

»Ich möchte lieber ›krank‹ sein, als mich zum Narren zu machen«, sagte Mr. Lawton zu einer Welle.

»Ach so? Sie machen sich also nie zum Narren?« fragte der Baron die Nachfolgerin der Welle. »Trotzdem: sehr kastilianisch!«

Durch den starken Wind ging Mr. Lawtons Zigarette aus. »Ich verdiene mein Brot damit, daß ich mich zum Narren mache«, sagte Mr. Lawton. Er konnte kein Streichholz finden. »Aus meinem Privatleben möchte ich die Narretei heraushalten.«

Der Baron versuchte, ihm Feuer zu geben, doch es gelang ihm nicht. »Ich glaube, das gelingt Ihnen«, sagte er.

»Ja, freilich, ich kann vernünftig reden«, sagte Mr. Lawton. »Ich war immer schon ein guter Redner. In der Schule war ich in ›Freier Rede und Diskussion‹ ein Star.«

»Im College?«

»Mein College war ein Zirkuszelt!« sagte Mr. Lawton. Diesmal war es der Baron, dem die Zigarette ausging. »Vermutlich werde ich mich sehr bald zum Narren machen«, sagte der Baron. Sie mußten hinter eine Winde gehen.

»Es ist der Wind«, sagte Mr. Lawton.

»Ja, es ist der Wind«, antwortete der Baron.

»Ich kann mir nicht vorstellen, daß Sie jemals zum Narren werden«, sagte Mr. Lawton mit Überzeugung.

»Ich schulde dem Barmann einen Dollar fünfundzwanzig«, gestand der Baron.

»Ich kann das auf mein Konto schreiben lassen«, sagte Mr. Lawton.

Sie waren schon dabei weiterzugehen, doch der Baron hielt Mr. Lawton noch am Ärmel fest. »Es wäre mir lieber, wenn ich es bar haben könnte«, sagte er.

»Sagen wir zehn, bitte«, meinte Mr. Lawton.

Zunächst gab der Baron keine Antwort. Er sah, wie Mr. Lawton seine Brieftasche zog. »Ich habe oft darüber nachgedacht, wie mir zumute sein würde, müßte ich mich einmal mit einer solchen Bitte an jemand wenden.« Er nahm das Geld. »Jetzt glaube ich, daß es mir das Gefühl gibt, ein ganzer Mann zu sein.« Er schien amüsiert. Nur hielt er das Geld nicht richtig fest. Ein Windstoß kam und entführte ihm eine Fünf-Dollar-Note. Mr. Lawton machte auf seinem Holzbein eine Bewegung, doch der Baron war ihm schon zuvorgekommen. Er kroch, zunächst unbeholfen, dann aber erstaunlich geschickt auf allen vieren, bis es ihm geglückt war, den Geldschein zu erhaschen.

Er keuchte, als er zurück kam. »Also, sehen Sie: Jetzt habe ich mich zum Narren gemacht«, sagte er. Sein Gesicht war stark gerötet. »Wäre das Schiff vorher gesunken, hätte ich wohl nie erfahren, daß ich – wie sagt man doch? –, daß ich es in mir habe.«

»Sie haben es in sich. Ich nicht.« Mr. Lawton sprach wieder zu einer Welle.

»Wenn Sie Ihr Cocktail-Rendezvous einhalten, dann haben Sie es in sich«, sagte der Baron. Er steckte das Geld ein.

»Sie verstehen nicht«, sagte Mr. Lawton zu seiner Welle.

»Das ist meine letzte Chance, mit ihr aufzuhören.«

»Warum aufhören?« sagte der Baron, sehr laut und fast streng, hier war der Wind meist am schlimmsten; er brach sich an der Wand, die das offene vom geschlossenen Deck trennte. »Ich habe in meinem Leben viel zu oft aufgehört. Kommen Sie doch mit zum Lunch!«

Eine Pause trat ein. Mr. Lawton starrte gedankenverloren auf seine Welle. Ganz zart und leise berührte seine Hand einen Augenblick lang die Schulter des Barons.

»Mein Blut komme über Sie.«

Und dann gab es zwischen ihnen nur noch leichte Konversation, denn sie kamen in den windgeschützten, überfüllten Teil des Decks.

6

Es war richtig aufregend, ein Dieb zu sein. Leon kam spät zum Lunch herunter, eben spät genug, um zu erkunden, wo der Kapitän seine Kappe hingehängt hatte. Er sah sie in dem kleinen Vorraum bei der Speisenische des Kapitäns. Ping! Ehe noch Zeit zur Überlegung war, hing Leons Mantel bereits am Haken daneben. Er entschuldigte sein Zuspätkommen damit, daß er sich »etwas merkwürdig« gefühlt habe – eine plausible Ausrede, denn er fühlte sich nun tatsächlich ein wenig zittrig. Mit der gleichen Erklärung verabschiedete er sich hastig nach dem Salat. Ping! Fort war die Kappe, zusammen mit Leons Mantel, und einen Augenblick später war sie schon darunter verborgen. Niemand schien es bemerkt zu haben – außer seinem Herzen, das nun wie wild zu pochen begann.

In der sorgfältig versperrten Kabine sah Kapitän Deerlings Kappe mit dem messinggelben Schirm und dem fettigen, nach Pomade riechenden Ring entlang des Schweißbandes so – so schrecklich gestohlen aus. Es war bereits Viertel vor drei, und Leon hatte das Gefühl, er müsse seine Diebesbeute noch rasch verbergen. Er nahm das Seidenpapier aus den Laden seines Schrankes und wickelte »das Ding« sorgfältig darin ein. Sein nächstes Problem war, eine geeignete Schnur zu finden. Inzwischen war es sieben Minuten vor drei. Er grub in seinem Sportsack und plünderte die roten Schnürsenkel seiner beiden Eishockey-Schuhe. Nachdem er das Paket damit geschmückt hatte, sah es wie ein nettes, witziges Geschenk aus. Er stolzierte aus seiner Kabine.

Selbstverständlich war sie nicht pünktlich. Nach einer Weile schien das rotverschnürte Paket unter seinem Mantel jedem Vorbeigehenden den kriminellen Inhalt zu verraten. Und der blaue Schal, den er unterm Hemd sportlich um den Hals geschlungen hatte, kratzte. Nicht nur, daß er kratzte, sondern – dessen war sich Leon sicher – er verlautbarte: Junger Mann, korrekt für ein höchst wichtiges Pingpong-Match gekleidet, wird von junger Dame versetzt. Um diesen Eindruck zu zerstreuen, mußte er sich gegen die Reling lümmeln und einige Male unbekümmert ins Meer spucken.

Ein Ball traf ihn im Nacken.

»Komm schon, Lenny!«

Da stand sie. Und zum ersten Mal in seinem Leben hatte ihn jemand »Lenny« gerufen.

»Hello, Billy!« sagte er – gleichfalls zum ersten Mal.

»H.S.E.L.N.M.G.« Den Schläger in der Hand, trieb sie ihn zum Pingpong-Tisch. »Hast du das noch nicht gehört? Es heißt: ›Habe schon ewig lang nicht mehr gespielt.‹ Es ist immer die gleiche Ausrede.«

»Ich verstehe«, sagte er und begann verzweifelt nachzudenken. »I.A.N. – Ich auch nicht.«

»Du Retourkutschenplagiator!«

Inzwischen waren sie schon mitten im Spiel, und er hatte seine anfängliche Chance, ihr die Kappe zu überreichen, verpaßt. Er konnte nun nicht mehr gut sagen »Halt! So warte doch!« Er wollte diese Geschenkübergabe nicht dramatisieren. Sie sollte nur so nebenbei und dadurch umso überraschender ausfallen. Nun machte sie alle seine Pläne zunichte.

Sie ließ nicht einmal zu, daß er sich über sie ärgerte, er hatte in seinem ganzen Leben noch nicht so ein Pingpong-Spiel erlebt. Tausende Male hatte er gespielt; er war in der Mannschaft seiner Schule gewesen; aber ein Spiel wie dieses – niemals! Nach dem ersten Ballwechsel schien es weniger sportlich als vielmehr wie eine Reihe von fröhlichen Akrobatenkunststücken, ein verrücktes, frivoles Freistilgefecht nach dem anderen – etwas, das er nur unter aller intimsten Freunden für möglich gehalten hätte.

Wenn es ihr zum Beispiel nicht gelang, einen seiner Drop-Shots zu retournieren, warf sie sich zu drei Vierteln ihrer Länge über den Tisch – wobei ihre gebräunte Taille unter dem hochgerutschten Hemd aufblitzte – und stöhnte und zischte wie ein Baby-Drache. Dabei griff sie sich manchmal den Ball mit der Hand und schmuggelte aus dieser Stellung ein völlig irreguläres Smash übers Netz. Er sagte ihr immer wieder, daß das ja nicht zulässig sei, doch ihre einzige Reaktion auf diese Ermahnungen war, daß sie ihm eine lange Nase drehte. Dann hielt sie plötzlich inne: »Was soll das überhaupt heißen – ›Ich auch nicht‹? Es heißt doch I.A. – ›Ich auch‹!« Und während er noch über diese Kritik nachdachte, überraschte sie ihn mit einem plötzlichen Aufschlag.

Das Beste an ihrem Spiel war ihre Vorhand. Eigentlich war es eine Tennis-Vorhand, aus der Schulter geschlagen, und wenn es ihr glückte, erregte es sie. Wann immer sie zu einem solchen Schlag ausholte, hielt alles andere still. Ihr linker Arm hing wie verzaubert, ihre Augen weiteten sich, ihrer Augenbrauen hoben sich ganz hoch, ihr Hals bog sich wie unter Hypnose rückwärts, so daß die kleine Doppelkinn-Falte sichtbar wurde. Sie öffnete ein wenig den Mund, und um allem die Krone aufzusetzen kam ihre rosa Zungenspitze zum Vorschein, leckte genau im Augenblick des Slam – Bang! – die Lippe und flüchtete wieder in die Mundhöhle.

Diese Zunge verhexte ihn. Er bewunderte jeden einzelnen ihrer rosa, feuchten Millimeter. Diese Zunge brachte ihn dazu, Punkte zu verlieren, weil er sie immerzu beobachtete anstatt auf den Ball zu achten. Am Ende verlor sie dann doch noch. Um ihrer Zunge willen bot er ihrer Vorhand gute Gelegenheiten, und sie war von ihren Slams so begeistert, daß sie begann, auch Rückhandbälle vorhand zu schlagen und schlug und schlug, wobei ihre Zunge mit kätzchenhafter Wildheit leckte, immer bedenkenloser, je mehr Punkte sie verlor. »Yoooh ...« Mit einem berauschten Knurren verschlug sie ihren letzten Punkt. Der Ball prallte vom Tisch ab und sprang über die Reling auf das darunterliegende Deck.

Begeistert hastete Leon ihm nach. Am Rückweg hinauf holte er das Geschenk unter seinem Mantel hervor. Er würde sagen: »Ein kleiner Trostpreis.« Doch sie war nicht mehr beim Pingpong-Tisch. Sie stand schon in der Türe.

»Wiedersehen, Champion!«

»Warte!« rief er verblüfft.

»Franz Josef wird jetzt mit Shampoo verwöhnt. Ich habe vergessen, den Leuten vom Zwinger etwas über das Talk-Puder zu sagen.«

»Billy –«

»Möchtest du mitkommen, wenn wir Franzy um sechs spazierenführen?«

Und schon war sie verschwunden. Einfach so. Er bereute, sie je kennengelernt zu haben.

Doch um sechs war er bei den Hundezwingern, wieder mit seinem Mantel und dem darunter versteckten Kappen-Paket. Obwohl er es schon satt hatte, ihr sein Geschenk überallhin nachzutragen, wollte er ihr doch noch diese eine Chance geben.

Um bei der Wahrheit zu bleiben: Er war schon etwas vor der vereinbarten Zeit dort aufgetaucht, um sie möglichst noch allein anzutreffen. Doch die beiden Metunias standen bereits beim Eingang zu den Zwingern herum. Der abscheulich unvermeidliche Raoul ebenso. Und dann geschah etwas beinahe Obszönes.

»Der Gesandte!« begrüßte ihn Mr. Metunia. »Gib acht, Bursche.« Damit meinte Mr. Metunia den Pudel, der wie wild aus dem Zwinger schoß – geradewegs auf Leon zu. Ehe er jedoch bis zu Leon gerannt war, hatte ihn Billy bereits in ihren Armen aufgefangen. Es war faszinierend, wie sie mit dem Tier umging: In ihrem hautengen Abendkleid kauerte sie mit geschürztem Mund über dem Pudel: »Oh, oh, du warst den ganzen Nachmittag lang ein verlassenes Einsamchen, oh, oh, nicht wahr, das warst du ...?« Sie schob ihre Nase direkt in den wild geöffneten Rachen; kitzelte das Untier an seinem kurzgeschorenen Bauch, was dem Biest, ganz gegen dessen Willen, ein überglückliches Kläffen entlockte, und schaukelte schließlich das schwarze Fellwesen in ihren weißen Armen.

Und das war es, was Leon als obszön erschien. Als sie nun Franzy so fest an ihren Busen preßte, daß das Tier schon zu winseln begann, konnte Leon einfach nicht mehr hinsehen. Nicht etwa aus Zorn, sondern vielmehr, weil es ihn plötzlich in der Kehle würgte. All ihre samtene, unbeherrschte Unbekümmertheit, ihre Vorhandschläge und ihr Zurücklaufen mit nur einem Handschuh ... Plötzlich wollte er schreien: Stop! Schmeiß dich nicht so weg! Sei behutsam, gib acht!

Nein, er konnte sie nicht so mit dem Pudel sehen. Doch als er sich wegdrehte, war alles schon wieder vorbei. Billy schritt resolut vor ihm her und strich sich eine Haarlocke aus der Stirn. Franz Josef war an die Leine gelegt. Der Spaziergang begann.

Es war jedoch nicht das, was man gemeinhin »einen Hund spazierenführen« nennt. Es war vielmehr eine bedenkenlose Verwüstung des Schiffs. Von Franz Josef gezogen, brachen sie wie ein Wirbelsturm über die Gesellschaftsräume der *Syngdam* herein: durch die Lounge, in der sie fünf Gin-Fizz bestellten (selbstverständlich einen davon für Franz Josef); in die Bar, wo Metunia die Dame im schwarzen Hut drei Minuten lang intensiv umwarb, seine Nelke hinterließ und rasch einen Tom Collins hinunterstürzte; zurück in die Lounge, wo sie ihre Gin-Fizz tranken, wobei Mr. Metunia erklärte, er besitze eine vom Pudel unterfertigte, rechtsgültige Vollmacht, dessen Drink zu konsumieren (hier rief Billy »erbärmlicher Lügner«); in den Rauchsalon, wo Billy für Raoul eine Zigarre erstand und sie ihm sogar selbst anzündete; durch das überdachte Hauptdeck, wo Franz Josef fröhlich über die Liegestühle sprang; – und schließlich in die »Hall«.

An einem Ort nach dem anderen suchten sie hartnäckig nach jemand Wichtigem oder Amüsantem. Doch ein Ort nach dem anderen enttäuschte sie. Nirgends gelang es der *Syngdam*, das zu bieten, was die Blicke der Metunias forderten. Jeden dieser Räume unterjochten sie durch ihr bloßes Erscheinen; zogen aller Augen auf sich; verursachten erregtes Flüstern. Nachdem man ihnen diesen Tribut gezollt hatte, sie die Lokalität geprüft und für minderwertig befunden hatten, rauschten sie weiter und ließen eine gähnende Leere hinter sich.

Bis zur vergangenen Nacht mußte Leon all das nur aus eifersüchtigen Augenwinkel verfolgen, von der Galerie, auf einsamen Außenposten. Jetzt erlebte er es sozusagen »von innen«. Auch er ging nun schon ganz wie ein Amerikaner: leger vorgeneigt, die Hände in den Taschen vergraben, und trat Türen auf, um dann dem Mädchen den Vortritt zu lassen. Auch er benahm sich, als hätte es nie eine andere Art gegeben, mit Taschen, Türen oder Mädchen umzugehen.

Die unverschämte Arroganz seines Gehabes berauschte ihn. Im Grunde nämlich war es ja gar nicht arrogant – es war ein Witz, ein Bubenstreich. Auch er tat nun so, als suche er an den verschiedensten Orten nach Freunden und als sei es ihm durchaus gleichgültig, wenn er keine fand. Doch – und das war eigenartig – am Ende ihrer wilden Promenade sahen die Metunias tatsächlich enttäuscht aus. Das Mädchen schlang den Arm um ihren Vater.

»Überhaupt niemand ist zu finden«, stellte sie fest. »Wohin können sie alle verschwunden sein?«

»Was für ein trostloses Schiff!« klagte Mr. Metunia.

»Nehmen wir halt ein anderes«, sagte Raoul und schnippte seine Zigarre mit einer manhattanreifen Geste weit von sich. Dann begann Franz Josef mit so verzweifelt schriller Verlassenheit zu bellen, daß das Mädchen ihn zu den Zwingern zurückbringen mußte.

»Geh nur, Billy«, sagte Mr. Metunia, »das verdammte Luder geht ja ohne dich doch nicht schlafen.«

Billys Leine traf Leon leicht auf dem Popo. Das war der Abschied, den sie ihm gewährte. Sie und der Hund gingen fort – mit Raoul. Nun war es an Leon, sich schrecklich einsam zu fühlen – einsamer noch als Franz Josefs Kläffen ausdrückte, das nun in den Hallen verklang. Das Kapitänskappengeschenk war immer noch unter Leons Mantel verborgen. Immer noch hatte er keine Chance gehabt, es ihr zu überreichen. Er war nicht einmal sicher, ob er sie überhaupt an diesem Abend noch einmal sehen würde. Da er keine Einladung erhalten hatte, hieß es für ihn, zurück an seinen gewohnten Tisch im Speisesaal zu gehen. Erst im allerletzten Moment, als Leon schon dabei war, sich vor dem Appartement der Metunias für den Abend zu verabschieden, sagte der Film-Mogul: »Und das gute Essen willst du verfaulen lassen?«

Plötzlich stellte sich heraus, daß man Leons Dinner, zusammen mit dem der Metunias, drinnen schon serviert hatte.

Dann begann eine seltsame Episode. Zunächst einmal war Leon stinkwütend darüber, daß man ihn bezüglich der Dinner-Einladung im unklaren gelassen hatte. Also bedankte er sich gar nicht so richtig. Statt dessen sagte er wichtigtuerisch, er müsse erst mit dem Steward telefonieren, damit dieser ihn bei seinem üblichen Tisch entschuldigen sollte.

Doch Mr. Metunia ließ das nicht zu. »Ach, fang einfach zu essen an«, sagte er, »du brauchst nicht zu telefonieren.« Er legte seinen Arm über das Telefon. Mr. Metunia schien völlig verändert. Nun, da Billy nicht mehr da war, ließ er seine Arme plötzlich erschöpft hängen. Seine beiden hübschen, schwarzen Augenbrauen verformten sich asymmetrisch wie die seiner Tochter, wanden sich wie Raupen und versuchten vergebens, sich oberhalb seiner Nasenwurzel zu vereinigen. »Hast du jemals gehört, daß irgendwer auch nur ein einziges wahres Wort in das verdammte Ding gesprochen hat?« Mr. Metunia warf den Telefonhörer von sich, als sei er ein Zigarettenstummel.

»Iß einfach. Warte nicht auf sie.« Aber Mr. Metunia selbst aß nichts, obschon die Serviette über seiner Jacke verkündete, daß dies eigentlich seine Absicht gewesen war.

»Glaub mir«, sagte Mr. Metunia. »Alle telefonieren sie dauernd miteinander. Selbst wenn sie zusammen im Bett liegen. Ist das nicht scheußlich?« Er zupfte an Leons Ärmel. »Iß. Sprich. Mach eine Szene oder sonstwas. Du hast eine mörderische Wut im Bauch, nicht? Also, mach schon los!«

»Nein!« sagte Leon ärgerlich.

»Doch!« Mr. Metunia zerschnitt demonstrativ das Fleisch auf seinem Teller. »Du denkst, Metunia ist ein Arschloch. Demütigt alle Flüchtlinge hier mit seinem großkotzigen Getue. Hilft keinem Menschen. Iß! Fang endlich an. Warte nicht auf sie.«

»Kommt Ihre Tochter wieder zurück?« wollte Leon wissen. Er hatte nur einen Wunsch: ihr die Kapitänsmütze zu überreichen.

»Billy?« Plötzlich neigte sich Mr. Metunia mit einer so hypnotisch verschwörerischen Bewegung vor, daß Leon zwangsläufig das gleiche tat. »Das Telefon hat sie erwischt!« flüsterte Mr. Metunia und lachte dann laut wie über einen großartigen Witz. »Ach, Billy ist schon in Ordnung«, sagte er nun wieder mit seiner gewöhnlichen Stimme, »Billy und meine Größe-Fünfzig-Dame. Wir unterhalten uns prächtig –« Mr. Metunia sah Leon stirnrunzelnd an. »Warum ißt du denn nicht?«

»Sie essen ja auch nicht«, gab Leon zurück.

»Ich habe einen guten Grund.« Mr. Metunia schnitt wieder an seinem Fleisch herum. »Ich bin es einfach müde, zehn Jahre lang am Telefon zu warten. Alle sind müde. Diese hübsche Dame, mit der Sie befreundet sind? Wie war doch ihr Name?«

»Wer?« fragte Leon.

»Sie wissen schon – die hübsche Rothaarige. Die, der die College-Boys immer nachlaufen?«

»Ceil?«

»Richtig – Ceil. Ich habe mich ihr gegenüber nicht wie ein Gentleman benommen. Glaubst du, wird sie kommen und mir die Meinung sagen? Nein, natürlich nicht. Keiner macht mehr Szenen. Sie ist nicht einmal in der Nähe. Man kann sich nicht einmal entschuldigen. Wenn du sie siehst, frag sie, ob sie auch schon dem Telefon zum Opfer gefallen ist.«

»Werde ich tun«, sagte Leon.

»Ich hätte beinahe –« Mr. Metunia schüttelte den Kopf. Anstatt den Satz zu beenden, steckte er ein Stück Fleisch in den Mund. »Weißt du?« sagte er, ohne den Bissen zu kauen. »Ich habe Billy ihrer Mutter für zehn Monate im Jahr überlassen. Damit sie keinen Skandal schlägt in den Zeitungen. Niemand macht eine Szene. Kannst du dir das vorstellen?«

»Ja«, sagte Leon.

»Nun, ich habe eine Szene gemacht«, stellte Mr. Metunia fest. »Und ihre Mutter – sie ist der Typ, der andere Frauen am Klo duzt. Zehn Monate – ist das nicht allerhand? Für ein Mädchen wie Billy?«

»Die ist wirklich ein wunderbarer Mensch«, sagte Leon.

»Wunderbar«, sagte Mr. Metunia sinnend. »Ein wunderbares Mädchen – und keiner tut was. Also bin ich voriges Jahr zu Maxie gegangen. ›Maxie, ich möchte einen Film für meine kleine Billy machen. Einen Film, der mir ganz aus dem Herzen kommt. Nichts, bei dem man Popcorn mampfen kann. Ich möchte raus.‹« Mr. Metunia schluckte den Bissen unzerkaut. »Und so etwas habe ich zu Maxie gesagt. Die erste Szene, die ich in neun Jahren gemacht habe. – Du ißt schon wieder nichts!«

»Oh doch!« log Leon.

»Und wenn ich im Schweiße meines Angesichts an diesem Film gearbeitet habe, nun, vielleicht habe ich da auch nur eine Szene gemacht. Eine großartige Szene mit mir selbst, dieser Film. Was hältst du davon?«

»Ich habe ihn nicht gesehen«, sagte Leon. Er wollte fort und Billy ihr Geschenk bringen.

»Stimmt!« sagte Mr. Metunia. »Ich nehm' dich beim Wort. Du sollst ihn sehen. Wir alle werden ihn sehen. Ist das ein Vorschlag? Das ganze verdammte Schiff wird ihn sehen, bevor wir ersaufen. Welturaufführung! Sollen sie in den Staaten Previews anschauen, bis sie daran ersticken – die Weltpremiere findet hier statt! Na, was sagst du jetzt? So iß doch! Dein Essen wird kalt. Ich esse jetzt.«

»Sie essen aber selbst nicht gerade viel«, verteidigte sich Leon.

»Oh doch«, gab Mr. Metunia zurück und begann nun wirklich emsig zu schlucken. »Ich verspüre schon Appetit. Wir werden Spaß haben. Sag's dem Kapitän, Gesandter. Die Weltpremiere hier an Bord. Metunias ›The Final Image‹ – mit allem, was dazugehört. Die Einnahmen gehen ans Holländische Rote Kreuz. Wir werden nicht einfach nur rumsitzen wie zwei komische, dauernd telefonierende Niemande. Was sagst du dazu?«

Leon konnte nichts dazu sagen, weil eben Billy mit Raoul hereinkam. In der Hand hielt sie ein keilförmiges Stück schwarzen Pudelhaars.

Das sei ihr in Händen geblieben, sagte sie, als sie Franzy in den Zwinger stopfen mußte. Franzy sei diesmal einfach unmöglich gewesen. – Sie hielt inne. Mr. Metunia, plötzlich wieder energiegeladen, hatte das Stückchen Pudelfell an sich gerissen. Er klemmte es sich wie einen pudelartigen Schnurrbart auf die Oberlippe. Noch in der gleichen Sekunde wurde er zu Franz Josef: Sein Körper nahm den Umriß eines Hundes an. Seine Ohren begannen zu hängen, er bellte mit Franz Josefs Stimme. Seine Hände wandelten sich zu Vorderpfoten, die in der Luft ruderten.

Und dann begann der Pudel, im Abendanzug wie ein Tier im Zirkus, nachzutrotten. Sofort fing Billy, die die Absichten des Viehs durchschaute, mit einem kleinen, schrillen Lachen an vor ihm davonzulaufen. Der Metunia-Pudel verfolgte sie watschelnd und hechelnd. Und Leon konnte nur dastehen und das Geschehen fasziniert betrachten, während Raoul sich inzwischen mit dem Pooltisch befaßte. Schließlich sprang Billy mit einem kurzen Schrei auf eine Couch. Der Pudel stellte sich auf die Hinterbeine, schaffte es nicht, fiel nach hinten um – und tat dann etwas Furchtbares. Er zog sich zurück, gebrochen, die Augen niedergeschlagen, stumm auf Billy gerichtet. Tatsächlich hing ihm die Zunge heraus. Als er die Bar erreicht hatte, goß er sich mit tollpatschiger Pfote Scotch in einen Aschenbecher und begann sofort, mit der Schnauze daraus zu schlabbern – alles, auch die Asche –, seine Hundeaugen immer noch auf Billy gerichtet.

Und Billy, die die ganze Zeit über schon atemlos gelacht hatte, begann nun zu husten. Sie versuchte mit gespreizten Fingern den Pudel auszutreiben, ihn aus ihrem Gesichtsfeld zu verbannen – vergeblich. Sie wurde nun vom Hustenkrampf geschüttelt. Sie keuchte »Nein!«, doch der Pudel schlabberte immer weiter, die Augen treu auf ihr ruhend.

»Nein! Stop!«

Sie stolperte von der Couch zur Türe. Und weil er das alles einfach nicht mehr aushalten konnte, kam nun Bewegung in Leon. Er war an ihrer Seite, ehe sich noch Raoul von seinem Pooltisch getrennt hatte. »Ich gehe mit ihr an die frische Luft«, sagte er. Als er mit ihr hinauseilte, vergaß er nicht, seinen Mantel mit dem darunter verborgenen Geschenk mitzunehmen.

Auf dem nachtdunklen Deck hustete sie immer noch. Der Wind drückte den Rauch der Schlote nieder. Um ihm zu entgehen, aber auch um zu vermeiden, daß Raoul ihnen folgte, führte er sie wieder zu dem Rettungsboot.

Es war ein gewagter Einfall. Doch ihr Körper gehorchte in der Dunkelheit seinem Arm. Immer noch hustend und willenlos, ließ sie sich von ihm die Leiter hinaufführen. Sie schüttelte den Kopf, doch er konnte nicht erraten, warum. An seiner Seite ließ sie sich ins Boot gleiten. Als wiederhole sich die vergangene Nacht, waren sie nun von Dunkelheit und Meer umgeben. Nur der Mond war um ein ganz klein winziges bißchen runder geworden. Ihr Husten legte sich, aber sie schüttelte immer noch den Kopf. Die Tiara war in ihrem Haar verloren und blitzte nur ab und zu auf. Die eine Hand hatte sie erschöpft gegen ihre Kehle gepreßt. Die andere ruhte in seiner Hand, still und zufrieden.

»Irre«, sagte sie atemlos und schüttelte nochmals den Kopf. Neben ihm sitzend, war sie so ein schlanker Glanz, pure Gischt aus Fleisch und Seide und fliegendem Atem. Mit einer Hand befreite er unbeholfen das Kappenpaket von seinem Mantel und reichte es ihr.

»Das ist die Kapitänskappe«, sagte er.

»Was?« fragte sie. Das Mondlicht spielte auf ihren Lippen.

»Die Kapitänskappe«, erklärte er. »Für deinen Vater. Für den Kostümball. Damit er Kapitän Deerling imitieren kann.«

»Oh«, sagte sie, sah ihn aber nicht richtig an – so, als hätte sie ihn nicht recht gehört.

»Ich habe es dir doch versprochen«, sagte er. »Erinnerst du dich nicht? Die restliche Uniform kriege ich morgen.«

»Oh. Dank' dir«, sagte sie. Aber sie sah sich das Paket nicht einmal genauer an.

»Das Restliche bekomme ich morgen!« Am liebsten hätte er sie gepackt und geschüttelt. »Ich muß den Kapitän morgen ohnehin wegen der Premiere sprechen.«

»Wie?« Ihre Hand in der seinen wurde lebendig.

»Dein Vater hat mich gebeten, dem Kapitän zu bestellen, daß er hier einen Film zeigen will.« Er erwiderte den Druck ihrer Hand.

»Hat dich gebeten? Wann?«

»Eben jetzt. Während du –«

»Der Gauner!« schrie sie und drückte vibrierend Leons Hand. »Und mir hat er nur den Rohschnitt gezeigt. Eine Premiere! Hat er gesagt wann?«

»Bitte, gib auf das Päckchen acht«, bat Leon sie.

»Ich werde mein Taftenes anziehen!«

»Wenn du willst, daß ich das Paket halte –«

»Nein, ich werde das grüne Tüllkleid tragen. Ich hab' es mir für die letzte Premiere gekauft, aber Mama hat mir dann nicht erlaubt hinzugehen. Lenny!« Sie drehte sich blitzschnell zu ihm und ergriff seinen Arm. »Fotografier mich in dem Tüllenen. Mit Metunia, und dann mit Raoul, mit allen. Oh, ich werd's Mama schon noch zeigen. Jetzt ist unsere Zeit gekommen! Jetzt fangen wir an. Und ich werde mir auch eine Strafe für die Banausen ausdenken!«

»Entschuldige?« fragte er.

»Nun, diese Banausen hier auf dem Schiff. Wenn sie den Film nicht verstehen – Sprachschwierigkeiten und ähnlicher Quatsch. Es ist so ein völlig anderer Film. Wenn sie ihm die Freude daran verderben – Lenny, für wann hat er die Premiere angesetzt?«

»Ich weiß es nicht«, sagte Leon. »Ich muß erst fragen.«

Plötzlich war sie aufgestanden und wollte an ihm vorbei. »Aber – die Kappe –« Das Päckchen war aus ihrem Schoß gerollt. Als er sich bückte, um es aufzuheben, fühlte er den Hauch eines Kusses an seinem Ohr.

Es hatte keinen Sinn weiterzumachen. Er würde nicht laut werden. Er würde ihr nicht mehr nachlaufen. Er saß verlassen, ganz wie in der vergangenen Nacht, nur war es diesmal schlimmer, denn das Geschenk, das er für sie gestohlen hatte, lag ungeöffnet im Kiel des Rettungsbootes, und er war hungrig, er hatte den ganzen Abend nichts gegessen, und die Nacht war so voller Wunder und doch so gleichgültig wie je.

7

Am nächsten Morgen schob ein Steward ein gefaltetes Blatt mit einem Briefkopf der *Syngdam* unter die Türe seiner Kabine. Darauf stand: »Metunia will den Film übermorgen abends. Dein lausiger Kapitän kann sich mit ihm in Verbindung setzen. B.«

Es war für sie typisch, daß sie mit keinem Wort einen Treffpunkt erwähnte. Während des Frühstücks ließ er die Erinnerung an die gemeinsam verbrachten Stunden Revue passieren. Nie – nie außer dem einen Mal, wo sie beim Pingpong ihr Zünglein gezeigt hatte – war sie ernsthaft mit ihm verbunden gewesen. Sie hatte an seiner Seite Kapriolen geschlagen, gespielt, gekeucht, doch sosehr er es auch versucht hatte – es war nie zu einer echten Berührung gekommen. Sie hatte ihm lediglich von Zeit zu Zeit Krümel ihrer Gesellschaft hingeworfen und war dann weitergerauscht. Warum? Nur, um ihn zu ärgern? Wie schmeichelhaft!

Und das Geschenk, die Kapitänskappe, war immer noch in seinen Mantel gewickelt. Doch war ihm das wirklich jetzt schon egal. Er würde ihre Nachricht an den Kapitän weiterleiten. Ende der Affaire. Er hatte auf diesem Schiff für sich einen Platz gefunden und erobert, lang ehe er mit der großartigen Miss Metunia gesprochen hatte. An diesen Platz würde er zurückkehren.

Als er aber nach dem Frühstück seine Kabine verließ, wollte es ihm nicht gelingen, in seine frühere gesellschaftliche Verankerung zurückzukehren. Die alte *Syngdam* war verschwunden. Alles schien durch Veränderungen und Neuverbindungen verwirrt.

Das Dillinger-Trio, bisher unzertrennlich, war geplatzt. Trümmer dieser Explosion sah er überall an Deck umherliegen. Und Ceil! Er begegnete ihr im Korridor. Unterm Arm trug sie fünf Bücher.

»Ceil!« rief er. »Könnten wir vielleicht miteinander einen Tee trinken?« Eine ruhige, friedliche Stunde in ihrer Gesellschaft erschien ihm als wunderbare Erholung.

Doch sie antwortete nicht einmal. Er mußte ihr nachlaufen.

»Ich bin heute ganz schön seekrank. Bitte entschuldige mich«, sagte sie und ging weiter.

Er hielt sie an. Die Bücher waren alle von Sir Arthur Conan Doyle.

»Ich wollte ihn immer schon lesen«, sagte sie.

Sie sah kein bißchen seekrank aus. Doch sie hatte ein höchst seltsames Lächeln. Sie trug keine Ohrgehänge, keinen Lippenstift. Mit einem unlackierten Fingernagel trommelte sie gegen einen Buchdeckel. Sie war einfach überhaupt nicht Ceil.

»Starr mich doch nicht so an, Dummerchen. Verschwende keine Zeit mit mir. Kümmere dich lieber um deine amerikanische Romanze.«

»Aber was ist mit deiner?« fragte er. »Was ist mit Mr. Law –«

»Könntest du mir bitte einen ganz großen Gefallen tun?« fragte sie ihn statt einer Antwort. »Würdest du bei Tisch etwas über meine nervöse Anfälligkeit sagen und darüber, wie mich diese Schwäche nun plötzlich eingeholt hat?«

»Du kommst nicht zum Lunch runter!«

»Wirst du es ihnen bitte sehr höflich und diplomatisch sagen. Dir werden sie glauben, denn sie wissen, daß wir alte Freunde sind. Und keinem wird es schaden.«

»Ceil!« Er schrie es fast.

»Dank dir. Ich liebe dich.« Sie küßte ihn und wurde blitzschnell für einen Augenblick wieder die ihm gewohnte alte Ceil. »Ich werde dir all meine einsamen Rub-Downs widmen.« Dann ließ sie beinahe die Bücher fallen, die zu halten sie offenbar nicht gewohnt war. Auf unbeholfenen, schwerfälligen, gar nicht Ceil-haften Absätzen klackte sein erhoffter Schutz- und Trostgeist fort, den Gang lang.

Das Lunch war auch nicht eben eine Hilfe.

»Wie geht's mit Ihrer amerikanischen Romanze?« fragte der Kapitän. Das mußte er nun schon zum zweiten Mal hören. Geschah ihm ganz recht. Warum hatte er sich auch der Pudel-Prozession angeschlossen? Rasch gab er weiter, was Ceil ihn über ihre »Indisposition« zu sagen gebeten hatte. Das aber führte zu einer weiteren Peinlichkeit: Das Reisegespräch zwischen Baron Neuhaus und Mr. Lawton, dieser einzigen gefestigten Konstellation auf der *Syngdam*, brach jählings ab: Der Baron mußte rasch eine Prise nehmen, und Mr. Lawton hatte, zum ersten Mal, mit einem Kellner Streit über eine Flasche Mosel.

»Ach«, sagte Kapitän Deerling, der sich seit der durch die Emergency bedingten Verdunkelung unerschütterlich frivol gab. »Die Indispositionen der Damen! Vielleicht sollten wir sie durch unseren jungen Freund hier erklären, der sie alle so gut zu kennen scheint!«

Doch unser junger Freund, um dem Kapitän endlich das Maul zu stopfen und um ihm etwas zu tun zu geben, unterbrach ihn mit Mr. Metunias Botschaft über die Filmpremiere. Die Frivolität des Kapitäns erwies sich als eisern: Er sei natürlich im Namen des Holländischen Roten Kreuzes hoch erfreut, doch würde er wetten, er habe diese großzügige Spende der amerikanischen Romanze seines jungen Freundes zu verdanken. Ebenso sei er bereit zu wetten, daß man im Falle, sein Teleskop sei von einer weiblichen Person gestohlen worden, sich auf unseren jungen Freund völlig verlassen könne, es rasch wiederzuerlangen. Ja, er wolle sogar wetten, daß seine Kappe, die gleichfalls gestohlen worden war – möglicherweise durch die gleiche charmante Kleptomanin –, also er sei bereit zu wetten, daß – falls der Schuldige dem schlimmeren Geschlecht angehören sollte – unser junger Freund den Dieb rasch stellen würde. Ehe jedoch der Kapitän noch weitere spekulative Wetten anbieten konnte, beschloß Leon lauthals zu erklären, er habe schreckliche Kopfschmerzen und wolle sich deshalb zurückziehen. Es war einfach zuviel.

Offenbar aber war es noch nicht genug. In der Lounge überfiel ihn der kleine, bärtige Mann – die eine Hälfte der Schachpartie in der Bar, der immer noch sein Schachbrett überallhin mitschleppte, als wolle er der Welt anklagend die Wunde seiner Amputation vorweisen. »Pardon«, sagte der kleine Mann mit einer bestimmten widerlichen Pseudodiskretion, »aber ich glaube, Sie sind der junge Herr, der sich gestern nacht mit einer amerikanischen jungen Dame in einem Rettungsboot befand ...?« Das war alles, was Leon jetzt noch gebraucht hatte. Dafür hatte er auf seinen köstlichen Erdbeer-Obers-Nachtisch verzichtet. »Natürlich«, fuhr der Kleine fort, »wenn man annimmt, die junge Dame sei aus den üblichen Gründen dorthin gebracht worden –«

»Nein!« sagte Leon. »Sie irren sich.«

Aber gerade das hätte er nicht sagen sollen. Es brachte den kleinen Mann dazu, einen Schritt näher zu rücken.

»Nun, nehmen wir ruhig einmal an, es war nicht der übliche Grund«, sagte er leise, »das heißt, nehmen wir einmal an, es gäbe andere Leute, die – gleich mir – genug davon haben, in einer Vergnügungsoase dahinzufahren, während die Welt ringsum in Flammen steht – nehmen wir an, diese Leute wollen sich nicht weiterhin fünfmal am Tag anfressen – ich meine, alle ihre kleinen, persönlichen Illusionen hätscheln ...« Der kleine Mann rückte noch näher. »Ich meine, wenn die beiden vorgehabt hätten, mit dem Rettungsboot diesen Sündenpfuhl zu verlassen –« Der kleine Mann schluckte und sagte dann rasch: »Dann würde ich mich ihnen, wenn's genehm ist, gerne anschließen.«

»Sie irren sich«, sagte Leon nochmals zu dem Wahnsinnigen. Er ging rasch fort, hörte diesen aber noch hinter sich ärgerlich schreien: »Entschuldigen Sie. Entschuldigen Sie!«

Für Leon aber gab es keinen Platz, an dem er hätte Zuflucht nehmen können, keinen Ort, an dem er sich vor den Metunias, die er nun mied wie die Pest, hätte verstecken können. Aus seiner Kabine dröhnte der Staubsauger des Stewards. Aus dem Meditationsraum hatte man einen Basar zugunsten der Kriegsopfer gemacht, in dem eine körpergewaltige, karitativ motivierte Dame den Vorübergehenden mit wohlfeilen Blusen Luft zuzufächeln schien. Das Top Deck, das normalerweise noch am ehesten leer war, wurde eben aufgemoppt.

Und während er sich also genötigt sah, die Promenade im Wintergarten entlang zu wandeln, sagte jemand plötzlich: »Junge Männer sind schreckliche Reißteufel, vor allem, wenn's um die Knöpfe geht, nicht?«

Er sah auf. Vor ihm saß die blauhaarige Frau Professor. Er blickte an sich herab. Tatsächlich: Der unterste Knopf seiner Jacke, an dem er die ganze Zeit über gedreht hatte, hing wirklich nur mehr an einem Faden.

»Ich weiß«, log er (in Wirklichkeit hatte er davon keine Ahnung gehabt). »Das mache ich immer, wenn sie anfangen, locker zu werden.«

Das Buch löste sich vom Gesicht der blauhaarigen Dame. Sie lächelte.

»Und wenn Sie sie dann ganz heruntergekriegt haben – was machen Sie dann?«

Er wollte schon sagen: »Dann muß ich mich nach einer Stewardeß umsehen«, und sich dann mit einem höflichen Nicken verdrücken. Doch er tat es nicht. Das Buch der Blauhaarigen rutschte noch tiefer, glitt an ihrem adretten Sweater und ihrer enggegürteten Taille entlang.

Der Boden, auf dem Leon stand, wärmte ihn mit dem unerwarteten Versprechen großer Erleichterung. Anstatt »Dann muß ich mich nach einer Stewardeß umsehen«, sagte er:

»Wenn er mal herunter ist, muß ich jemand suchen, der ihn wieder annähen kann.«

»Können Sie selbst denn nicht nähen?« neckte ihn die Blauhaarige gutmütig.

»Nähen?« fragte Leon ungläubig.

»Ach, Sie sehen ja völlig schockiert aus. Sie sollten sich lieber setzen.« Die Dame lachte.

»Ich danke Ihnen.« Leon setzte sich.

»Sie glauben wohl nicht so recht an meine Nähkünste? Nun, dann muß ich Sie eben lehren.«

Und das tat sie dann auch tatsächlich.

Der Deck-Steward mußte irgendwoher Nähzeug auftreiben. Leon mußte seine Jacke ausziehen. Und als dann der Unterricht beginnen sollte, merkten sie beide beinahe gleichzeitig, daß sie vergessen hatten, sich einander vorzustellen und daß Leon nicht einmal imstande war, eine Nadel einzufädeln.

»Lenore Fennicksen«, sagte sie. »Nennen Sie mich einfach Mutter Lenore.« Sie nahm seine großen, unbeholfenen Sohneshände in ihre kleinen, manikürten mütterlichen und führte ihn erst durch das tückische Löchlein der Nadel und dann auch noch während seiner ersten Stiche. Schließlich zeigte sie ihm noch, wie man mit den Zähnen das Fadenende abbiß. Sie hatte prächtige weiße Zähne. »Voilà, junger Mann.«

Irgendwie glückte es ihm, all die richtigen Dinge zu sagen. Er fragte sich – hörbar –, wie er sich bei ihr wohl revanchieren könnte.

»Hm –«, sie dachte ein wenig nach. »Wie wär's mit einer Schale Kaffee?«

Und die nahmen sie dann auch zu sich – Seite an Seite in Liegestühlen fröhlich plaudernd. Leon wollte wissen, warum denn junge amerikanische Mädchen so nichtsnutzig seien.

»Weil sie es für unter ihrer Würde halten, nützlich zu sein«, sagte sie. »Weil das ideale kleine Mädchen alles mit einem Mann anfangen kann, doch nichts für ihn tun. Ist Ihnen das noch nicht aufgefallen?« Sie lächelte. »Aber Sie wollen sicher keine psychologischen Theorien hören.« Sie schlug sich mit ihrem Buch auf die Shorts – schlug die Theorie tot. »Ich verbringe das ganze Jahr mit Theorien. Nein, Sie brauchen etwas Praktisches für amerikanische Mädchen – wie etwa Geschirrspülen.«

»Sie meinen, Geschirr muß tatsächlich gewaschen werden?«

Er unterhielt sich königlich.

»Für diese Keckheit werde ich Ihnen eine Lektion an der Spüle erteilen!«

Sie zog ihn samt ihren beiden Kaffeeschalen in den Spülraum der Deck-Speisekammer und übernahm dort die Arbeit von einem verblüfften Küchenjungen.

»Sie müssen nämlich wissen, daß in Amerika große, romantische Liebesgeschichten immer damit enden, daß der Mann das Geschirr wäscht«, erklärte sie. Wieder führte sie ihm die Hand und wies ihn an, wie Geschirr vorzuspülen, zu reinigen und zu trocknen sei, wobei ihre nackten Knie in der Hitze des Gefechts naß wurden. Doch sie wischte die Tropfen mit einem eleganten Schwung des Geschirrtuches rasch wieder fort. Tatsächlich gelang es ihr auch, alle »Hitze des Gefechts« mit einem einzigen langsamen Zurechtrücken ihrer dunklen Brille wieder fortzuwischen. Sie gürtete ihre Shorts mit dem

Geschirrtuch, als wäre es eine Schärpe, und sah ihn dann mit gut gespieltem großem Bedauern an.

»Ich fürchte sehr, ich habe Sie jetzt zu einer sehr begehrenswerten Partie gemacht.«

Und er? Er wußte plötzlich: Er mußte fort.

»Eben ist mir eingefallen: Ich habe jetzt leider eine Verabredung.«

»Na, dann rennen Sie schon los«, sagte Lenore. »Es geht ja wohl um das kleine Mädchen, das immer so viel Spaß hat? Also los!«

Woran er sich erinnerte, war, daß das Kappen-Paket immer noch in seinen Mantel gewickelt war. Plötzlich konnte er den Gedanken daran nicht mehr ertragen. Er ging in seine Kabine, um das Paket zu holen, doch nur, um es loszuwerden, ehe es noch ein Steward finden konnte. Er zog es vor, wenn man gestohlenes Gut bei ihr fand anstatt bei ihm – und das war auch schon alles. Eine Minute mit ihr zusammen würde genügen. Erst wenn er die Kappe endlich los war, konnte er sich wirklich unterhalten.

Aber sie war schlau. Sie hatte sich unsichtbar gemacht. Er suchte überall nach ihr und schleppte an dem warmen Tag den dicken Mantel mit sich herum. Und als er eben völlig sicher war, sie verstecke sich in ihrer Kabine, erspähte er sie auf dem frisch gemoppten Top Deck. Da lagen sie in ihrer Sportbekleidung auf einer Matte. Billys Beine waren auf Raouls Rücken gestützt, während sie den Rücken an Mr. Metunias Schulter lehnte. Da lagen sie nun so glücklich und seelenruhig, von Sport und Spiel unmittelbar in den Schlaf geglitten. Sie glichen so sehr glücklichen Katzen, die in der Sonne schlummerten, daß Leon eine Wut jenseits aller Vernunft ergriff. Er warf das Geschenkpaket mit aller Kraft so weit er nur konnte ins Meer. Es war alles aus.

Und so rasch er nur konnte, sah er sich nun wieder nach seiner blauhaarigen Lady um. Er warf sich den Mantel, der nun allen Unsinns entleert war, keck über die Schulter und lief hinunter.

Er fand sie immer noch im Wintergarten, während alles schon im Aufbruch zum Nachmittagsfilm war.

»Gehen Sie nicht ins Kino?« rief er schon von weitem.

»Ich weiß nicht recht. Glauben Sie, ich sollte?«

»Selbstverständlich.« Er bot ihr seinen Arm.

»Der Film ist auf deutsch«, sagte sie, während sie ihr Buch in seine Jackentasche steckte. »Wo werde ich wohl einen Übersetzer finden?«

Nun, er machte deutlich, daß sie schon einen gefunden hatte – nämlich ihn; und noch dazu einen teuflisch geschickten, dem es gelang, selbst deutsche Gewitter in amerikanische Klangeffekte umzuwandeln, und der offensichtliche Liebesszenen als absurde wissenschaftliche Dispute übersetzte. Er gebärdete sich für die Umsitzenden so skandalös, daß Lenore ihm mit der Hand den Mund zuhalten mußte, obwohl ihre Schulter vor verhaltenem Lachen gegen die seine zuckte.

»Sind alle jungen Europäer so geistreiche und witzige Bürschchen?« wollte sie wissen, als sie den Saal verließen.

»Oh ja«, sagte er. »Ausnahmslos.«

»Und keiner von euch ist jemals ernst?«

Er sagte, ein Glas Wermut im Salon sei das einzige, das er wirklich ernst nehmen könne. Im Interesse der Schwerkraft stimmte sie zu. Und als sie gegenseitig auf ihrer beider Gesundheit getrunken hatten, als das Orchester eben in »*Ramona*«, die erste Tanznummer, glitt, hörte er – weit entfernt und doch unverkennbar – das Heulen eines Pudels. Und er war erstaunt darüber, wie leicht es doch wäre, aufzustehen, hinauszugehen, am Top Deck herumzustreunen, nur um durch ein »Hi« angehalten zu werden, auf eine Einladung zu warten und dann das ganze grausame Spiel noch einmal von vorne zu beginnen. Alle dazu erforderlichen Bewegungen lagen sprungbereit in seinen Muskeln und warteten nur darauf, losgelassen zu werden. Entsetzt erhob er sich.

»Sie müssen schon gehen?« fragte sie.

»Nein, nein – durchaus nicht. – Ich möchte mit Ihnen tanzen.«

»Sind Sie sicher?« sagte sie. »Sie –«

»Bitte!« Er nahm sie in die Arme, ganz nahe der Musik, und Franz Josefs Bellen verlor sich in den Trompetenklängen. Die Billy-Phase war endgültig vorbei.

»Und ob ich sicher bin!« gab er zurück.

Sechs

1

In den frühen Morgenstunden vor Beginn der Dämmerung des sechsten Tages auf See – genau gesagt: am 12. Mai, kurz nach drei Uhr morgens – machte die *Syngdam* einen erschreckenden Sprung. Ihr Bug hob sich aus den Wellen. Schwarz ragte sie in den Himmel. Einen Augenblick lang ruhte sie in dieser Lage, glitzernd und lauschend, wie ein Tier, gelähmt von der Witterung des Jägers. Dann wurde das Schiff von einem mächtigen, unsichtbaren Schlag erschüttert, wie eine ungeheuerliche Bewußtwerdung. Tief hinunter sank sie nun ins Wellental, als wolle sie ihre Maste einziehen und verbergen. Aber drei Herzschläge später bäumte sie sich schon wieder auf, so hoch wie beim ersten Sprung, ebenso erschreckt und begierig, um danach neuerlich ins Tal zu rasen.

Diese völlig neue Art der Fortbewegung ließ viele Passagiere aus ihren Betten rollen. Einige von ihnen rannten an Deck. Doch anstatt des erwarteten Sturmes strich nur eine mäßig steife Brise über sie hinweg. Die See, die sie umtoste, schien bedrohlich genug. Und als sich dann die Sonne endlich über den Horizont erhob, sandte sie ihre Strahlen auf die hübschesten, unschuldigsten, weißen Gischtmützchen, die Wellen je gekrönt hatten.

»Ach, das hat nichts zu bedeuten«, beantworteten die Stewards ängstliche Fragen entlang der erzitternden Schotten. »Das ist nur eine schwere Dünung, ein ›Ground Swell‹.« Der Purser streute einfach meteorologisches Fachwissen über die drohenden Wogen. Im Grunde ärgerte ihn nur, daß der Kapitän ihm auf Grund der Emergency das Tragen seiner hübschen weißen Sommeruniform bis auf weiteres untersagt hatte. So spielte er nun etwas rachsüchtig den Reichtum seiner umfassenden, auf zahlreichen Atlantiküberquerungen gewonnenen Erfahrung gegen all diese verweichlichten Kreuzfahrt-Offiziere aus. »Ach, diese Art von Dünung macht einem immer so um den vierzigsten Breitengrad etwas zu schaffen«, sagte er weise. »Nur die Folge einer Gegenströmung von irgendeinem Bermuda-Tief.«

Diese Bemerkung wurde weitergetragen und kommentiert, während die Dünung immer schwerer wurde. Aber man schenkte ihr kaum Glauben. Was die siebenunddreißigtausend Tonnen der *Syngdam* herumschleuderte, konnte nichts mit dem Wetter zu tun haben. Wetter war etwas anderes. Vom Wetter bekommt man eine gute Farbe, oder man hält ihm einen Regenschirm entgegen. Aber die unglaubliche Gewalt, die die Menschen durch die Korridore schüttelte, die den Horizont auf- und abschnellen ließ, als wäre er ein Gummiring – diese Heftigkeit konnte unmöglich von etwas derart vernünftig-wissenschaftlich Erklärbarem herrühren wie einem Bermuda-Tief.

Es war eine weit größere Macht, die die See derart in Wallung brachte. Die Emergency selbst schien aus den Tiefen des Meeres hervorzubrechen. Sicherlich – man konnte den Sturm nicht auf irgendeine logische Weise mit dem Krieg in Zusammenhang bringen. Doch das war bedeutungslos. Die blassen Regeln der Vernunft, nach denen wir an Land Butter aufs Brot streichen oder Schlaf finden, waren weggeschwemmt. Das Seebeben brachte jene primitive Magie ans Tageslicht, die überall lebendig begraben liegt und die doch in Wahrheit die Welt regiert. Nicht nur der Ozean war zu etwas jenseits der Natur geworden, sondern auch das Schiff mit dem tückischen Schrecken seiner Bewegungen, seinem Anhalten, dem raschen Niedertauchen und Hochschweben schien keinem Naturgesetz mehr zu gehorchen. Und alle Objekte im Inneren der *Syngdam* entpuppten sich als geisterhaft bewohnte Käfige.

Entlang der Vertäfelung der Lounge, hinter den Wandverkleidungen der Gänge, hörte man das baßtiefe Murmeln eines eingemauerten Djinns: hinauf! Er wollte hinauf gelangen und dort seine Glieder strecken, die in allen Teilen des Schiffes eingekeilt waren. Die Walnußsäulen des Speisesaals knurrten gegen die Nieten an, die sie zusammenhielten. Mit winzigen, klingelnden Schreien protestierten die Luster des Ballsaales, als seien sie lebende Geschöpfe und nicht bloß Beleuchtungskörper; sie waren aus venezianischem Glas gezauberte Vögel. Sie zerrten an ihren Ketten aus vergoldetem Draht, von der Decke herab schwangen sie durch die Luft und wurden – für Augenblicke gespenstischen Flatterns – wieder zu Vögeln. Es gab jetzt keine Tür mehr, die nicht ihre Angeln haßte und auf- und zuschlug – wie die Schwingen eines Nachtfalters –, einer unvorstellbaren Freiheit entgegen. Und auch die Krawatten der Männer entwickelten ein ungeahntes Eigenleben: Sie rollten und entrollten ihre Schlangenwut an den Hängeleisten, an die sie gefesselt waren. Und jedesmal, wenn das Heck der *Syngdam* so hoch geworfen wurde, daß die Schiffsschraube nur noch die Luft peitschte, erklang aus dem Gitterwerk über der Bar ein plötzlicher, flüsternder Chor. Es war der Chorgesang Hunderter eiserner Eidechsen. Dann wurden sie wieder einige Sekunden lang zu stummem Metall, bis sie die Schiffsschraube wieder zischend zu Fleisch, Schuppen und Gift erweckte.

Die Menschen auf der *Syngdam* veränderten sich ebenfalls. Fünf Tage lang waren sie auf dem Schiff aufrecht, gradlinig und zielstrebig umhergegangen. Doch nun, auf den wild herumtanzenden Böden, entglitt ihnen die Maske der Wissenden, hinter der sie ihre Absichten verborgen hatten. Sie gingen ihrer menschlichen Uniformiertheit verlustig und spalteten sich in eine Menge unterschiedlichster Tierarten auf.

Der Kapitän wurde zum Vogel Strauß: Er konnte seinen rundlichen Körper auf einem Bein balancieren, während er darauf wartete, daß sich sein Schiff mit einer bestimmten Welle befaßte. Dann setzte er das zweite Bein aufs Deck und stolperte einige Schritte vorwärts, wobei er mit den Armen wie mit Flügeln ruderte, um das Gleichgewicht nicht zu verlieren. Der Purser entwickelte sich zum Affen. Er kletterte die sich steil aufbäumenden Böden entlang, als wären sie Bäume. Dabei hing der eine Arm mit jener affenhaften Sehnsucht, den Boden zu berühren, herab, während die andere Hand sich automatisch wie ein Greifschwanz um Treppengeländer und Reling schlang. Herr Meyerhaas zählte zur Hasenfamilie. Meist bewegte er sich auf allen vieren, das heißt, seine Arme waren stets an irgendeiner Stütze oder einem Haltegriff verankert, bis er eine vorübergehende Pause im unvernünftigen Verhalten des Schiffes kommen fühlte. Dann hob er die Vorderpfoten vom Boden, richtete sich auf, witterte noch einmal schnüffelnd, ob ihn seine Ahnung nicht getäuscht hatte, und hoppelte dann einige Hüpfer in die beabsichtigte Richtung, ehe er seine vier Gliedmaßen wieder fest verankerte.

Keiner blieb von dieser animalischen Metamorphose verschont. Und keine Spezies auf der *Syngdam* war doppelt vertreten. Keiner der Passagiere – auch jene, die noch nie einen Sturm auf hoher See mitgemacht hatten – war darüber überrascht, sich auf der Arche Noah wiederzufinden. Sie spürten es: Die Zivilisationsebene, auf der sie Freundschaften schlossen, die Vernunftgründe, aus denen es zu Streit kam – all das war jetzt durch diese seltsame Revolution außer Kraft gesetzt. Worauf es ankam – worauf es im Grunde immer angekommen war – war das verborgene Tier, das jeder unter der Kulturhaut des anderen roch. Nur was den Eber zur Sau treibt, ließ einen dem anderen Cognac anbieten; der Instinkt, der den Tiger zwingt, sich zum Sprung auf die Antilope zu ducken, erklärte die Knappheit ihrer gegenseitigen Verbeugungen.

Sie glitten und rutschten durch die schiefen Räume des Schiffes. Sie lauschten dem Klangdschungel, der in jedem ächzenden Gesimse verborgen war, aber auch in jeder erzitternden Schüssel und Tasse. Es war nicht nur die vom Kapitän erklärte Emergency, die die feuchte Wildnis sichtbar gemacht hatte, sondern überhaupt die permanente Krise, die ständig in unseren Adern pulsiert. Diese erschütternde Fata Morgana der Normalität. Sie zerfetzte die Alltäglichkeit, die dem Karneval der Wunder als Maske dient. Das Wasser spiegelte das Bild des Menschen: ein Dämon aus Flackern, Leidenschaft und Gischt.

2

Fried wurde vom Sturm viel beschert, im wörtlichen Sinne. Er versuchte, einen Korridor entlangzugehen. Bang! Eine Kajütentüre flog auf, und eine gewaltige Masse holder Weiblichkeit landete in seinen Armen. Er brauchte einige Zeit, um sich aus Armen, einer Menge Frauenhaar und britischen Akzenten zu befreien, die einmütig forderten, all dem müsse Einhalt geboten werden: »It Had To Be Stopped.«

Ein Steward kam herbeigeeilt. Er und Fried öffneten die Tür, die inzwischen wieder zugeknallt war. Was gestoppt zu werden hatte, war ein Überseekoffer, der aus seinem Schrank ausgebrochen war. Der sauste nun in der Kabine hin und her und wurde jedesmal schneller, wenn das Schiff wieder mit starker Neigung wegtauchte. Der Steward, der einmal beinahe durch das Monstrum erdrückt worden wäre, schlug allen vor, aus dem Weg zu gehen, und eilte weg, um Hilfe zu holen.

Inzwischen hatte Fried die Situation im Überblick. Er ergriff höflich, aber bestimmt die beiden Ladies, aus denen diese »Situation« bestand. Energisch bugsierte er sie in Richtung Kabine M-44. Dort schwankte McFinnan herum, der bemüht war, ausgerechnet seinem Onkel, dem Politiker, zu schreiben, er möge ihm einen Job besorgen, damit er sich durch das Juridikum arbeiten könne. Er kam damit aber nicht weit. Auch ihn ergriff Fried mit entschlossener Hand.

Fünf Minuten später saßen Fried und McFinnan neben Bells Tisch und zeigten es Lover Boy, dem Super-Liebhaber. Sie zeigten es ihm mit Hilfe von zwei der bemerkenswertesten Damen an Bord der *Syngdam*. So lagen die Dinge nämlich in Wahrheit. Ehrlich gesagt, hatte Fried anfangs einen leisen Verdacht, das seltsame Paar sei durch den Sturm aus irgendeiner fantastischen Unterwassergrotte an Bord gespült worden. Bisher hatte er die beiden nämlich noch nie gesehen. Die Hauptfrau hieß Mrs. Boslett. An ihren Handgelenken glitzerten Dutzende von Reifen und Armbändern wie kleine Fischschuppen. Ihre Kleidung aus rosafarbenem Tweed war über die ganze, beträchtliche Länge ihres Körpers seegrasgrün getupft. Und auf dem Kopf trug sie etwas wie einen schimmernden Hahnenkamm, der sich aber als riesige Brosche entpuppte, die den größten Teil ihres Haars bedeckte. Fried konnte sich nicht darüber klarwerden, ob Mrs. Boslett hübsch – oder auch nur jung – war, doch sie hatte etwas Stromlinienförmiges, etwas elegant Faszinierendes an sich. Wenn ein Haifisch elegant und geschmeidig aussehen könnte, so hätte man sie für einen halten können. Sie stellte ihre Freundin als »Oona, meine Gesellschafterin« vor. Diese war dem Typus nach ein hübscher, junger Goldfisch: hellblondes Haar, Schmollmund und zwei Zöpfe, die herumbaumelten, wenn das Schiff von einer Welle erfaßt wurde. Sie kam aus Irland. Das war natürlich ein gefundenes Fressen für McFinnan, der sich wie wild um sie bemühte. Das ging so weit, das Fried Finney sogar bitten mußte, etwas leiser zu sein. Er konnte sonst kaum Mrs. Bosletts Schilderung der furchtbaren Migräne verstehen, die sie bis heute daran gehindert hatte, am Gesellschaftsleben der *Syngdam* teilzunehmen.

»Yehs«, sagte Mrs. Boslett eben mit tiefer, ungeheuer britischer Stimme, »yehs, Erbschafts-Migräne. Befällt mich jedesmal, wenn mein Name in einem Testament auftaucht. Sie haben mir schon wieder irgend so eine Hütte in Connecticut vererbt.«

»Tatsächlich?« sagte Fried mit dem blasierten Mangel an Neugierde eines Mannes von Welt.

»Yehs«, sagte Mrs. Boslett. »Warum? Warum müssen Amerikaner immer Hütten herumschmeißen, jedesmal wenn sie sich zum Himmel aufschwingen? Und man kann das Zeug einfach nicht zurückweisen, wissen Sie. Alte Hütten in Connecticut muß man einfach erben. Eine patriotische Pflicht. Gut für die Außenhandelsbilanz. Mitten im Krieg muß man da hinübergondeln. Muß auf Tausenden blöden amerikanischen Formularen sein tatsächliches Alter bekennen. Muß fette amerikanische Anwälte zum Essen einladen. Warum müssen sie denn alle so fett sein? Auch für die arme Viv ist es so verdammt langweilig.«

»Viv?« wollte Fried wissen.

»Yehs. Hat in einer winzigen Kabine acht Tage lang herumfliegen müssen.«

»Ein Vogel?« fragte Fried. Mrs. Boslett war wirklich allerhand. Es war nur jammerschade, daß Lover Boy nun mit dem Rücken zu ihnen saß. Aber das würde ihm letztlich gar nichts nützen. Fried schlug vor, sie sollten nun alle tanzen. Der Boden unter ihnen bockte wie ein störrisches Pferd. Doch nichts – absolut gar nichts – konnte Mrs. Boslett aus der Ruhe bringen. Sie war entschieden keine der großen britischen Schweigerinnen. Sie hielt ihre Konversation aufrecht, mit dem Gleichgewicht war es dagegen viel schwieriger. Es gelang ihnen ein hauptsächlich aus Tappen und Stolpern konstruierter Black Bottom, und sie hoppelten gemeinsam mit dem größten Vergnügen zweimal um Bells Tisch herum.

Fried hatte das Gefühl, dem Feind endlich etwas entgegenhalten zu können. Bis zu diesem Zeitpunkt waren Finney und er nämlich Bells Ekstasen, egal wo am Schiff, hilflos ausgeliefert gewesen. Bei jedem zweiten verdammten Pfosten der Reling starrte der Idiot gemeinsam mit Wilhelmine verzaubert in die Wellen. Nicht ein einziger Tisch in der Lounge war von B.s und W.s gemeinsamem Lächeln verschont geblieben, das sie über inniglich geteilten Soda-Oranges austauschten. Man konnte nicht einmal in den verdammten Swimmingpool gehen, ohne daß einem das blöde Gekicher der beiden entgegentönte. Wohin auch immer man blickte, schon war Lover Boy da, mit diesem ernsten, süßen Lächeln im Gesicht, der an Wilhelmines ernsten, süßen Sommersprossen knabberte. Am meisten ärgerte ihn aber dieses sanfte kleine Nicken, mit dem einen das Aas grüßte, wenn man aneinander vorbeiging. Das Nicken sagte ganz deutlich: »Kopf hoch, mein Freund. Eines Tages wirst auch du vielleicht zu den Glücklichen zählen.« Glücklich! Vermutlich durfte Bell an der Puppe nichts anrühren, was unterhalb des Schlüsselbeins lag (wenn jemand, der so flach war wie Wilhelmine, überhaupt ein Schlüsselbein hatte), ohne nicht zunächst einen Ehevertrag auf Leben und Tod zu unterschreiben. Es war völlig klar: Um Bell war es geschehen.

Bis zum Erscheinen von Mrs. Boslett hatten sie aber nichts, womit sie den Idioten hätten bekämpfen können. Mit seiner trottelhaften Verliebtheit hatte er genau das kaputtgemacht, wofür sie die ganze Reise eigentlich geplant hatten, genau das, wovon sie ihre sorglosen Junggesellen-Erinnerungen hatten nähren wollen, das fröhlich-sorglose Globetrotting, das Zum-Teufel-mit-allem-Gefühl. Bell hatte es an sich gerissen und praktisch kastriert. Er war ein feiger Deserteur, der sich auf die Seite des »Ernstes des Lebens« geschlagen hatte. Kein Wunder, daß Finney begann, sich Sorgen darüber zu machen, wie er seinen Onkel dazu bringen sollte, ihm einen guten Posten zu verschaffen. Sie hatten Lover Boy einfach zu lange sein Spiel treiben lassen.

Jetzt aber! Nun konnten sie beweisen, daß auch nur sie beide, Fried und McFinnan, immer noch den alten Studentengeist hatten. Fried black-bottomte ganz nahe an Lover Boys Tisch heran, nahm ihn mit Mrs. Boslett ins Visier und ließ sie eine Salve ihres unnachahmlichen britischen Akzents auf Bell abfeuern.

»Yehs, ich war kaum erst über meine Migräne hinweg, da hat dieser Faschistenblödsinn angefangen«, sagte Mrs. Boslett. »Versucht jetzt nicht, mir weiszumachen, es sei nur eine Rettungsübung gewesen. Das war einfach Konzentrationslager – schlicht und einfach KZ. Haben uns an den Haaren herausgezogen. Haben Viv fast umgebracht. Arbeitslager! Da hab' ich dann herausbekommen, daß das Schiff voll Deutscher ist. Haben Sie das gewußt? Schwärmen einfach überall herum!«

»Vor allem deutsche Mädchen«, ließ Fried vernehmen.

»Gift«, sagte Mrs. Boslett. »Mein Ehemaliger hatte eine deutsche Großmutter; und das genügte schon, um mich leberkrank zu machen.«

»Leber?« fragte Fried überrascht.

»Ach, Leber oder Blinddarm«, antwortete Mrs. Boslett ungeduldig. »Was immer es eben ist, das sie nach einer Operation in diese Marmeladengläser füllen. Gleich nachdem ich von dieser fürchterlichen Seenotübung zurückgekommen war, habe ich einen schrecklichen Hautausschlag bekommen. Und die arme Viv hatte einen Malaria-Rückfall. Oona mußte hinter versperrter Türe drei Tage lang ›Don Quixote‹ lesen. Das ist das einzige, was gegen Deutsche hilft, wissen Sie.«

Oona lachte in diesem Augenblick. Doch das Lachen kam vom Tisch. Es berührte Fried peinlich, als er entdecken mußte, daß Finney ihm nicht am Tanzparkett die Stange gehalten hatte. Finney hatte ihn völlig allein herumstolpern lassen.

»Ich bin so froh, daß Oona ein wenig Spaß hat«, sagte Mrs. Boslett. »Ich habe sie jetzt schon zwei Jahre. Und wie lange haben Sie ihn schon?«

»Ihn?« fragte Fried entgeistert. Dann mußte auch er lachen. Wie lange hatte er Finney nun schon als angestellten Gesellschafter? Mensch, das war doch einfach zu köstlich. Das mußte er Finney sofort sagen.

»Finney!« rief er, als sie zum Tisch zurücktanzten. »Seit wann bist du jetzt schon mein Butler?« McFinnan ließ sich in seinem tiefgründigen Gespräch mit dem Mädchen nicht stören. Doch als wolle sie die Überlegenheit bezahlter Gesellschaft über die unbezahlter demonstrieren, drehte sich Oona um. Sie ließ nur einen Finger auf McFinnans Arm ruhen und sagte: »Oh, Mrs. Boslett, sein Onkel Mike stammt auch aus dem County Kerr – genau wie ich.«

»Hört einmal«, gab nun McFinnan von sich, »ich glaube, das wird Mike weich und mitfühlend stimmen. Wir haben das kleine Liedchen eben gemeinsam komponiert. Wir nennen es ›Ode an den Nepotismus‹ oder ›Die Sehnsucht eines irischen Jungen nach ein wenig Korruption‹:

›I'll take any work, dear Uncle, I am sure,

As long as it's a sinecure.‹«

»Zum Teufel mit Sinekuren«, gab Fried grimmig zurück. So lustig war das nun auch wieder nicht. »Wir landen ohnehin als Schiffbrüchige auf einer einsamen Insel.«

Er machte eine kleine Verbeugung vor Oona und zeigte auf die

Tanzfläche, nur um die Situation ein wenig aufzulockern und um Finney wieder zur Ernüchterung zu bringen.

»Okay – dann wird mir Uncle Mike eben eine Sinekure auf einer Wüsteninsel zuschanzen«, meinte McFinnan; und da sie über diese Bemerkung so schrecklich lachen mußte, bemerkte Oona nicht einmal Frieds Aufforderung zum Tanz.

»Finney!« sagte Fried streng. »Hey! Wie lange bist du jetzt schon mein Butler?«

McFinnan aber befand sich mitten in einer geflüsterten Besprechung darüber, wie er Oona in New York Uncle Mike vorstellen könnte.

»Hm?« sagte er vage fragend und neigte sich Oona zu. Am nächsten Tisch führten Lover Boy und die Seine gleichfalls ein leises, vertrauliches Gespräch.

»Nun, in Wirklichkeit«, sagte Fried sehr laut zu Mrs. Boslett; er würde dieser Sache ein Ende bereiten, egal wie. »In Wirklichkeit ist Finney nicht mein Butler. Er ist ein leidlich cleverer Kumpel. Wir haben ihn auf diese Reise eingeladen. Schon wegen des Spaßes, den wir mit ihm haben wollten, hätte sich die Investition gelohnt.«

»Ein – ein Kumpel?« fragte Mrs. Boslett, eben als Finney sich wieder aufsetzte.

»Ich werde McFinnan aber verklagen«, setzte Fried fort. »Bisher war er längst nicht lustig genug, um unsere Auslagen zu rechtfertigen.«

»Ach ja, ein Kumpel«, erinnerte sich Mrs. Boslett. »Sind Kumpels in Amerika nicht besonders wertvoll – etwa so wie Kühe in Indien?«

»Dieser hier nicht«, sagte Fried hart. »Vor Gericht hole ich mir jeden lausigen Cent von ihm zurück. Mein Vater sitzt im Obersten Gerichtshof in New York.«

»Yehs!« machte Mrs. Boslett voll Begeisterung. »Wirklich? Das ist ja beängstigend.« Jetzt wandte sie sich an McFinnan. »Ihr Vater auch?«

Jetzt endlich wurde McFinnan hellwach: »Mein Vater ist Barmann.« Und während er das sagte, sah er Fried scharf an.

»Wirklich? Ich wollte immer schon so gerne ein paar Barmänner kennenlernen!« rief Mrs. Boslett aus. »Sind die in Amerika richtige Menschen?«

»Nun, warum lernen Sie nicht McFinnan senior in – wie hieß doch das Nest, Bloomington? – kennen?« fragte Fried. McFinnan war bisher bezüglich seiner Familie immer so vage gewesen.

»Terre Haute, Indiana. Die ›Gaslight Bar‹«, sagte er sehr präzise und mit flammenden Augen.

»Ja, Finney war der einzige Kellner in Conrad Hall, der uns auch Drinks mischen konnte«, berichtete Fried. Er konnte einfach nicht mehr aufhören.

»I see«, bemerkte Mrs. Boslett zu McFinnan, »Sie sehen tatsächlich wie ein ganz verteufelter Mixer aus. Unrasiert. Männlich-kantiges Kinn und all das. Könnten Sie mich eine Ihrer Mixturen lehren?«

»Ach, ich unterrichte jedermann, und mit den Trinkgeldern zahle ich meinen guten Freunden die Reisekosten zurück.«

In diesem Augenblick steckte der Steward, der ihnen geholfen hatte, seinen Kopf zur Türe herein und berichtete, der aufmüpfige Schrankkoffer sei inzwischen hinunter in den Laderaum gebracht und dort ordentlich festgezurrt worden. Und Mrs. Boslett schrie auf: »Ach nein, Vivs Futter ist ja in dem Koffer!« Sie stolperte dem Steward nach, und das ganze Schiff, als nähme es Anteil an diesem Mißgeschick, machte eine Art Satz. Eine füllige Frau, die dabei das Gleichgewicht verloren hatte, sauste an ihrem Tisch vorbei, rannte Fried nieder und landete schließlich mit ihm gemeinsam auf einer Couch im Gang vor der Bar. Nachdem er sich selbst, die Dame und das Wechselgeld aufgeklaubt hatte, das sich in einem Strom aus ihrer Handtasche ergossen hatte, ging er nun wieder zu seinem Tisch zurück.

Der war aber leer.

Und da wußte er, daß er etwas Schreckliches gesagt haben mußte. Etwas, das sich vermutlich niemals wiedergutmachen ließ. Etwas, dessen Existenz er selbst nicht geahnt hatte. Wie zum Teufel war das nur passiert? Er rannte zur Türe wieder hinaus, suchte in den verlassenen, schwankenden, vibrierenden Gängen. Er wollte verzweifelt

Finney finden und ihn wissen lassen, daß er das alles nur im Spaß gesagt habe, sozusagen eine kleine Ausschmückung, ein witziger Einfall – zum Kuckuck, pflaumten sie einander denn nicht ständig an? Er wollte Finney doch nur zum Aufwachen bringen, raus aus dem Ernst des Lebens, ihm helfen, nicht den gleichen Fehler zu machen wie Bell. Warum zum Teufel war Finney so empfindlich? Was machte es schon für einen Unterschied – Geld oder keins?

Doch Finney war nirgends zu sehen. Fried rannte hinunter zu seiner Kabine. Wahrscheinlich wartete der Hundesohn schon da unten, ein Lächeln auf den Lippen – nur um es ihm mit gleicher Münze heimzuzahlen. Ein Scherz für einen Scherz ... aber Finneys Kabine war leer. Dunkle Wellen schlugen gegen das Bullauge. Oder ist er zu seiner eigenen Kabine gegangen? Alles war so verrückt.

Als er bei McFinnans Kabine angelangt war, keuchte er; so schnell war er gelaufen. Er ließ seinen Lungen Zeit, sich erst einmal zu beruhigen, damit er besser lauschen konnte. Er hörte nämlich seltsame Geräusche, und selbst, als er fünf Minuten vor Finneys Tür gestanden hatte, hörte er sie immer noch. Diese gedämpften Schreie konnten vom Sturm herrühren, ja sogar von Oona im Bett – nun schien nichts mehr unmöglich. Oder sie mochten auch nur von der ganz allgemeinen Bösartigkeit der Welt stammen.

Die Welt war voll bösartiger Menschen. Fried stolperte vor der Tür seines Freundes herum und begann, die ganze Welt zu hassen. Er haßte Bell, der mit der ganzen Geschichte angefangen hatte, der den Zerfall ihrer Dreieinigkeit ausgelöst hatte. Er haßte Mrs. Boslett und ihre blödsinnige Gesellschafterin. Wie kamen die beiden nur dazu, zwei Freunde zu entzweien?! Und nun zum Schluß diese lächerliche Sache: So empfindlich zu sein, weil Freunde einen zu einer Reise eingeladen hatten. Er war so wütend, daß er am liebsten die Kabinentüre eingerannt und Finney ordentlich die Meinung gesagt hätte.

Doch er war immer noch unfähig, den Türknopf auch nur zu berühren, lungerte immer noch sehnsüchtig in der Nähe der Türe, versuchte den mißtrauischen Blick des neugierigen Stewards zu entgegnen. Fried begann die Freundschaft zu hassen. So etwas gab es nämlich gar nicht. McFinnan hatte ihn immer schon nicht leiden können, weil Fried ein reicher Jude war. Er dagegen hatte McFinnan nicht ausstehen können, weil der so ein schlauer, aalglatter Irish-Mik war. Und gemeinsam hatten sie Bell gehaßt, diesen snobistischen, anglosächsischen Lulatsch.

Für einen Moment hörten die Geräusche auf. In der Stille kam Fried zu dem Schluß, Freundschaft sei einfach ein ganz mieser Schwindel. Sie hatten ihn, Fried, gebraucht, weil er alles so gut organisieren konnte. Und wenn er selbst dafür Finneys charmantes Geschwätz und Bells snobistischen Stil für sich ausgenützt hatte, so war es ihnen nur recht geschehen! Das Ganze war von Anfang an ein Schwindel: Wie-du-mir-so-ich-dir. Es war »der Ernst des Lebens« gewesen, bezahlte Geselligkeit, wie bei Oona. Zum Teufel mit alledem!

Wieder schlich der Steward vorbei, diesmal schon mit einem sehr mißtrauischen Blick. Fried gab auf. Ihm reichte es. Vielleicht saß McFinnan wirklich da drinnen völlig allein und wartete nur darauf, daß er eintrete, mit ihm einen Drink nehme und daß sie gemeinsam über diese ganzen Mißverständnisse herzlich lachen würden. Vielleicht – aber Fried hatte einfach nicht die Kraft, die Türe aufzuklinken. Er wußte nicht, was er hätte sagen sollen. Wie zum Henker sollte er sich entschuldigen?

Gleichzeitig konnte er sich auch nicht einfach verdrücken. Er riß eine Seite aus seinem Notizbuch und hielt sie gegen die wankende Wand. Mit grauenvoller, vom Sturm verzerrter Schrift krakelte er darauf: »Fühl' mich scheußlich, vom Magen her. Hau' mich gleich ins Bett. Bis morgen. F.« Er schob das Blatt unter die Kabinentüre.

Doch als er dann im Zickzackschritt wegwankte, war ihm so elend, fühlte er sich so einsam, so kindisch dabei, zum ersten Mal auf ihrer Reise zu Bett zu gehen, ohne gemeinsam einen gehoben zu haben, daß er zurücktaumelte und sich auf alle viere niederließ – sehr zum Entsetzen des dummen Stewards, dem die Augen vor Staunen aus dem Kopf zu treten drohten. Nun lag er vor der Türe flach auf dem Bauch und zog das Blatt wieder hervor. Nach »Bis morgen« setzte er einen Beistrich und fügte noch rasch zwei Worte hinzu: »Alter Gauner.«

3

Herr Meyerhaas hielt es rein betriebswirtschaftlich für völlig unvertretbar, einfach für eine pure Verschwendung, das Schiff ohne nennenswerten Sturm derart durchschütteln zu lassen. Aber aller Schaukelei zum Trotz hielt er seine Kinder dazu an, das übliche Abendprogramm einzuhalten: Zunächst entwickelten sie die im Laufe des Tages belichteten Filme (er hatte sehr kurze Belichtungszeiten gewählt, um die unruhige Position der Kamera während der Aufnahmen auszugleichen). Dann machten sie von den am Vortag entwickelten Negativen Abzüge, und schließlich schnitten sie die vor zwei Tagen hergestellten – und inzwischen getrockneten – Abzüge zurecht und archivierten sie nach entsprechender Beschriftung im Reisealbum – ganz wie sie es schon auf all ihren früheren Reisen getan hatten. Tatsächlich wurden sie diesmal mit ihrer Aufgabe beinahe in Rekordzeit fertig. Diese zügige Arbeit war nur ein Musterbeispiel für etwas, das Herr Meyerhaas immer wieder betonte: Emigration sollte eine Erziehung, eine Herausforderung, aber auch eine Chance sein. Ohne Emigration wären sie nie zu solch professioneller Kompetenz bei der Dunkelkammerarbeit gelangt.

Ebensowenig wie zu einer derartig exemplarischen Immunität gegen die Seekrankheit. Herrn Meyerhaas' Disziplin ließ es einfach nicht zu, sich persönlich vom Chaos an Bord der *Syngdam* berühren zu lassen. Das einzige, was er spürte, als der Abend des sechsten Tages nahte, war – nun, nennen wir's: leichte Gewissensbisse. Diese waren wohl auch der Grund dafür, daß er – sozusagen als eine Art Reserve, als gesellschaftlich akzeptablen Anlaß – sein Miniatur-Schachspiel mitnahm, als er hinunterging, um Frau Schwabauch an der Bar Gesellschaft zu leisten.

Was nun dieses »Hinuntergehen« betraf, so hatte Herr Meyerhaas sich nichts vorzuwerfen. Wegen des Sturmes hatte er Liese gesagt, sie möge, gleich nachdem sie ihre Abendmahlzeit in der Kabine eingenommen hatte, zu Bett gehen. Sie aber hatte so bestürzt ausgesehen, daß er ihr erlaubt hatte, mit Mr. Bell essen zu gehen – selbstverständlich im Restaurant und in Kurts Begleitung. Das war eine vertretbare Lockerung der Disziplin und gab überdies Kurt Gelegenheit, seine Rolle als verantwortlicher Vertreter der Familie einzuüben. Es oblag ihm auch, den Bordeaux für Liese einzuschenken. Dadurch lernte er Verantwortung für ihre Mäßigkeit zu übernehmen. Nichts auf der Welt, davon war Herr Meyerhaas überzeugt, förderte die Reifung eines jungen Menschen so sehr wie Vertrauen.

Indem er Kurt diese Aufgaben übertrug, war es ihm außerdem möglich, selbst seinen Verpflichtungen andernorts nachzukommen.

Trotz des scheußlichen Wetters begann das Dinner in der Bar recht angenehm. Frau Schwabauch hatte bestellt, was sie ihr »stärkereiches Anti-Sturm-Mahl« nannte: Nudeln à la Newburg, Pudding, heiße Bisquits, Maiskolben zum Abnagen und einen leichten Claret. Es bekam ihr ausgezeichnet. Herr Meyerhaas brachte ein angenehmes Gespräch in Gang. Im geheimen hegte er die Überzeugung, daß, gelänge es ihm, die Ungunst des Meeres und den Sturm zu bestehen, dies auch bedeute, daß es ihm gelingen würde, die Unsicherheit und Bedrohung seiner gegenwärtigen Existenz gut zu überstehen. Sie sprachen über das stimulierende, kunstinteressierte München der zwanziger Jahre – ein München, das Herr Meyerhaas dank seiner guten Beziehungen zur Presse besonders schätzen und kennengelernt hatte. Allerdings auch ein München, das schon vor Hitler aus den Fugen zu geraten begann. Frau Schwabauch schien anzudeuten, daß dieser allgemeine Verfall etwas mit ihrer Scheidung zu tun gehabt hatte. Doch Herr Meyerhaas besaß, wenn auch seine Neugierde geweckt war, zuviel Takt, um das Thema unmittelbar zu verfolgen. Statt dessen fragte er, warum wohl Frau Schwabauch und er die einzigen zu sein schienen, die sich heute abend gut unterhielten. Wo waren sie denn alle, die jungen Leute? War nicht ein Sturm ein Naturphänomen, das junge Menschen begeistern sollte? Warum versagte die Jugend heutzutage immer, wenn es um belastende Situationen ging? Mußte man sich da noch wundern, wenn die Institution der Ehe völlig verdreht und auf den Kopf gestellt worden war?

Aber dann versuchte auch das Schiff selbst sich auf den Kopf zu stellen. Die *Syngdam* schien nahe daran, sich vollends zu überschlagen.

Die Maiskolben schossen wild in den Schalen herum. Zum zweiten Mal wäre nun Herrn Meyerhaas beinahe schlecht geworden. Doch war es eigentlich nichts Physisches, sondern eher wie eine überraschende Wahrnehmung. Was er da jedoch wahrnahm, konnte Herr Meyerhaas nicht so ohne weiteres sagen. Eine seltsame Veränderung hatte in ihm stattgefunden. Es schien nichts mit dem Sturm zu tun zu haben, der setzte seine Rüttelei unverändert fort. Es war eine Veränderung, die schon bestanden hatte, als er an diesem Abend die Bar betreten hatte.

»Hat sich hier nicht irgendwas verändert?« fragte er und blickte sich um. Frau Schwabauch aber, von der er sich irgendeine beruhigende Bestätigung erwartet hatte, tat etwas außerordentlich Ungewöhnliches.

»Ach?« sagte sie und neigte ihren Kopf, so daß die Perlen an ihrem Hals auf ganz besondere Weise glitzerten. »Wirklich?«

Es läßt sich schwer beschreiben, wie sehr diese Geste Herrn Meyerhaas überraschte. Seine Hand zuckte zurück und landete auf dem Schachspiel, das er auf dem Stuhl hinter sich deponiert hatte. Seine Finger fanden Trost an den festen Flächen des Kästchens. »Ich – ich habe gemerkt, daß Sie gerne Schach spielen«, sagte Herr Meyerhaas rasch. »Wäre Ihnen eine Partie jetzt angenehm?«

Und als sich eben der Hauch eines Lächelns um Frau Schwabauchs Lippen zu breiten schien, geschah etwas anderes, höchst Unangenehmes: Ein kleiner Mann tauchte plötzlich auf, der sich als der unmögliche Film-Trunkenbold entpuppte. Herr Meyerhaas konnte seinen Augen kaum trauen, als er sah, wie dieser Kerl auf Frau Schwabauch zukam und ihr eine leuchtendrote Nelke an den Busen heftete.

»Bon soir!« ließ sich der Kleine vernehmen. Er atmete praktisch in Frau Schwabauchs Halsausschnitt. »Wollen Sie mir einen großen Gefallen tun? Wollen Sie morgen abend meinem Film als Ehrengast beiwohnen? Sie und meine Billy?«

»Oh?« sagte Frau Schwabauch, während sich der Eskimo-Barmann über seine Bar lehnte und die Frage mit blitzenden kleinen Zähnchen ins Deutsche übersetzte.

»Oh?« sagte Frau Schwabauch wieder. »Aber verstehen Sie, ich kann nicht zum Kinosaal gehen …«

»Nicht im Kinosaal. Hier in der Bar!« meinte der kleine Mann. »Wir werden für Sie eine Premiere veranstalten, in der Bar! In Ordnung?«

Und er strahlte den Barmann an, der dieses Strahlen an Frau Schwabauch weitergab, die nun ihrerseits Herrn Meyerhaas anstrahlte. Der strahlte ganz und gar nicht, sondern zog sein Reiseschachspiel hervor und begann grimmig, die Figuren in die entsprechenden Löcher zu stecken. Noch nie in seinem ganzen Leben war er Zeuge derart schlechter Manieren geworden.

»Ach, das ist ja wunderbar!« sagte Frau Schwabauch, war aber immer noch höflich genug, um hinzuzufügen: »Herr Metunia – Herr Meyerhaas, darf ich bekanntmachen?«

»Angenehm!« sagte Metunia.

Herr Meyerhaas beschloß, gewissermaßen mit den Wölfen zu heulen und sich auch schlecht zu benehmen: Er beließ es bei einem kaum merklichen, amerikanischen Kopfnicken. Kein Wort kam über seine Lippen. Man hörte nur das Geräusch vom Einstecken der Figuren in die Löcher des Schachbretts.

Mr. Metunia legte Frau Schwabauch herzlich die Pfote auf den Arm.

»Ich habe es erst jetzt bemerkt!« rief er. »Bis jetzt ist es mir nicht aufgefallen. Hurra, das ist ja wunderbar!«

»Danke schön«, gab Frau Schwabauch zurück und neigte ihren Kopf wieder im gleichen übertriebenen Winkel wie eben zuvor.

»Würden Sie jetzt vielleicht geneigt sein zu spielen«, sagte Herr Meyerhaas und schob das Schachbrett abrupt und mit einem scharrenden Geräusch von sich.

Der Zug saß. Der ungebetene Gast verlor seinen Halt an Frau Schwabauchs Arm, ja, er wurde sogar in Richtung Tür vertrieben.

Von dort sagte er noch: »Hören Sie! Sie sollten eine zu dieser Pracht passende Blüte haben – das sollten Sie wirklich. Ich eile, Ihnen eine zu besorgen! Bon soir!«

»Das war Mr. Metunia aus Hollywood«, bemerkte Frau Schwabauch.

»Das habe ich mir gedacht«, sagte Herr Meyerhaas und dann noch: »Weiß zieht zuerst, bitte.«

»Er ist jetzt ein unabhängiger Produzent«, gab Frau Schwabauch zu bedenken.

»Soviel ich höre, geht es mit Hollywood bergab«, meinte Meyerhaas trocken. »Meine Freunde in der Filmpresse sprechen schon darüber.«

»Wirklich? Sieht es so schlimm aus?« wollte Frau Schwabauch mit größerer Betroffenheit wissen, als Herrn Meyerhaas angemessen erschien.

»Der Schwerpunkt des amerikanischen Finanzwesens wird sich in den Mittelwesten verschieben«, erklärte Meyerhaas. »Für New York und Hollywood sieht es schlecht aus. Die Staaten in der Mitte, also Michigan und so weiter, werden wirklich zählen.«

»Oh«, entschlüpfte es Frau Schwabauch.

»Weiß ist am Zug, bitte«, sagte Herr Meyerhaas noch einmal. Die Nelke erschien ihm als eine der ordinärsten und unansehnlichsten Blüten aus dem Reich der Blumen. »Ich habe einen Freund aus Michigan. Da hört man erstaunliche Dinge.«

Der Klang des Namens Michigan schien Frau Schwabauch an ihre Mignons zu erinnern. Sie bot Herrn Meyerhaas eines aus ihrem wasserdichten Sack an.

»Vielen Dank«, sagte dieser, »aber bitte nicht, während ich spiele.«

Diese Erinnerung an den Zweck ihres Hierseins half. Endlich zog Weiß nun wirklich. Allerdings gelang es Herrn Meyerhaas nicht, die Stimmung des Abends wieder so unbeschwert zu gestalten wie vor der unerwünschten Unterbrechung durch Herrn Metunia. Zum einen wurde der Sturm immer schlimmer: Menschen verließen die Bar, und er blieb allein mit Frau Schwabauch und der seltsamen Weise zurück, in der sie ihren Kopf hielt. Überdies verwandelte sie sich nun in eine ziemlich unkonzentrierte Schachspielerin. Läufer und Springer waren für sie ein und dasselbe. Und Herrn Meyerhaas war es immer noch nicht gelungen, die Veränderung zu entdecken, durch die der Raum wie verhext erschien.

»Es ist die Schuld des Pastors«, sagte Frau Schwabauch immer wieder, wenn Herr Meyerhaas sie auf ihre Fehler und falschen Züge aufmerksam machte. Ganz offenkundig hatte ihr dieser Pastor das Spiel ohne jedweden Erfolg beigebracht. Dennoch sprach sie andauernd von ihm, statt den Worten von Herrn Meyerhaas zu lauschen. Ihr Kopf verfiel wieder in diese seltsam schiefe Neigung. Die Bar wurde immer leerer und wackliger. Herr Meyerhaas war freilich überzeugt, daß Seekrankheit eine reine Einbildungssache wäre und daß seine Disziplin solche Dinge einfach nicht zuließ, trotzdem vermochte es der stärker werdende Seegang zusammen mit diesem verwirrenden Gefühl der Veränderung Herrn Meyerhaas aus dem Gleichgewicht zu bringen. Zu allem Überfluß brachte nun Suki auch noch zwei riesige Custard Pies zu ihrem Tisch.

»Das ist gewöhnlich mein Betthupferl«, sagte Frau Schwabauch.

Herrn Meyerhaas wollte nicht einleuchten, warum das ausgerechnet auch sein Betthupferl sein sollte. Es war durchaus nicht angenehm, dieses gelbe, fettige Gelee mit jeder Vibration des Schiffes erzittern zu sehen. Jedesmal, wenn Weiß den Löffel in die Fülle der Pies stieß, verursachte das ein unappetitlich gurgelndes Geräusch. Das gleiche Geräusch hörte man, allerdings etwas leiser, wenn Frau Schwabauch dann den Inhalt des Löffels in ihr »System« einführte. Herr Meyerhaas begann zu argwöhnen, daß ihre Konstitution vermutlich widerstandsfähiger wäre als die seine.

Auf alle Fälle bestellte Herr Meyerhaas für sich selbst einen doppelten Cognac. Doch auch das hatte, selbst nach einer zweiten Auflage, keine wirklich beruhigende Wirkung. Er begann darüber nachzudenken, ob sie tatsächlich vorhatte, endgültig in der Bar zu bleiben. Wollte sie ihn etwa prüfen? Falls sie annahm, er würde als erster vor dem Sturm kneifen, sollte sie sich geirrt haben. Schließlich war er ein Mann, auch wenn er den Busen fremder Damen keine ordinären Blumen aufdrängte. Er schob entschlossen seinen Turm vor.

»Schach, meine liebe Frau Schwabauch«, sagte er.

Dann streifte Herrn Meyerhaas eine Idee: Vielleicht wartete sie nur darauf, daß der Störenfried mit den versprochenen Blumen wiederkam? Vielleicht versuchten die beiden auch, ihn loszuwerden, um ungestört beisammensein zu können? Das aber würde er einfach nicht zulassen. Innerhalb eines Augenblicks wurde die ganze Bar für ihn unerträglich, ekelerregend.

»Wenn es Ihnen nichts ausmacht, beenden wir für heute unser Spiel«, sagte er. Er stand auf. Überrascht nahm er zur Kenntnis, daß – mit Ausnahme der Lampe über ihrem Tisch – die ganze Bar nun völlig dunkel war. Verschwommen konnte er überall Reihen umgedrehter Stühle wahrnehmen. Er beschloß, Kurt zu holen und dann Frau Schwabauch mit seinem Sohn zu ihrer Kabine zu begleiten.

Allein fühlte er sich dazu nicht mehr im Stande.

»Wo gehen Sie hin?« rief Frau Schwabauch.

Er setzte eben dazu an, sein Vorhaben zu erklären – entdeckte aber im gleichen Augenblick, daß er die Bartüre nicht zu öffnen vermochte. Er blickte um sich. Der Barmann war verschwunden. Die Stühle standen kopfüber auf den Tischen. Und dann verstand er, daß es nun vor allem darauf ankam, Haltung zu bewahren. Einfach gelassen zu bleiben. Es handelte sich schließlich bloß um ein Mißverständnis.

»Nun«, sagte er, nachdem er zum Tisch zurückgekehrt war und sich etwas gefaßt hatte, »Ihr Freund aus Hollywood wird wohl jetzt nicht mehr hereinkommen können.«

Frau Schwabauch beugte sich schläfrig über das Schachbrett. »Ich fürchte, Mr. Suki hat uns für die ganze Nacht eingesperrt«, sagte sie.

Herr Meyerhaas versicherte sich seines überlegenen Lächelns. »Nun, und wie werden Sie hier herauskommen?« fragte er.

Nun verwechselte Weiß zum sechsten Mal den Springer mit dem Läufer. »Ich bleibe immer hier über Nacht«, gab Frau Schwabauch zur Antwort.

»Das meinen Sie doch nicht etwa im Ernst«, sagte Herr Meyerhaas mit gefrierendem Lächeln auf den Lippen.

»Über Nacht, meine liebe Frau Schwabauch –«

»Bei Sturm ist das einfach der beste Platz«, unterbrach ihn Frau Schwabauch, »auch für Sie.«

Nun rannte Herr Meyerhaas nochmals zur Tür und rüttelte heftig. Dann lief er zum Telefon der Bar, doch das war abgeschaltet. Er fand sich an der Tür wieder und versuchte, sie mit aller Gewalt zu öffnen, doch die gab nicht nach. Er rief, doch sein Schreien wurde vom tausendfachen Knarren und Stöhnen des sturmgepeitschten Schiffes überdröhnt.

Und dann sah er durch die Glastüre seine Tochter Liese die gegenüberliegende Treppe herabkommen und im Korridor verschwinden; sah seine Tochter, ihren jungen Verehrer aus Michigan und seinen Sohn Kurt, der hinter den beiden mit einer hochgewachsenen, vom Vater durchaus nicht genehmigten Stewardeß in weißem Rock einherspazierte.

Herrn Meyerhaas war danach zumute, aufzuspringen und um Befreiung zu brüllen. Statt dessen sprang er zurück – soweit als möglich von der Türe weg. Wie hätte er das alles erklären können? In einer nächtlichen Bar in weiblicher Gesellschaft eingesperrt zu sein? Jedenfalls durfte Frau Schwabauch von keinem der vier da draußen gesehen werden. Herr Meyerhaas wandte sich, um Frau Schwabauch zuzuflüstern, doch bitte ein wenig zur Seite zu treten.

Doch er kam nicht mehr dazu zu flüstern, und es gelang ihm auch nicht, die geplante Wendung zu vollenden. Mitten in der Bewegung hielt er inne, gebannt von dem Schatten, den die eine Lampe hinter ihr zeichnete. Es war nicht der Schatten einer Schachspielerin, sondern der einer Frau, die, hemmungslos mit den Beinen in der Luft rudernd, in ihrem Stuhl lag. Und in diesem Augenblick wußte er endlich, worin die Veränderung lag, die ihm schon die ganze Zeit zu schaffen gemacht hatte:

Frau Schwabauch hatte ihr Haar rot gefärbt.

Sie hatte ihr Haar rot gefärbt und ihm diese nächtliche Falle gestellt. Die *Syngdam* erzitterte: Die Bar, eine höllische Höhle, schoß durch den dunklen Bauch des Meeres. Hundertzüngig zischten die Schlangen des Gitterwerks durch das zitternde Zwielicht. Und Herr Meyerhaas kauerte in einer Nische, in Panik aufgelöst, daß ihn sein eigen Fleisch und Blut erspähen könnte. Es war einer der unerträglichsten Augenblicke seines ganzen bisherigen Lebens.

Da kam ihm sein Magen zur Hilfe: Er zwang ihn quer durch den Saal, wo er – nun, wo er sich in Mr. Sukis Spülbecken erbrach. Doch in Wahrheit war das weniger eine physische Notwendigkeit als vielmehr ein verzweifelter Aufschrei gegen all seine Qual. Überdies handelte es sich, verglichen mit eben dieser Qual, um eine geringfügige Übelkeit, deren Spuren rasch vom Strahl des Wasserhahns fortgeschwemmt werden konnte. Und als er nun, in tödlicher Verlegenheit, auf- und Frau Schwabauch anblickte, mußte er entdecken, daß sie von alledem nichts bemerkt hatte. Sie sah nun auch keineswegs hemmungslos aus. Sie saß bloß weit zurückgelehnt in ihrem Sessel, und ihre Röcke waren hochgerutscht. Sie schlief nur – allerdings schlief sie rothaarig. Herr Meyerhaas holte tief Atem. Er betupfte seinen Mund mit dem Taschentuch. Und dann tat er etwas, das ihm in allen Lebenslagen half, Haltung zu bewahren: Er putzte seine Brille. Erst behauchte er die Gläser, dann rieb er sie sorgfältig sauber.

Jetzt gab es nur eins: ruhig bleiben. Haltung bewahren. Und nicht zu – zu »Weiß« hinüberblicken. Herr Meyerhaas setzte sich. Rasch zeichnete er, so gut ihm dies in der rüttelnden Dämmerung seines Verließes gelingen wollte, ein Rechteck. Er mußte seinen Verstand beschäftigen. Er hatte vor, sich jetzt – völlig ruhig – seinen Visitenkarten zu widmen. So sollten sie aussehen: in der Mitte Ernst Emil Meyerhaas. Dann – in kleineren Lettern: The City of New York. Und in der linken Ecke – in Frakturschrift –: ehemals Föhringer Hauptstraße, München 12. Also auf englisch: formerly Föhringer Hauptstraße, Munich 12. Ja, er würde den Rest der Nacht der sorgfältigen Überlegung darüber widmen, welche Schriftart zu wählen, welche graphische Gestaltung zu bevorzugen und ob es angemessener sei, »Ernst Emil« oder »Ernst E.« zu drucken. Jedenfalls würde er diese Nacht durchstehen.

Ein plötzliches, kippendes Wegtauchen des Schiffes, ein schläfriger Seufzer von Weiß. Doch Herr Meyerhaas klammerte sich an die Visitenkarte. Vielleicht würde er ruhig statt »formerly Föhringerhauptstraße« »form'ly Föhringerhauptstraße« drucken, um unter Beweis zu stellen, daß er sich mit amerikanischen Abkürzungen auskannte. Oder vielleicht noch besser »f'ly«. »F'ly Föhringerhauptstraße«. Er würde sich jede dieser Möglichkeiten in Ruhe überlegen. Und ebenso ruhig würde er seinem Sohn Kurt erklären, warum er nicht in der Kabine geschlafen hatte, die sie miteinander teilten … Vielleicht würde er sogar eine weitere Visitenkarte für Kurt entwerfen.

Schon fühlte sich Herr Meyerhaas viel ruhiger – dessen war er sich gewiß.

4

Wer hätte gedacht, daß noch ein anderer um Mitternacht an Deck gehen würde? Noch dazu in so einem Sturm auf das dunkle, wilde Deck? Und aus irgendeinem teuflischen Grund signalisierte der Gehstock diesmal keine Warnung. Er war beinahe schon an ihr vorbeigegangen, ehe Ceil seinen Schatten sah, bevor sie noch wußte, was überhaupt geschah.

»Oh, hallo«, sagte sie. Es blieb ihr nicht einmal Zeit, ihr wirres Haar im Kragen zu verbergen.

Er hielt inne. Das Schiff zitterte unter ihnen. »Hallo«, sagte er durch die Dunkelheit.

»Na«, gab sie zurück. Es gelang ihr immer noch nicht, ihr Haar zu bändigen, da sie einer Hand bedurfte, um sich an der Reling festzuhalten. »Na, das ist eine ganz schön wilde Geschichte, nicht?«

»Die sagen, es ist gar kein Sturm, sondern nur eine schwere Dünung.«

»Ach, das also ist es? Eine schwere Dünung? Sie meinen, ein ›ground swell‹?«

Eine gewaltige Welle donnerte gegen den Rumpf des Schiffes und ließ ihn erzittern. Hatte er etwas gesagt?

»Wie ist es Ihnen ergangen?« fragte sie.

»Prächtig, danke«, gab er zur Antwort. »Geht es Ihnen jetzt schon besser?«

»Na ja, verstehen Sie, all dieses Schwanken und Schaukeln«, sagte sie vage.

»Wenn meine Erinnerung mich nicht trügt, vermißten wir Sie schon bei Tisch, bevor noch das Schwanken und Schaukeln begann.«

»Ach ja«, gab sie – immer noch vage – zu, »vielleicht hat es schon früher begonnen. Es ist eben eine dieser dummen Magengeschichten.«

»Nun ich hoffe, es geht Ihnen bald wieder gut«, sagte er und hob den Stock, um weiterzuschreiten.

»Richten Sie bitte unserem Tisch meine Grüße aus«, bat sie ihn.

»Gerne«, sagt er. Jetzt wollte er aber wirklich weitergehen.

»Ich hoffe, die Reise geht für Sie gut zu Ende!« rief sie.

Er ließ den Stock sinken. »Sie kommen überhaupt nicht mehr an unseren Tisch zurück.«

»Ach, ich habe leider so einen eigenwilligen Magen«, sagte sie.

»Ja, das haben Sie wohl«, sagte er. Es war ein sinnloses Gespräch, und sie konnte auch ihren Kamm nicht in den Taschen ihrer Slacks finden.

»Immerhin sind auch Sie ziemlich eigenwillig«, meinte sie. »So nachts herumzuwandern und Damen ohne Make-up und mit ungepflegtem Haar zu überraschen!«

»Ich habe nicht daran gedacht, daß jemand mit krankem Magen heut' nacht hier draußen unterwegs sein könnte.«

»Nun, es ist ja nur eine schwere Dünung. Das haben Sie selbst gesagt.«

»Nun, es tut mir jedenfalls leid, Sie gestört zu haben«, sagte er und hob wieder seinen Stock.

»Sie haben mich überhaupt nicht gestört«, sagte sie leichthin.

»Doch, ich habe gestört«, gab er zurück. »Zum zweiten Mal. Aber es wird auch das letzte Mal sein, das verspreche ich Ihnen.«

Hätte sie nur ein wenig Courage besessen, so hätte sie einfach »Nigger« zu ihm gesagt. Dann wäre er verschwunden, und die ganze Geschichte wäre sauber, aseptisch und ohne Komplikationen vorbei gewesen. Doch wie meist fehlte es ihr an jenem letzten, entscheidenden Stückchen Mut. Also unterließ sie es, obwohl sie wußte, wohin das führen würde. Statt dessen sagte sie also:

»Ist das etwa Regen?« und streckte ihre Hand aus. »Oder ist das einfach die Gischt der Wellen?«

»Es ist Sprühwasser«, meinte er, und in diesem Augenblick fand sie ihren Kamm.

»Das ist angenehm«, sagte sie, »es tut einem gut, nachdem man den ganzen Tag in der Kabine eingesperrt war.«

»Ab jetzt werde ich es sein, der in seiner Kabine eingesperrt ist.«

»Ach, jetzt hören Sie schon auf!« sagte sie mit einem kleinen Lachen.

»Sie können zu Ihrem Tisch gehen. Sie können Tag und Nacht auf Deck herumspazieren. Sie werden nicht mehr belästigt werden, das verspreche ich Ihnen.«

»Ach, reden wir doch keinen Unsinn«, sagte sie.

»Vor mir braucht sich niemand verstecken oder sich meinetwegen das Haar kämmen.«

»So, Sie mögen es also nicht, wenn Leute gern vorteilhaft aussehen?«

»Ich bin immer im Nachteil.«

»Ich denke, es hat keinen Sinn, wenn wir so weiterreden, folglich –«

»Was ich vor allem nicht ausstehen kann, sind Leute, die nett zu mir sein wollen«, sagte er plötzlich ganz langsam. Dabei umklammerte er seinen Stock mit beiden Händen und schien wie am Deck angefroren: eine schwarze Skulptur mit harten Umrissen, die die Dünung nicht zu bewegen vermochte. »Mit gemeinen oder bösartigen Leuten komme ich zurecht. In den Staaten lächle ich sie einfach an. In Europa erwidere ich einfach ihre Bösartigkeit. Aber nette Menschen – das schaffe ich nicht. Ich verachte sie.«

»Um Gottes willen!« rief sie. »Haben Sie denn gedacht, ich wollte nett zu Ihnen sein?«

»Das müssen Sie selbst am besten wissen.«

»Das ist doch wirklich lächerlich«, sagte sie, »ich habe mit Ihnen fünf Rub-Downs getrunken, und wir haben miteinander geflirtet. Haben Sie eine Ahnung, wie oft das schon passiert ist? Warum sollen wir diese kleine Dummheit zu einem Drama aufbauschen?«

»Sie bedauern diese kleine Dummheit offenbar«, sagte er. »Sie schließen sich in Ihrer Kabine ein, damit es nicht noch einmal vorkommt.«

»Das ist aber doch ein wenig unverschämt!« sagte sie. »Ich habe also den lieben langen Tag nichts Besseres zu tun, als diese kleine Dummheit zu bereuen. Und nur, weil es um Sie ging? Deshalb soll ich mich Tag und Nacht angstvoll verstecken?« Sie lachte. Vielleicht etwas zu laut, aber sie wollte dem Sturm Einhalt gebieten. Sie wollte, daß er ihren Spott hörte. »Für mich gibt es schon noch ein paar Dinge auf der Welt, die wichtiger sind. Zum Beispiel in New York ohne einen lausigen Penny an Land zu gehen. Wenn Sie es gestatten, habe ich außer über Sie schon noch über einiges andere nachzudenken!«

»Ich habe mich noch nie jemandem aufgedrängt«, sagte er sehr entschieden. Fast hätte er es geschrien. Er wandte sich ab, um zu gehen.

»Ach, ihr trostlosen – ihr beschränkten Amerikaner!« schrie sie auf. Sie verlor die Balance. Ihre Hände klammerten sich an die Reling. »Habt ihr – habt ihr denn noch nie etwas von einem Flirt gehört? Einer kleinen Frivolität?« Doch er hatte sie nicht gehört. Und das Meer, auf das er hinausstarrte, hatte es auch nicht gehört, peitschte gegen das erzitternde Schiff, das gleichfalls nichts gehört hatte.

»Hören Sie –«, sagte sie, doch der Kamm, den sie völlig vergessen hatte, entglitt ihren Fingern.

»Nicht! Ich hol' ihn schon!« rief sie, erschreckt durch die Hast, mit der er sich ohne Stock vorbeugte, um den Kamm aufzuheben. »Sie werden stürzen!«

Er stürzte nicht, doch es war schon zu spät. Ihre Hände berührten einander, und schon war es um sie geschehen. Das Deck bäumte sich unter ihnen. Sie mußten sich aneinander festhalten. Sein Stock rollte auf dem Boden.

»Nur ein bißchen Frivolität?« bat sie in seine von der Gischt durchnäßte Jacke. »Nur eine kleine Romanze an Bord dieses Schiffs …«

»Es tut mir leid«, murmelte er über ihr. Sie wußte nicht, warum.

Dummerweise ertappte sie sich dabei, in seine Jacke zu weinen. Und dann brachen alle Deiche. Jetzt auf einmal konnte sie alles sagen. »Wie heißt du denn?« Sie weinte so wunderbar gelöst. Sie war frei.

»Mein Name?« hörte sie ihn verwundert fragen.

»Ich weiß nicht einmal, wie ich dich nennen soll ... Dein Vorname.«

»Ich heiße Michael«, sagte er.

»Michael!« gab sie zurück. »Und ich habe die ganze Passagierliste durchgesehen. Diese blöde Liste. Alles, was ich fand, war ›Mr. Lawton‹.«

»Und Sie heißen Ceil«, sagte er. Der tiefe Atemzug, den er tat, ließ ihr Gesicht noch tiefer in seiner Jacke verbergen.

»Wir sollten hier nicht so herumstehen«, sagte er.

»Nein«, entgegnete sie.

Und doch blieben sie dort, Sprühwasser rings um sie, und schwangen durch die Nacht – lange, lange Zeit.

5

Leon machte der Sturm keine besonderen Schwierigkeiten. Er fühlte sich bloß ein wenig wirr im Kopf. Es war, als ginge man durch einen leichten Chloroformdunst. In einer beinahe angenehmen Leere verbrachte er den Tag mit Lenore plaudernd und scherzend. Er war völlig zufrieden, auf greifbare Dinge beschränkt zu sein: Lenores schmale, wie mit feinem Rauhleder überzogene Schultern, die so gern beim Lachen zuckten; ihre Arme, die er stützte, wenn das Schiff unter ihnen plötzlich absank; das Seil, das der Steward als Halt bei schwerem Seegang gespannt hatte und das sie manchmal eigenwillig zwischen sich und ihn legen wollte. Auch als das Tageslicht schwand, war sie immer noch munter. Sie unterhielten sich, und er war mehr als genügend beschäftigt.

Nach dem Dinner wurde sein wirrer Kopf schläfrig. Als er erwachte, zeigte seine Uhr, daß er zu dem vereinbarten Treffen zu spät kommen würde. Rasch zog er sich an. Er und Lenore waren übereingekommen, bei dem »Cordial Go« des Kapitäns vorbeizuschauen, einer auf Kreuzfahrten beliebten, besonders eleganten Form der Cocktail-Party.

Draußen auf dem Gang bemerkte er, daß sich alles geändert hatte. Das Schiff bockte immer noch, doch nun mit einer heimtückischen, nächtlichen Erregtheit. In der Haupthalle, dem Ort ihres Rendezvous, sah er eben noch ein schwarzes, tief ausgeschnittenes Abendkleid, das sich rasch entfernte. Es war Lenore. Er rief ihr nach.

»Ich dachte schon, Sie hätten es sich überlegt«, sagte sie ohne stehenzubleiben.

Er mußte neben ihr hertrotten, während er ihr sein Schläfchen erklärte.

»Ach, ich denke, jetzt haben Sie mich schon lange genug herumgeschleppt.« Immer noch ging sie weiter.

»Jetzt bleiben Sie bitte endlich stehen!« Er legte seine Hände um sie.

Sie hielt an und ließ sich in Richtung zur Kapitänskajüte herumdrehen. Plötzlich begann sie, laut zu lachen. Ihre Hand in spitzendünnem Handschuh fiel auf sein Handgelenk.

»Es tut mir leid«, sagte sie, »aber ich hatte so eine komische Vision. Wissen Sie, was ich sah? Ganz Omaha sah mir zu, wie ich auf einen Jungen wartete, der halb so alt ist wie ich. All diese ehrwürdigen Professorengattinnen, die vor Schreck ihr Coca-Cola fallen ließen.« Sie lachte. »Man könnte bis zum Jüngsten Tag auf die einreden und würde sie doch nicht davon überzeugen, daß das« – dabei wies sie auf Leon und sich selbst – »aus europäischer Sicht nicht im geringsten seltsam oder anstößig ist! Es ist sehr unschuldig und normal und ein wenig alltäglich! In Omaha aber wäre es der schrecklichste Skandal. Selbst Hugh, und das ist immerhin ein Mann, den ich liebe, ich werde ihn im kommenden Herbst heiraten – übrigens, hab' ich Ihnen gesagt, daß ich das vorhabe?«

Noch nie vorher hatte sie den Namen Hugh erwähnt. Doch jetzt, auf dem Gang und unterwegs zum Kapitän, beschrieb sie, wie nett Hugh war, ein Mann Anfang fünfzig, ein begeisterter Sportler, außerordentlich fit, mit einem echten Sinn für Humor, ein richtig lieber Kerl, Rechtsbeistand der Universität, kurz, der einzige Mann in der ganzen Stadt, dessen Horizont über den Preis von Mais und die Schwierigkeiten des Baus von billigen Turnsälen hinausging.

»Aber selbst Hugh – er wird nie verstehen, warum ich überhaupt diese Reise mache. Für ihn ist Europa nur ein mottenzerfressener alter Kontinent, etwas unsittlich, der die Welt immer in Schwierigkeiten bringt –«

Inzwischen standen sie schon vor dem Kapitänsquartier. Die Ordonnanz kam völlig verzweifelt heraus. Schon dreimal hatte er versucht, Leon anzurufen. Entgegen allen Erwartungen hatte sich die schwere Dünung nicht gelegt, und so mußte der Kapitän den »Cordial Go« einstweilen verschieben.

»Guter Gott«, sagte Leon, »ich muß wohl diese drei Anrufe völlig verschlafen haben.«

»Und da stehle ich Ihnen jetzt auch noch den Schlaf der Gerechten; als hätten Sie den ganzen Tag über nicht ohnedies schon schwer genug daran gearbeitet, die Frau Professor bei Laune zu halten.«

»Oh nein«, sagte er. Wieder begann er, sich sehr wirr zu fühlen, aber auch seltsam verlegen, weit mehr, als sich durch den kleinen Zwischenfall mit der abgesagten Party erklären ließ. Unvermittelt schien ihm alles ein wenig übertrieben. Sie waren viel zu elegant angezogen. Ihr Satin-Abendkleid war so schwer und eng, daß sie dauernd gegen ihn taumelte; sein Stecktuch sah viel zu weit aus seiner Brusttasche hervor. Sie waren beide festlich gekleidet und hatten doch nichts Besseres zu tun, als auf einem verlassenen Schiff herumzuwandern.

Unter ihnen ächzte, knarrte und zuckte der Boden der Lounge, als wollte er bersten. Ihr Tag war so einfach gewesen. Doch nun in der Nacht schien alles ins Übermaß deformiert: ihre Kleidung, ihr Ärger über seine kleine Unpünktlichkeit, ihr atemloses Sprechen. Erst vor wenigen Stunden war ihr Scherzen so bequem und natürlich gewesen. Und jetzt ... Die Beleuchtung der Lounge wurde auf eine niedrigere Stufe gestellt. Er machte einen Witz darüber, daß der Kapitän vielleicht betrunken sei, doch mitten im Satz schien ihm sein Humor mühselig wie Schwerarbeit. Er stolperte über ihre Slipper, als das Schiff wieder einmal plötzlich wegtauchte. In stillschweigendem Einverständnis übersahen sie das Ungeschick und vermieden alle

Entschuldigungen. Statt dessen erzählte sie, wie endlos die feierlichen Dinners ihres Dekans waren, wie gut Hugh mit Hunden umgehen konnte, wie närrisch begeistert Hugh von Baseball war, daß ein Dean's Dinner, wenigstens für einen Menschen mit Sinn für Humor, absolut tödlich sei und wie wunderbar Hugh mit pompösen Ex-Studenten umzugehen verstand.

»Jetzt ist es aber Zeit für einen Drink«, meinte Leon souverän, als sie an der Bar vorbeikamen.

Aber während er noch die Worte aussprach, wußte er, daß auch das ein Fehler gewesen war. Die Bar war eine einzige Katastrophe. Sie war nicht nur verlassen, wie all die anderen Räumlichkeiten auch, sondern tatsächlich makaber. Inmitten der Schatten saß die Dame mit dem Hut und spielte Schach mit einem Herrn in mittlerem Alter.

»Guter Gott, nein«, sagte Lenore und zog ihn zu ihrer Kabine. »Nein, heute brauche ich meinen Schönheitsschlaf. Zu wenig Schönheit, zu viel Palaver – die Tragödie meiner Europareise.« Wieder lachte sie dieses etwas schiefe Lachen, das er bis zu diesem Abend nicht an ihr gekannt hatte. »All die ›Aufklärung‹, die ich in den letzten Wochen über mich ergehen lassen mußte! Mir kommt es vor, als wäre ich bei jedem Professorenkollegiumsforum, jedem Questoren-Lunch, jeder akademischen Tagung auf dem ganzen, weiten europäischen Kontinent gewesen. Ich muß wohl mit jedem einzelnen Europäer über fünfundsiebzig über Adolf Hitler gesprochen haben – wie etwa diesem Herrn da drinnen! Wo zum Kuckuck halten sie ihre jungen Menschen versteckt? Zu denen kann man einfach nicht vordringen. Ich habe das Gefühl, man hält sie in Bankschließfächern, und wenn sie dann hübsch, stark und saftig herangewachsen sind, wird rasch ein Krieg veranstaltet und man erschießt sie ... Verzeihen Sie, mein Fehler, Leon. In Amerika, zum Beispiel, würde ein Mann wie Hugh alles für die jungen Leute tun. Aber in Europa – so sagen Sie doch schon endlich nein, Leon! Verteidigen Sei Ihre Alte Welt! Widersprechen Sie mir!«

Aber schon das bloße Sich-auf-den-Beinen-Halten nahm ihn völlig in Beschlag. So verwirrt und übernächtig fühlte er sich. Sie sprach immer weiter. Er brachte sie zur ihrer Kabine, deren Tür nicht versperrt war. Ein zartes, grünes Nachthemdchen war dort auf dem Bett vorbereitet, das sich im schwachen Luftstrom des Ventilators leise bewegte. Ein sinnlich dunkelrosa Duft drang ihm entgegen. Er hielt sich an der Türklinke fest.

»So ist's recht. Nur ja keinen Widerspruch«, sagte sie. »Machen Sie die Frau Professor nicht böse. Heut möchte ich endlich einmal gut schlafen. In letzter Zeit habe ich gar nicht gut geschlafen. Das Meer ist schon neurotisch genug!« Wieder lachte sie dieses merkwürdige schiefe Lachen. »Sie waren einfach wundervoll! Genau die sympathische, ruhige Gesellschaft, die ich mir gewünscht habe.« Sie klopfte ihm auf die Schulter, und in ihren sanften Schlägen lag die gleiche flatternde Unruhe wie in ihrem Lachen. »Also sagen Sie Mutter Lenore schön ruhig gute Nacht. Ach! Eines wollte ich Sie noch bitten. Drehen Sie doch den Ventilator für mich ab. Können Sie das tun?«

Er betrat die halbdunkle Kabine, doch nicht einmal das brachte er fertig. Der Schalter ließ sich nicht bewegen. Mit beiden Händen werkte er vergeblich daran herum. Alles wurde zum Debakel.

»Sehen Sie?« Sie lachte. »Das ist ein Symbol für meine ganze Reise – dieser Ventilator da. Immer rundherum und kommt doch nirgends hin!«

»Es tut mir leid. Ich bin im Augenblick nicht sehr gut drauf«, erklärte er.

»Na dann raus mit Ihnen. Schlafen Sie den Schlaf der Gerechten und der Jungen!«

»Ich werde den Steward wegen des Ventilators verständigen«, sagte er und wünschte ihr eine gute Nacht. Er war sich selbst zuwider.

Der Steward wurde aber nie gerufen. Draußen traf Leon auf die Metunia-Gruppe, die den Korridor langkam. Metunia murmelte etwas wie »Hi, Abgesandter«; Billy ging mit eingehakten Armen zwischen den beiden Männern. Sie sah blaß aus, war vielleicht seekrank, aber – und das war für sie typisch – sie hatte ein Paar schwarzer Handschuhe im Mund. Sie verbeugte sich rasch ein wenig zu Leon hin. Das konnte alles bedeuten, bedeutete aber wahrscheinlich gar nichts. Sie war wunderschön.

Dann machte Raoul eine kleine Bewegung. Es war wie ein winziges Winken, bei dem sich seine Hand nur ein wenig im Handgelenk nach oben hob. Der Arm selbst bewegte sich nicht: ein unbedeutendes, unbewußtes Winken, das in eine Geste überging, mit deren Hilfe Raoul sich an der Wand abstützte. Ein Winken, das entließ, noch im gleichen Augenblick, wo man grüßte, vergessen. Es sprach für die ganze Metunia-Gruppe und sagte, Leon sei ein ganz angenehmer Mitläufer gewesen, aber das sei nun vorbei, und würde er ihnen bitte Platz machen?

Leon rührte sich nicht. Einen Moment lang bot er Billy und Mr. Metunia Gelegenheit, die Unverschämtheit dieses Winkens zurückzunehmen – irgend etwas zu tun. Nichts geschah.

Leon trat zur Seite und grüßte mit dem gleichen Winken. Als geschlossene Phalanx rauschten sie an ihm vorbei. Die Handschuhe baumelten aus Billys kleinem Mund. Dann verschwanden sie um die Ecke.

Leon schwankte den Gang entlang. Aber völlig unerwartet war nun alle Verwirrtheit aus ihm herausgeschlagen. Sein Gesicht vibrierte. Eine harte Vitalität ergoß sich in seinen Körper. Trotz erhitzte seine Lenden. Plötzlich, nach einem langen Tag verwirrter Gefühle, war er bereit. Es gab nichts mehr, hinter dem er schwach zurückgeblieben wäre.

Als er sich jetzt umwandte, konnte die Dünung seinen festen, sicher auftretenden Beinen nichts mehr anhaben. Er klopfte nicht an.

»Mir ist eben etwas eingefallen«, sagte er, als er ihre Türe öffnete.

Sie saß immer noch auf dem Bett, trug immer noch ihr Abendkleid und hatte die rauchdunkle Brille auf, als hätte sie gewartet. Und er, als wisse er, was zu tun sei, griff sich die Halterung des wirbelnden Ventilators und riß sie ab.

»So kann man das Ding auch zur Ruhe bringen«, sagte er.

Der Ventilator allerdings kam keineswegs zur Ruhe. Er hing jetzt an einem losen Kabel und kurvte immer noch summend durch die Kabine wie ein irrsinnig gewordener Vogel.

»Leon!« Sie wich erschrocken vor dem verrückten Ding zurück, direkt in seine Arme. Er hob sie auf, als wäre alles nur ein Zufall.

»Ich konnte den Steward nicht finden«, sagte er.

»Leon!« keuchte sie. Er konnte ihre roten Nägel fühlen. »Bei diesem Wetter bin ich ein schrecklicher Feigling. Haben Sie das geahnt? Bei so einem Sturm halte ich es allein einfach nicht aus. Ich muß mit jemand sprechen –«

Der wildgewordene Ventilator kam auf sie zu. Sie schmiegte sich an Leon. Einen Augenblick zögerten sie. Dann aber begegneten ihre Lippen einander. Ihre Münder wurden eins. Ihre Zunge flackerte in seinem Blut. Und sein ganzer Kopf wurde zurückgerissen. Sie hatte ihn am Haar gepackt und von sich fort gezogen.

»Nein!« Und dann scharf: »So war es nicht gemeint!«

Doch weil das Schiff eben wieder in ein Wellental absank, fiel sie ihm entgegen, und ihre duftenden Arme hielten ihn umklammert. Würde er bitte nicht alles kaputtmachen, hauchte sie. Ihr einfach nur einen Gutenachtkuß geben? Und so küßte er sie, während sie seine Hände niederhielt, sprach, Mund an Mund, fiebrig, erwartungsvoll, streng, bitte, und seine Ungeduld erhob sich, die reife Bitterkeit in ihm wurde hart. Er wollte sie haben, diese hübsche Blauhaarige da. Sie sollte seine erste Frau werden. Aber es kam nicht so, wie er es sich erträumt hatte. Dies würde nicht die augenblickliche Offenheit, die nackte Explosion, nicht der Tanz flammenden Fleisches sein. Diese Begegnung war von einer uralten, langsam glosenden List – das erkannte er jetzt, ein dunkler Schwindel, eine sündige Etikette. Ah, wie ihn ihre Verschlagenheit reizte, wie sie seine Schenkel erregte! Er würde ihrer Herr werden, wie er auch mit Raouls verächtlichem Winken fertig werden würde.

Und so lauschte er ihr, die mit ihrem nahen, weinduftenden, wilden Mund an ihm hing. Sie sagte, sie habe in ganz Europa bisher niemanden kennengelernt, mit dem ihr ein echter Kontakt möglich gewesen wäre. Deshalb sei sie so glücklich, ihn gefunden zu haben, einen Menschen von unvoreingenommenem Verstand. Könnte er nicht bitte die Dinge lassen, wie sie jetzt waren, nämlich vollkommen? Konnte sie sich auf ihn verlassen, bitte, bitte? Und er hauchte ein Ja in ihren Nacken; ja, auch er wollte nur mit ihr sprechen, doch seine trügerischen Lippen schmuggelten einen Kuß zwischen ihre ebenso trügerisch keuchenden Schultern. So scheinbar zufällig, als ihm dies gelingen wollte, nahm er wieder ihren Mund gefangen, jagte und fing ihn, koste ihn werbend, bis er sich wieder öffnete. Sie gab seine Arme frei; seine Hand fand ihre seidene Brust, wurde fortgestoßen, gehorchte und nahm dann ganz zart die Knöpfe an der Seite ihres Kleides in Angriff. Dann zwang sie ihn, von ihrem Mund zu lassen, um zu sagen, daß sie sich schon so lange auf Europa gefreut habe, daß diese Reise sie ihr freies Studienjahr und einen Großteil ihrer Ersparnisse gekostet habe und daß sie diese Reise bis heute für den schrecklichsten Fehler ihres Lebens gehalten hatte – bis er, Leon, in ihr Leben getreten sei. Er, seinerseits, murmelte, der Etikette gemäß, sie sei die erste und einzige Amerikanerin, die ihm nicht Angst vor Amerika machte – ja, das war sie –, er konnte es selbst noch kaum glauben.

Und dann fiel der Satin zu Boden, erstaunlich, daß sich nur dieser eine Knopf gegen die geheimnisvolle Fiebrigkeit seiner Finger gewehrt hatte. Da wurde sie zum wollüstigen Flamingo, dem irgendein Zauber blaugetöntes Haar aufgesetzt hatte und Lenores dunkle Brille. Rosa und grün leuchteten die Nähte ihres Petticoats, goldenrosa blitzten ihre Stöckelschuhe aus der Seide hervor; züngelten aufwärts über das wohlgeformte blendende Weiß, das nichts mit dem gemein hatte, was ihre Shorts am Nachmittag bedeckt hatten.

Es lag wohl am Auseinanderflattern ihrer Schenkel, mit dem sie sich Halt geben wollte, am Schlankwerden und Einziehen ihres seidig verhüllten Bäuchleins unter seinem bewundernden Blick, daß er es einfach nicht mehr aushielt. Seine Zunge begann mit der ihren zu ringen. Er langte tief, tief hinunter in ihre Glut, um dort doch noch das offene Geheimnis zu finden. Doch das wurde durch einen festen Ruck ihrerseits vereitelt. »Hör einmal!« Wieder hatte sie ihn an den Haaren zurückgerissen. »Jetzt hör bitte einmal gut zu!« Sie habe ihn sehr gerne, flüsterte ihr wilder Mund, sehr, sehr gern. Sie hoffte, ach sie hoffte so sehr, daß auch er sie gut leiden mochte. Deshalb sei es so wichtig, das nicht zu zerstören, was zwischen ihnen bereits bestand, nämlich ein echtes gegenseitiges Verständnis, etwas, das man nicht banalisieren dürfe; das man keinesfalls für einen Augenblick der Lust wegwerfen sollte. Und deshalb würde er doch bereit sein aufzuhören, nicht? Oh, bitte, er war doch so ein lieber Kerl, würde er nicht aufhören?

Ihre Lippen, ihr ganzer Körper, waren eine einzige Bitte an ihn. Seine Lippen stimmten zu. Sie besiegelten ihr Einverständnis mit einem Kuß, für eine lange, ineinander verschlungene Minute lang, und dann flüsterte er an ihrem Hals, sie müsse ihm etwas Zeit lassen – Zeit, um genußvoll langsam zu werden. Und, wie sie so in dem kleinen Seidenteich ihres Kleides dastand, fand sie das sehr süß. Im Grunde, flüsterte sie in sein Ohr, im Grunde sei dies ein bezauberndes Kompliment. Das wäre für sie das schönste Souvenir, etwas, das sie wohl nicht würde vergessen können. Sie sprach weiter, und es spielte eigentlich keine Rolle mehr, was sie sagte, denn längst war ihre Hand herabgeglitten, zunächst als suche sie nach besserem Halt in diesem Sturm. Dann aber berührte sie ihn, sprach ganz schnell, berührte ihn mit unglaublicher Unmittelbarkeit, um ihn auf eine bisher noch unerlebte Weise zu streicheln. Er war sehr süß; ihre Worte glosten und bissen tief an seinem Ohr; sie war so glücklich, daß er nach Amerika kam; das war just, was das Land brauchte: junge, lebensfrohe Einwanderer, um all das Alte, den stagnierenden Reichtum auszugleichen. Es bedurfte einer Kraft, die sich dem überalterten Puritanertum entgegenstellt, denn Leon war doch sicher kein Puritaner? Er war nicht hygienebesessen, er war ein echter Europäer, oh, dessen war sie sich ganz sicher, sie spürte so etwas ... Und er zischte Ja! in ihre parfümierte Haut, er bestätigte sie oben mit seiner Stimme und unten mit seinem Fleisch. Er erging sich jetzt genüßlich in der Etikette, die sie von ihm forderte. Er wünschte auf obszöne Weise, daß alle Metunias ihn jetzt sehen könnten. Sie sollten nur sehen, wie das Greenhorn, das sie aus dem Weg gewinkt zu haben glaubten, jetzt so hinterlistig in den Dingen dieser Welt triumphierte. Ja, sie hielt ihn ganz in ihrer Hand, und, ja, hauchte sie, im ersten Augenblick, als sie ihn erblickte, hätte sie gewußt, er sei anders, nicht wie in Amerika, wo Männer und Frauen einander immerzu zu erobern hatten. Sie vertraute auf ihn, ihre Beziehung nicht zu einer billigen Episode zu machen. Und so brachte er sie dazu, ihm noch ein wenig mehr zu vertrauen; und seine Hand wurde der Vertraute ihrer innersten Spitzen, und, obschon halb wild, zog sie nur und zerriß nichts. Er sagte sogar, selbst als sie sich schon auf das vom Ventilator bedrohte, schmale Bett gelegt hatten: »Pardon – hab' ich dir weh getan?«, als ihr Arm sich unter seiner Schulter verklemmte, und sie schrie »Leon!« Und in dem Schrei lag tiefe Dankbarkeit.

Und erst dann, als sie bereits miteinander vereinigt waren, wollte er frei sein. Ihre Worte erstarben. Ihre Schenkel pulsierten um ihn. Er schrie. Ein letztes Mal warf er sich in das enthemmte Mysterium; riß ihr die dunkle Brille herunter, die gegen ihre Nase gepreßt war. Sie aber warf mit rascher Geste den Ellbogen über ihr Gesicht, und er sah nichts als weit geöffnete, blinkende Zähne, zwischen denen dünn ein Wimmern aufstieg. Er wollte gegen diesen Ellbogen ankämpfen, doch sie hatte ihn mit ihrem Streicheln bereits so weit gebracht – er ritt, hoch, oh, so hoch – und versank dann in irgendeinem namenlosen Schwanken des Schiffs.

Die Kabine gerann wieder zu Wirklichkeit. Allmählich nahm sie um ihn herum wieder feste Formen an. Auch der Ventilator kehrte zurück, zischend, niederstoßend, glitzernd aufleuchtend. Er ließ die Vorhänge vor den Bullaugen erschaudern. Die Kleider auf dem Boden der Kabine vermochte er nicht zu bewegen. Das Satinkleid war wohl zum Teil umgestülpt, lag aber ruhig und luxuriös da. Mit zarten Schleifchen besetzt, erstreckte sich ihr Unterrock. Eine winzige Perle blinkte an einem Strumpfband. Das alles war nun nicht mehr Geheimnis, sondern reine und entzückende Wirklichkeit. Und neben ihm lag Lenore, nackt, und rauchte mit den ruhigen Bewegungen einer perfekt gekleideten Dame. Ihr erhobener Arm gab den Blick auf eine sauber rasierte Achselhöhle frei. Die eine Brust war, gestützt auf die Bettdecke, in jugendlicher Form gehoben. Die dunkle Brille ruhten auf dem Polster. Ihre Augen, nun zwar ungeschützt, doch gesammelt und halb geschlossen, schienen auf das eben Erlebte zurückzublicken wie auf ein wunderbares abstraktes Gemälde, das er und sie gemeinsam gemalt hatten und das nun ästhetischer Betrachtung bedurfte.

»Du Lieber ...« Ein Flüstern. »Möchtest du nicht, daß wir das Bullauge öffnen?«

Eigentlich verbot es die Etikette, und doch fragte er: »Ich dachte, der Sturm mache dir zu schaffen?«

»Nein.« Sie seufzte gegen seine Haut und atmete aus. »Ich liebe den Klang dieser Wellen ...«

»Dann habe ich dich wohl falsch verstanden.« Er lächelte.

»Hör doch nur! Scht ... Sind sie nicht großartig?«

Die Wellen schlugen und lärmten gegen den Rumpf des Schiffes. Er nickte. Er nahm einen Zug von ihrer Zigarette. Und dann, weil es der Lauf der Welt so verlangt, war es an der Zeit, sie wieder zu küssen.

Sieben

1

Am 13. Mai, also am Morgen des siebenten Tages auf hoher See, gab es blauen Himmel, und die *Syngdam* wurde wieder ruhig. Gegen zehn Uhr zog sie bereits wieder ihre Bahn. Man konnte, die Hände in den Hosentaschen, an Deck ungehindert eine gerade Linie entlanggehen. Und tatsächlich taten das auch eine Reihe von Passagieren einfach spaßeshalber. Der Chief Purser, der gerne jedermann wissen ließ, daß der Aufruhr des Nordatlantik ihn langweile, und der, sobald das Schiff sich der Küste der Vereinigten Staaten auf zwei Tagereisen genähert hatte, nur mehr amerikanisches Englisch sprach, stellte fest: »Well, as Bermuda lows go, that one was a bum«, also etwa: »Was Bermuda-Tiefdruckzonen anlangt, war diese eher kümmerlich.«

Diese Bemerkung wurde mit noch weit geringerer Begeisterung aufgenommen als seine Voraussagen zu Beginn der Schlechtwetterperiode. Den Sturm schlichtweg als »BUM« zu bezeichnen, verniedlichte das Verdienst seiner »Überlebenden«. Immerhin hatte der Sturm vielen die Verdauung ruiniert, ihre Nerven blank gelegt und dunkle Ringe unter ihre Augen gemalt. Der Sturm hatte mit jedem sein persönliches Duell ausgefochten, und alle waren sie stolz, sich in diesem Kampf so gut gehalten zu haben. Den Passagieren erschien die nun ruhige See als Zeichen der Erschöpfung nach einem Übermaß vergeblicher Bösartigkeit. Sonnenschein erwies nun vierhundertundzwölf einzelnen Tapferen die Reverenz. Den Sturm auf eine nebensächliche Auswirkung einer Druckdifferenz zu reduzieren, war einfach taktlos. Es zeigte auch, daß der Chief Purser kein guter Beobachter war. In der Vorstellung der Passagiere wurde die Ungewöhnlichkeit des Sturmes durch die ebenso ungewöhnlichen Dinge bestätigt, die am Morgen danach geschahen.

Es fing damit an, daß sich noch vor dem Lunch auf allen Decks ein Gerücht verbreitete. Man raunte, ein Mann sei in der Dunkelheit über Bord gegangen. Genauer gesagt: Bei dem Opfer handle es sich angeblich um den bärtigen Geistlichen, den einige als Reverend Kleinoff kannten. Tatsächlich war der gute Reverend nirgends zu sehen. Jemand – es war nie mehr festzustellen wer – behauptete, gesehen zu haben, wie im stürmischen Dunkel der Nacht ein Boot zu Wasser gelassen worden sei, um nach dem Vermißten zu suchen.

Die Schiffsoffiziere wurden mit Fragen bestürmt, doch sie zuckten nur mit den Achseln. Der Kapitän war überhaupt nicht zu sprechen, nicht einmal für die Ehrengäste an seinem Tisch. Aber während des Lunch nagelte ein Mann mit schwarzer Kappe eine Mitteilung an das Schwarze Brett: »In Beantwortung zahlreicher Anfragen beehrt sich der Kapitän bekanntzugeben«, stand da in eleganter Frakturschrift, »daß alle Passagiere und die Mannschaft vollzählig an Bord sind. Auch das Teleskop des Kapitäns wird nicht vermißt.«

Dieser letzte Satz wurde viel besprochen. Aber er wurde schon bald durch eine weitere Sensation in den Schatten gestellt. Ein gewisser Dr. Kuno Wachtmann, ehemals oberster Notar der Stadt Bonn, pflegte stets nach dem Mittagsmahl auf dem Hauptdeck einen Verdauungsspaziergang zu unternehmen, der stets dreimal die Länge von sieben Rettungsboten hatte. Um zwei Uhr fünfzehn, knapp vor seiner ersten Runde, entdeckte Dr. Wachtmann das Fehlen eines der Rettungsbote. Um drei Uhr zehn brachte der Mann mit der schwarzen Kappe eine neue Ankündigung auf der Informationstafel an: »Der Chief Purser erlaubt sich, die Passagiere daran zu erinnern, daß für all jene, die an der Welturaufführung des Films ›The Final Image‹ in der Bar heute abend teilzunehmen beabsichtigen, Tischbestellungen erforderlich sind.«

Das war alles gut und schön, war aber nicht dazu angetan, das Rätsel des verschwundenen Rettungsbootes aufzuklären. »Vielleicht ist es nur unten in der Reparaturwerkstätte, um neu abgedichtet zu werden«, sagten die Offiziere immer wieder. Der Kapitän tauchte für einige Minuten auf, als er sich auf dem Übungsfahrrad im Turnsaal versuchte. »Ach ja«, hatte er angeblich gesagt. »Ja, ja, das Boot – das haben wir losgeschickt, um ein deutsches Schlachtschiff zu vertreiben.«

Seine ironische Haltung übertrug sich offensichtlich auf den Geist seiner Mannschaft. Als nämlich ein weiteres Mysterium entdeckt wurde – die während des Sturmes gespannten Seile blieben trotz der spiegelglatten See immer noch an ihrem Platz –, sagte der Purser: »Das ist doch völlig klar. Heute abend findet unsere große Veranstaltung in der Bar statt. Sie werden sicher alle froh sein, sich am Rückweg irgendwo anhalten zu können. Oder etwa nicht?«

Die Emergency herrschte also immer noch. Seit die schwere Dünung sich gelegt hatte, war sie wohl »in den Untergrund« gegangen, doch nicht völlig, und man konnte auch nicht wissen, für wie lange. Ihre Tentakel ringelten sich immer noch unter den Füßen. Sie kitzelten die Sohlen der Passagiere der *Syngdam* auf eine nicht unangenehme Weise. Das Gefühl war bedrohlich, aber vertraut: Man hatte es schon einmal überwunden. Unter der Führung von Kapitän Deerling blieb man wachsam und hielt sich Angst und Sorge mit tapferen kleinen Scherzen vom Leibe. Ein gewisser Elan beseelte das Schiff, zeigte sich wohl am besten am roten Teppich, den die Stewards in der Bar unmittelbar unter den gespannten Sicherungsseilen entrollten. Heute abend hatte die *Syngdam* dem Weltkrieg eine Weltpremiere entgegenzusetzen. Sturmseil und roter Teppich: ein glänzender Kontrast. Überhaupt war diese Reise in vielerlei Hinsicht denkwürdig, und manchen Reisenden erschien sie bereits wie eine anekdotenhafte Trophäe, ausgestopft, beschriftet und bewundert, ehe die Beute noch erlegt war.

Inzwischen glitt die *Syngdam* friedlich dahin. Auf dem einundfünfzigsten Längengrad und etwa fünfhundert Meilen von Grönland entfernt, ging es weiter ins Unbekannte.

2

Herr Meyerhaas hatte ein merkwürdiges Gefühl im Magen. Dennoch war er im großen und ganzen bereits um zehn Uhr mit der vergangenen Nacht fertig geworden. Jedenfalls hatte er ihre äußeren Wirkungen erfolgreich neutralisiert. Die Standpauke, die er dem Barmann gehalten hatte, ließ nichts zu wünschen übrig (natürlich hatte er das in einer stillen Ecke der Bar besorgt, um Frau Schwabauch nicht zu wecken). Leute gegen ihren Willen in der Bar einzusperren, sei nicht nur nachlässig, sondern sogar gemeingefährlich. Herr Meyerhaas sagte schließlich ganz deutlich, Mr. Suki könne sich glücklich schätzen, daß er die Sache nicht den zuständigen Stellen gemeldet hatte. So konnte er auch sicher sein, daß der Mann nichts ausplaudern würde. Und die nächtliche Peinlichkeit löste sich in ein schuldbewußtes Erröten Mr. Sukis und den Entwurf einer neuen Visitenkarte auf.

Anschließend begab sich Herr Meyerhaas in seine Kabine, wo er seinen verschlafenen Sohn Kurt streng ermahnte, heute nicht so herumzuschreien. Ein Mensch, der eine Nacht zur Behandlung seiner Seekrankheit im Spital verbracht hatte, hatte wohl auch ein Recht auf entsprechende Rücksichtnahme. (Man beachte, daß Herr Meyerhaas keineswegs behauptet hatte, dieser hypothetische Mensch zu sein.) Dann – er wußte nicht recht, warum – verzichtete er auf sein gewohntes Wannenbad und brauste sich statt dessen zum ersten Mal in seinem Leben. Er kontrollierte das Trocknen seiner am Morgen entwickelten Negative; bagatellisierte Kurt gegenüber das Gerücht über den von Bord gesprungenen Mann; schlug vor, der Junge möge sich lieber seinem Englischstudium widmen, als müßigen Spekulationen nachzuhängen; zog ein neues Hemd an, und dazu einen sehr grauen Anzug und eine betont konservative Krawatte, und ging schnurstracks zurück in die Höhle des Löwen. In der Bar saß er dann mit übereinandergeschlagenen Beinen und nahm gemeinsam mit Frau Schwabauch ein spätes Frühstück zu sich. Der Sturm hatte sich gelegt. Sonnenschein flutete durch die Bullaugen herein. Und durch die offene Tür konnte Herr Meyerhaas Liese überwachen, die in der Lounge mit Mr. Bell ein Kreuzworträtsel löste.

Immer noch aber hatte er dieses flaue Gefühl im Magen. Natürlich, er hatte in der vergangenen Nacht kaum geschlafen. Aber es war mehr als das. Ein Stückchen dieser Nacht gloste noch irgendwo. Vielleicht hatte er nicht nur, um Zeit zu sparen, die Dusche dem Bad vorgezogen, sondern auch, um der Lebenskraft und Energie teilhaftig zu werden, die diese amerikanische Einrichtung angeblich verlieh. Um es auf den Punkt zu bringen: Irgendeine schwierige Angelegenheit war noch nicht geregelt.

Herr Meyerhaas beneidete Frau Schwabauch, die eben neben ihm ein Ei schälte. Sie hielt zwar ihren Kopf in diesem koketten Winkel geneigt, der ihr neues Selbstbewußtsein ausdrücken sollte, schien aber sonst durch das Geschehene völlig unberührt. Frau Schwabauch war die erste Frau, mit der Herr Meyerhaas, ohne mit ihr verheiratet zu sein, eine Nacht verbracht hatte. Diese Frau Schwabauch, von der er so viel wußte, das er eigentlich gar nicht hätte wissen dürfen: Wie sie jedesmal, wenn sie im Schlaf ihre Lage im Sessel veränderte, sanft und faul seufzte; die so oft in ein schwaches, jungfräuliches Schnarchen verfiel, wobei ihre rundlichen Schultern leise zitterten; welch feiner Flaum die Unterseite ihres schlaftrunkenen Kinns bedeckte, und deren fahrlässiger Rock mehr als einmal ein goldenes, seidenbestrumpftes Knie sehen ließ, das im Dunkel der Bar aufleuchtete. Vor dieser Nacht war Frau Schwabauch ihm im Halbdunkel der Bar wie ein Elementarwesen erschienen: ein Phänomen wie der Sturm, unerbittlich in ihren rosigmächtigen Bewegungen, unschuldig, jedoch die Unschuld korrumpierend, unzulässig und doch unleugbar. So wie der Sturm hatte sie im Herzen von Herrn Meyerhaas Furcht mit Faszination durchsetzt. Doch nun war der Sturm vorüber, Frau Schwabauch aber blieb.

Ganz und gar lebendig. Frau Schwabauch wollte wissen, ob Herr Meyerhaas seine Eier immer so aß, und er antwortete, daß der Maître d'Hôtel der Vier Jahreszeiten in München – jenes Hotels, das Herr Meyerhaas häufig besuchte, weil es für ihn günstig lag, und durchaus nicht wegen seines dummen snobistischen Flairs – also, daß der Maître d'Hôtel immer schon gesagt hatte, ehe man es nicht in Rührei verwandelt habe, sei ein Ei nichts anderes als eine überdimensionale Zelle. Darüber mußte Frau Schwabauch so lachen, daß der Flaum unter ihrem Kinn wieder aufleuchtete. Doch Herr Meyerhaas wollte sich nicht mit reiner Konversation begnügen, die er noch gestern als durchaus angenehm empfunden hätte. Er machte sich an seinem Rührei zu schaffen. Das Brausebad hatte ihm nicht geholfen. Er war sich selbst ein Rätsel.

Doch als hätte er seine Schwäche geahnt, erschien nun plötzlich wieder der Hollywood-Prolet vom vergangenen Abend. Diesmal stolzierte er mit einem riesigen Tablett voll verschiedenster Blumen daher. Ganz ungeniert steckte er Frau Schwabauch eine Tulpe ins Haar.

»Die da paßt«, sagte der Prolet. »Guten Morgen.«

Herr Meyerhaas entzog sich der Erwiderung des Grußes durch übereifriges Buttern seines Toasts.

»Ah?« machte Frau Schwabauch, geschmückt und angenehm überrascht.

»Nun, welche dieser Blüten wünschen Sie sich für heute abend?« fragte der Prolet. »Nelken, wie gewöhnlich? Gladiolen sind jetzt besonders schön?« Er hob jeden Strauß Blumen mit einer leichten Neigung des Kopfes und höchst preziösen Fingerbewegungen – ganz wie ein fetter, kleiner, italienischer Blumenverkäufer. »Was immer Sie auch wählen, Sie bekommen bei der Premiere einen ganzen Tisch voll – und all die anderen Damen bekommen je eine Blüte – hurrah?«

»Ach, wie extravagant!« hauchte Frau Schwabauch, und obwohl sich Herr Meyerhaas innig wünschte, daß sie es nicht tun würde, lächelte sie.

»Blumen für die Schönheit«, sagte der Prolet.

»Ach, die Veilchen sind so süß«, flüsterte Frau Schwabauch.

»Sie werden einen ganzen See voll davon bekommen!« versprach der Filmprolet.

»Danke schön«, erwiderte Frau Schwabauch, »aber machen Sie sich da nicht viel zuviel Mühe, ich meine: mit der Filmvorführung in der Bar?«

»In der Bar«, sagte der Film-Prolet nun auf deutsch. »Richtig, genau mitten in der Bar. Bleiben Sie nur auf ihrem angestammten Ort, in der Bar.«

»Wollen Sie sich nicht auf einen Bissen zu uns setzen?« fragte Frau Schwabauch, eine Einladung, die Herr Meyerhaas gar nicht billigte.

»Ich beiße niemals vor dem Nachmittag«, sagte der Prolet. »Nur Flüssigkeiten, keine feste Nahrung. Ich danke Ihnen vielmals.«

»Aber das ist doch sehr ungesund«, tadelte Frau Schwabauch.

»Das ist die Sache, auf die ich mich versteife«, entgegnete der Prolet traurig. »Nicht so gut wie Ihre Entschlossenheit bezüglich der Bar.«

Frau Schwabauch senkte ihre Stimme: »Als Insider können Sie's mir ja sagen: Welche Film-Aktien haben gute Aussichten?«

»Hurrah«, sagte der Prolet. »Aktien! Was für einen Betrag wollen Sie denn investieren?«

»Etwa fünfzehntausend Dollar«, bekannte Frau Schwabauch.

»Maxie-Monumental«, sagte der Prolet. »Die haben jetzt den einzigen wirklich verrückten Filmmenschen verloren, den sie je hatten. Jetzt sind sie hundert Prozent sicher. Jetzt kann jeder für Monumental ›hinaus in den Regen gehen‹.«

»Das müssen Sie mir einmal aufschreiben.«

Plötzlich wurde der Prolet ganz still. »Sagen Sie mir nachher, wie Ihnen der Film gefallen hat? Ich meine ehrlich. Sagen Sie es mir frei heraus.«

»Natürlich«, sagte Frau Schwabauch, »aber Sie sollten wirklich etwas essen.«

»Einen ganzen See voll Veilchen«, sagte der Filmprolet und ging hinaus.

Frau Schwabauch zog sich die Tulpe aus dem Haar und legte sie neben ihren Hut. Aber gleichgültig, ob mit oder ohne Tulpe, sie war einfach wunderbar. Sie war wunderbar, seit sie fünfzehntausend Dollar hatte. Nicht daß Herr Meyerhaas gierig gewesen wäre. Er war ein anständiger Mensch. Und die Summe, der angenehme Schock dieser Summe, zeigte, daß die vergangene Nacht Sinn und Zweck gehabt hatte. Ein Betrag, der Frau Schwabauch interessant machte und Herrn Meyerhaas' Verhalten rechtfertigte. Und auch die Liederlichkeiten, die zu dem Krieg geführt hatten, die ihn gezwungen hatten, München zu verlassen, und ihn auf ungepflegten Kontinent geworfen haben; die in den dunklen Stunden des Sturmes auch noch sein eigenes Blut in Aufwallung gebracht haben – all das beruhigte sich nun und schien letztlich einem vernünftigen Zweck gedient zu haben. Fünfzehntausend Dollar machten Frau Schwabauch zu einer anständigen Partie. Es war eine erhebende, eine faszinierende Summe; sie ließ verschwommene Erinnerungen an ein unbedecktes Knie aufblitzen; sie glättete den Flaum unter dem Kinn; sie formte die ausufernde Üppigkeit ihrer Brüste und verlieh ihrem gurgelnden Schlaf etwas Lyrisches. Genauer gesagt, die Summe gewährleistete, daß Herrn Meyerhaas' Gefühle sinnvoll gewesen waren. Er hatte mehr als genug Hintergrundwissen und Ideen für Amerika; ihm mangelte es einzig an Kapital. Und jetzt verflochten sich seine Grübeleien über die Dame exakt mit seinem Bedarf nach Geldmitteln. Eine Empfindung ehrte die andere. Sogar der Umstand, daß er nach Idas Ableben so lange unverheiratet geblieben war, schien jetzt einer vorgezeichneten Logik gehorcht zu haben. Schließlich konnte Herrn Meyerhaas' Vorstoß als Begehren anerkannt werden. Und wie so oft meldete sich das Begehren schneller zu Wort, als es dem Begehrenden lieb war.

»Ich hoffe, heute abend geht alles gut für Sie aus«, sagte Herr Meyerhaas.

»Mr. Metunia ist ein merkwürdiger Mensch«, sagte Frau Schwabauch.

»Ja. In so einem – Zustand. Und schon zu so früher Stunde«, sagte Herr Meyerhaas mit einer gewissen Anteilnahme.

»Sie meinen –?«

»Ja, er war leider eindeutig angeheitert«, klärte Herr Meyerhaas sie auf. »Typisch. Ein Jammer. Aber ich hoffe sehr, er wird nicht in noch schlimmerem Zustand sein, wenn Sie heute abend bei ihm sind. Wenn ich Ihnen in irgendeiner Weise zur Seite stehen kann …«

»Wirklich?« sagte Frau Schwabauch.

»… wäre es mir eine besondere Ehre, Sie heute abend zu begleiten.«

»Das wäre nett von Ihnen.« Frau Schwabauch überlegte. »Ich muß mir mein Abendkleid aus der Kabine hierher bringen lassen …«

»Ich freue mich schon darauf!« Langsam wurde Herrn Meyerhaas bewußt, in welch pikante Situation er sich gerade brachte. Doch er fuhr fort: »Es wäre mir ein besonderes Vergnügen, wenn ich Ihnen heute abend meinen Sohn und meine Tochter vorstellen dürfte.«

»Selbstverständlich«, sagte Frau Schwabauch.

»Dann werde ich die entsprechende Reservierung an Ihrem Tisch für uns alle vornehmen.« Herr Meyerhaas war bereits aufgesprungen. »Ich besorge das lieber gleich.«

»Würden Sie bitte bei Mr. Suki ein Rührei für mich bestellen?« rief ihm Frau Schwabauch noch nach.

Herr Meyerhaas bestellte das Ei, wobei er mit der Hand auf die Theke der Bar schlug und im Namen Frau Schwabauchs mit einer Entschiedenheit sprach, die seiner Hoffnung Nachdruck verlieh. Er marschierte wieder aus der Bar hinaus und ging zu einer Ecke der Lounge, in der ein Assistent Purser die Tischbestellungen für die Filmpremiere des Abends entgegennahm. Dort legte er seinem Sohn Kurt, der zufällig vorbeigekommen war, die Hände auf die Schultern.

»Kurt! Laß dir deinen Smoking für heute abend frisch bügeln«, sagte Herr Meyerhaas.

»Ich wollte dich schon fragen«, sagte Kurt. Der Junge errötete ein wenig. Erst jetzt wurde Herrn Meyerhaas klar, daß ihr Zusammentreffen weniger eine glückliche Fügung als vielmehr höchst seltsam war.

»Stellst du dich hier etwa an?« fragte Herr Meyerhaas.

Kurt errötete noch etwas stärker. »Ach, nur um einen Tisch zu bestellen.«

»Ach, sieh mal einer an!« sagte Herrn Meyerhaas, der weder über die Pläne seines Sohnes in Kenntnis gesetzt worden war, noch diese gebilligt hatte. »Interessant. Sehr interessant!«

»Papa, ich hab's einer jungen Dame versprochen«, sagte Kurt verlegen.

»Ja?« sagte Herrn Meyerhaas und nahm die Hände langsam von den Schultern seines Sohnes. »Also, mach schon weiter. Nur los! Erzähl mir die ganze Geschichte.«

»Ach, wir – ich meine, wir haben einfach ausgemacht, wir würden uns den Film ansehen.«

»Ach so?« sagte Herrn Meyerhaas mit grimmiger Freundlichkeit. »Also schon mit sechzehn ein Weiberheld?! Ein richtiges Wunderkind!«

»Miss Metunia geht aber auch schon aus –«

»Ah!« sagte Herr Meyerhaas. Das wurde ja immer besser, »Miss Metunia!«

»Ich gehe ja nicht mit ihr aus, aber sie ist sechzehn und geht mit –«

»Wenn du dich nicht um Miss Metunia, dieses leuchtende Beispiel guter Sitten, bemühst, für wen bestellst du dann den Tisch?«

»Sie heißt Margaret«, bekannte Kurt.

»Und ist sie nicht vielleicht ein wenig älter?« fragte Herr Meyerhaas mit sanfter, aber drohender Hellsichtigkeit. »Und ist sie vielleicht ganz zufällig eine Stewardeß?«

»Ja«, gestand Kurt und errötete noch mehr. Er blickte gerade vor sich, an seinem Vater vorbei. »Sie ist das Mädchen, das du gesehen hast, als ich dich gestern abends in der Bar sah.«

Es kam nun wieder Bewegung in die Schlange. Herr Meyerhaas, der nicht darauf geachtet hatte, stolperte und kam beinahe zu Sturz. Er nahm sich nicht die Mühe nachzusehen, wer ihn von hinten so derb gestoßen hatte. Er nahm die Brille ab, hauchte sie an, um sie dann sorgfältig zu säubern. Mit großer Ruhe sagte er dann: »Und was bedeutet es, daß du mich gesehen hast?«

»Du hast mir doch gesagt«, meinte Kurt und sah immer noch geradeaus, »du hättest die vergangene Nacht im Spital verbracht.

Herr Meyerhaas setzte seine Brille wieder auf. Dann antwortete er: »Ich hätte mir nie träumen lassen, den Tag zu erleben, an dem mein eigener Sohn versuchen würde, mich zu erpressen.«

Kurt, immer noch mit hochroten Wangen, starrte weiter an seinem Vater vorbei und sagte nichts.

»Kurt«, sagte Herr Meyerhaas nun leise, »wir fahren jetzt nach Amerika, aber du wirst nicht zu einem amerikanischen Kind werden, das sich schon mit sechzehn die Nächte um die Ohren schlägt. Du wirst kein amerikanisches Kind werden, das seine Eltern tyrannisiert.«

Und Kurt, der immer noch dastand, murmelte etwas, obwohl ihm Herr Meyerhaas schon tausendmal gesagt hatte, er solle nicht murmeln, sondern sprechen. Jedenfalls gab Kurts Verhalten jetzt den Ausschlag. Diese letzte Gemeinheit, dieser neueste Aufstand der Liederlichkeit dieser Welt, bestärkte Herrn Meyerhaas in seinem Vorsatz, ja er drängte ihm den Entschluß geradezu auf. Je länger er gequält wurde, desto sicherer wurde er sich. Ein heiliger Zorn erfüllte ihn. Bis zu diesem Augenblick hatte er sich das Ganze nicht recht vorstellen können. Jetzt aber war er sich seiner Sache hundertprozentig sicher. Kurt würde wohl nie ahnen, was er durch seine Indiskretion ausgelöst hatte.

»Kurt«, sagte Herr Meyerhaas leise, doch seine Hände griffen rauh zu, als er nun das Gesicht seines Sohnes zu sich drehte. »Wenn du mich also gesehen hast, willst du wirklich sagen, ich sei in Gesellschaft einer Dame gewesen – ja oder nein?«

»Das habe ich nicht erwähnt«, murmelte Kurt.

»Aber ich werde es jetzt erwähnen«, sagte Herr Meyerhaas streng. »Ich werde sie erwähnen, und ich werde nicht über sie nur so herummurmeln.« Er hielt inne. Dann sagte er in trockenem, grimmigen Flüsterton: »Vielleicht wird sie deine neue Mutter.«

Herr Meyerhaas sah, wie die geröteten Wangen seines Sohnes jäh die Farbe verloren.

»Jawohl«, sagte Herr Meyerhaas, »und du wirst heute abend mit uns am Tisch sitzen, damit ich dich ihr vorstellen kann – aber ohne weitere Gesellschaft.«

»Die Dame, die …« Zum ersten Mal blickte Kurt seinem Vater in die Augen. »Sie und du …«

Obwohl er es nicht ausstehen konnte, wenn jemand stotterte, war Herr Meyerhaas im geheimen seinem Sohn in diesem Fall dafür dankbar, das im Raum Stehende nicht mit vollem Namen genannt zu haben. Er war bereit, es als seine Absicht anzusehen, sich die Sache zu überlegen, doch nicht, sie in peinlicher Nacktheit ausgesprochen zu hören.

»Ja«, sagte Herr Meyerhaas. »Und jetzt wirst du die Güte haben, dich aus dieser Warteschlange zu entfernen.« Und schon hatte Herrn Meyerhaas' starke Hand Kurt zum Ausgang geschoben. »Du gehst jetzt zu Liese und ihrem Bekannten. Schau, dort drüber lösen sie ein Kreuzworträtsel. Bitte sage ihnen, daß ich für sie jetzt eine Tischbestellung mache – ebenso wie auch für dich. Wir erwarten sie heute abend an unserem Tisch. Ich danke dir – und jetzt los!«

»Schon gut«, sagte Kurt. Er murmelte schon wieder. Er fühlte sich unterjocht. Und Herr Meyerhaas, noch etwas verwirrt, aber doch geschmeichelt, daß er offenbar so einen Eindruck gemacht hatte, blieb weiter angestellt und machte dann beim Assistant Purser seine Bestellung. Auf dem Rückweg nahm er das bestellte Rührei, das eben fertig geworden war, von der Theke mit und servierte es höchstpersönlich mit einer kleinen, artigen Verbeugung der Bestellerin. Dann setzte er sich. Und um sich noch besser auf das Bevorstehende vorzubereiten, sagte er Frau Schwabauch, daß ihr die neue Frisur außerordentlich gut stehe.

3

Als er die Augen aufschlug, sah Fried zweierlei: das Telefon und die Uhr. Es war bereits neun Uhr früh. Es ist ziemlich schlimm, wenn man sich schon beim Erwachen mit einem Dilemma konfrontiert sieht. Rief er jetzt nicht McFinnan an, so war er, was die geplante Entschuldigung betraf, ein verdammter Feigling. Rief er McFinnan aber an, um sich zu entschuldigen, so klang er möglicherweise wie ein verdammter Narr. Folglich ging Fried dem Problem aus dem Weg, indem er beschloß, noch sehr müde zu sein. Als er dann wieder erwachte, war es längst nach elf und also schon viel zu spät, um noch anzurufen.

Fried zog sich an und betrachtete sich im Spiegel. Seine Bartstoppeln befanden sich just in der scheußlichsten Phase: Statt eines jungen Patriarchen starrte ihm ein alter Landstreicher entgegen. Er warf einen begehrlichen Blick auf seinen Rasierapparat. Schon war er der Versuchung beinahe erlegen, aber dann läutete er schnell nach dem Frühstück.

Als er nach dem Frühstück hinausging, hatte er das Gefühl, alle starrten ihn mit konzentriertem Interesse an. Sie schienen nichts Besseres zu tun zu haben, als zu bemerken, daß er nun zum ersten Mal allein herumspazierte. In dieser Lage schien ihm das Gerücht über den ins Meer gesprungenen Mann beinahe tröstlich. Zumindest lenkte es von ihm ab.

Doch diese Ablenkung hielt nicht lange an. Als er in die Lounge kam, sah er die drei sofort. Keinen Augenblick lang zuckte auch nur ein Muskel in seinem Gesicht. Er mischte sich einfach unter die Menge, die um das Ankündigungsbrett herumstand, doch so, daß man ihn sehen konnte. Wenn diese Leute seine Gesellschaft wünschten, so hatten sie ja einen Mund, diesem Wunsch Ausdruck zu verleihen.

Und natürlich bemerkten sie ihn.

»Hallo, Kumpel!« rief Mrs. Boslett ihm zu.

Fried wandte sich um und ging zu ihr. Sie saß dort, umgeben von Oona und McFinnan – einem völlig glattrasierten McFinnan – und einem struppigen Papagei, der mißmutig einen Kartoffelchip beäugte.

»Sieh mal einer an«, sagte McFinnan, »und wir dachten schon, du seist der Bursche, der ertrunken ist.

»Wir konnten dich nämlich heut morgen nirgends finden«, meinte Oona.

»Wie ich euch gesagt habe: Den Kerl kann nichts umbringen.« McFinnan lächelte. »In diesem Punkt enttäuscht er seine Freunde immer wieder.« Da mußten sie alle lachen. »Park dich hierher«, sagte McFinnan und stieß einen Stuhl in Frieds Richtung.

»Und ich hatte gedacht, du wärst in der vergangenen Nacht ertrunken«, sagte Fried, während er sich setzte.

»Sprecht nicht über die vergangene Nacht!« sagte Mrs. Boslett.

»Och, sie wollten uns Vivian fortnehmen«, fügte Oona hinzu. »Sie haben durch die Geschichte mit dem Schrankkoffer von seiner Existenz Wind bekommen. Sie haben ganz scheußlich mit uns herumgestritten.«

»Ja, wir hätten einen Höchstrichter ganz gut brauchen können«, ergänzte McFinnan.

»Aber Sie haben ja Vivian noch gar nicht kennengelernt«, sagte Mrs. Boslett.

»Vivian, das ist Mr. Fried.«

Der Vogel warf Fried einen abschätzigen Blick zu und schleuderte dann einen Kartoffelchip hoch.

»Viv!« mahnte Mrs. Boslett.

»Fuk many a glorious morning I have seen«, zitierte Vivian.

»Nach so einem Schock sind seine Ls immer ein wenig schwach«, erklärte Mrs. Boslett. »Stellen Sie sich nur vor! Die wollten Viv in einen Käfig sperren. Seite an Seite mit deutschen Papageien! Wir mußten ihnen den armen Kerl direkt aus den Händen reißen. Und dann haben sie noch gesagt, die Amerikaner würden ihn in Quarantäne halten!«

»Uncle Mike wird das mit der Quarantäne schon in Ordnung bringen.« McFinnan grinste in Oonas Ohr.

Vivian aber stieß ein schrilles, skeptisches Krächzen aus, schwang sich mit zerfledderten Schwingen durch die Luft, um sich auf dem Buch eines Mannes niederzulassen, der nur einige Meter entfernt saß und las. Vivs Haltung drückte tiefste Empörung aus.

»Viv!« rief Mrs. Boslett. »Hallo!« Sie und Oona standen auf, um den Vogel wieder einzufangen.

Einen Augenblick lang fühlte sich Fried mit McFinnan schrecklich allein. Dann aber packte er den Stier bei den Hörnern.

»All right – was den Richter am Obersten Gerichtshof anlangt, haben wir einander nichts vorzuwerfen«, sagte er, »und ebensowenig all diesen Schmarrn mit Bezahlung der Reise und ähnlichem. Okay?«

»Huh?« machte McFinnan, den Mund voll Kartoffelchips, als wüßte er nicht, wovon Fried sprach.

»Ich meine, ich habe gestern abend nur einen dummen Witz gemacht«, entschuldigte sich Fried. »Ich wollte das jetzt nur klarstellen.«

»Was ist so schlimm an ein wenig Herumalbern?« McFinnan lehnte sich zurück. »Hör mal: Bell wird sich heute abend nach dem Film zu uns gesellen.«

»Bell?«

»Ja, mit seinem Mädchen und allem Drum und Dran. Möchtest du nicht helfen, daraus eine Sechser-Party zu machen?«

»Meinst du das im Ernst? Bell?«

»Tja, du bist ja nicht aufgetaucht«, sagte McFinnan. »Es geht nämlich darum: Oona kann nur aufbleiben, wenn auch Mrs. B. auf ist. Und Mrs. B. wieder bleibt gerne auf, aber nicht als fünftes Rad am Wagen, und das wäre sie nicht so sehr, wäre da noch ein zweites Paar – wie etwa Bell und die Seine – im Spiel. Also habe ich die beiden eingeladen, weil du nicht aufgetaucht bist – klar?«

»Ach, also wegen Oona«, sagte Fried. »Habt ihr's schon probiert?«

»Sie ist ein prächtiges Mädchen – wirklich«, sagte McFinnan unsicher.

Eine Pause trat ein.

»All right«, sagte Fried, »du zahlst es mir eben mit Bell heim.«

»Meingott, ich mußte rasch ein Treffen vereinbaren, und alles, was ich wußte, war, daß du ersoffen bist, alter Gauner.«

In diesem Augenblick kehrte Mrs. Boslett wieder. Vivian hockte düster blickend auf ihrem Finger.

»Irgend etwas Schreckliches auf diesem Schiff macht ihn ganz verstört«, sagte sie. »Stimmt das nicht, Viv? Bitte erzähl mir, was es ist.«

»Ach, er fängt eben erst an, Amerika zu riechen, sonst nichts«, sagte Oona. »Erinnern Sie sich an Irland, Madame?« Es war noch nicht einmal Land in Sicht, und schon kam ihm der Magen an beiden Enden heraus.«

»Vielleicht kann Viv Republiken nicht riechen?« warf McFinnan ein.

»Nein, es ist etwas absolut Fürchterliches an Bord«, sagte Mrs. Boslett in größter Aufregung. »Sind das diese schrecklichen Deutschen? Viv? ... Er will nicht antworten. Schon seit Tagen schneidet er mich.« Sie streichelte den Vogel, der sie aus seinen beiden rotgeränderten Augen unversöhnlich ansah. »Und dabei waren wir so gute Freunde. Bin ich denn schon so alt, Viv? So passé? Verdammt – er verliert alle seine Federn. Überall fliegen jetzt Stückchen von ihm herum.«

»Wenn das so weitergeht, wird Viv bald ein ganz seltener, einfedriger Vogel sein«, spaßte McFinnan grimmig.

»Ach, jetzt reißt schon jeder dumme Witze über Viv«, seufzte Mrs. Boslett. Und dann sagte sie: »Viv – aber nun wirklich!« Weil der Vogel wieder aufgeflogen war.

»Fkatter the mountain-tops with sovereign eye«, deklamierte Viv krächzend und flog wieder zurück zu dem Herrn und seinem Buch.

»Er kann immer noch seine Ls nicht richtig aussprechen, Madame«, sagte Oona, während sie und ihre Herrin sich wieder auf die Jagd machten.

Nun waren Fried und McFinnan wieder allein. Fried beschloß, einen letzten Versuch zu machen:

»Okay«, sagte er. »Reden wir einmal ganz offen.«

»Klar.«

»Wenn du genug von mir hast, dann sag's doch einfach.«

»Wovon redest du eigentlich die ganze Zeit?« brummte McFinnan. »Um Gottes willen, ich hoffe ja nur, daß du heute abend mit uns kommst. Das ist die reine Wahrheit. Hast du übrigens gewußt, daß Mrs. B. schon dreimal geschieden ist und daß sie in Gracie Mansion wohnen wird?«

»Zum Teufel mit Gracie Mansion«, sagte Fried unbeeindruckt.

»Als Gast des Bürgermeisters. Gracie Mansion und County Kerr. Das wird Uncle Mike verdammt stark beeindrucken.«

»Du hast dich rasiert«, sagte Fried.

»Ach ja«, McFinnan grinste. »Das hat Oona angerichtet. Sie hat mich einfach überrumpelt.«

»So weit hast du's mit ihr schon gebracht?« Fried sah ihn mißtrauisch an.

»Halt dich nur an mich, und du wirst bei Mrs. B. tollen Erfolg haben«, versprach McFinnan.

»Und was ist mit unserem Pakt?« wollte Fried wissen, obwohl er sich, angesichts der Haltung von McFinnan, noch während er die Frage stellte, wie ein naiver Pfadfinder vorkam.

»Mensch, was willst du? Die Reise ist doch praktisch schon vorbei«, gab McFinnan zu bedenken.

»Wir haben immerhin noch zwei Nächte vor uns, und es ist auch immer noch möglich, daß wir torpediert werden.«

»Aaah, einen Niemand wie mich torpedieren sie am Land.« McFinnan lachte.

»Zum allerletzten Mal«, sagte Fried langsam, »es tut mir leid wegen gestern abend.

»Na ja, war das nicht wirklich ein verrückter Sturm?« meinte McFinnan, »na, komm schon. Nimm ein paar Kartoffelchips.«

Fried nahm sich drei Stück. Er war plötzlich zu einer wichtigen Einsicht gelangt. Er hatte gestern recht gehabt: Da war nie etwas wirklich Besonderes gewesen. Keine verdammte Freundschaft, die man mit einer Entschuldigung erneuern konnte; keine verdammte Freundschaft, die man dadurch brechen konnte, daß man sich den Bart abrasierte. Da war nur Mrs. Boslett, die eine richtig fantastische Anekdote hergab und mit deren erfurchtsgebietenden Namen man sich beim Erzählen der Reiseerinnerungen wichtig machen konnte. Nein, man mußte wahrlich kein irischer Mick zu sein, um das Leben cool und unsentimental anzugehen.

»Dich werden sie nie torpedieren, Patrick McFinnan«, sagte er, während er seine drei Chips ebenso gemütlich kaute wie sein Freund.

»Wenn sie das machen, bring' ich sie um«, sagte McFinnan. »Und jetzt werden wir uns einen Spaß machen.«

Und das taten sie dann auch. Die Damen kehrten zurück. Viv trugen sie wie ein Kleinkind zwischen sich.

»Der arme Junge ist völlig verblödet«, sagte Mrs. Boslett. »Er erkennt mich nicht mehr. Viv! Ich bin's! Denk doch an alles, das wir miteinander erlebt haben. All diese traumhaften Tage! Die Garden-Party vor Buckingham Palace? Erinnerst du dich noch? Der Erzbischof hat dir einen Wurm gegeben. Viv! ... Sie schaukelte den Vogel zärtlich auf ihrem Tweed-Rock, doch Viv schloß nur in völliger Weltverachtung die Augen. »Er erinnert sich nicht mehr«, sagte Mrs. Boslett voll Bitterkeit.

»Kann sein, daß ihn mein Bart stört«, gab Fried zu bedenken.

»Eine gute Idee«, sagte McFinnan.

»Vielleicht meint er, ich wäre ein Richter am Obersten Gerichtshof oder so etwas Ähnliches.« Fried lächelte verschmitzt.

Mrs. Boslett schüttelte traurig den Kopf. »Er kennt schon jede Menge Bärte.«

»Wie siehst du aus, wenn du glattrasiert bist?« wollte Oona wissen.

»Vielleicht werde ich mich jetzt rasieren«, meinte Fried, »und mich dir dann zeigen.«

»Oh, dann würde ich dich wohl gar nicht erkennen«, sagte Oona lächelnd.

Fried stand auf. Das wäre ja eine herrliche Revanche: statt Mrs. B. McFinnan Oona unter der Nase weg zu stehlen.

»Vielleicht bin ich dann ein völlig anderer Mann«, sagte er und grinste Oona rätselhaft an. Dann entschuldigte er sich und ging. Dabei kaute er mit tierischem Wohlbehagen an einem Kartoffelchip.

»Rough winds do shake the darling buds of May«, krähte Viv plötzlich hinter ihm.

»Jetzt hat er sein L wieder«, sagte Mrs. Boslett.

4

Elf Stunden vor der Filmpremiere befriedigte Leon eine Neugierde, die ihn schon lange geplagt hatte. Er hatte immer schon wissen wollen, wie sich eine Frau »am Morgen danach« benimmt; wie man wieder zum Gesprächston in der Öffentlichkeit zurückfindet.

»Ah, guten Morgen«, begrüßte ihn Lenore, als sie einander wie vereinbart um elf Uhr auf dem Sonnendeck trafen. Sie machte ihn mit dem Steward bekannt, mit dem sie über den angeblich über Bord gesprungenen mysteriösen Mann geplaudert hatte. Als dann der Steward schwor, nicht ein Sterbenswörtchen mehr über die Sache zu wissen als alle anderen auch, sagte Lenore: »Schon gut, ihr nichtsnutzigen Burschen; ich habe ja jetzt meinen jungen Beschützer hier. In diesen beiden Worten lag einerseits die Anerkennung einer Beziehung, andererseits aber auch eine liebenswürdige, humorvolle Distanz zu dieser. Und als der Steward ging, um ihnen ein spätes Frühstück zu bringen, lächelte er – weit davon entfernt zu grinsen – wie ein Eingeweihter.

Während und nach dem Kaffee sprachen sie über das Leben. Denn sie wußten, wie sie mit leisem Lächeln sagte, so wenig voneinander. Sie nahm ihm das Versprechen ab, sie in Nebraska zu besuchen; das würde ihm einen Begriff von der ungeheuren Ausdehnung des amerikanischen Kontinents geben: Rechts und links Hunderte von Meilen nichts als wogende Weizenfelder. Und mitten drinnen übte sie ihr unbedeutendes Lehramt aus. Kein Wunder, wenn sie sich manchmal völlig isoliert und eingesperrt vorkam. Und doch waren die Menschen, mit denen sie lebte, so an ihre Monotonie, an ihre kleine bürgerliche Moral, ihre kleinen Witzchen gewöhnt, daß nur wenige von ihnen ihr zwingendes Bedürfnis, manchmal aus alldem auszubrechen, verstehen konnten. Quasi, um ihre Seele zu »ent-sumpfen«, wenn ihm dieser Neologismus einleuchtete (aber den verstand er doch, nicht wahr? Er war ja so ein kluger, dem Neuen zugewandter junger Mann). Die guten Leute konnten sich einfach nicht vorstellen, daß jemand Europa nicht nur besuchen, sondern auch –

erleben wollte. War es nicht recht von ihr, wenn sie den Mut hatte, das auch zu tun?

Und Leon meinte, sie habe selbstverständlich recht. Er vermied es, Fragen über den plötzlich unerwähnbaren Verlobten zu stellen; das hätte nicht der Etikette entsprochen. Statt dessen erzählte er, auch er sei in seinen frühen Jahren einer sehr starren Denkweise ausgesetzt gewesen. Er erzählte ihr von seinem strengen Hauslehrer und von seinem österreichischen Gymnasium mit seiner überkorrekten, fast preußischen Tradition, und er gestand schließlich, wie sehr es ihn überraschte, daß in Amerika ein Universitätsprofessor so jugendlich und lebendig sein konnte wie sie. Das zu erleben war für ihn eine Offenbarung. Und während sie auf dem Deck weiter auf und ab spazierten, sagte sie ihm, es freue sie, das zu hören. Ihr käme jede Freundschaft, gleichgültig, wie merkwürdig sie bei oberflächlicher Betrachtung auch scheinen mochte, dann wertvoll vor, wenn sie den beiden Freunden das Verständnis bisher unbekannter Standpunkte und Weltsichten erschloß. Und so gingen sie und gingen sie, und sprachen darüber, wie selten es doch sei, daß zwischen zwei Menschen echte Kommunikation zustande käme, eine wirkliche Berührung zweier Seelen, und wie dankbar man sein mußte, wenn dies geschah; und wie sich die wahrhaftigste und anregendste Beziehung oft zwischen Menschen ergab, die scheinbar durch Unterschiede von Nationalität, Kultursphäre und Lebensalter weit voneinander getrennt waren, denn solche Menschen hatten einander durch gegenseitige Erweiterung des Horizonts unendlich viel zu geben – und, überhaupt, wie seltsam und unvorhersehbar das Leben doch sei.

Den ganzen Morgen lang drang er bis in die letzten Feinheiten des Erwachsenseins vor. Das Wetter war zauberhaft. Sie wanderten über das jetzt stark frequentierte Deck, verneigten sich hier, grüßten und plauderten dort ein wenig. Die Gesellschaft war ein Garten luxuriöser Vorspiegelungen, der aus den Quellen göttlich fruchtbaren Morastes gespeist wurde. Eine Vorstellung aus Begrüßungen und Lächeln, aus ausgestreckten Händen und Mänteln, die man den Damen hielt: ein prächtiges, seidenes Schauspiel, unter dem in Wahrheit Signale der feuchtesten Instinkte schwelten. Gentlemen sandten Ladies Blumen,

Damen ergingen sich in gepflegter Konversation mit Herren, denn zu irgendeiner Stunde, in irgendeinem Versteck der Wahrhaftigkeit würde sich jedes dieser Paare gemeinsam winden, mit ihren schwitzenden Körpern hämmernd Fleisch zu Freude umschmieden, und aneinander eine großartige, gnadenlose, tierische Endlosigkeit begehen.

Sie scherzten und lachten. Sie wartete immer darauf, daß er sich bei ihr einhängte, um, wie er wußte, zu zeigen, wie leicht es ihr fiel, einen so jungen Mann ihr Eigen zu nennen. Er, seinerseits, ließ manchmal seine Hand an ihre Hüfte gleiten, und von dort zart und rasch noch ein wenig tiefer, um so nebenbei zu demonstrieren, auch er sei ein Besitzender. Und als sie dann zum Lunch hinuntergingen, bemerkte er, daß der Steward, der ihnen die Türe hielt, der gleiche war wie beim Frühstück. Leon stützte Lenore einen Augenblick länger, als das leichte Wiegen ihrer Hüften erforderte, und erwiderte im Vorbeigehen das Lächeln des Kellners seinerseits mit einem versteckten Lächeln.

Zum Lunch war der Kapitän nicht erschienen. Dafür aber erschien Ceil nach zweitägiger Abwesenheit wieder. Ganz eindeutig war etwas zwischen ihr und ihrem dunkelhäutigen Nachbarn im Gange. Leon, der inzwischen in solchen Dingen über kühlen, professionellen Durchblick verfügte, fand, daß sich die beiden nicht besonders geschickt benahmen.

Mr. Lawton reichte ihr die Brötchen. Sie schenkte ihm Wein ein. Beide dankten einander immer höflich und sprachen einander immer mit »Sie« an. Der Baron mußte für ein angeregteres Gespräch sorgen, indem er vom besonders schlimmen Wetter erzählte, das er einmal in der karibischen See erlebt hatte. Es gab damals für die Jahreszeit völlig ungewöhnlichen Regen. Diese Gewittergüsse ließ der Baron jetzt in anschaulichen Details niedergehen – vielleicht, um die Dürre der Konversation bei dieser Mahlzeit etwas zu befruchten. Nur ein einziges Mal ließ Ceil eine Bemerkung vom Stapel, die jedoch weder besonders originell noch besonders angenehm war:

»Was ist inzwischen aus deiner ›amerikanischen Romanze‹ geworden?« fragte sie Leon unvermittelt.

»Welcher?« fragte Leon zurück. »Ich habe derzeit alle möglichen.«

Das stopfte ihr den Mund.

Noch vor zwei Tagen wäre ihm eine solche Antwort niemals geglückt. Auch das war ein Teil seiner neuen Sicht der Dinge. Um die Wahrheit zu sagen, hatte Leon keine Ahnung, was aus seiner ersten »amerikanischen Romanze« geworden war. Sie bildete einen Teil seiner noch unreiferen Vergangenheit, an der er den ganzen Morgen lang glücklicherweise jedes Interesse verloren hatte. Was nun Ceil anlangte, schien es ihm schon so lange her, daß er sein berühmtes »gutes Einvernehmen« mit ihre gehabt hatte. Es kam ihm merkwürdig vor, daß er noch vor weniger als einer halben Woche einem so jugendlich idealistischen Konzept verfallen war. Er sah diesen ganzen Tisch, der ihm damals noch so mysteriös erschienen war, nun bereits als einigermaßen passé. Für ihn gab es jetzt ganz andere und wichtigere Dinge.

Dinge etwa, wie das, was geschah, als er sich während der Aufregung über das Rettungsboot wieder zu Lenore gesellte. Sogleich benützen sie das für ein echtes gutes Einvernehmen. Lenore machte sich Gedanken darüber, ob das verschwundene Boot nicht just das sei, in dem sie bei Seenot ihren Platz finden sollte. Leon schlug vor, in ihrer Kabine nachzusehen, wo ja die Nummer ihres Rettungsbootes innen an der Türe zu finden sei. Also gingen sie beide hinunter. Wie er vorausgesehen hatte, war ihr Boot ein anderes; und wie er ebenso vorausgesehen hatte, unternahm sie etwas. »Ich würde den Nachmittag so gerne wieder an Deck verbringen«, sagte sie. »Laß mich nur rasch umziehen.«

Sie verbarg sich halbwegs hinter ihrem Schrankkoffer und stieg nach dieser kleinen, keuschen Geste aus ihrem Rock. Da war sie nun, nur in Strümpfen und rosa Schimmer, beugte sich über eine Lade des Koffers, suchte nach einem geeigneten Kleidungsstück und summte vor sich hin. Er mußte langsam und zart zu ihr kommen, um nicht gegen die Etikette zu verstoßen – zart und langsam, von hinten.

Sie duldete seine Küsse mit kleinen Seufzern der Überraschung. Sie sagte: »Aber – mein junger Beschützer!« Und sie hielt still, während er ihre Brüste und Lenden sanft massierte, bis sie ihn wieder völlig entflammt hatte, bevor sie dann auf das ungemachte Bett zeigte und flüsterte: »Der Steward – er wird jeden Moment zurückkommen und hier aufräumen!«

Er entließ sie aus seiner Umarmung. Sie meinte, er solle doch nicht so gierig und kindisch sein, und durchzuckte ihn noch ein letztes Mal mit ihrer Zunge – Abschied und Versprechen zugleich. Dann zog sie ihre Slacks an, und sie gingen hinauf an Deck, spazierten durch die blaue, feuchte Luft, einander beinahe nicht berührend, gingen, blickten auf die aufgewühlte grüne Wasserspur hinter der Schiffsschraube und sprachen darüber, wie wunderschön die See doch für all jene sei, die sich die Zeit nahmen, sie mit Muße zu betrachten.

5

Als Mr. Lawton in seiner Kabine erwachte, ging es schon gegen Abend.

»Ja, es ist dir schon wieder einmal gelungen«, sagte sie lächelnd.

Er setzte sich langsam auf.

»Diesmal waren es drei Stunden. Der schläfrigste aller verschlafenen Männer auf dieser Welt.« Sie stand vor dem Spiegel, halb vor sich hin singend, und brachte ihren gebauschten, weit schwingenden Rock in Ordnung.

»Gefällt dir die Farbe?« fragte sie ihn nach einer Weile.

»Ja. Sie ist wunderschön«, gab er zur Antwort.

»Es ist das einzige seidene Abendkleid, das ich noch behalten habe. Früher hätte ich einen ganzen Ballsaal mit all meinen Kleidern füllen können. Kannst du dir vorstellen, daß es Wochen gab, in denen ich nicht ein einziges Mal normale Alltagskleidung trug – immer nur Abendkleider, dann Negligés, und dann wieder Abendkleider?«

Er begann, sich das Hemd anzuziehen.

»Ich glaube, es würde mir nichts ausmachen, in diesem Kleid von einer Explosion zerrissen zu werden«, sagte sie. »In meinem elegantesten Organza-Abendkleid, mit dem bestaussehenden Mann auf dem ganzen Schiff, bei der Welturaufführung eines Films. – Und dazu spielt das Orchester nebenan ›Maytime‹. Und dann kommt das Torpedo! Das wäre eine absolut zauberhafte Art, sich torpedieren zu lassen!«

Er hielt inne, als er eben dabei war, seine Manschettenknöpfe zu schließen.

»Sei doch nicht so überrascht.« Sie lächelte. »Es ist dein Smokinghemd. Ich habe es für dich herausgelegt.«

»Ich glaube nicht, daß ich gehen werde«, brummte er.

Sie fuhr herum, doch mit frischen, lebendigen Ballettbewegungen.

»Zur Premiere? Mein Mr. American! Ich habe doch schon einen Tisch bestellt. Weißt du nicht, daß jeder Dame eine Blume überreicht wird? Willst du mich wirklich um meine Blume bringen?«

»Ach, sie werden alle diese blöden Hollywood-Geschichten machen«, sagte er. »Man wird alle fotografieren – schon wegen des Titels.«

»Wirklich?« Sie schien sehr amüsiert. »Unser ›Final Image‹! Du glaubst, sie werden uns wirklich fotografieren? Aber das ist ja herrlich!«

Er setzte sich aufs Bett. »Ich komme dann später, wenn ich wach genug bin.«

Sie legte ihre Haarbürste beiseite, kam zum Bett und setzte sich neben ihn. »Ach, mein schlaftrunkener Mr. American.« Sie feuchtete einen Finger an und fuhr ihm damit, als »wüsche« sie ihn, über Nase und Wangen. »Du bist nicht der schläfrigste Mann der Welt; du bist auch der Schweigsamste. Du schläfst, damit du nicht mit mir sprechen mußt. Und damit du jetzt nicht mit mir sprechen mußt, schickst du mich jetzt fort.«

»Unmittelbar nach dem Aufwachen tauge ich nicht für Konversation.«

»All right – einverstanden«, sagte sie. »Dann sprechen wir eben nicht. Wir tun einfach nichts – jedenfalls nichts Schwieriges. Versuchen wir nicht, tierisch aufrichtig zu sein und großartige Dinge über Liebe zu sagen. Seien wir einfach nur glücklich. Ich in meinem

Organzakleid und du in deinem prächtigen Abendanzug. Nur für die zwei Tage bis New York. Laß uns nur achtundvierzig Stunden lang glücklich sein. Das ist doch nicht so schwer.«

»Sieh dir nur du den Film an und unterhalte dich gut«, sagte er.

Sie begann, ihm seine schwarze Masche zu binden.

»Ah, ich verstehe«, sagte sie lächelnd. »Mr. American will nicht mit mir zusammen fotografiert werden.«

»Keine Spur. Das ist es nicht«, gab er zurück.

»Du kannst ja das Bild zerreißen, sobald wir in New York ankommen. In tausend winzigkleine Stückchen, damit deine Frau oder wer sonst immer es nicht sieht.«

»Ich habe dir ja schon gesagt, daß ich nicht verheiratet bin.«

»Nein, und du hältst dich auch nicht besonders ruhig«, sagte sie, »aber du bist eben etwas ganz Besonderes und du siehst verflucht gut aus.«

Einen Augenblick lang hielt er sich nun ganz besonders ruhig.

»Ja, ich sehe verdammt gut aus, und das macht mich ›besonders‹«, sagte er dann.

»Ach, jetzt prahlst du aber!«

»Ich kann es mühelos beweisen«, gab er zurück.

»Okay, prahle nur – aber halt einmal still!«

»Weißt du, warum ich diesen Trip mache?«

»Nein!« sagte sie rasch. »Bitte keine Enthüllungen. Jedenfalls nicht, ehe wir nicht unsere beiden Tage voll gelebt haben.«

»Ich möchte es dir aber erzählen«, sagte er.

Sie lächelte. »All right. Also, warum machst du diese Reise? Um mich einer Blume zu berauben?«

»Nein. Weil ich dieses hübsche Gesicht von kaukasischem Schnitt habe«, sagte er langsam.

Sie lachte.

»Mein Bruder, der ist mit mir in der gleichen Nummer. Er versitzt seinen Urlaub in einer Bar. Er hat dicke Negerlippen.«

»Das kann sehr hübsch und sinnlich aussehen«, bemerkte sie.

»Mein Gesicht aber«, seine Finger zogen Furchen auf dem Leintuch, so stark drückten sich seine Fingernägel ein, »mein Gesicht ist zu gut, um damit in der Lennox Avenue herumzusitzen. Ich muß es nach Europa bringen, um mich damit so wertvoll zu fühlen wie alle anderen und mit Baronen den Snob spielen. Und natürlich, um mit einer Weißen ins Bett zu gehen.«

Ihre Hände an seiner Masche hielten nicht inne. Im Gegenteil: Jetzt machten sie sich dort noch rascher zu schaffen. »In diesem Fall kannst du zufrieden sein«, sagte sie. »Du hast alles bekommen, was du dir gewünscht hast.«

»Ja«, sagte er. »Gestern Nacht. Und dann wieder heut' nachmittag.«

Sie ließ die Hände fallen. »Ich verstehe. Kann ich dir noch auf irgendeine andere Weise zu Diensten sein?«

Er sah auf sie herab und würgte mühsam, wie unter Schmerzen, hervor: »Ich wollte ehrlich sein. Nur ein einziges gottverdammtes Mal wirklich ehrlich sein.«

Eine kleine Weile lang lächelte sie nur. Dann stand sie auf.

»Ich verstehe. Es ist so wunderbar, so berührend und romantisch, ehrlich zu sein. Fühlst du dich jetzt edel, Mr. American?«

»Mein Bruder ist edel«, sagte er bitter. »Der sitzt auf seinem Barhocker und ist wirklich das, was seine Hautfarbe bedeutet.«

»Vielleicht wirst du mich ihm einmal vorstellen«, sagte sie.

»Auf dieser ganzen verfluchten Reise habe ich nicht ein einziges ehrliches Wort sagen können«, sagte er und blickte noch immer zu Boden.

»Ach ja – aber dafür hast du es bei mir zuwege gebracht«, sagte sie. »Bei mir gewinnst du in jeder Hinsicht. In Europa bist du so gut wie alle anderen, auf der Rückreise aber bist du so ehrlich wie dein Bruder. Das hast du aber besonders geschickt angestellt, Mr. American!«

»Nein!« sagte er und starrte wie blind vor sich hin.

»Ich bin nicht geschickt.« Er konnte nicht mehr an sich halten. »Ich kann überhaupt nichts so sagen, wie ich es wirklich meine. Alles kommt so pseudo-weiß heraus. Besonders, wenn ich dir etwas sagen möchte.«

»Verzeih mir, daß ich dich so pervertiere!«

»Nein«, sagte er, als habe er sie gar nicht gehört. »Ich kann nicht einmal richtig an dich denken. Alles was mir einfällt, ist: ›Ich habe da eine hochelegante weiße Fotze.‹«

»Was?« fragte sie.

»Du bist eine so wunderbare Frau, und doch ist das alles, was mir einfällt, wenn ich an dich denke.«

»Was fällt dir zu mir ein?« fragte sie. »Sag diesen faszinierenden Satz bitte noch einmal.«

»Na ja«, sagte er. Ein trockenes Lachen zischte durch seine Nase. »Es scheint, als hätte ich da wirklich einmal etwas Ehrliches gesagt.«

»Ja! Herzlichen Glückwunsch! Ich glaube sogar, du hast diesbezüglich den Weltrekord gebrochen.«

Er holte tief Luft und sah auf. »Also – gehen wir jetzt noch ins Kino?«

»Aber selbstverständlich!« antwortete sie.

Wütend über ihre Antwort, sagte er: »Du weißt wohl, was mit dem Foto geschehen wird, das sie von uns machen werden?«

»Etwas Wunderbares – davon bin ich überzeugt«, sagte sie.

»Wenn ich mich ganz mies fühle und etwas brauche, das mir wieder Selbstvertrauen gibt, dann werde ich sagen: ›Da, siehst du das weiße Vögelchen da auf dem Bild. Die war mein Fickstück auf der Reise.‹« Wieder zischte dieses trockene Lachen durch seine Nase. »Ich weiß nicht, was das ist. Es sollte so schön sein. Aber es ist faul.«

»Am Ende wird es immer faul«, meinte sie. »Aber wir hätten doch immerhin unsere zwei Tage gehabt.«

Und dann machte er den Fehler aufzublicken. Er sah, was in ihrem zum Ball geschminkten Gesicht lag.

»Bitte verzeih mir«, würgte er hervor.

»Ach, sei doch froh!« ermunterte sie ihn. »Ich habe eine Idee: Ich werde auf das Foto eine Widmung schreiben: ›Von Deinem weißen Fickstück, mit aufrichtigen Wünschen.‹ Möchtest du das?«

»Nein«, sagte er.

»Aber du wirst es so besser verwenden können«, gab sie zu bedenken. »Und ich weiß auch schon, was ich mit meinem Abzug tun werde. Ich häng' das Bild zu all den anderen. Ich habe nämlich eine ganze Menge von Fotos gut aussehender Männer. Weißt du, meine

Männer verschwinden, meine Ringe verschwinden … Alles, was am Ende übrig bleibt, sind die Fotos. Bei mir läuft es immer kurz und luxuriös. Es hat nie Bestand. Also hättest du dich von Anfang an gar nicht zu fürchten brauchen. Du hättest alles gar nicht so edel hinauszögern müssen. Ich habe dich für den Präsidenten einer Versicherungsgesellschaft gehalten. Deshalb habe ich mir dich angelacht.«

»Wirklich?« fragte er. »Gut, prächtig!«

»Ich werde dein hübsches Bild haben. Ich werde es aufhängen und sagen: ›Oh, dieser gutaussehende Schwarze, er ist ein – ein Millionär aus Haiti, ein großzügiger Exote. Einmal, als ich ihm gerade seine Smokingmasche band, hat er mir ein außerordentlich kostbares und aufrichtiges Geschenk gemacht!‹«

Wieder zeichneten seine Finger ein Gesicht auf das Leintuch.

»Können wir jetzt gehen?« fragte sie.

»Wenn du es wünscht«, sagte er.

»Ja, das wünsche ich tatsächlich.« Sie stand nun wieder beim Spiegel und zupfte sich das Haar zurecht. »Ich freue mich schon so auf die Premiere. Wir werden uns blendend unterhalten. Und dann trinken wir uns ein wenig an, damit wir uns anschließend wieder hier unten bei dir in deiner Kabine köstlich unterhalten können. Und morgen werden wir uns dann auf dem Gala-Ball ebensogut unterhalten. Und wenn man das Schiff versenkt und wir ertrinken, dann ist das alles ohnehin gleichgültig; und wenn wir weder versenkt werden noch ertrinken, dann bin ich ab kommenden Montag eine Flüchtlings-Köchin im mittleren Alter, aber ich habe dafür ein glänzendes, neues Foto, das ich an die Küchenwand kleben kann. Für die werde ich jede Menge Bilder brauchen, denn ich habe so das Gefühl, es wird eine ziemlich speckige, alte Wand sein. So ist also alles bestens. Ist mein Haar jetzt in Ordnung?«

»Ja.« Er griff sich mit der Hand an die Masche.

»Sind Sie bereit, Mr. Lawton?«

»Du hast meine Masche großartig gebunden«, sagte er.

»Ich habe eben Erfahrung«, sagte sie und ging schon zur Türe. »Bist du bereit?«

»Hast du schon vielen ihre Smokingmasche geknüpft?«

»Vielen, vielen – und ich hab' mich dabei immer köstlich unterhalten.«

»Ich muß jetzt eben völlig wahnsinnig gewesen sein«, meinte er.

»Nein. Es war wirklich faszinierend, obwohl wir nun ein bißchen spät dran sind.«

»Verzeih mir«, sagte er.

»Selbstverständlich. Und vergiß deinen Stock nicht.«

Sie reichte ihn ihm. »Er sieht so nobel und haitianisch aus.«

»Auch der ist ein Schwindel«, sagte er, als sie hinaustraten.

Einen Augenblick bitte«, bat der Fotograf, als sie unter der Ankündigungstafel für »The Final Image« standen.

»Bitte, sehen Sie einander an. Sehr gut! Ich danke Ihnen.«

»Ihre Tischnummer, Sir?« fragte der Page.

»Vierzehn«, flüsterte Ceil Mr. Lawton verschwörerisch zu.

»Vierzehn«, wiederholte Mr. Lawton laut.

»Yes Sir«, sagte der Page diensteifrig und riß die Türe für sie auf.

»Righto – Schon gut«, sagte Mr. Lawton. Obwohl das absolut nicht nötig war, gab er dem Jungen ein Trinkgeld.

Sie waren gerade rechtzeitig für den Vorspann gekommen.

6

Für Leon begann der Abend angenehm. Wegen des frühen Zeitpunktes der Filmpremiere ließ er sich bei seinem Tisch entschuldigen und nahm statt des Dinners in seiner Kabine einen kleinen Imbiß zu sich. So gelang es ihm, Ceil und ihren Fragen über seine »amerikanische Romanze« auszuweichen, und er konnte sich in Ruhe ankleiden. Als er Lenore abholte, trug sie ein Satinabendkleid in einem Blauton, der zu dem ihres Haars paßte. Auch ihr Handtäschchen war von der gleichen Farbe. Es war so winzig, daß – nachdem sie die festlich geschmückte Bar betreten und sich dort unter dem Schild »The Final

Image« hatten fotografieren lassen, Arm in Arm, mit einem glatten, wissenden Lächeln – also, so winzig war dieses Täschchen, daß sie, nachdem sie Platz genommen hatten, ihre Fäuste öffnete und ihm Lippenstift, Puderdöschen und ihren Kabinenschlüssel zeigte, die alle in dem winzigen Retikül keinen Platz mehr gefunden hatten.

Dieser »Schmuggel« brachte die beiden zum Lachen, während sie noch die »Konterbande« in seinen Taschen verstaute. Er brauchte nicht laut zu lachen. Er hatte sofort wahrgenommen, daß die Metunia-Gruppe unmittelbar rechts neben ihnen saß. Sie alle sahen etwas gehetzt und gedrückt aus, und ihn freute der Unterschied zwischen ihrem Tisch und dem Seinen. Und um seine ursprüngliche »amerikanische Romanze« wissen zu lassen, daß er für Lenore nicht so sehr ein komischer Packesel war, sondern viel eher etwas wie ihr Deckhengst, benutzte er einen Trick, auf den er rein zufällig gekommen war: Sooft er seinen Arm auf der Sessellehne ausstreckte und dabei mit der Hand leise Lenores unbekleideten Rücken streifte, zuckten ihre Schultern erregt ein wenig hoch – wirklich nur eine winzige Bewegung, und doch vermutlich für jemand am Tisch zu seiner Rechten durchaus wahrnehmbar. Er tat es einmal zu oft: Lenore rächte sich mit einem kleinen Klaps, als sie seine Strategie erfaßt hatte. Doch zu diesem Zeitpunkt begannen bereits die Lichter zu verlöschen.

Und auch der Film gefiel ihm. Nach allem, was er bisher über ihn gehört hatte, erwartete er sich etwas Dämonisches, Überwältigendes – sozusagen die letzte Gefahr, die ihm aus dem Metunia-Lager drohte. »The Final Image« erzählte von einem sizilianischen Madonnenschnitzer, der eine Broadway-Theaterproduzentin kennengelernt hatte, die in der Nähe von Palermo ihren Urlaub verbrachte. Sie verliebte sich in ihn und nahm ihn als ihren neuen Bühnenbildner mit nach New York. Das Ende des Filmes zeigte die Zerstörung des Schnitzers durch die große fremde Stadt. Die Filmmusik klang bizarr, die Anfangssequenzen waren ungewöhnlich und erregend, doch im großen und ganzen fesselte und unterhielt der Film Leon. Überdies bot er einen ausgezeichneten Rahmen dafür, daß Leon seinen Finger ganz sachte in Lenores Achselhöhle verschwinden lassen konnte. Als dann die Lichter wieder aufflammten, applaudierten alle. Der Chief Purser brachte Mr. Metunia dazu aufzustehen, und dieser seinerseits zwang Miss Metunia und die dicke Dame aus Deutschland dazu, auch mit ihm aufzustehen. Miss Metunia erhob sich seltsamerweise nicht, um an der Ehrung ihres Vaters teilzunehmen, sondern ging sehr rasch hinaus. Inzwischen konzentrierte sich Leon auf seinen Finger, der immer noch in Lenores Achselhöhle ruhte, und zog diesen schließlich – mit der gleichen äußersten Diskretion, mit der er dort verschwunden war – wieder heraus. Der Finger war warm und feucht – und erhielt sofort von ihr einen ebenfalls äußerst diskreten kleinen Klaps.

Nun begann die Band, in der Lounge zu spielen. Der The-Final-Image-Fotograf verteilte die Bilder, die er von allen aufgenommen hatte. Mr. Suki servierte – von Mr. Metunia gespendeten – Champagner mit Swizzle Sticks, die aus Holz in sizilianischem Stil geschnitzt waren. Nachdem sie ihre Flasche geleert hatten, forderte Leon Lenore zum Tanz auf, doch sie meinte, in diesem engen Kleid würde ihr das Tanzen schwerfallen. »Wir könnten vielleicht noch einmal in deiner Kabine die Nummer des Rettungsbootes prüfen«, schlug er nun vor. Auf dem Weg hinunter in die Kabine vergab sie ihm diese dummdreiste Bemerkung nur, weil er sie bei einer Hollywood-Premiere gemacht hatte – und so ein Anlaß brachte bekanntermaßen immer wieder Leute dazu, sich von ihrer schlechtesten Seite zu zeigen.

Sie vergab es ihm aber beinahe nicht, daß er ihr Abendkleid verdrückte; und selbst nachdem man es auf einem Stuhl in Sicherheit gebracht hatte, behandelte sie seine ersten Küsse wie kleine Narreteien, bei denen sie ihn nur gewähren ließ, damit er seine Freude hatte. Dann aber setzte sie ihm ganz unvermittelt mit Fäusten und Nägeln erbitterten Widerstand entgegen, was ihn zunächst völlig verblüffte, bis ihm dann klar wurde, daß sie auf absolut nichts verzichten wollte. Sie wollte jeden Aspekt seiner Attacke auskosten, sie forderte aufs neue erobert zu werden. Einmal hatte sie ihn gewähren lassen, sagte sie. Nun bat sie; sie schluchzte beinahe, jetzt war es an ihm zu gewähren, bitte; bitte, er mußte ihr diesmal erlauben, ihre

Selbstachtung zu bewahren. Und er schwor ihr, er achte sie nun tausendmal mehr als vordem; und er war sicherer, stärker und viel geschickter als früher, und er wußte genau, wann er das Zarte lassen und das Brutale beginnen mußte; und – seine eigene Begabung dafür überraschte ihn – wann er sich ihr zu entziehen hatte, wenn sie ihn am meisten begehrte. Und diesmal fiel die dunkle Brille von ihren Augen, als wäre es eine reife Traube. Diesmal wimmerte sie nicht – sie schrie früh von ihrem wilden Gipfel auf, während das letzte Fetzchen Spitzenwäsche noch an ihr klebte, und als auch er sich längst an ihr zum Höhepunkt gehämmert hatte, schrie und pulsierte sie immer noch. Und selbst dann war sie noch nicht am Ende. Sie verbiß sich in ihr Kissen, schwer atmend, wortlos, schaudernd, mit geschlossenen Augen. So schloß sie sich vor allem ab, außer vor dem Warten – dem Warten darauf, daß er wieder bereit sein würde. Als er es dann war, saugte sie ihn wieder ein in ihrem schier unstillbaren Durst – und erst als sie diesen zum zweiten Mal gründlich gestillt hatte, ließ sie sich zurückfallen – fertig, im wahrsten Sinne des Wortes.

Und als sie sich nach einer Weile ihre Zigarette anzündete, meinte sie, sie müsse ihm nun etwas beichten: eine Episode von ihrer Reise zur Internationalen Fachtagung in Los Angeles im Vorjahr. Auf dem Balkon ihres Zimmers im obersten Stockwerk des Hotels hatte sie einen unbeschreiblich schönen Sonnenuntergang erlebt. Ohne so recht zu wissen warum, hatte sie sich völlig entkleidet, war nur nackt einfach dort gelegen, rauchend und versunken in das flammende Schauspiel des Abendhimmels. Schien ihm das als sehr sündhaft? Nein, sagte er. Es wäre nur wirklich – natürlich. Er war jetzt für ihre Stimmungen sehr sensibel. Seine Antwort machte sie sehr dankbar, sehr glücklich, weil – sagte sie – daheim, da, wo sie lebte, gäbe es keinen, der so auf ihr Geständnis reagiert hätte. Und er ließ sich von ihr die Hand drücken (mit seiner anderen Hand angelte er bereits nach seinen Schuhen), und dabei sagte er Lenore, daß er nicht glaube, irgend jemand, einschließlich seiner selbst, kenne sie voll und ganz.

Die Nacht war ungeheuer. Die Nacht wurde zu Asche.

Eine halbe Stunde später fand er sich auf dem offenen Deck. Die Uhren zeigten fünfzehn Minuten nach zwei. Das Schiff schlief. Für

Leon aber war an Schlaf nicht zu denken. Er ging die leeren Shuffleboard-Plätze entlang über das Deck im Mondenschein und atmete Wolken kühler Sterne ein. Einmal war ihm danach, rund um das immer noch gespannte Tennisnetz zu laufen. Der Klang seiner Schritte hallte gegen das endlose Schweigen der See. Er war der Mittelpunkt, das Herz und die Lenden der Mitternacht.

Schließlich wollte er dann hinuntergehen. Er war schon am oberen Ende der Treppe angelangt, da wurde ihm etwas Seltsames bewußt. Kaum merklich war es in die Stille gekrochen: Das Beben der Maschinen erstarb.

Er trat an die Reling. Vorne teilte der Bug des Schiffes kaum noch die Wellen. Mitten in der Nacht hatte man die *Syngdam* völlig gestoppt.

Zum ersten Mal seit Beginn der Reise bekam er es mit der Angst. Die vagen Bedrohungen des vergangenen Tages gingen ihm immer noch im Kopf herum: Mann über Bord, das verschwundene Rettungsboot ... Plötzlich wurde das alles zu Prophezeiungen – Folgen seiner Schuld. Und das geschah im Grunde doch nicht wirklich plötzlich. Denn er hatte sich für alles, was er in den vergangenen dreißig Stunden getan hatte, geschämt. Doch bis zu diesem Augenblick lag in dieser Scham eine heimliche, beglückende Berauschung; sie hatte sozusagen die Gnaden seiner Lust gekitzelt; sie hatte ihm Schläue und Wildheit verliehen. Doch als nun die *Syngdam* zitternd zum Stillstand kam, wurde alles auf einmal ganz anders. Als er sich über die Reling ins Dunkel hinaus beugte, schlug sein Herz quasi im Rückwärtsgang. Die Sterne der vorbeiziehenden Nacht verbündeten sich düster gegen ihn.

Warum? Er konnte es nicht begreifen. Was die *Syngdam* zum Stillstand gebracht hatte, kam nun in Sicht: Er erkannte nur verschwommen – ein kleines Rettungsboot! Trotz der Kleinheit des Objekts schrak er zurück. All das, dessen stummer Zeuge er in der Folge wurde, war das Schattenspiel einer bösen Ahnung.

Das Boot näherte sich ziemlich rasch der Steuerbordseite des Schiffes und zog dabei eine glitzernde Schneise durch die dunklen Wellen. Jetzt bog es rasch zum Heck der *Syngdam* ab. Dort hing, wie er eben bemerkte, vom Deck eine Strickleiter ins Wasser. Er rannte hin, und die ersten Gestalten, die er in der Dunkelheit ausnehmen konnte, waren Kapitän Deerling und ein weiterer Schiffsoffizier. Neben den beiden stand der Baron. Alle drei sahen sie auf das Boot hinab. Jetzt war es nahe genug herangekommen, um auch die kleine Barkasse zu sehen, die das Boot im Schlepp hatte. Ein Mann mit schwarzer Kappe steuerte das kleine Schiff. Im Rettungsboot aber saß kauernd, mit schützend gefalteten Armen, Reverend Kleinoff. Das Schaukeln des Bootes warf ihn von einer Seite auf die andere, doch er änderte seine Haltung nicht. Er trug seinen unbeholfenen Trotz stoisch durch die im Mondschein aufblitzenden Wellen. Der Kapitän, der Offizier und der Baron schwiegen. Die Nacht hüllte sie ein wie einen geheimen Ritus. Der Kapitän verbeugte sich nur einmal kurz, um Leon in ihrem Kreis willkommen zu heißen. Die beiden Boote wurden unten festgemacht. Der Schwarzkappige schwang sich vom oberen Ende der Leiter an Deck. Reverend Kleinoff folgte. Er umklammerte einen zerfetzten Papiersack, durch dessen Löcher Leon Brötchen sehen konnte, die der Reverend offenbar als Proviant aus dem Speisesaal hatte mitgehen lassen.

Plötzlich blitzten die Goldtressen eines Ärmels im Mondlicht auf. Kapitän Deerling hatte seinen Arm fordernd ausgestreckt.

»Ich – ich bin kein Dieb«, versicherte Reverend Kleinoff verzweifelt.

»Wenn ich Sie bitten darf«, gab Kapitän Deerling zurück.

»Ich wollte nur mit eigenen Augen sehen, wie Ihr Schiff versinkt!«

Der Kapitän lockerte seinen Griff nicht. Reverend Kleinoff stammelte etwas und griff tief in seinen Papiersack. Der knisterte ein wenig, und dann kam ein Brötchen und ein großes, schwarzes Teleskop zum Vorschein.

»Ich danke Ihnen«, sagte der Kapitän.

Die Lippen des Reverend bebten. »Ich wollte nach Überlebenden Ausschau halten. Ich bin kein Dieb.«

»Danke sehr«, sagte Kapitän Deerling, »aber alle Überlebenden befinden sich an Bord.«

»Sie werden versinken! Sie werden es schon noch sehen!«

Der Kapitän zog nun das Teleskop hervor, setzte es ans Auge und richtete es in ruhigem Hohn auf den Reverend. »Sie sind ein Dichter – ein Phantast, Sir. Ohne Stativ ist das Instrument praktisch wertlos – es läßt sich nicht sinnvoll verwenden.«

Der Reverend war sprachlos. Kapitän und Schiffsoffizier verneigten sich und gingen fort.

»Verhöhnt mich!« peitschte die Stimme des Reverend in die Dunkelheit. »Verhöhnt mich nur! Aber sie sind doch im Kreis gefahren, haben die Fahrt des großen Schiffes verlangsamt, um nach mir zu suchen. Sie haben Angst! Durch ihren Spott versuchen sie das nur zu verbergen.«

Doch man hörte nur mehr die sich rasch entfernenden Schritte des Kapitäns und seines Offiziers. Die Stimme des Reverend versuchte, sie einzuholen – vorbei an den reglosen Relingsstützen. »Sie haben nicht gewagt, mich an Bord zu holen, ehe nicht alle schliefen! Niemand sollte mich sehen. Sie haben Angst! Ich bin für sie ein Gespenst!«

Es kam keine Antwort. Der Baron war verschwunden. Nun wandte sich der Reverend Leon zu. Er biß sich auf die Lippe. »Es ist schwer zu rudern, ohne zu rauchen.« Jetzt sprach er deutsch, und Leon merkte, daß Kleinoff in jeder Sprache den gleichen, unruhig flackernden Akzent hatte, als wären sie alle für ihn Fremdsprachen. »Den ganzen Tag über hatte ich keine Zigaretten.«

Leon griff in die Tasche seiner Jacke.

»Ich bin kein Schnorrer.« Der Reverend riß das Päckchen gierig auf. »Ich kann Ihnen etwas dafür geben.« Er grub in dem Papiersack herum. Diesmal brachte er einen kleinen, weißen Handschuh zum Vorschein. »Der war im Boot. Ich habe das Boot gewählt, in dem ich Sie gesehen hatte – deshalb glaubte ich damals auch, ich könne mich an zwei verwandte Seelen anschließen – hätten wir drei alle gerudert –« Seine Stimme wurde bitter – vielleicht, weil Leon einfach nur dastand und Billys Handschuh nicht annahm. So mußte ihn der Reverend weiter halten, dabei aber auch seinen Papiersack umklammern und versuchen, eine Zigarette anzuzünden. Schließlich steckte er Leon den Handschuh einfach in die Hand, trotzdem gelang es ihm nicht, einem Zündholz eine brauchbare Flamme zu entlocken. Er drehte sich hierhin und dorthin, um die Brise abzuwehren – ein ärgerlicher, bärtiger Gnom in der Dunkelheit –, doch der Wind blies immer wieder jedes Fünkchen aus. »Natürlich!« Er hielt verwirrt inne, war wütend, weil Leon seine Verwirrtheit beobachtete.

»Ich habe das Stativ vergessen. Ich bin verrückt. Ich falle Menschen zur Last. Ich bitte Sie tausendmal um Verzeihung.« Voll Bitterkeit stapfte er davon, die Zigarette ohne Glut immer noch zwischen die Zähne geklemmt.

»Ich wollte sie retten!« rief er noch, wie ein Echo, fern in der Nacht. Dann war er verschwunden. Und nun hob sich das Rettungsboot selbst – Billys und sein Boot, das Boot, das der Reverend gewählt hatte – weiß aus der See, hing wie die riesige Erscheinung eines Albatros, krächzte leise in seiner Verankerung, schwebte über Leons Kopf empor und nahm schließlich seinen gewohnten Platz auf dem Top Deck ein. Er konnte es nun nicht mehr sehen.

Leon stand völlig allein in einer Wüste aus Dunkelheit und See. Der kleine weiße Handschuh schien sich in seiner Hand zu bewegen. Er schimmerte so bleich, der kleine Handschuh, so bleich, fiel ihm plötzlich ein, wie Billy in der Bar neben ihrem Vater ausgesehen hatte, als sie den Beginn des Films erwartet hatte.

Und dann war er sich gewiß, die *Syngdam* sei dem Untergang geweiht. Korrupt und verdammt waren alle Erfolge der letzten beiden Tage. Jede einzelne Biegung im Gang der Welt war korrupt und verderbt. Unter ihm begannen die Maschinen wieder zu dröhnen. Seine Füße erfaßte Panik. Der kleine Handschuh zog ihn fort. Er ging. Er mußte sie sehen. Sie würde sicher nichts dagegen haben, wenn er sie nur kurz besuchte und »Hello« sagte.

Er rannte. Er sagte sich immer wieder, es sei ja nur ein armer Irrer gewesen, der da gesprochen hatte. Doch unter dem Mond, vorbei an den teilnahmslosen Wellen und entlang der verödeten Korridore des Schiffes, sah Leon nur Verworfenheit und Untergang. Er liebte Billy – ein so kleines, so hurtiges, so bleiches Wesen. Und er hatte sie an Lust und Stolz verloren. Er wollte sie finden, ehe es zu spät war. Ihre Stimme mußte ihn noch einmal berühren, ehe das Schiff zerbarst. Er lief schneller. Dann stand er vor der Kabine der Metunias. Er klopfte, erst leise. Er wußte ja nicht einmal, was er ihnen so spät in der Nacht sagen sollte.

Nichts regte sich. Niemand antwortete. Er klopfte stärker. Er würde sagen: »Entschuldigen Sie bitte, aber ich habe Billys Handschuh gefunden.« Jetzt klopfte er schon sehr laut. Ein schläfriger Steward erschien, der sich noch den Kragen zuknöpfte: Nein, die Metunias seien nicht da. Sie waren vor einer Stunde in den Projektionsraum gegangen – um ein Uhr dreißig in der Nacht! Der Steward konnte es selbst kaum glauben.

Und so machte sich auch Leon auf den Weg – gegen drei Uhr morgens – im Laufschritt. Und er stürzte schnurstracks in den Kinosaal, dessen Tür offenstand. Die Leinwand leuchtete makaber.

»Hallo, Abgesandter«, Mr. Metunia saß allein, umgeben von einer ganzen Armee verlassener Stühle, und schlug eine kleinen Trommel.

»Verzeihen Sie, aber ich habe Billys Handschuh gefunden«, sagte Leon.

»Ach – Billy«, sagte Mr. Metunia. »Überall verliert sie etwas. Eben jetzt verliert sie etwas – oben, mit Raoul, bei den Hundezwingern.«

Und Leon starrte. Es waren nicht die Schattengestalten von »The Final Image«, die sich da über dem Kopf von Mr. Metunia bewegten. Es war beinahe, als sähe man einen ganz anderen Film. Wohl bewegten sich die gleichen Personen auf der Leinwand, doch ihnen war offenbar etwas Monströses zugestoßen. Sie vollführten alle Bewegungen in umgekehrter Reihenfolge. Sie gingen rückwärts statt vorwärts. Sie erbrachen Speisen auf ihre Gabeln und Teller. Zigarettenrauch ballte sich vor ihren Gesichtern in der Luft zur Faust und huschte dann in ihre Nasenlöcher. Aus ihren Lippen drang nicht Sprache, sondern ein wahnwitziges Plappern und Schnattern.

»Auch ich verliere manches.« Mr. Metunia akzentuierte jede Bewegung auf der Projektionsleinwand mit einem Trommelschlag. »Wirklich, ich habe in diesen Film ein paar großartig ehrliche Szenen eingebaut. Aber irgend jemand hat sie gestohlen; irgendein Maxie-Bastard – in meinem eigenen Schneideraum.«

»Chweeelp!« machte Mr. Metunia und trommelte. Er imitierte

das sinnlose Geheul des sizilianischen Schnitzers, unter dessen Händen Holzsplitter wie Vöglein vom Boden auf und an sein Messer flogen. Eine fertige Statue schien sich aufzublähen und verwandelte sich allmählich in einen dicken Holzstamm zurück.

»Alles, was jetzt noch davon übrig ist, ist nur dieses Maxie-Zeug.« Mr. Metunia vermochte nicht, seinen Blick von der Leinwand zu lösen. »Boy, schau nur, wie diese Massen alle dafür ›hinaus in den Regen gehen‹. Aber wir werden ihnen allen einen Streich spielen. Mach dir keine Sorgen. Wir lassen das Ding rückwärts laufen, bis der ganze Maxie-Scheiß einfach rausfällt. Nur bleibt dann leider nichts mehr von meinem Film übrig.« Mr. Metunia lachte und trommelte todtraurig. »Weißt du? Nicht einmal meine Größe-Fünfzig-Lady. Sie ist eingeschlafen.«

»Ich würde Miss Metunia gerne den Handschuh geben«, sagte Leon.

»Sie kommt ohne den Handschuh ganz gut zu Rande«, gab Mr. Metunia zurück. »Sie kommt auch ohne den Film ganz gut durch. Du und ich, mein lieber Freund, sind für sie durchaus entbehrlich.«

Jetzt wandte sich Mr. Metunia Leon zu. Er ergriff sogar Leons Hand, als wolle er ihn daran hindern fortzugehen. »Menschen kommen manchmal prächtig ohne ihre Sachen zurecht.«

»Bitte, lassen Sie mich gehen«, bat ihn Leon.

»Für mich gab es nur ein wirklich wichtiges Ding. Etwas wie eine große Wahrheit mitten in mir drin – genau hier. Der gute, alte Maxie hat mir ein Schweinegeld bezahlt, damit ich ohne diese Wahrheit auskomme. Ich bin ohne das Wichtigste ausgekommen. Und, Boy, tat es weh, ohne diese Wahrheit zu leben. Ich hab mir das Herz herausgeweint – in all den erstklassigen Bars. Ich hatte so erregende Schmerzen. Die reichste Frau im Staat Connecticut hat mich geheiratet –« Mr. Metunia lachte und begleitete sein Lachen auf der kleinen Trommel. »Und nach Connecticut kamen all die Mädchen, die man sich nur wünschen konnte. Sie sind geradezu Schlange gestanden. Metunia und sein berühmter Weltschmerz. Und meine kleine Billy – ausgerechnet sie mußte hingehen und mich dafür lieben.«

Beinahe brüsk schob Mr. Metunia Leon nun plötzlich von sich und begann, auf seiner Trommel einen Marsch zu improvisieren, während der sizilianische Schnitzer rückwärts durch eine Gasse in Palermo marschierte. »Aber ich habe sie alle reingelegt.« Er wies mit einem Trommelschlägel auf die Projektionsfläche. »Siehst du da irgendeine Wahrheit? Da kannst du dir ruhig die Augen danach ausschauen. Da ist von Anfang an keine Wahrheit drin. Es ist alles nur zum Spaß! Hurrah.« Der Sizilianer sprang rücklings eine schier endlose Treppe hoch.

»Gib ihn Billy nur – den verdammten Handschuh«, sagte Mr. Metunia. »Sag ihr, ich hätte das mit dem Film herausgekriegt. Schließlich habe ich ja auch das mit den Zwingern herausgefunden, nicht?«

»Wie meinen Sie das – das mit den Zwingern?« fragte Leon ärgerlich.

»Ach, vergiß es«, gab Mr. Metunia zurück. Er wandte sein Gesicht der Leinwand zu und begann, jede Rückwärtsbewegung ganz präzise mit einem Trommelschlag zu unterstreichen. »Gib ihr den Handschuh, den sie verloren hat«, sagte er leise mit rauher Stimme. »Sag's meiner kleinen Billy. Sag ihr: So ist das Leben. Man verliert eine Menge Sachen mit einer Menge Leute.«

Leon verabschiedete sich mit einem »Gute Nacht«.

Und er ging hinaus und über die Hauptstiege nach oben. Erst war er nicht sicher, was Mr. Metunia gemeint haben könnte oder ob er selbst überhaupt nachts seinen Weg dorthin finden würde. Als er aber auf dem Top Deck angelangt war, hörte er Franz Josef schon bellen. Und da wußte er es plötzlich. Die Zwinger lagen etwas links über dem Turnsaal. Er fand das Treppenhaus. Das Bellen wurde lauter, und er selbst war sich seiner Sache auf eine verderbte, erregend kitzelnde Art sicher. Jetzt vermochte sich nichts mehr vor ihm zu verbergen. Er konnte die Maserung des Holzes im unbeleuchteten Stiegenhaus genau ausnehmen. Ja, er sah sogar durch das Holz hindurch, sah durch die Trennwände des Schiffes, direkt in Lenores Kabine, sah sie mit hingegebenen Gliedern schlafend. Er sah Reverend Kleinoff in seiner Staatskajüte auf und ab stampfen; er sah in

Mr. Metunias Film-Inferno. Er sah all die traumverworrenen Geheimnisse, die rechts und links der Gänge schlummerten. Ach, er sah all das Verderbte, Korrupte, das diese Welt antrieb, und er erfreute sich auf perverse Art an Franz Josefs scheußlichem Gebell, das nur wenige Meter entfernt in die Nacht peitschte. Er querte das Deck und ging durch den Kinderspielraum, über hingeschlachtete Regimenter von Zinnsoldaten. Seine Füße schritten durch die Schwärze. Dann weiter durch einen Korridor, vorbei am Gurgeln des von einem Schutznetz überdeckten Swimmingpools – und über die Schwelle der Einfriedung des Zwingers.

Und er hielt inne.

Beinahe war er schon drinnen. Im Fenster zeichnete sich die Silhouette des Hundes ab – fortstrebend, winselnd. Irgendwo vor seinem Käfig lag, für Leon kaum wahrnehmbar und auf unaussprechliche Weise ineinander verschlungen, das Paar, das der Hund verbellte.

Jetzt ließ Leon den kleinen, weißen Handschuh vor der Türe fallen. Der lag nun unordentlich auf dem Boden. Er drehte sich um und stapfte davon. Er ging leise nach unten, wobei er die Decktreppe im Freien wählte. Unter einem prallrunden und gnadenlosen Mond ging er den langen Weg zurück zu seiner Kabine. Mit den Händen strich er an den Wänden entlang. Er war neunzehn – und er weinte nicht.

Acht

1

Am 14. Mai, um siebzehn Uhr fünfzehn, stieß die *Syngdam* auf leichten Nebel und änderte ihren Kurs, so daß sie von dreiundsechzig Grad westlicher Länge von Greenwich auf den zweiundsechzigsten Grad kam, berührte aber noch vor neunzehn Uhr abends wieder den dreiundsechzigsten Meridian. All dies wurde sorgfältig ins Logbuch eingetragen.

Es dauerte eine Weile, bis die Kursänderung des Schiffes allen Passagieren bewußt wurde. Die Aufmerksamkeit der Leute war nicht eben auf dem Höhepunkt. Die Wahrnehmungsfähigkeit mancher Passagiere war immer noch durch die am Vorabend (dank der Premiere von »The Final Image«) reichlich konsumierten »Erfrischungen« getrübt. Andere wieder hatten bereits begonnen zu packen. Und wieder andere – ja sogar viele, für die die letzte Nacht an Bord wohl auch die letzte sein würde, in der ihnen der Smoking vom Steward vorbereitet oder das frischgemachte Bett aufgeschlagen würde – dachten hauptsächlich daran, daß sie eigentlich nicht packen wollten. Ihr Sinn stand eher nach dem Gala-Kostümball, der noch zwischen ihnen und ihrem ersten kümmerlich möblierten Zimmer in der Neuen Welt lag.

Aber Herr Meyerhaas fand die Wahrheit heraus. Er war eben dabei, eine Abendstimmung zu fotografieren, wie er das gegen neunzehn Uhr so gewohnt war zu tun, als ihm auffiel, daß die Sonne statt im Westen diesmal im Osten unterging. Er wollte sofort einen anderen Fotoamateur von diesem erstaunlichen Phänomen berichten, als die Sonne, als schäme sie sich, von Herrn Meyerhaas bei dieser Eskapade erwischt zu werden, wieder auf den ihr zukommenden Ort im Westen eilte. Diese Korrektur war nicht von langer Dauer. Wenige Minuten später stand sie schon wieder im Osten. Nicht nur Herr Meyerhaas, sondern auch die Kodachrome-Enthusiasten um ihn herum begriffen, daß die *Syngdam* derzeit nicht Kurs auf New York hielt: Sie fuhr im Kreis. Vielleicht war sie schon seit Stunden im Kreis gefahren.

Kapitän Deerling machte die Bekanntgabe um achtzehn Uhr vierzig. Er erschien an diesem Abend, wie auch alle anderen Schiffsoffiziere, in Sommer-Galauniform. So zollte der Kapitän dem festlichen Kostümball und seiner Figur gleichermaßen Tribut. Der Kapitän, schon seit beinahe vierundzwanzig Stunden verschwunden, sah nun schick aus. Seine schneeweiße, zweireihige Jacke formte seinen Bauch zu einer soliden starken Taille. Der aufmüpfige Neigungswinkel seiner Kappe ergänzte wirkungsvoll die bunte Pracht seiner Orden. Die Haut unter dem gepflegten weißen Bart war gerötet. Mit weißen Handschuhen hielt er ein Glas, als dann die Vorhut der Kodachrome-Enthusiasten in der Bar ankam.

»Ach ja«, meinte Kapitän Deerling, ohne den zufriedenen Blick von den Eisschollen in seinem Daiquiri zu wenden. »Ja, wir haben da ein emsiges kleines U-Boot. Das möchte uns wohl ein wenig exerzieren lassen.« Und er trank.

Ein Aufschrei ging durch die Menge. Der Kapitän begab sich ins Chez Transatlantique, um die Vorbereitungen für den Gala-Ball zu inspizieren. Er lobte den diensthabenden Steward und sagte zu den paar ängstlich erregten Damen, die ihm folgten, ja freilich, er müsse zugeben, das lästige U-Boot sei aus Deutschland. Die Funksignale klängen, als schlügen Soldaten die Fersen zusammen – seine Leute in der Funkkabine würden sich schon biegen vor Lachen.

Als Kapitän Deerling bei der Lounge angekommen war, hatte sich sein Gefolge bereits erheblich vergrößert. Der ihn begleitende Offizier mußte ihm mit dem Ellbogen einen Weg freiräumen. Dies tat er sehr behutsam, wobei er immer wieder murmelte: »Meine Damen ... meine Herren ... es gibt wirklich keinen Anlaß zur Beunruhigung ...«

Aber der Kapitän unterhielt sich köstlich.

»Madame, es wird Ihrem berückenden Haupt kein Haar gekrümmt werden«, erklärte er einer älteren Dame, die ihn mit offenem Mund anstarrte. »Ebensowenig, wie die Burschen auch nur eine einzige Seepocke am Rumpf meines Schiffes kaputtmachen werden. Für die lohnt sich das nicht. Im gleichen Augenblick, in dem sie uns angreifen, rufen wir per Funk um Hilfe. Und dann weiß jeder, wo unser ungezogenes kleines Unterseeboot ist – Länge, Breite, komische Funksignale und alles.«

»Meine liebe Dame«, sagte er gleich darauf, während er an einer Olive knabberte, »warum sollen sie uns denn nicht beobachten? Dort unten in einem U-Boot ist es meist stinklangweilig. Und wir sind doch ein faszinierendes Schiff, finden Sie nicht? Mmm, köstlich. Ich kriege in meiner Offiziersmesse nie so herrliche Pimientos. Sollen sie also ruhig noch eine Weile hinter uns herkriechen. Das können sie dann stolz in ihr Logbuch eintragen!« Damit verschwand er in Richtung Brücke.

Als er fünf Minuten später wieder zum Vorschein kam, hatten einige der Passagiere bereits die bunten Papphütchen aufgesetzt, die die Stewards verteilten. Die meisten aber folgten immer noch dem Kapitän, eine fromme Gemeinde an den Fersen eines Wanderpredigers.

»Wir kreisen?« fragte Kapitän Deerling. »Aber nein. Jetzt steuern wir schnurstracks die Zweiundfünfzigste Straße in New York City an.« Er führte seine Gemeinde hinaus aufs Deck und zeigte ihr dort, wie sie am Stand der Gestirne erkennen konnte, daß das Schiff tatsächlich genau auf die Zweiundfünfzigste Straße Kurs genommen hatte, und zwar präzise auf eine ganz bestimmte nette Bar hin, die dort in der Nähe des Broadway lag.

»Wir haben schon die Steuerbordseite geräumt, damit wir das schwere Überseegepäck rausstellen können«, sagte der Kapitän. »Wir möchten, daß Sie bis morgen mittag bereits den Zoll hinter sich haben und irgendwo am Broadway ein Glas auf meine Gesundheit heben.« Er zeigte hin, und seine Gemeinde blickte dankbar auf die Errettung: Hinter den gespannten Seilen, die das Deck steuerbordseitig absperrten, wuchteten Matrosen tatsächlich riesige Koffer und Truhen aus dem Stauraum.

»Und das Unterseeboot ...?«

»Folgt uns wie ein Hündchen, bis wir in etwa fünfzig Meilen in amerikanisches Hoheitsgebiet kommen werden. Sehr treu – wie echte Deutsche Schäferhunde – diese deutschen U-Boote. Zu Mitternacht werden wir ihnen einen Happen zuwerfen.«

»Aber warum haben wir aufgehört, im Kreis zu fahren?«

Kapitän Deerling schien sehr erheitert: »Mein lieber Herr – Sie wollen wissen, warum wir nicht mehr im Kreis fahren? Nun, weil wir sie schon ganz schwindlig gemacht haben!«

Der Kapitän schlenderte davon zu seiner Brücke. Seine Zuhörer lachten. Sie verbreiteten die Neuigkeiten, gingen zurück in ihre Kabinen, um sich umzuziehen, oder gleich in den Speisesaal zum Dinner. Nur noch fünfzig Meilen. Es erfolgte keine öffentliche Bekanntgabe. Keine Nachricht wurde am Schwarzen Brett angebracht, außer der Erklärung, die *Syngdam* werde voraussichtlich am nächsten Morgen um zehn Uhr im Hafen von New York vor Anker gehen.

Operngläser richteten sich auf das nebelige Dunkel, zunächst war weder ein U-Boot-Aufbau noch ein Periskop zu sehen. Einige der Passagiere meinten, der Kapitän sei verrückt geworden: das U-Boot, die ganze deutsche Invasion in Holland, für die es für sie bisher keinerlei greifbare Beweise gab, seien nur eine Erfindung des Kapitäns, eine Ausgeburt seiner Phantasie, ein etwas perverser, grausamer Scherz. Ein anderer Teil der Passagiere – nur eine kleine Gruppe – lebte einfach in der Gegenwart von Augenblick zu Augenblick. Sie überprüften die Vorräte in ihren Taschen, machten sich mit ihren Schwimmwesten vertraut und erwarteten mit halb geschlossenen Augen die Explosion eines Torpedos.

Doch ohne es sich einzugestehen, waren sie alle irgendwie stolz auf die Bedrohung. »Ihr« U-Boot war sogar noch besser als »ihr« überstandener Sturm. Es rüstete sie für Amerika. Es ließ die Bedrohungen des Exils beruhigend klein erscheinen. Es machte ihre Ungewißheit über den Verlauf des Krieges bedeutungslos. Seit dem Ende der Funk-Nachrichten vor fünf Tagen waren sie auf einer naiven, schillernden Seifenblase dahingeschwebt – taub für das Armageddon der Welt. In New York (falls sie je dort ankommen sollten) konnte sie nicht nur Armut überfallen, sondern weiß Gott was für schicksalhafte Nachrichten. Aber jetzt konnten sie, falls sich bei ihrer Ankunft große schlimme Dinge ergeben sollten, darauf mit ihren eigenen großen schlimmen Erlebnissen antworten. Auch sie hatten dann eine Geschichte zu erzählen. Die große Welt hatte ihren Krieg, aber sie hatten ihr deutsches U-Boot gehabt.

Der Mond stieg aus den Wellen und ließ schließlich, weit entfernt und von Wasserstaub und Dunst beinahe verhüllt, einen schwarzen Schlangenkopf erkennen, dessen Zyklopenauge um sich spähte. Diese unheimliche Erscheinung starrte das Schiff an und kroch der *Syngdam* in kaum erkennbarer Verfolgung beharrlich nach. Geisterhaft verschwand es manchmal aus dem Gesichtsfeld der Operngläser und tauchte doch immer wieder auf.

Niemand war schockiert. Und niemand wollte es so recht glauben – so ein abwegiger Streich, so eine Travestie eines drittrangigen U-Boot-Abenteuerfilmes! Ihnen war, als wäre jemand dort hinaus geschwommen, um die Karnevalsatmosphäre des Gala-Maskenballes dadurch einzuleiten, daß er dort draußen die Attrappe eines Periskops auftauchen ließ.

Und tatsächlich wurde dieses Gespenst, das nur den Bruchteil einer Meile entfernt hinter ihnen durch die Dünung zog, zur ersten Maske des Balles: ein mutwillig aufsteigendes Stück Metall, das die Emergency repräsentierte. Das schwindende Mondlicht löschte schließlich das Drohbild kurz vor Beginn des Dinners aus. Doch wenig später tauchte die Emergency schon wieder in einer Vielzahl anderer Verkleidungen auf. Sie begann die Decks zu überschwemmen, als hätte der Kapitän eine Zigeunertruppe angeheuert, eine trunkene Horde von Jongleuren, Zauberern und Tanzbären. Der Schlangenkopf dort draußen hatte das Schiff plötzlich in ein wahres Fieber bunter und unheimlicher Kostüme gestürzt.

2

»Da wären natürlich Caesar und Cleopatra«, sagte Frau Schwabauch zu Herrn Meyerhaas, der sich fürs Dinner in der Bar zu ihr gesellt hatte.

»Dafür würde ich Sandalen brauchen«, sagte Herr Meyerhaas. Woran er allerdings wirklich dachte, war ein Brustharnisch für Frau Schwabauch. Genauer gesagt, erschwerten ihm besonders ärgerliche Störungen das Denken ansich: Während der letzten halben Stunde waren Mr. Metunia und das höllische Gekläffe seines Hundes immer wieder am Eingang zur Bar vorbeigezogen. Dieses geräuschvolle Paar verzögerte die bedeutsame Erklärung, die Herrn Meyerhaas im Hals steckte, noch länger. Den ganzen Tag über stak sie schon dort. Er hatte selbstverständlich Zeit gebraucht, um einerseits seinen Entschluß reifen zu lassen, andererseits aber auch um Frau Schwabauch durch verschiedene kleine Andeutungen vorzubereiten. Doch jetzt, als sie vom U-Boot bedroht waren, da sich die Ereignisse häuften – und da selbst Herr Meyerhaas, der sonst immer so nüchtern und vernünftig war, der seltsamen Halluzination unterlag, er wäre, erst einmal kostümiert, vor allen Torpedos sicher. Dann wäre er eben ein zeitloser Clown und nicht mehr ein Passagier, der ertrinken konnte: Gerade in diesem Augenblick trat dieser Filmprolet auf den Plan und steigerte mit dem ohrenbetäubenden, unerträglichen Gekläff seines Köters die ohnedies schon beträchtliche allgemeine Verwirrung. Hin und her bewegte sich das Getöse vor dem Eingang zur Bar. Hin und her – nein, Herr Meyerhaas war handlungsunfähig, einfach, weil er sich nicht einmal denken hören konnte.

»Oder Madame Pompadour und Ludwig XIV?« sagte Frau Schwabauch.

»Ich glaube, Ludwig XV war der Gefährte dieser Dame«, berichtigte Herr Meyerhaas.

»Haben Sie den Film über die beiden gesehen?« Frau Schwabauch machte sich an ihren knallroten Löckchen zu schaffen.

Frau Schwabauch war, das muß hier zugegeben werden, zum Teil an Herrn Meyerhaas Verwirrung schuld. Sie schwatzte einfach drauflos, eine Unwesentlichkeit nach der anderen. Das war wohl nicht die rechte Atmosphäre, um ein dramatisches, opferreiches Thema anzuschneiden. Herr Meyerhaas war seiner Ida – möge sie ruhen in Frieden – ein treusorgender Gatte gewesen. Nun stellte sich nachträglich heraus, daß er auch ein getreuer Witwer gewesen war. Frau Schwabauch hatte offenbar keine blasse Ahnung davon, was es für einen Mann wie Meyerhaas bedeutete, ihr seine guten Absichten zu erklären. Ebensowenig schien sie ein Bedürfnis nach einem Beschützer in Zeiten der Not zu empfinden. So etwa war Herr Meyerhaas, sobald das Unterseeboot aufgetaucht war, so weit gegangen, Frau Schwabauch auf ihre Schwimmweste hinzuweisen und etwas pathetisch zu sagen: »Sie liegen nun in meiner Verantwortung.« Sie aber hatte offenbar für die tiefere Bedeutung seiner Worte kein Organ und schien sich auch der Gefahr ihrer Lage nicht bewußt zu sein. Sie hatte sofort ihr Dinner bestellt und machte sich daran, die Schokolade-Mignons in ihrem Öltuchbeutel zu zählen. Und jetzt – ja, was war denn das? – hatte sie wirklich eben einen Gruß erwidert, den der Film-Prolet ihr von draußen zugegrinst hatte?

»Ich schlage Romeo und Julia vor«, sagte Herr Meyerhaas schroff.

»Da ergibt sich ein Problem: Könnten Sie ohne Ihre Brille auskommen?« fragte Frau Schwabauch.

»Ich fürchte – nein«, sagte Herr Meyerhaas. Tatsächlich hatte er eben begonnen, seine Brillen zu reinigen.

»Tja, ich kann mir Romeo einfach nicht als Brillenträger vorstellen«, meinte Frau Schwabauch.

Herr Meyerhaas begann darüber nachzudenken, wie er Kurt jemals abgewöhnen könnte, mit vollem Mund zu sprechen, wenn der Junge nun eine Stiefmutter bekäme, die den gleichen Fehler hatte. Vielleicht hatte er die ganze Sache noch nicht so sehr aus der Sicht der Kinder bedacht.

Tatsächlich fühlte er sich pflichtvergessen, weil er sie nicht aufgesucht hatte, um zu erkunden, ob sie auch ihr Rettungsboot finden würden, falls etwas geschähe. Wenn er nun auf eine Weile fortging, gab ihm das Gelegenheit, den ganzen Fall Frau Schwabauch außerhalb der Bar noch einmal nüchtern und gründlich zu überdenken. Schließlich waren ja die entscheidenden Worte noch nicht gesprochen.

»Guten Abend.« Frau Schwabauch nickte und winkte nach draußen.

Diesmal hatte sie ganz eindeutig auf einen zweiten dubiosen Gruß des Proleten reagiert. Jetzt aber würde Herr Meyerhaas nicht kneifen – jetzt nicht. Er würde sich der Herausforderung stellen. Frau Schwabauch hatte fünfzehntausend Dollar, ihr Galan aus Hollywood vermutlich Millionen – doch er, Meyerhaas, besaß etwas weit Kostbareres: den Mut, sich gegen eine Beleidigung zur Wehr zu setzen.

»Tristan und Isolde«, sagte er entschieden.

»Da ergibt sich das Problem der Kostüme«, wandte Frau Schwabauch ein. »Die Gleichen wie in der Oper!« sagte Herr Meyerhaas kategorisch.

»Blumsch-glumsch.« Frau Schwabauch kaute vernehmlich.

Diese Angewohnheit in Verbindung mit dem Kino-Proleten und dem Unterseeboot reizte Herrn Meyerhaas auf das äußerste. Er dachte daran, einfach zu sagen: »Verzeihen Sie, aber Essen und Reden vertragen sich einfach nicht miteinander!« Vorher würde er aber noch diesen Unmenschen bitten, sich doch endlich dünnzumachen, wenn er es nicht lassen konnte, durch die Glastüre Gesichter zu schneiden und – sozusagen auf Herrn Meyerhaas' Kosten – auf Frau Schwabauchs Knie zu starren. Man mochte Herrn Meyerhaas all seiner irdischen Besitztümer beraubt haben, doch niemals – nein, auch nicht angesichts der Lebensbedrohung durch ein Torpedo – würde er sich behandeln lassen, als wäre er ein Zwischendeckpassagier. Das jedenfalls war er seinen Kindern schuldig.

»Oh! Paris und Helena!« Frau Schwabauch klatschte in die Hände. »Natürlich auf eine neue witzige Art.«

»Verzeihen Sie, bitte«, sagte Herr Meyerhaas, innerlich kochend vor Wut. Der Film-Fritze hatte schon wieder hereingegrinst.

»Ich könnte mir eine Kette aus Papierschiffchen um den Hals hängen. – Sie wissen doch: ›das Gesicht, das tausend Schiffe bewegte‹?« Frau Schwabauch kicherte mit immer noch zum Bersten vollem Mund.

Herr Meyerhaas war aber bereits aufgestanden. Er würde es nie über sich bringen können, ihr den Bund fürs Leben anzubieten, solange ihn dieser Film-Prolet äffte. Dieser Kerl da draußen war es, der an all den Verzögerungen, dem Ärger und den Ablenkungen dieses Tages Schuld trug. Nun war es an der Zeit, dem ein Ende zu bereiten. Er schritt zum Eingang der Bar.

»Sir!« sagte er streng zu Mr. Metunia.

»Hey, Franzy«, sagte dieser und hielt den bösartigen Hund zurück, den, wäre er nur einen Zentimeter weiter vorgedrungen, Herrn Meyerhaas' Fußtritt mit voller Kraft getroffen hätte.

»Sir, ich muß Sie ganz entschieden bitten, uns nicht weiter zu belästigen«, sagte Herr Meyerhaas tapfer.

»Kann mein altes Mädchen da drinnen schwimmen?« fragte der Film-Prolet. »Kann sie sich über Wasser halten?« Der Kerl stank nach Alkohol und versuchte, an Herrn Meyerhaas vorbei in die Bar zu sehen, doch Herr Meyerhaas stieß ihn zurück.

»Jetzt verschwinden Sie aber endlich!« forderte Herr Meyerhaas und lief rot an. Er war es, der sich um Frau Schwabauch zu sorgen und sie notfalls vor dem Ertrinken zu retten hatte. »Und falls Sie das als Beleidigung auffassen sollten, bin ich gerne bereit, Ihnen Satisfaktion zu geben! Ja, ich bestehe sogar darauf!« Noch nie seit seinen Studententagen, als einmal jemand Bier über das Foto seiner Mutter geleert hatte, war er so wütend gewesen.

»Sie meinen ein Duell?« wollte der Kino-Fritze wissen.

»Jederzeit. Wo immer Sie wollen. Ich stehe Ihnen zur Verfügung!« sagte Herr Meyerhaas.

»All right«, sagte der Film-Prolet. »Wenn wir nicht vorher ersaufen, warum nicht ein bißchen Sport nach dem Dinner?«

»Um elf Uhr! Am Bootsdeck!« warf Herr Meyerhaas hin. Dann fielen ihm die Visitenkarten ein, die die Schiffsdruckerei eben geliefert hatte. »Hier – meine Karte.«

Mr. Metunia nahm sie und griff nach der Blume in seinem Knopfloch.

»Hier – meine Blume«, sagte er und verzog sich mit seinem teuflischen Vieh.

»Sir!« rief ihm Herr Meyerhaas nach. »Sir!«

»Wir gehen als Zuckerbäcker!« begrüßte ihn Frau Schwabauch.

»Wie bitte?« Er hatte eben noch Zeit, die Nelke in die Tasche zu stecken.

»Ja, natürlich – als Konditoren!« sagte Frau Schwabauch strahlend. »Das ist die Lösung. Weiße Uniformen – die können wir leicht bekommen. Und wir tragen eine große Teigschüssel. In die können wir sogar unseren eisernen Proviant und die Schwimmwesten geben.«

»Frau Schwabauch –«, begann Herr Meyerhaas.

»Ich trage einen Nudelwalker und Sie eine hohe Kochhaube. Mr. Suki wird diese Dinge für uns besorgen.«

»Eine Kochhaube?« fragte Herr Meyerhaas verwundert.

»Ja – und selbstverständlich weiße Schürzen. Die bekommen wir von der Küchen-Wäscherei. Mr. Suki hat gerade mit den Leuten dort telefoniert.«

»Ich verstehe«, sagte Herr Meyerhaas.

»Aber die haben nur mehr eine Reserve-Teigschüssel in der Küche. Gehen Sie sie lieber gleich holen, bevor noch jemand anderer die gleiche Idee hat«, sagte Frau Schwabauch aufgeregt. »Sie können uns die große Schüssel nur noch für die nächsten zehn Minuten reservieren.«

»Ja«, gab Herr Meyerhaas zur Antwort. Wieder einmal mußte er verschieben, was ihm so am Herzen lag. Und plötzlich fiel ihm der ideale Zeitpunkt für seine Enthüllung ein: unmittelbar nachdem er dem Film-Proleten seine Lektion verpaßt haben würde. Ja, klar, angesichts des U-Boots und des Duells wäre ein Anhalten um Frau Schwabauchs Hand zum jetzigen Zeitpunkt entschieden verfrüht. Zweifellos mußte er sich vorher noch duellieren.

»Ich verstehe«, sagte Herr Meyerhaas erleichtert. »Ich denke, ich gehe jetzt die Teigschüssel holen.«

3

Das Telefon befand sich im Schlafraum von Mrs. Bosletts Suite. Fried hing fünfzehn Minuten lang an der Leitung und hörte sich McFinnans Gerede an. Als er dann in den Salon zurückkehrte, wußte er, daß es geschehen war. Das Ereignis, um dessentwillen er mit Mrs. Boslett Nachtwache gehalten hatte. Er erkannte es daran, daß sie so angespannt aufrecht saß und daß Viv nirgends zu sehen war.

»War das schon wieder dein Kollege?« fragte sie.

»Tja, er ist manchmal schrecklich lästig«, sagte Fried.

»Ich nehme an, die Sache mit dem Unterseeboot ist wahr?«

»Er hat jetzt nichts vom U-Boot gesagt. Diesmal ging es nur um den Kostümball.«

Plötzlich entdeckte Fried Viv: Er lag stocksteif in Mrs. Bosletts Schmuckkästchen, die Beine gestreckt, die Flügel über der Brust gefaltet, den Schnabel hochmütig angezogen. Da lag also Viv und schnitt den eigenen Sarg, ignorierte arrogant den Tod.

»Gerade nachdem Sie hineingegangen sind«, erklärte Mrs. Boslett.

Fried wußte nicht, was er sagen sollte. Es erwies sich als teuflische Aufgabe, Beileidsworte für einen eben verstorbenen Papagei zu formulieren.

»Und in den letzten Sekunden seines Lebens hat Viv etwas auf deutsch zu mir gesagt.«

»Was?« fragte Fried.

»Jawohl, auf deutsch«, beharrte Mrs. Boslett. »Etwas absolut Ekelhaftes.«

»Ach nein«, sagte Fried.

»Oh doch«, erwiderte Mrs. Boslett und richtete sich bolzengerade auf. »Ich hätte mir nie träumen lassen, daß er je solche Worte in den Schnabel nehmen würde. Jetzt vermute ich, daß er die ganze Zeit über schon deutsch gesinnt war. Würde mich auch gar nicht wundern; er war schließlich ein Geschenk meines ersten Mannes.«

»Tut mir schrecklich leid«, sagte Fried konsterniert.

»Ich vermute, es sollte ein Schock für mich sein. Er hat es sich bis zum letzten Augenblick aufgespart. Er wollte mich demütigen.«

»Halt, halt, einen Augenblick«, wandte Fried ein. »Ich bin überzeugt –«

»Nein, nein«, sagte Mrs. Boslett, nahm ein Goldband aus einem Perlmutt-Nähkästchen. »Nein, Viv wollte mich kränken. Ich habe ihn die letzten zehn Jahre hindurch so gelangweilt. Mit einem entschiedenen kleinen Knall schloß sie den Schmuckschatullen-Sarg und begann ihn mit dem Goldband zu umwickeln. Sie sprach und werkte präzis und effizient. »Am Anfang waren ich und Viv beide recht hübsch. Alle streichelten ihn. Auch mich wollten alle streicheln. Viv ließ sich gern streicheln. Halten Sie einmal rasch den Finger auf diesen Knoten.«

Fried legte seinen Finger auf den Knoten, während sie eine goldenen Masche knüpfte.

»Dann streichelten ihn die Leute nicht mehr. Nichtssagende Menschen altern recht gut, gutaussehende aber werden Freaks. Haben Sie das nicht bemerkt? Viv konnte mich nicht mehr ausstehen. Viv wußte, daß ich ein Freak geworden war.«

»Ach«, begütigte Fried. »Nein, Sie bilden sich das nur ein.«

»Tja – Freaks können manchmal recht interessant sein«, sagte Mrs. Boslett. »Sie zum Beispiel sind einen ganzen Tag bei mir hier geblieben, nicht? Jetzt können Sie Ihren Finger schon wieder fort nehmen.«

»Aber nicht weil –«

»Nein, ich glaube auch nicht. Das hatte nichts mit mir zu tun. Sie sind hier bei mir geblieben, weil Sie sich rasiert hatten. Sie wollten Ihren Gefährten nicht so rasiert unter die Augen kommen, und meine Suite war ein ausgezeichneter Ort, um sich vor ihnen zu verstecken.«

»Hören Sie mal, ich gehe herum – rasiert oder unrasiert – wie es mir paßt!« sagte Fried, der ziemlich wütend geworden war. »Warum auch nicht?«

»Ich weiß nicht warum«, sagte Mrs. Boslett. »Und es ist mir auch einerlei. Sie langweilen mich, Mr. Fried. Ich reise und reise und reise, doch am Schluß langweilt mich alles. Alles langweilt einen, wenn einen niemand mehr streichelt. Jeden Augenblick könnte uns ein Torpedo in die Luft jagen, und dennoch bin ich gelangweilt. Viv langweilte mich zu Tode.«

Sie war nun mit der Masche fertig. Während sie sprach, hatte sie noch alles hübsch zurechtgezupft. Fried wußte nicht, was er zu alledem sagen sollte.

»Bitte öffnen Sie jetzt das Bullauge, Mr. Fried.«

Er merkte zweierlei: In Mrs. Bosletts Auge – nur im linken – schimmerte es etwas feucht. Und das Telefon läutete schon wieder.

»Machen Sie schon endlich auf! Oder muß ich erst warten, bis ein Torpedo ein Loch für mich reißt?!«

Fried drehte an dem schweren Hebel, der das Bullauge verschloß. Die goldschleifengeschmückte Schmuckschatulle segelte hinaus und verschwand in der Nacht, ohne daß man ihren Aufprall in den Wellen gehört hätte.

»Ich finde wirklich, man sollte etwas gegen laute Telefone unternehmen, glauben Sie nicht auch?« sagte Mrs. Boslett völlig klar und gefaßt. Und erst als er später die Kabine verlassen hatte, griff sie nach ihrem Taschentuch.

»Ich habe doch bei etwas gestört – hoffe ich?« sagte McFinnan am anderen Ende der Leitung.

»Guter Gott, fängst du schon wieder an?« seufzte Fried.

»Nun, wenn ich bei nichts störe, dann komm doch gleich zu uns herauf. Wir haben ein großartiges Kostüm für dich. Das wird dich von allen Sorgen über U-Boote und so ablenken.«

»Viv ist gerade gestorben«, sagte Fried.

»Ein schrecklicher Schicksalsschlag«, meinte McFinnan ungerührt. »Hey, dank dir noch vielmals, daß du Oona so auf lange Zeit vertreten hast. Aber du solltest wirklich das Kostüm sehen! Bell hatte wieder einmal eine geniale Idee –«

»Ich habe dir doch schon gesagt –« Fried verstummte plötzlich. Mrs. Boslett war hereingekommen. Sie trug den Besen des Stewards. Nun setzte sie sich an ihren Toilettentisch und begann, ihr Haar nach vorne zu kämmen.

»Ich werde als Hexe gehen«, sagte sie.

»All right, ich treff' dich dann in meiner Kabine«, erklärte Fried dem Telefonhörer.

»Wunderbar!« sagte McFinnan.

4

Kapitän Deerling, der Zweite Offizier und der Chief Steward, der an die Passagiere Karnevalskram verteilte, kamen durch den Ballsaal heran. Reverend Kleinoff wartete, bis sie an der Ecke vorbei waren. Dann trat er hervor.

»Glaubt man mir jetzt endlich?«

»Und wie geht es Ihnen, mein Herr?« fragte Kapitän Deerling. »Ich wünsche einen schönen Abend.«

»Ist denn das Unterseeboot nicht Beweis genug!«

»Ich hoffe sehr, Sie werden sich ein wirklich tolles Kostüm ausdenken«, sagte Kapitän Deerling verbindlich.

»Wie alle sich fürchten, mich ernst zu nehmen!«

»Chief Steward Barr, bitte nehmen Sie unseren Freund hier ganz ernst«, gebot Kapitän Deerling.

»Aye, aye, Sir!« sagte der Chief Steward. »Habe ich soeben getan.«

»Na also«, meinte Kapitän Deerling und klopfte dem Reverend freundlich auf die Schulter.

»Die Menschen sollen erweckt werden!« verkündete Reverend Kleinoff zornig.

»Schon gut. Tun Sie das nur«, beruhigte der Kapitän. »Auf Sie werden die Menschen sicher hören.« Und gemeinsam mit seinen nun grinsenden Offizieren ging er zurück auf die Brücke.

»Das werde ich tun!« schrie der Geistliche hinter seinem Rücken.

Und diesmal würde er es wirklich tun. Er mußte ganz einfach. Er wandte sich an die Vorbeigehenden im Saal.

Noch nie hatte er etwas dieser Art getan. Es war so schrecklich peinlich. Er zündete sich eine Zigarette an. Und er schloß die Augen. Nun erschien es nicht mehr unmöglich. Mit geschlossenen Augen konnte er sogar »Ihr« sagen.

»Ihr sollt bereit sein«, verkündete er, sehr laut und sehr blind. Die Leute blieben stehen. »Wir sollten jetzt allein in unseren Rettungsbooten sein – mit reinem Herzen.« Er öffnete die Augen. Alle standen um ihn herum. Wieder schloß er die Augen. »Nicht dafür hat Er uns aus Ägyptens Joch erlöst! Nicht damit wir hier trinken, Pläne schmieden und tanzen. Glaubt mir! Für einen edleren Zweck bedarf Er unser. Doch wo ist der? Habt Ihr euch heute nur einen Augenblick lang gefragt: ›Wo liegt dieser Zweck? Wo?‹«

Seine Zuhörerschaft steckte die Köpfe zusammen, und schon ließ Hoffnung das Herz des Reverends schwellen. »Sie wollen nicht, daß ich euch diese Frage stelle«, sagte er. »Sie holten mich mitten in der Nacht ein, und sie spotteten meiner. Sie verwirrten mich«, fuhr er fort. »Doch jetzt ist mir alles klar. Ich frage euch: ›Wo liegt unser edlerer Sinn?‹ Denkt darüber nach, ich beschwöre euch! Wenn es uns nicht gelingt, die Wahrheit zu finden, dann wird die Wahrheit uns finden!«

Seine Zuhörer bildeten ein Kreis um ihn und hielten sich die Hände vor den Mund.

»Die Wahrheit liegt dort draußen in der Nacht, kaum hundert Meter von uns entfernt. Sie kommt über uns!«

Zwei Frauen flüsterten und kicherten.

»Hört mich an«, sagte Reverend Kleinoff. »Laut erschallt Sodoms Schrei. Und seine Sünde wiegt schwer.«

Alle lächelten.

»Das Licht leuchtet in der Finsternis«, schrie er voll Bitterkeit, »doch die Finsternis versteht es nicht!«

Von irgendwo hinten ließ sich eine Stimme vernehmen: »Mir scheint, Sie haben etwas in Ihrem Haar.«

Der Reverend zuckte zusammen und griff sich an den Kopf. Es war schrecklich: Da saß ein Clownshütchen mit langer Feder. Offenbar hatte es ihm der Chief Steward – ohne daß er es selbst gemerkt hatte – aufgesetzt. Die ganze Zeit über hatte es schon da oben gesessen. Der Reverend versuchte verzweifelt, es zu verhindern, und doch errötete er. Er riß sich das Hütchen vom Kopf, doch es blieb irgendwie an seinen Schläfen hängen.

»Schauen sie zur Seite«, sagte der Mann, der vorhin schon gesprochen hatte, und löste das Gummibändchen, das sich im Haar des Reverends verfangen hatte.

»Wer sind Sie?« fragte ihn der Reverend. Er war zu verwirrt, beschämt und zerstört, um sich förmlich zu bedanken.

»Neuhaus«, sagte der Mann mit einer leichten Verbeugung und verschwand um die Ecke.

»Warten Sie!« rief der Reverend.

Er zerknüllte die fatale Kopfbedeckung und steckte sie in die Tasche. Doch der Baron war schon verschwunden. »Sie sind der Einzige hier – Sie sind der Einzige – Wo ist er denn?«

Aber keiner wollte oder konnte es ihm sagen. Sie lachten alle noch immer.

5

Die Nachricht vom Auftauchen des U-Bootes ereilte Leon und Lenore in ihrer Kabine kurz vor neunzehn Uhr. Dort war er, um ihr beim Schließen ihrer Koffer zu helfen. Tatsächlich aber versuchte sie, ihn mit einer winzigen Nagelschere von sich abzuhalten. Dabei mußte sie so lachen, daß es ihr selbstverständlich nicht gelang.

In den Stunden davor, allein in seiner Kabine, hatte er auch Koffer geöffnet und Schubladen herausgezogen. Aber auch er hatte nicht wirklich gepackt, sondern nur Kleidung herumgeworfen, um ein grausames Bild zu überdecken. Und als er begann, den Lunch zu essen, den ihm der Steward gebracht hatte, hörte er das Heulen des Pudels. Eine tückische Halluzination, plötzlich das Klirren von Geschirr übertönend, auf- und abschwellend wie eine mächtige, sanfte Sirene, die die Erinnerung an die Zwinger vom vergangenen Abend mit sich trug. Er hatte seine Gabel fallen lassen und war schnurstracks zu Lenores Kabine gerannt.

»Ach da bist du ja, du mein junger Beschützer! Du mußt mir packen helfen.«

Er hatte sie einfach überwältigt, wild und genial meisterlich. Sie lachte und rügte ihn scherzend: Er sei ein Satyr, ein unmöglicher Mensch, sie würde seine Unersättlichkeit mit ihrer Schere beschneiden. In ihrer Gegenwart atmete er leichter. War er bei ihr, war er voll souveräner, betäubender Angriffslustigkeit, die ihn daran hinderte, irgend etwas anderes zu fühlen. War sie bei ihm, so konnte ihm kein U-Boot etwas anhaben – ja nicht einmal die Erlebnisse der vergangenen Nacht. Er mußte einfach bei ihr sein. Er lud sie, obwohl er nicht wußte, ob sich das schickte, zum Dinner am Tisch des Kapitäns ein.

Natürlich schickte es sich. Was wurde nicht alles an diesem fatal fröhlichen Abend im Speisesaal getan? Girlanden hingen von den Gesimsen: rot, grün, gelb. Man hatte für die Band in der Mitte des Saales ein Podium improvisiert, und die Musiker trugen kleine Feuerwehrhelme und spielten Wiener Walzer. In den Pausen hörte Leon das schwache, gespenstische Heulen von Franz Josef.

Der Kapitän persönlich würde anwesend sein, verlautbarte sein Leib-Steward, denn Kapitän Deerling verabsäume es nie, bei einer Gala auf seinem Schiff selbst zu erscheinen. Und seltsamerweise war an diesem Abend der Tisch des Kapitäns wieder von dem gleichen festlichen Geheimnis umgeben wie beim allerersten Zusammensein auf See. Und wie an jenem ersten Abend saß auch diesmal Mr. Lawton hinter seinem Stock verschanzt, abgeschirmt durch eine undurchdringliche Höflichkeit. Selbst beim Essen schien er leise zu lächeln. Der Baron hatte sich entschuldigen lassen. Auf seinem gewohnten Platz saß Lenore, die sich als Leons Geisel bezeichnete.

Sie tat, als sei nicht nur ihre Anwesenheit am Kapitänstisch, sondern überhaupt ihre ganze Freundschaft mit Leon eine Art festlicher Streich anläßlich des Galaballs, bei dem jeder mit etwas Humor mitspielen würde. Sie tätschelte mit demonstrativem Wohlwollen Leons Hand – kurz, sie benahm sich nun in Gesellschaft anderer und am Ende ihres Abenteuers wie ausgewechselt.

Und dann war da auch noch Ceil, ein grellbuntes Rätsel. Es zeigte sich, daß sie die einzige war, die bereits kostümiert war. Das Kostüm war ein phantastisches Ding, das eine schiffbrüchige Frau darstellte, eine Art weiblicher Robinson Crusoe. Rote Samtfetzen hüllten sie ein, waren aber an strategischer Stelle so zusammengefügt, daß sie ihren Busen vorteilhaft zur Geltung brachten. Ein lichter Kranz aus Seetang war in ihr hochgestecktes Haar geflochten. Auf ihren bloßen

Beinen und Armen glitzerten zahllose Wassertropfen, die aber in Wirklichkeit Glasperlen an hauchdünnen Fäden waren und mit jeder ihrer Bewegungen auf ihrer Haut tanzten: Noch nie war sie Leon so schön erschienen, noch nie hatten ihre Augen so innig gestrahlt.

»Natürlich!« sagte sie, als Lenore sie fragte, ob sie dieses brillante Kostüm selbst entworfen hätte. »Ich hab' den ganzen Tag daran gearbeitet. Ich habe einfach beschlossen, Modeschöpferin zu werden – Oh, das hab' ich dir ja noch gar nicht gesagt, Leon: Ich mache in New York eine Boutique auf, Ceil Originals – falls das die deutschen U-Boote zulassen – und ich werde in diesem Modell auch das Schiff verlassen, um die Aufmerksamkeit auf mein Projekt zu lenken. Oh ja, ich werde jeden nur möglichen Trick anwenden, Leon, jeden Trick, den es nur gibt. Ich werde eine gewiefte, harte Geschäftsfrau werden – a tough, hard business woman –, sehr erfolgreich und sehr unglücklich, wie eben alle diese Frauen in Amerika. Wird das nicht herrlich, Madame Professor?«

»Wie werden Sie dieses interessante Kleid nennen?« wollte Lenore wissen.

»Nennen? ›Weltuntergangskostüm‹ selbstverständlich! Das wäre jedenfalls für heute abend das passende Thema, finden Sie nicht auch? Wie wir alle zum Jüngsten Gericht erscheinen werden?« Sie lachte. »Nehmen Sie zum Beispiel mein eigenes Leben. Schiffbrüche spielten darin die entscheidende Rolle!«

Mr. Lawton aß und lächelte vor sich hin. Lenore sagte: »Eine höchst attraktive Schiffbrüchige.«

»Ach – und nun zu Ihnen, Frau Professor Fennicksen. Darf ich vielleicht Ihnen ein Weltuntergangskostüm für Sie vorschlagen?« fragte Ceil.

»Bitte!« sagte Lenore.

Ceil maß sie einen Augenblick lang. »Ein Pirat. Ja, ein charmanter, schlauer Pirat, der nie in seinem Leben Schiffbruch erlitten hat und dem auf seiner jüngsten Reise ein großer Fang gelingt. Richtig? Also: ein hautenges, schlüpfriges Kostüm – eine Augenklappe, eine lavendelfarbene Augenklappe – eine schwarze Rose hoch ins Haar gesteckt. Schwarze Slacks, ein rotes Hemd – findest du nicht auch, Leon?«

»Nun ja«, sagte Leon.

»Und jetzt zu dir, Leon«, fuhr Ceil fort. »Du bist noch so jung. Ich sehe dich ganz golden. Ich werde dich von oben bis unten in gelb kleiden. Allerdings hat man mit dir in letzter Zeit ein wenig herumgespielt, dich ein bißchen abgegriffen. Also werde ich da und dort ein paar ›Gebrauchsspuren‹ einplanen. Das wird dir ein abenteuerlicheres Aussehen verleihen. – Piratengold!«

Lenore sagte: »Wir haben noch nichts für Mr. Lawton.«

»Mr. Lawton!« rief Ceil amüsiert. Die gläsernen Perltropfen ihres Kostümes tanzten. »Oh nein, für Mr. Lawton gibt es kein Jüngstes Gericht. Der ist viel zu schlau. Er würde auf Verfahrensfehler und Justizirrtum plädieren! Und außerdem sorgt er dafür, daß alle Brötchen immer auf seiner Seite sind. Dem gelingt alles!«

Mr. Lawton nahm den kleinen Korb mit den Brötchen und hielt ihn ihr mit ruhiger Hand hin. Nur irgendwo in der heißen Serviette sah man ein winziges Zittern. Gerade noch im rechten Augenblick erschien plötzlich Kapitän Deerling. Er wirkte wie ein Fels in der Brandung. Sein Gesicht war leicht gerötet, und seine ordengeschmückte Paradeuniform (er hatte sich seit seinem letzten öffentlichen Auftritt schon wieder umgekleidet) ließ ihn etwas dicker erscheinen. Doch diese scheinbare Gewichtszunahme verstärkte nur die Sorglosigkeit, die er verbreitete, wenn er zwischen den Tischen durch watschelte. Er schien die Fähigkeit zu haben, alle auf ihn gerichtete Angst und Sorge aufzunehmen und in optimistische Fröhlichkeit verwandeln zu können. Jede Gruppe, an der er vorbeikam, wurde zunächst einmal still. Dann stießen sie einander mit den Ellbogen an, steckten die Köpfe zusammen und lächelten. Alle beruhigte die offensichtliche Heiterkeit, mit der der Kapitän dahintrottete. Alles, vor allem aber das U-Boot, wurde ein unterhaltender Zeitvertreib, der zu des Kapitäns gelassener Zufriedenheit genau zeitgerecht eintraf.

Kapitän Deerling selbst ignorierte den Eindruck, den er auf seine Passagiere machte. Bei der Vorstellung küßte er Lenore die Hand, strich ein wenig keck durch die Glasperlen, die von Ceils Nacken zu tropfen schienen, und bestellte einen Chateau Olivier. Er sagte, es sei doch allzuschade, daß diese die letzte Nacht einer so aufregenden und ereignisreichen Reise sei, nicht wahr? Und dabei blinzelte er Leon erstaunlich anzüglich zu.

Wie auf Befehl stellte Franz Josefs Geist sein satanisches Bellen ein. Dafür vernahm Leon plötzlich etwas anderes: etwas, das durchaus keine Halluzination, sondern wirklich war; und doch etwas, das er nicht gleich zu identifizieren vermochte.

»Wo ist denn unser Baron?« fragte Kapitän Deerling.

»Er hat mir gesagt«, erklärte Mr. Lawton lächelnd, »er würde den Abend brauchen, um seine Sachen in Ordnung zu bringen.«

»An unserem Gala-Abend? Aber das ist ja Desertion!« Der Kapitän mimte auf köstliche Art militärische Strenge.

»Schicken Sie doch Frau Professor Fennicksen«, sagte Ceil fröhlich. »Die bringt den Baron sicherlich zu uns zurück.«

»Ach so«, meinte Kapitän Deerling. »Madame Professor ist also eine gute Gentleman-Zurückholerin?«

»Ein guter Retriever, ein guter Bewahrer, und überhaupt gut bei allem, was sie tut«, erklärte Ceil.

»Sie sind zu gütig«, sagte Lenore.

»Schicken Sie doch Madame Professor zusammen mit Mr. Lawton!« schlug Ceil vor. »Auch er versteht zu bezaubern. Gemeinsam mit Mr. Lawton ist sie dann absolut unwiderstehlich!«

»Madame Professor«, wandte sich der Kapitän feierlich an Lenore. »Ich vereidige Sie hiermit als offiziellen ›Schulschwänzerkontrolleur und Retriever‹ der S.S. *Syngdam*. Heben Sie bitte Ihr rechtes Weinglas zum Schwur.«

Doch zum Zitieren der Eidesformel kam der Kapitän nicht mehr, denn Leon hatte inzwischen plötzlich entdeckt, was ihn nun schon die ganze Zeit über irritiert hatte.

»Das Schiff hat schon wieder angehalten«, sagte er.

»Oh?« fragte der Kapitän und hob amüsiert die Augenbraue.

»Ich höre kein Maschinengeräusch.«

Rund um den Tisch wurde es still. Und im selben Augenblick reichte ein Steward dem Kapitän eine dieser berühmten Expreßbotschaften. Diese aber knüllte der Kapitän Deerling nicht zusammen. Er sah sie an und schloß die Hand fast zärtlich um sie, als wäre sie eine Blüte.

»Ach, also werden wir doch durch die Explosion eines Torpedos in Trümmer gerissen!« Ceil lachte. »Also hätten wir uns doch alle gleich als kleine Trümmerchen kostümieren sollen. Sogar Mr. Lawton!«

»Guter Gott, nein. Nichts derartig Aufregendes«, beschwichtigte Kapitän Deerling fast entschuldigend. »Wir übergeben nur den deutschen Agenten, den wir an Bord verhaftet haben. Wir haben das Schiff nur angehalten, damit sie ihn abholen können. Unsere U-Boot-Freunde scheinen sich sehr nach diesem Burschen zu sehnen.«

Keiner sagte etwas. Der Kapitän schloß nun seine Hand völlig um die Botschaft, schnupperte an dem Chateau Olivier, nahm ein Schlückchen, urteilte und nickte. Der Sommelier schenkte ein. »Eigentlich sind sie ganz nett, unsere Freunde da unten«, plauderte der Kapitän munter weiter. »Sie haben extra gewartet, bis alle hier an Bord beim Dinner sitzen, wie ich sie per Leuchtsignal gebeten habe. Alles wäre perfekt und unbemerkt abgelaufen« – bums! An dieser Stelle bekam Leon einen wohlwollenden Schlag auf die Schulter –, »hätte unser junger Freund hier nicht das ganze Manöver durchschaut.«

Einen Augenblick lang herrschte völlige Stille. Leon begann, ein Licht aufzugehen. »Deshalb also haben Sie das Deck steuerbordseitig mit Seilen absperren lassen? Damit niemand sehen kann, wie sie an Bord kommen?«

Kapitän Deerling strahlte: »Ein richtiger Hellseher!«

»Oh, er ist wirklich großartig«, meinte Ceil. »Ich habe es euch ja gesagt: Durch und durch pures Gold!«

»Jetzt aber möchte ich einen Toast aussprechen«, sagte nun der Kapitän. »Zunächst einmal auf die strikte Vertraulichkeit, mit der wir alle diese Kleinigkeit behandeln werden; dann aber vor allem auf unseren phänomenalen jungen Freund.« Er legte den freien Arm um Leon und zwinkerte ihm voll väterlichen Wohlwollens zu. Es war, als sei für ihn die ganze Geschichte mit dem U-Boot nur eine weitere erwünschte Gelegenheit zu zeigen, wie sehr er unseren jungen Freund schätzte.

Und als im nächsten Augenblick Mr. Metunia und Raoul erschienen, war es, als hätte auch sie dieses Augenzwinkern des Kapitäns herbeigezaubert; so gebieterisch war es, so sehr Ausdruck weltmännischer Gewalt über das Schiff. Nur Billy war nicht mit ihnen gekommen.

»Ceil«, sagte Raoul.

»Raoul!« rief sie aus. »Ich fürchte, wir beide sind hoffnungslos.«

»Ich wollte dich heute schon anrufen, doch –«

»Schande über dich! Du warst bei meiner großen Entscheidung nicht zugegen. Ich werde in New York eine Boutique eröffnen.«

»Eine hervorragende Idee!«

»Ceil Originals. Ich werde schrecklich bourgeois und erfolgreich sein. Kein Mensch wird mich mehr erkennen. Und was hast du vor, falls wir überleben?«

»Er geht mit an die Westküste«, sagte Mr. Metunia plötzlich. »Wird eine Menge Geld verdienen.«

»Großartig!« sagte Ceil. »Nach Hollywood?«

»Na ja, das ist alles noch im Planungsstadium«, sagte Raoul rasch.

»Du mußt mir dann Filmstars als Kunden schicken.«

War denn wirklich Leon der einzige, dem das Mädchen fehlte? Waren sie denn alle blind? Billy war verschwunden! Leon ertappte sich dabei, wie er zu dem widerlichen kleinen Schnurrbärtchen in Raouls Gesicht sagte: »Ich hatte gedacht, Sie würden an der Ostküste bleiben. Wollten Sie nicht dort zusammen mit Billy an der Story für einen Film arbeiten?!«

»Ach, das ist alles noch völlig ungewiß«, sagte Raoul.

»Ja, wie geht es Miss Metunia wirklich?« fragte Ceil – und Leon hätte sie dafür am liebsten umarmt.

»Sie ruht jetzt«, sagte Raoul. »Sie fühlt sich etwas müde. – Aber wir müssen bald wirklich einmal miteinander sprechen, Ceil.«

»Ja natürlich. Unbedingt. Morgen.« Sie lachte. »Wenn es so etwas wie ›morgen‹ gibt.«

»Morgen?« verkündete Kapitän Deerling ungerührt. »Ihr prächtigen Leute werdet doch heut' abend bei mir am Ehrentisch im Ballsaal sitzen. Ich bitte, dies als einen Befehl aufzufassen!«

»Okay, Skipper«, sagte Mr. Metunia.

»Selbstverständlich auch Miss Metunia«, fügte Kapitän Deerling hinzu. »Oder wir lassen sie durch unseren ›Schulschwänzer-Kontrolleur‹ einfangen und herbringen.«

»Keine Sorge – sie kommt sicher«, sagte Mr. Metunia und ging weiter.

»Prächtig!« sagte der Kapitän und schlenderte davon. Die Hand mit der Botschaft behielt er in der Tasche.

»Ja, wir müssen wirklich miteinander reden!« rief Raoul Ceil über seine Schulter hin zu.

Eines war Leon völlig klar: In keinem Fall durfte er warten. Was er meiden mußte wie die Pest, war, darauf zu warten, daß sie plötzlich erscheinen würde. Er sollte sich einfach ablenken, fröhlich sein, sich vor dem Unterseeboot zu Tode fürchten – kurz, alles tun, was die Zeit vertrieb, ohne daß man gewartet hätte. Er hatte keinen Grund zu warten.

Und doch wartete er.

6

Das Warten begann schon mit dem Nachtisch, damit, daß man in die Kabinen zurückging und sich eine Kostümierung ausdachte; damit, daß überall schwarzbekappte Männer zu sehen waren; und mit seltsamen rhythmischen Geräuschen, die, so erschien ihm, klangen, als marschierten Truppen durch den Bauch des Schiffes.

Aber so richtig ging das Warten für ihn erst im Ballsaal los. Dort nämlich warteten alle anderen auch. Sie versammelten sich alle im Chez Transatlantique, alle bereit, entweder im Wasser oder im Exil zu ertrinken, doch alle auch in einem letzten Aufgebot von Prunk und Pracht, einer letzten königlichen Zuckung. Mit verbissener Extravaganz hatten sie sich herausgeputzt. Sie leuchteten, strahlten, selbst angesichts der unmittelbar bevorstehenden dunklen Bedrohung. Der Chief Steward mußte sich eingestehen: Eine Kostüm-Gala wie diese hatte es auf der *Syngdam* noch nie gegeben, nicht einmal bei den Abschiedsbällen von weltumspannenden Kreuzfahrten. Noch nie Ritter in derart prächtigen Rüstungen, noch nie Cowboy-Helden mit solch wahrhaft homerischen Revolvern, noch nie derart furchterregend bemalte Kannibalen.

Ceil hatte es erraten: Der Jüngste Tag. Während die *Syngdam* südlich an Neufundland vorbeidampfte, versammelten sich auf ihr Gestalten aller Kontinente und aller Epochen. Ein großartiges Gedränge war hier zusammengekommen, um den ersten Posaunen des anbrechenden letzten Tages zu lauschen. Aus den Dschungeln und Wüsten, aus Grüften, Grabmälern und von Bergeshöhn kamen sie durch die Glastüren getaumelt: turbangekrönte Sultane, schnurrbartbewehrte Muschiks mit Astrachenmützen, Pharaonen in goldenen Ketten, federgeschmückte Dandys der Englischen Restauration, Beduinenscheichs in Burnus, stolze mittelalterliche Damen in spitzen Hüten, Eskimohäuptlinge, Kosaken-Hetmans und Gangster aus Chicago.

Zu Dutzenden strömten sie schwungvoll herein. Doch einmal drinnen angelangt, verwirrte sie etwas. Vor dem Orchester, das noch nicht spielte (damit sollte es erst auf ein Zeichen des Kapitäns beginnen), wurden sie plötzlich unsicher. Sie zögerten – ob nun Orientalen oder Westmenschen – alle. Sie suchten nach ihren Tischen und unterwarfen sich trotz ihres prunkvollen Äußeren demütig den Direktiven des Stewards. Flüsternd saßen sie dann beisammen.

Also warteten sie, und wie sie wartete Leon mit seinen Gefährten am Tisch des Kapitäns. Mr. Lawton trug einen Hut aus Zobel und eine schwarze Domino-Maske, so daß seine strahlendweißen Zähne den einzigen Kontrast bildeten; doch selbst diese waren halb unter einem angespannten Lächeln verborgen. Der Baron war immer noch nicht aufgetaucht. Lenore war tatsächlich als Piratin gekommen; doch ob sie dies getan hatte, um Ceil zu necken, oder nur einfach Ceils Rat befolgt hatte, hätte Leon nicht zu sagen vermocht. Er selbst war Napoleon – das war noch die einfachste Lösung. Doch irgendwie stellte seine Stirnlocke Lenore nicht recht zufrieden, denn sie kämmte sie immer wieder nach vorn. Aber jedesmal krümmte sich die Locke kurz darauf wieder nach oben. Nach einer Weile wurde förmlich ein Spiel daraus. Beide waren dafür dankbar, daß ihnen dieses Scherzspiel die Zeit vertrieb. So widmeten sie sich eben der Stirnlocke mit gespieltem Ernst und warteten.

Ceil, selbst äußerst munter, beteiligte sich auch bald an diesem merkwürdigen Spiel. Ihr war Napoleons Zweispitz ein Dorn im Auge. Immer wieder riß sie ihn von Leons Kopf, bog ihn erst in diese, dann in jene Form und warf das Ding schließlich voll Abscheu fort. Sie faltete ihrem Napoleon aus dem Karton einer Weinkarte eine neue Kopfbedeckung. Dabei glückte ihr ein solches Meisterstück, daß sie beschloß, es für sich zu behalten, um irgendwann das Schaufenster ihrer erträumten Boutique in New York damit zu schmücken. Einstweilen hing sie den königlichen Hut an den Luster über dem Tisch, um die Aufmerksamkeit künftiger Kunden auf sich zu lenken. »Lèse-majesté!« riefen Leon und Lenore wie aus einem Mund. Mr. Lawton lächelte. Und alle warteten sie.

Und langsam fing es an: Kapitän Deerling trat aus der Türe, die zu den Offizierskajüten führte. Beinahe gleichzeitig, und wieder, als geschähe dies auf ein geheimes Zeichen des Kapitäns, kamen die Metunias vom Korridor herein. Mr. Metunia selbst war nicht kostümiert – jedenfalls konnte Leon nichts dergleichen erkennen. Raoul kam als Rauchfangkehrer verkleidet. Zwischen den beiden erschien ein zarter Engel: Ein Heiligenschein aus Straß schwankte über dem Köpfchen, und zwei kleine Papierflügel hingen von seinem Rücken herab.

Das weiße kurze Nachthemd, das sie trug, und die fiedrig zarten, langen Höschen – es war das perfekte Abbild eines jungfräulichen himmlischen Cherubs! Was immer sie auch trug, schmiegte sich stets mit teuflischer Süße an ihre Gestalt. Doch das allein war es nicht, was Leon das Blut durch die Adern jagte. Nein – es war die Art, wie sie Eiscreme aß – selbst im Gehen; wie sie das Eis mit einem winzigen rosa Aufblitzen ihrer Zunge aus dem Becher löffelte; es war die helle Eifrigkeit, der unschuldig seitwärts geneigte Kopf, der ihr die Höhlung des Löffels erreichen half, um auch noch den letzten Rest der Köstlichkeit aufzulecken; und wie sie dann Raoul den Becher reichte, damit er ihn wegwerfen sollte; und die Klein-Mädchen-Verbeugung – beinahe schon ein Knicks – mit der sie jeden am Tisch begrüßte, Leon selbstverständlich eingeschlossen; und wie sie sich dann setzte, das Engel-Mündchen geschürzt, mit dem sie immer noch, etwas scheu, letzte Spuren von Eiscreme von ihren Fingerspitzen küßte; und wie sie dann wieder ganz Wohlanständigkeit wurde, mit der Serviette zart ihre Lippen betupfte, sich schließlich im Sessel zurücklehnte und sich von Raoul Feuer für ihre Zigarette geben ließ.

Er war nicht wirklich wütend – noch nicht. Er war einfach verblüfft. Daß sie imstande war, aus dem Pfuhl der Zwinger-Nacht so taufrisch hervorzutreten! Daß sie mit solcher Unverschämtheit das artige Kind aus gutem Hause spielte – ohne Stigma oder Satanszeichen auf ihrer milchigweißen Haut, die jetzt noch blasser erschien als vorher. Und jetzt blies sie auch noch Rauchringe!

Darauf hatte er gewartet. Er verabscheute sie. Ein solches Maß an Frechheit nahm ihm einfach den Atem. Es war einfach himmelschreiend. Und tatsächlich schien der Himmel zu antworten. Ein unsichtbares Feuer schwebte herab. Der Kapitän war der erste, der sich in einen Dämon verwandelte.

Kapitän Deerling kam auf den Tisch zugerollt. Seine Backen glühten förmlich vor fröhlicher List, bis unter den Bart schimmerte die Rötung. Ein etwas dicker, wohlmanikürter kleiner Finger klopfte auf einen der goldenen Knöpfe unterhalb seiner Ordensleiste.

»Ah«, sagte er. »Absolut pünktlich. Bravo.« Der Tisch des Kapitäns stand in einem Alkoven des Chez, und obwohl nur wenige ihn sehen konnten, hatte doch jeder sein Eintreten bemerkt. Die Stille, die vorher schon geherrscht hatte, wurde noch intensiver. Kapitän Deerling ließ den Blick eines gewieften Impresarios über die bunte Menge der Kostümierten gleiten und wandte sich dann wieder den Gästen an seinem Tisch zu.

»Nanu, es scheint, wir sind ein wenig übernächtig«, sagte er zu Mr. Metunia. »Auch Miss Metunia sieht ein bißchen blaß aus. Vielleicht könnten wir alle etwas Unterhaltung gebrauchen – während wir auf unseren lieben Baron warten? Vielleicht etwas ganz Spezielles?« Kapitän Deerling kicherte. Sein kleiner Finger schlug auf dem Goldknopf Takt. »Nun, es ist mir gelungen, die Deutsche Kriegsmarine für Sie zu engagieren!« Er neigte sich vor, als erwarte er Applaus. »Sie sind gekommen, um ihren Agenten von unserem Schiff zu holen. Ich habe soeben mit dem Wehrmacht-Offizier geplaudert, der das Enterkommando anführt. Er meinte, er würde sich gerne auf einen Drink zu uns gesellen!«

Kapitän Deerling machte eine Pause. Er gab sozusagen seiner sensationellen Ankündigung Raum. Von jedem einzelnen Gesicht der Gäste an seinem Tisch las er dessen Reaktion ab. Mit jovialem Vorwurf legte er seinen Arm um Mr. Metunias Schulter. »Tut es Ihnen denn nicht leid, sich zur Unterhaltung des Herrn von der Kriegsmarine nicht etwas origineller gekleidet zu haben?«

Kapitän Deerling gab dem Steward, der ihm gefolgt war, ein Zeichen. Pop, knallte der Korken. »Ich habe mein möglichstes getan«, sagte Kapitän Deerling. »Ich habe meinen ältesten Champagner gebracht.«

Kapitän Deerling wollte eben genießerisch an der Köstlichkeit schnuppern, doch stellte er sein Glas jäh nieder. Er trat einen Schritt zurück. Sein kleiner Finger hörte auf zu klopfen. Auch Mr. Metunia hatte sich nun in einen Dämon verwandelt.

Mr. Metunia war zu etwas völlig Monströsem geworden, und es war selbst Leon entgangen, wie rasch es zu dieser Verwandlung gekommen war. Das schwarze Stück Pudelhaar war plötzlich wieder aufgetaucht und saß nun wieder zwischen Mr. Metunias Nase und Oberlippe. Auf der einen Seite hatte er sein eigenes schwarzes Haar nach vorne geschüttelt. Es schien, als hätte man sein Rückgrat durch einen Rammstock ersetzt: Mr. Metunia war nun eine grotesk komische Karikatur Adolf Hitlers.

»Oh«, sagte Kapitän Deerling. »Sehr – sehr gut.«

Adolf Hitlers schweigender Tyrannenblick durchbohrte die Paradeuniform des Kapitäns.

»Nun ja, das – ja, das ist sicher eine höchst originelle Art, einen Leutnant der Deutschen Kriegsmarine zu empfangen«, sagte Kapitän Deerling. Er lächelte auf eine Art, die Leon bei ihm noch nie gesehen hatte: mit einer Grimasse, die die Ecken seines Mundes bis hinter die unwürdig lückenhaften Backenzähne zurückspannte.

Adolf Hitler, den Fell-Schnurrbart schief im Gesicht, begann sich zu erheben.

»Aber ich würde doch vielleicht ein anderes Kostüm empfehlen«, bat Kapitän Deeling, immer noch mit zum Lächeln verzerrtem Gesicht.

Nun stand Adolf Hitler aufrecht. Er hob seine Hand sehr hoch zum verpönten, wohlbekannten Gruß.

»Oder vielleicht auch überhaupt keine Maske«, hakte Kapitän Deerling nach. Rasch schob er den Steward zur Seite und schenkte nun den Champagner selbst aus. »Genau genommen ist für Sie überhaupt kein Kostüm vorgeschrieben. Sie haben meine Sonderermächtigung, haha. Kommen Sie einfach als Mr. Metunia. Sie können jetzt aufhören.«

»Ja«, sagte Adolf Hitler nun gewichtig und auf deutsch.

»In Wirklichkeit sind Sie mir ohne Verkleidung viel sympathischer«, sagte Kapitän Deerling lächelnd, während er Champagner eingoß. »Ja, ich denke, das wäre einfach am besten. Ich möchte, daß die Kerls sehen, wir haben einen wirklich bedeutenden Gast an Bord. Eine prominente Persönlichkeit, Repräsentant einer neutralen Großmacht. Wie es jetzt aussieht, ist Ihre Anwesenheit an diesem Tisch und zu diesem Zeitpunkt von entscheidender Bedeutung.«

Mit schrecklichem deutschen Akzent sprach nun Adolf Hitler: »Sie sind also der einzige mit etwas Mumm in den Knochen an diesem Tisch, ja? Sie – mit Ihrer lächerlichen Funkstille!«

»Ach, Mr. Metunia!« Der Kapitän lachte. Ein Tropfen Champagner fiel auf die Tischplatte. Er wischte ihn fort und sprach immer weiter. »Mumm? Lächerlich! Das gehört alles mit zu meinem Job. Nur ein wenig Zuversicht verbreiten und Panik vermeiden. Nur ein paar Flaschen Champagner!« Der Kapitän, immer noch über die Gläser gebeugt, blinzelte hoch, sah immer noch Adolf Hitler und fuhr rasch mit der Bewirtung fort. »Reine Routine! Nicht weltbewegender als ein Feuer im Maschinenraum, währenddessen wir damals einfach durchgetanzt haben! Ja – ist erst vier Jahre her – Sie können's im Logbuch nachlesen! Oder die Epidemie, die wir auf der Kreuzfahrt zum Nordkap hatten – eine völlig echte Epidemie, zwei Tote –, auch das steht alles im Logbuch. Würde manche meiner großmäuligen jüngeren Offiziere überraschen – die Kerls, die mich hinter meinem Rücken immer ›Cocktail Commodore‹ nennen, diese unverschämten Burschen, die mir wegen eines kleinen, unbedeutenden U-Bootes Riechsalz anbieten wollen.«

Nun waren alle Gläser gefüllt, doch der Kapitän, dessen Blicke Adolf Hitler sorgfältig auswichen, schenkte noch schlückchenweise nach, bis alle Gläser gleich hoch mit Champagner gefüllt waren.

»Nein, nein, als ich die Nachricht vom Kriegsausbruch erhielt, da sagte ich mir, das wird ja doch nur wieder eine weitere Eintragung im Logbuch, ganz wie damals, als wir Feuer im Maschinenraum hatten. Überspiel es einfach. Tanze einfach durch. Laß die Passagiere den Cocktail Commodore ruhig belächeln, laß sie –«

Kapitän Deerling hörte auf einzugießen. Er mußte wohl, da nun alle Gläser gleichmäßig gefüllt waren. Er schien vom präzise gleichen Pegelstand überwältigt. Schließlich sah er wie hilfesuchend zu Adolf Hitler auf. Die gesunde Röte schwand aus seinen Backen. Seine Stimme klang um eine Oktave tiefer. »Mr. Metunia«, sagte er, »werden wir doch jetzt alle einmal vernünftig.«

Adolf Hitler behielt seine groteske Grußhaltung bei.

»Mr. Metunia«, sagte der Kapitän. Er war bleich geworden und sprach langsam. »Der kritische Punkt kommt, sobald der deutsche Agent das Schiff verlassen hat.«

Mit unheilvollem Stirnrunzeln und finsterem Blick rückte Adolf Hitler seinen Schnurrbart zurecht.

»Wir haben den Agenten gut behandelt, Mr. Metunia. Wir haben alles Erdenkliche getan. Bisher haben die Deutschen keinen Grund, mit uns unzufrieden zu sein. Ich glaube, Sie sollten jetzt aufhören.«

Daraufhin begann nun Adolf Hitler, wie wild nach allen Seiten hin zu salutieren. Billy kicherte erregt.

»Der Offizier kann jeden Moment erscheinen, Mr. Metunia ...«

»Mr. Metunia, ein harmloser Drink mit ihm könnte die Lage retten ...«

Der weiße Handschuh des Kapitäns tastete unsicher nach Adolf Hitlers Rockaufschlag. Doch der Diktator war völlig von Sinnen, für keinerlei Vernunftgründe erreichbar.

Kapitän Deerling erblaßte völlig. Er raffte sich dazu auf, wütend zu werden: »Der deutsche Offizier ist mein Gast! Ich kann nicht zulassen, daß ein Betrunkener meinen Gast beleidigt!«

Adolf Hitler lachte kurz und irre auf.

»Mr. Metunia ...«, bat der Kapitän.

Adolf Hitler kratze sich hoheitsvoll mit seiner freien Hand.

Und nun langte Kapitän Deerling hin und versuchte, Mr. Metunias »Heil-Hitler«-Arm herunterzudrücken. Erst versuchte er es mit einer Hand, dann mit beiden, er stöhnte unter der lächerlichen Anstrengung. Mit einer einzigen raschen Bewegung trat Adolf Hitler zurück und ließ seinen erhobenen Arm fallen. Durch die Verlagerung des Gleichgewichtes stürzte Kapitän Deerling zu Boden. Er fing den Sturz mit dem Ellbogen ab und landete auf den Knien. Den ausgeschütteten Champagner-Kelch hielt er immer noch in Händen. So verharrte er einige Sekunden lang, eine absurd prunkvolle, gold-ausstaffierte, kläglich in sich zusammengefallene Puppe.

»Mr. Metunia, ich fürchte, wenn Sie ... Ich fürchte ...«

Plötzlich kniete auch Adolf Hitler neben ihm und wurde wieder zu Mr. Metunia, der seine Hand tröstend auf die Schulter des Kapitäns legte.

»Jetzt haben Sie endlich einmal etwas Ehrliches gesagt«, meinte Mr. Metunia anerkennend. »Jetzt sind Sie mein Bruder.«

Daraufhin warf Kapitän Deerling den Kopf zurück. Er war bemüht, sehr rasch wieder auf die Beine zu kommen, so als sei er nur eben gestolpert, und watschelte schnell zur Türe, durch die der deutsche Offizier kommen sollte. Er watschelte weiter, bedachte seine Tischgäste mit einem um Vergebung heischenden Lächeln und ging hinaus, immer noch den Champagnerkelch in der Hand. Seine Uniform war bis auf die kaum merklichen Schmutzflecke an den Knien immer noch tadellos.

Dem Ersten Offizier war es geglückt, den Wehrmachts-Offizier von der Szene im Speisesaal abzulenken, doch Kapitän Deerling erfuhr dies erst, als alles längst vorbei war. Als er unter der Brücke ankam, sah er nur noch, wie die deutschen Matrosen sein Schiff verließen. Mit ihren schrecklichen, blanken, aufgepflanzten Bajonetten kletterten sie die vordere Leiter hinab. Da ihm aber an diesem Abend wirklich nichts erspart bleiben sollte, fiel sein Blick auf eine Gestalt bei der Landkarte mit den Weltzeitzonen. Der Baron hatte offenbar nichts Besseres zu tun, als dort mit seiner Uhr herumzuspielen – den deutschen Matrosen direkt im Weg. Sie mußten tatsächlich um ihn herumgehen, um zu der Leiter zu gelangen. Die völlige Geistesabwesenheit des Barons empörte Kapitän Deerling so sehr, daß er sofort auf diesen zulief, ehe er selbst sich noch weitere Gedanken über den deutschen Offizier machen konnte.

Ganz wie immer begrüßte ihn Baron Neuhaus mit einer knappen verbindlichen Verbeugung. Doch trug er diesmal seinen Smoking ohne Masche. Sein Kragen war aufgeknöpft und hing weit offen wie bei einem Tramp. Etwas rötliches Brusthaar sah hervor.

All das sah dem Baron so gar nicht ähnlich, als wäre er ein anderer Mensch, ja als wäre es Teil eines Komplotts, das er gemeinsam mit Mr. Metunia geschmiedet hatte. Für Kapitän Deerling bedeutete das den Verlust von Anstand und Ordnung auf seinem Schiff, ein Chaos, das auf ein feindliches Torpedo wie eine Einladung wirken mußte. Der Nazi durfte das auf gar keinen Fall sehen.

»Herr Baron!« rief der Kapitän, als wolle er diesen unwürdigen despektierlichen Anblick verscheuchen.

»Ich stelle meine Uhr auf die richtige Zeit – von Wiener Ortszeit«, sagte der Baron völlig ruhig.

»Herr Baron, wenn Sie vielleicht – Wollen Sie denn nicht hinunter ins Chez gehen und sich an der allgemeinen Unterhaltung beteiligen?«

Mit dem kleinen Saphir in der Krone seiner Uhr ritzte der Baron soeben ein kleines Kreuz über dem einundsiebzigsten Längengrad – etwa an der Stelle, an der sich die *Syngdam* nun befand.

»Würden Sie bitte mit einer Botschaft von mir hinunter ins Chez gehen? Sagen Sie ihnen bitte, die Musik soll zu spielen beginnen.«

Der Baron setzte noch sein Monogramm unter das Kreuzlein. »Ich habe Smoking-Maschen immer schon gehaßt. Sie nicht auch?« sagte er. »Immer schon wollte ich meine Initialen irgendwo einritzen ...«

Doch die deutschen Bajonette, der chaosverheißende offene Kragen und die roten Brusthaare des Barons demoralisierten den Kapitän so sehr, daß er rasch auf die Brücke flüchtete.

Kapitän Deerlings Botschaft hatte sich erübrigt. Im Chez spielte inzwischen längst die Musik. Der Konzertmeister, durch den plötzlichen Abgang des Kapitäns verwirrt, hatte mit der ersten Tanznummer begonnen. Auch für den nervösen Chief Purser war das ein Signal, Hunderte von bunten Ballons loszulassen. Von hellen Posaunenstößen getrieben, schwärmten sie hoch.

Nichts sonst bewegte sich im Chez Transatlantique. Prinzen, Scheichs und Häuptlinge saßen wie erstarrt, während ihnen *Hey Daddy!* um die Ohren schwirrte. Sie gaben sich der Melodie mit jener eigenartigen Impotenz hin, die Menschen überfällt, die bei Tanzmusik regungslos sitzen müssen. Nur ihre Gesichter hoben sich ein wenig, um den Flug der Ballons zu verfolgen. Ihre Köpfe mit Hüten und Puderperücken waren ihnen zwischen die Schultern gesunken. Sie glichen einer prächtigen Horde von Clowns, die eine plötzliche Lähmung überkommen hatte.

Auch die Gäste am Tisch des Kapitäns saßen still da. Die Piratin, der Schwarze, die schiffbrüchige Frau, der Rauchfangkehrer und Leon, der Napoleon. Nur der kleine Billy-Engel war in Bewegung und klopfte eine neue Zigarette aus ihrer Packung. Sie neigte sich nach vorne, wobei ihr kleiner Heiligenschein mitnickte, zu Raoul, der ihr Feuer gab.

»Wunderbar.« Raouls rußgeschwärzte Hand wies auf den verschwundenen Kapitän.

»Wunderbar?« sagte Mr. Metunia, und Leon sah, daß er immer noch auf den Knien lag, sich dabei aber recht wohl fühlte. Dann setzte er sich, immer noch am Boden, auf seine Fersen, die Arme gekreuzt, völlig gelöst und bequem – bequemer als irgendwer sonst in dem Alkoven. »Wunderbar?« sagte Mr. Metunia noch einmal zu Raoul. »Wie wär's, wenn Sie ab jetzt ein ›Wunderbar-Sager‹ würden? Wenn Sie sich bezüglich Hollywood entschließen würden?«

»Ach, Sie wollen wirklich nach Hollywood?« fragte Billy Raoul. »Das sollten Sie tun!«

»Nun, es ist immer noch alles in Schwebe«, antwortete Raoul. »Ihr Vater ist diesbezüglich so ernsthaft geworden, während Sie ruhten –«

»Er wird großartig sein!« sagte Mr. Metunia. »Internationale Werbung. Wird all diese Leute dazu bringen, ›raus in den Regen zu gehen‹.«

»Sicher wird er das!« Eine wilde Rauchwolke schoß aus dem Mund des Engels.

»Alle sitzen wir hier herum, anstatt uns der Musik hinzugeben und zu tanzen«, meinte Ceil.

»Ja, du hast recht!« Raoul lächelte. »Tanzen wir, solange wir noch ein Schiff haben.«

»Nein, besprechen wir die Sache lieber, solange wir noch ein Schiff haben«, korrigierte Billy und nahm einen langen Zug an ihrer Zigarette.

Auch Raoul zündete sich nun eine Zigarette an. »Ich habe Ihrem Vater gesagt, ich würde gerne an der Ostküste bleiben, wo Sie und ich –«

»Machen Sie sich bloß keine Sorgen über irgendeine Ostküste«, sagte nun der Engel und blies eine ganze Reihe kleiner Rauchringe.

»Ja«, warf Mr. Metunia hin. »Billys Mutter lebt im Osten. Sehr erzbürgerliches Connecticut. Da gibt's nicht viel für Ausländer. Im Osten ist überhaupt nicht viel los. Keine Filmjobs.«

Der Engel gab Raoul einen Rüffel, als wollte er ihn in Bewegung setzen: »Go West, young man!«

»Warum tanzt denn niemand?« wollte Ceil wissen.

»Nun, ich möchte mir Ihr Angebot noch ein wenig überlegen. Meanwhile, give me a raincheck«, sagte Raoul zu Mr. Metunia.

»Es regnet aber nicht«, antwortete Mr. Metunia.

»Ach, es ist doch alles noch so sehr theoretisch«, sagte Raoul. »Ich meine: Wer weiß, ob wir überhaupt jemals an der Ostküste ankommen werden?« Er versuchte zu kichern. »Wenn zum Beispiel der deutsche Offizier unseren Kapitän nicht mag –«

»Ach, hör schon auf und geh nach Westen!« sagte Billy. Ihr Gesicht war weiß wie ihr Nachthemd, aber sie blies die vollkommensten

Rauchringe, die Leon je gesehen hatte. »Gütiger Gott, fangt doch endlich zu tanzen an!« rief Ceil in den Ballsaal hinein.

»Darf ich um diesen Tanz bitten?« fragte Raoul den Engel drängend.

»Ich blase aber gerade Rauchringe«, sagte der Engel.

»Haben Sie sich's schon überlegt?« fragte Mr. Metunia. »Ich muß meinen Promotion-Leuten ein Telegramm schicken, sobald die Funkverbindung wieder klappt.«

»Womit ich gerechnet habe«, sagte Raoul, »schlimmstenfalls könnte ich ja regelmäßig von Los Angeles zurückfliegen.«

»Natürlich«, meinte Mr. Metunia. »Sind ja bloß ein paar Stunden.«

»Kaum der Rede wert«, sagte der Engel.

»Für eine Weile könnte ich versuchen, den Hüpfer zurück an die Ostküste oft genug zu machen.«

»Jetzt sehen Sie die Sache schon praktischer«, sagte der Engel.

»Hurra«, sagte Mr. Metunia. Er erhob sich von den Knien und machte sogar einen schnittigen Two-Step auf den Tisch zu. »*Hey Daddy*«, hörte man von der Band, »*I want a diamond ring …*«

»Wollt Ihr mich bitte entschuldigen«, sagte der Engel seidenglatt. Und nun war sie schon beinahe fort, nahe der Türe, ihr Heiligenschein nickte über dem blassen Hals und dem dunklen Haar. Ihre Hand mit der langen Zigarettenspitze bewegte sich in den gleichen seltsamen, raschen Rhythmen wie ihre kleinen Füßchen in den Sandalen.

Leon entschuldigte sich nicht einmal. Er gehorchte ganz einfach dem Sog, der ihn hinter ihr her zog.

Es kam Leon nie zu Bewußtsein, doch es war sein Abgang, der das ganze Pandämonium auslöste. Nicht etwa Billys Verschwinden, das völlig poliert und dezent war, sondern seine hastige Verfolgung, bei der er in Tische rannte und auf dem Parkett geräuschvoll aufstampfte. Es war das erste Stück Wildheit, das sich im Ballsaal zeigte. Es brach das Eis, wie ein Kiesel, den man auf die glasig-glatte Oberfläche eines Sees wirft.

Wie von einer Welle getragen, erhob sich Mr. Lawton, verbeugte sich, stieß mit seinem Spazierstock auf, hart und schwarz, und eilte quer über das Tanzparkett dem Ausgang zu. Gleich danach hob eine Strömung Ceil aus ihrem Sitz und trug sie ihm – sozusagen in seinem Kielwasser – nach. Schneller als er, überholte sie ihn in der Mitte der Tanzfläche. Einen Augenblick noch wurde die steigende Wildheit durch ihren leisen, disziplinierten Wortwechsel in Schranken gehalten.

»Mr. Lawton! Sie haben vergessen, mich um diesen Tanz zu bitten!«

»Ich muß Baron Neuhaus suchen.«

Ihr Arm lag bereits in der richtigen Position auf seiner Schulter. »So kommen Sie doch! Ich möchte auf meiner letzten Gala tanzen!«

»Du machst eine Szene«, flüsterte er.

»Komm«, sagte sie. »Unsere letzten Minuten.«

»Wir werden einander schreiben –«

»Das werden wir wohl nicht! Aber jetzt werden wir tanzen!« Mehr und mehr Gesichter belebten sich. Die Wildheit trug sie hoch wie eine Woge. Sie machte einige Tanzschritte um ihn herum.

»Komm! Hast du nicht gesagt, du bist ein Profi? Um uns ist nichts wie Musik!«

»Du willst mich nicht wirklich tanzen sehen«, flüsterte er.

»Komm!« sang sie fröhlich. »Mein Abschiedsgeschenk! Statt Blumen!« Einige Leute begannen bereits im Rhythmus ihrer Schritte zu klatschen. Der Konzertmeister lächelte. Ihre Bewegungen beflügelten seinen Taktstock.

»Hör mal!« Auch ihn hatte diese seltsame Wildheit erfaßt. »Zwing mich nicht!«

»Wer wird mit mir in der Küche tanzen?« sang sie. »Wer wird mit mir tanzen, wenn ich ertrinke?«

»All right!« Er stieß sie von sich.

Beinahe wäre sie gestürzt, doch fand sie ihr Gleichgewicht wieder. Sie klatschte anfeuernd im Takt der Band.

»All right, schon gut – ich werde es dir zeigen!« sagte er leise mit tiefer Stimme.

Ceil klatschte nur noch lauter. Überall im Saal steckte ihr Klatschen andere an. Seine Augen blieben unverrückbar auf sie geheftet. Er warf seinen Stock fort, auch seine Maske. Und als ein Aufschrei ertönte, ließ ihn das vollends hochfahren. Gleichzeitig zerstückelte dieser Sprung sein gepflegtes Aussehen wie ein Kaleidoskop, ließ es nur noch aus Augen und Zähnen bestehen, die grellweiß aus dem Schwarzen brachen. Er streckte die Arme aus. Seine langen Finger spreizten sich wie das Rad eines Pfaus. *Hey Daddy!* Sein ganzer Körper grinste, verrenkte und schüttelte sich, steppte und bog sich. »*I want a brand-new car.*« Er wirbelte herum, bockte und stampfte immer wieder rhythmisch mit seinem einen Bein. »*Champagne, caviar. Hey Daddy.*« Wieder ertönte ein Schrei. Dann warf sich Ceil ihm entgegen. Sie klammerte sich an seine Schultern, schwankte und schwang mit ihm, nicht abzuschütteln, steppend, singend: »*Daddy, you ought to get the best for me.*« Zum ersten Mal in seinem Leben tanzte Mr. Lawton nicht allein. Und ein Pascha griff sich eine Amazone. Attila hatte sich Queen Elizabeth erkoren. Eine Meerjungfrau tanzte Jitterbug mit einem Indianerhäuptling. Mr. Metunia nahm die Piratin Lenore in die Arme. Giganten der Menschheitsgeschichte, die größten Rassen und Kulturen wirbelten und hüpften durch das Chez Transatlantique, schüttelten sich und schwankten, sangen und klatschten rhythmisch. Ballons barsten an der Decke, und der Chief Purser ließ emsig weitere Hunderte davon aufsteigen. Die Band lockte mit Streichern, Holzbläsern und Schlagwerk:

»*Hey Daddy, I want a diamond ring...*
Bracelets, everything ...
Hey Daddy ...«

7

Leon hatte eben die Halle betreten, da schlossen sich die Türen des Aufzugs hinter ihr. Der Pfeil zeigte nach oben. Er raste die Treppe hinauf. Doch jedesmal, wenn Leon bei den Aufzugstüren eines Decks angelangt war, zeigte der Pfeil wieder nach oben. Als er am obersten Deck war, war er wohl schon zu weit zurückgeblieben. Sie war nirgends zu sehen. Er sah auf all die von Planen eingehüllten Formen unter den Sternen. Nichts. Nirgends. Stille, Schweigen. Und dann bemerkte er auf einmal den Heiligenschein und die kleinen Flügel – einen Engel, der zwischen Schiff und Himmel zu schweben schien. Sie war dabei, den Maschendrahtzaun zu erklimmen, der den links gelegenen Swimmingpool von der Steuerbordseite des Decks trennte. Er rannte los. Er war so glücklich, sie gefunden zu haben, aber fast noch glücklicher, sie aus diesem Gesichtswinkel zu sehen. Ihre Lage ermöglichte ihm, sie zwanglos anzusprechen.

»Was tust du denn da?«

Sie blickte hinab und sagte »Hi!« Ihre Arme und Beine waren immer noch fieberhaft bemüht, höher zu klettern.

»Komm herunter!«

»Aber ich will die Deutschen sehen!«

»Du bist verrückt!«

Er begann, ihr nach zu klettern. Da verlor sie den Halt und purzelte herunter – direkt in seine Arme.

»Du hast am Draht gerüttelt.« Ihr Heiligenschein saß schief. Ihr Haar war unter der Tiara hervorgesprungen und hing ihr über die erhitzten Wangen. Sie atmete rasch und stoßweise. Halb niedergekniet, zog sie sich ihren linken Slipper aus und versuchte, den verbogenen Absatz wieder gerade zu klopfen, wobei sie leise seufzte. Sie sah nicht annähernd aus wie sechzehn – eher wie zwölf: ein kleines, geflügeltes Nachtkind, ganz in der Hektik ihres Spiels gefangen: Niemand hatte sie noch berührt. Die Begegnung beim Hundezwinger verblich zur Illusion: Sie hatte nie stattgefunden.

»Du sollst nicht nach Steuerbord hinüber«, sagte er, immer noch völlig verzaubert von ihrem Kleinmädchen-Charme und nun auch selbst atemlos.

»Wegen der Deutschen«, stieß sie hervor, während sie weiter an ihrem Absatz herumhämmerte. »Was für Deutsche? Hast du vielleicht welche gesehen? Was ist schon auf diesem Schiff wirklich? Der großartige Film? Der großartige Raoul? Keiner will, daß du draufkommst: Da ist in Wirklichkeit gar nichts!«

Und wieder war sie am Zaun und kletterte im Maschendraht hoch wie ein verschrecktes Eichhörnchen. Er hielt eines ihrer Knöchelgelenke umklammert.

»Laß doch schon los! Spiel nicht immer meinen Schutzengel!«

Sie trat nach ihm. Er hielt sie fest. Ihr Absatz brach nun endgültig ab. Wieder fiel sie und kämpfte wie ein wildes Tier. Ihre Engelsflüglein zerrissen. Die weiche Wärme ihres Körpers warf sich gegen seine Schultern.

Warum gerade er? hätte er sie gerne gefragt. Warum ausgerechnet jemand wie er? Aber seine Stimme versagte. Sie zischte unter seiner Achselhöhle, in der er ihren Kopf gefangen hielt – ganz so, wie damals ihr Vater sie im Schwitzkasten gehalten hatte. Plötzlich ergab sie sich. Sie wurde so weich und kraftlos, daß er sie losließ. Langsam hob sich ihr Gesicht ins Mondlicht.

»Ihr seid alle so komisch ...«, sagte sie. Sie nahm ihren zerknüllten Heiligenschein ab. Nun weinte sie. Dabei verbarg sie aber nicht ihr Gesicht wie die meisten Mädchen. Ihr Weinen war sanft, ehrlich, erschöpft und grenzenlos traurig. Es verursachte nur kleinen Pausen zwischen ihren Worten. »Ihr seid wirklich so komisch«, flüsterte sie. »Alle wollen mich beschützen ... du vor den Deutschen ... Metunia vor dem großartigen Raoul. Mama ...« Sie mußte innehalten. Sie drehte ihren Heiligenschein an seinem Befestigungsdraht, während wieder eine Träne unter ihrem Augenlid hervorlugte. »Er ist mir nicht einmal nachgestiegen. Das ist mir egal ... Es bedeutete einfach nichts, gestern abend. Mein erstes Mal, aber es hat gar nichts bedeutet. Davor wollt ihr mich schützen? Ihr komischen Menschen.«

Leon konnte es nicht mehr ertragen. Er preßte sie an sich. Sie ließ es zu. Das waren nun die zauberhaftesten Minuten der ganzen Reise: Die beiden jungen Menschen um Mitternacht an Deck, ihr Gesicht an seine Schulter geschmiegt wie ein süßer Märchenvogel, ihr Haar sanft, weich wie ein Federkleid an seinem Nacken, und ihr Atem an seiner Wange, der seufzend das zarte Schluchzen mit sich nahm. Er wußte, daß dieser Zauber ein Geschenk ihrer Traurigkeit war; doch er war ein Liebender und stieß sich nicht daran. Rings um sie wuchs das Mondlicht wie ein weißer, stiller Wald, und um diesen magischen Wald rauschten und raschelten blau die Geheimnisse der See, und durch dies alles tauchte der Schatten einer Möwe – der ersten Möwe, die er seit England gesehen hatte. Es war, als wolle ihm das Herz aus der Brust springen. Er mußte ihr alles schenken, was er in sich fühlte; er mußte es vor ihr in dieser Nacht ausbreiten, rasch, ehe alles ertrank.

»Weißt du noch – als ich dich zum ersten Mal sah?« stieß er rauh hervor.

Sie schien zu nicken. Ihre kleine Nase drückte sich in seine Hemdbrust.

»Du hast mir eine Wurst in den Mund gesteckt?«

Sie hob das Köpfchen. »Wie?« lächelte sie.

»Du hast ein Würstchen gegrillt ... Und plötzlich hast du es mir in den Mund gesteckt und dazu ein Gesicht geschnitten?«

Sie zog sein Stecktuch hervor und tupfte sich damit das Gesicht ab.

»Du hast zauberhaft ausgesehen. Du hast mich verspottet. Das war damals, als wir in See stachen. Erinnerst du dich nicht?«

»Ach ja, ich weiß schon«, sagte sie. »Ich habe damals Würstchen gegrillt.«

»Es war scheußlich für mich. Ich habe mir damals geschworen, ich würde dich noch dazu bringen, mein Knie zu küssen.«

Sie lachte ein wenig.

Er rollte sich das Hosenbein hoch. »Siehst du? Genau hier. Ich habe da ein Zeichen gemacht. Ich habe einen heiligen Eid geschworen –«

Sie küßte ihn aufs Knie. Es war also wirklich wahr geworden, auch wenn es nur ein winziges, kurzes Küßchen war.

»Du bist ein lieber Bub.«

Die Tränen waren aus ihrem Gesicht verschwunden. Sie streckte die Hand aus und streichelte seine Schläfen mit dem weichen und traurigen Wohltun sanfter Fingerkuppen. Und er wußte mit plötzlicher, kalter und unheilbarer Sicherheit: Sie konnte sich nicht an das Würstchen erinnern, nicht wirklich; sie liebte anderswo, ganz anderswo; und daß er nichts war, ein lieber Bub, und daß die Nacht zauberhaft war wie je, daß der Vogel immer noch über den Wald des Mondlichts flog; daß sich diesem jetzt ein zweiter Vogel zugesellt hatte, vier schattenhafte, stille Schwingen, und daß er alles angeboten hatte: seine innersten, kostbarsten Geheimnisse; und daß es alles vergeblich gewesen war, ein weiterer grimmiger Hohn, denn sie liebte ihn nicht und würde ihn niemals lieben.

Und da sie immer noch in seinen Armen lag, küßte er sie, wild und bitter, mit all dem sinnlichen Drängen, das er von Lenore gelernt hatte. Das war seine Rache. Und sie gab sich dem hin. Sie nahm ihn auf in die samtene Jugend ihres Mundes, und er fühlte den sanften Druck ihrer Arme auf seinen Schultern. Dann entzog sie sich ihm mit sanftem Geschick. Ihre Lippen entschwanden behutsam.

»Jetzt bleib lieb.«

Sie strich sein Haar zurück. Sie wirkte nun so beruhigt. Und mit einem Mal wurde ihm bewußt, daß er hier etwas völlig Neues sah: Sie würde von nun an diese Geste, diese wohl dosierte Freundlichkeit zum Haar eines Jungen, zusammen mit vielen anderen, wiederholen. Viele Anbeter würde sie auf diese Weise sanft und schonend abfertigen. Nie wieder würde sie sich einfach umdrehen und davonrennen wie nach ihrem Ping-Pong-Spiel oder im Rettungsboot. Seine Gangster-Prinzessin hatte aufgehört zu existieren.

Er sah sie in der Dunkelheit genau an. Das Nachtkleid des Engels war nun enger um ihre Schultern geschürzt. Sie hatte sich von der Oberfläche ihrer Haut zurückgezogen, war klarer umrissen, vorsichtig und erwachsen geworden. Er sah, wie sie ihr Kinn auf eine völlig neue Art hob, und nahm stumm und fast ungläubig zur Kenntnis, daß sie von nun an kleinere und gewöhnlichere Ziele begehren würde. Ihre Tränen würden ihr gehorchen, ihre Bewegungen ausgeglichener sein. Ihr kleines Doppelkinn würde vor dem Spiegel der Kosmetik weichen. Sie würde so schön sein wie je, viel zarter und rascher als Lenore, und doch bereits ein wenig wie diese. Ein ganz klein bißchen gehetzt, ausgehöhlt und taktvoll, durch das Erwachsenwerden korrumpiert wie er selbst. Dunkel empfand er dies als so schrecklich, daß er sie wieder versuchte zu umarmen.

Zu spät. Unmittelbar über ihnen flammte eine Glühbirne auf. Von allen Masten strahlten die Spitzenleuchten. An Deck glühten reihenweise Lampen auf. Der Wald aus Mondlicht löste sich auf – in leere Luft. Die *Syngdam* war wieder beleuchtet.

Er blinzelte geblendet. Erst jetzt bemerkte er, daß sich das Schiff wieder in Bewegung gesetzt hatte. Steuerbords sah er ein kleineres Kriegsschiff mit amerikanischer Flagge. Jetzt drohte kein Unheil mehr. Eines Tages würde er vielleicht an diese seltsame Reise zurückdenken und alles als recht langweilig empfinden.

»Ich glaube, wir sind jetzt wirklich in neutralem Gewässer angekommen«, sagte er.

»Wirklich?« gab sie zurück. Er half ihr auf die Beine. Grinsende Matrosen wuchsen auf einmal überall aus dem Boden und rannten, ihre Wimpel schwenkend, an ihnen vorüber. Sie setzte ihren Heiligenschein wieder auf.

»Nun, der Kapitän muß das mit dem U-Boot irgendwie in Ordnung gebracht haben«, sagte sie. Plötzlich dröhnte die Musik aus dem Chez Transatlantique aus den Decklautsprechern. Er rollte sein Hosenbein – über den Kuß – wieder nach unten. Sie stopfte ihm sein Stecktuch wieder in die Brusttasche. Doch zu gehen vermochte sie wegen des gebrochenen Absatzes nicht. Also trug er sie zum Aufzug hinunter. Ihr Arm lag fröhlich und dekorativ um seine Schultern. So trug er sie auch noch vom Aufzug zum Ballsaal, der nun vor Ausgelassenheit zu bersten schien.

Der Steward am Eingang zum Chez war der gleiche wie damals mit Lenore. Der hob nun, als er Leon mit so anderer und eindrucksvoller Bürde kommen sah, anerkennend die Augenbraue. Mit einem leichten Lächeln ging Leon an ihm vorbei. Es war das Lächeln eines wahrhaft königlichen Mannes. Schließlich war er ja Napoleon Bonaparte.

»Wir haben gewonnen. Wir sind in Amerika!« rief ein Mandarin und überschüttete sie mit Konfetti. Ein scheußlicher Landstreicher kitzelte Billys seidenbestrumpften Fuß.

»Wow«, sagte sie. »Jetzt tanzen wir! Steck meine Schuhe in die Taschen.«

Das tat er sofort. Dann ließ er sie zu Boden gleiten. Sie zeigte ihm, wie man den Lindy Hop tanzt. One, two, three, out. Ganz einfach. »*Hey Daddy*« tanzten sie – one, two, three, out. »*Bracelets, everything ... Daddy, you ought to get the best for me ... die-ah, die-ah ...*«

Sie unterhielten sich königlich.

8

Herr Meyerhaas wußte: Das es das war, worauf er gewartet hatte. Das Rufen draußen am Gang galt ihm. Auch das nun wiederkehrende Erzittern der Planken unter der Gewalt der Maschinen war für ihn. Der Rumpf der *Syngdam* war sozusagen an einen Meilenstein seines Lebens gestoßen. Es war soeben elf Uhr nachts.

Herr Meyerhaas stand auf und nahm die Schürze des Zuckerbäckers ab, mit der ihn Frau Schwabauch ausgestattet hatte.

»Verzeihen Sie, ich habe eine kurze Verabredung an Deck.«

»Nur noch ein paar Stiche«, sagte Frau Schwabauch, die eben dabei war, die Haube des Kochs Herrn Meyerhaas' Kopfgröße anzupassen.

»Ich komme gleich wieder zurück«, versprach Herr Meyerhaas. Er marschierte hinaus und lockerte seine Schultern, wie er es einmal bei einem Boxer in einer Wochenschau gesehen hatte. Er biß die Kiefer fest zusammen, um seine Zähne zu schützen. Noch nie in seinem Leben hatte er sich auf einen Kampf eingelassen, doch er war schließlich ein Mann.

Jetzt stand er draußen und war darauf gefaßt, daß ihn Mr. Metunia in irgendeiner Gangster-Pose erwarten würde. Er stand, gegen die Wand gelehnt, mit erhobenen Armen – doch er fand nichts als Dunkelheit und etwas völlig Unerwartetes: Passagiere in Massen schrieen entlang der Relings, und über ihren Köpfen tanzten in Ketten eine Unzahl blinkender Lichter.

Land!

Das also war es, was all den Aufruhr verursacht hatte. Doch Herr Meyerhaas konnte nicht »Hurra!« schreien wie all die anderen, obschon er nun wußte, daß sie dem U-Boot entronnen und nun der rettenden Küste nahe waren. Und obwohl er sich eingestehen mußte, daß es nur völlig logisch und normal war, nach mehr als einer Woche ständiger Fahrt nach Westen schließlich auch auf den amerikanischen Kontinent zu stoßen, war er doch verblüfft, diesen hier so physisch präsent, so eindeutig sichtbar vorzufinden.

Er war verblüfft, weil er sich seit mehr als einem Jahr auf diesen Augenblick vorbereitet hatte. Er hatte seine Kinder darauf gedrillt und erreicht, daß sich Kurts englische Rechtschreibung und Lieses Kenntnis der Einwohnerzahlen aller achtundvierzig Staaten mit der jedes amerikanischen Mittelschulabsolventen messen konnte. Und dennoch –

Und dennoch schien in diesem Augenblick alles vergebens. Die ungeheure endlose Küste kam aus dem Dunkel auf ihn zu – unheimlich, unwiderstehlich, gleichgültig. Bei ihrem Anblick wurde Herr Meyerhaas zum Ausländer. Er wandte sich ab. Er wollte diese Lichter jetzt nicht mehr sehen. Als er sich umgedreht hatte, stand Mr. Metunia kaum einen Meter vor ihm.

Und ein großer, fast heiliger Zorn überkam ihn. Er wollte »en garde!« rufen, doch da dies eine ungewöhnliche, typisch amerikanische Situation war, ohne Waffen und ohne Sekundanten, schien ihm dieser klassische Ausdruck unangemessen. Statt dessen rief er wie auf dem Tennisplatz »ready« und hob die Fäuste zum Kampf. Er ging nun auf seinen Gegner los, doch er stieß ins Leere. Mr. Metunia, der die Kampfhaltung von Herrn Meyerhaas komisch nachgeahmt hatte, war flink zur Seite gesprungen. »Ready!« schrie Herr Meyerhaas noch einmal zornig und rückte vor, diesmal mit doppelt fröhlicher Wut, da er nun endlich gegen etwas Greifbares ankämpfen konnte. Er hatte vor, die monströse Unverschämtheit Amerikas in Stücke zu schlagen. Er würde, was seine Fortschritte bei Frau Schwabauch gehemmt hatte, alles, was Verrat und Meuterei in die Seelen seiner geliebten Kinder gesät hatte (eben jetzt sollte er, den Arm um sie gelegt, an Deck stehen und sagen: »Seht, Kinder, die Neue Welt!«), in Stücke reißen. Alles, was ihn höhnisch zu einem exzentrischen Ausländer gestempelt hatte, was ihn in kommenden Jahren verlachen und ablehnen würde – ja, das würde er jetzt mit einem Schlag zertrümmern.

»Ready!« brüllte Herr Meyerhaas und schlug wütend auf die kühle Nachtluft ein. Wieder erschien Mr. Metunia mit lächerlich hoch erhobenen Fäusten in seinem Gesichtsfeld. Aus seinem Gesicht hing, wie zum Hohn, etwas, das aussah wie eine gespenstische, ektoplastische Zunge.

»Ready!« brüllte Herr Meyerhaas nochmals, als er nun auf sein Opfer zu stapfte. Doch dann wurde sein tapferes Vordringen durch den Blitz einer Explosion zum Stehen gebracht. Das ganze Deck war für eine Sekunde lang hell erleuchtet. Das Letzte, was Herr Meyerhaas noch wahrnahm, ehe er vor dem Blitz die Augen schloß, war die Tröte, die Mr. Metunia schon während des ganzen Duells zwischen seinen Zähnen gehalten hatte.

Als er wieder sehen konnte, war Mr. Metunias Gestalt von jenen Dutzenden anderer Passagiere ausgelöscht. »Feigling! READY! READY!« schrie Herr Meyerhaas, stürzte los, ohne recht zu wissen, wohin, und rannte am Eingang zur Bar in Frau Schwabauchs Arme.

Sie setzte ihm die Koch-Haube auf.

»Jetzt paßt sie schon viel besser«, sagte sie.

»Wo ist er?« schrie Herr Meyerhaas.

»Sie meinen Land?« fragte Frau Schwabauch, die ihn in all dem Lärm nicht recht verstanden hatte. »Da drüben ist es ja! Wollen wir darauf einen Toast trinken?«

»Einen Toast?« fragte Herr Meyerhaas. Erst jetzt bemerkte er Mr. Suki. Dieser stand mit einem Tablett hinter Frau Schwabauch.

»Ich habe ein geheimes Gelübde abgelegt.« In Frau Schwabauchs Stimme lag etwas wie ein leichtes Erröten. »Ein Gelübde, daß ich, wenn wir dem Unterseeboot entrinnen und amerikanisches Land sichten sollten – daß ich dann ein Glas Whiskey trinken würde.«

»Ich verstehe«, sagte Herr Meyerhaas. Er versuchte, sich etwas zu sammeln. Allmählich wurde ihm klar, daß er, da sein Gegner geflohen war, das Duell ja gewonnen hatte. Er war eindeutig der Sieger. Das war der rechte Zeitpunkt für seine feierliche Erklärung.

»Jawohl, ein Toast!« kündigte er entschlossen an. Einen Augenblick lang dachte er daran, seine Erklärung in Form eines Trinkspruches vorzubringen, doch alle einschlägigen Phrasen gingen in seinem Kopf unter. Er mußte nach seinem Glas greifen, als wäre es Medizin. »Ein Toast«, sagte er. »Ein Toast – auf die Gründung eines neuen Heims!«

Das Getränk war so teuflisch, daß er noch mehr keuchen mußte als am Höhepunkt des Duells. Sehr langsam setzte er das Glas ab. Er wollte den nächsten Satz mit feierlicher, eindrucksvoller Ruhe sprechen.

»Frau Schwabauch«, sagte er. Ein fast unwiderstehlicher Drang, seine Brille zu reinigen, überkam ihn plötzlich, doch er kämpfte tapfer dagegen an. »Frau Schwabauch –« Ihm fiel die Kochmütze ein. Er konnte unmöglich eine so folgenschwere Erklärung abgeben, während er die Haube eines Kochs trug. Also nahm er sie ab. »Meine liebe Frau Schwabauch – ich möchte die Gelegenheit ergreifen, um Ihnen vorzuschlagen, daß wir in der Neuen Welt unsere Geschicke miteinander vereinen.«

»Ja, vielleicht sollten wir das«, antwortete Frau Schwabauch prompt.

»Ich bin hoch erfreut«, sagte Herr Meyerhaas überrascht, froh und laut, in der Hoffnung, der besiegte Filmprolet sei in der Nähe und würde es hören. »Wirklich hoch erfreut!«

»Was halten Sie von einer Konditorei?«

Trug Frau Schwabauchs Frage oder das ungewohnte Getränk daran Schuld, daß Herrn Meyerhaas jetzt ein so seltsames Gefühl überkam?

»Wir könnten eine wunderbare Serie eßbarer Schachfiguren herausbringen!« schwärmte Frau Schwabauch.

Herrn Meyerhaas' Herz begann heftig zu schlagen, als kämpfe es gegen die Bitterkeit des Whiskeys an. Er wollte noch vorschlagen, diesen Trubel rasch hinter sich zu lassen und in der Stille der Bar noch einmal von vorne zu beginnen. Doch Frau Schwabauch machte diesen Wunschtraum rasch zunichte.

»Unsere Kostüme sind schon bereit für die Party«, sagte sie. Und tatsächlich stellte sich heraus, daß Mr. Suki bereits die große Teigschüssel gebracht hatte, die Herr Meyerhaas nehmen mußte, und auch die Schürze, die sich Herr Meyerhaas nun wieder umbinden mußte, ja selbst die Kochhaube hatte er plötzlich wieder auf dem Kopf, und schon waren sie auf dem Weg zum Ballsaal. Die Teigschüssel schleppten sie zwischen sich mit.

»Ich verstehe nichts von eßbaren Schachfiguren«, sagte Herr Meyerhaas noch verwirrt im Gehen.

»Aber Sie sind doch ein guter Designer«, schmeichelte Frau Schwabauch. »Ich habe eine ganze Sammlung all dieser fabelhaften Lebkuchenrezepte. Ich glaube, das wäre eine günstige Art, unsere Talente und Ressourcen zu verbinden.«

»Danke für Ihr Kompliment«, sagte Herr Meyerhaas. Er versuchte, dem Whiskey Schweigen zu gebieten. Es ging in seinem Kopf ebenso laut zu wie draußen.

»Wäre doch sicher keine schlechte Anlage, glauben Sie nicht auch?«

Herrn Meyerhaas wurde plötzlich klar, daß er dieses grausame Mißverständnis auf die gleiche Art in die Flucht schlagen müsse, die ihm schon zu seinem Sieg über Mr. Metunia verholfen hatte: mit äußerster Entschlossenheit.

»Frau Schwabauch.« Herr Meyerhaas brachte die Teigschüssel brutal zum Stillstand. »Frau Schwabauch, offen gestanden: Ich hatte an eine Vereinigung weit persönlicherer und formellerer Natur gedacht.«

»Och«, machte Frau Schwabauch, »wenn die Sache mit der Konditorei klappt, dann können wir ja auch darüber nachdenken.« Noch während sie das verkündete, schob sie sich ein weiteres Exemplar ihrer als eiserne Ration gedachten Schokolade-Mignons in den Mund und versetzte mit schier übermenschlicher Kraft die Teigschüssel wieder in eine Vorwärtsbewegung.

»Frau Schwabauch – Sie sind nicht mehr in der Bar!« sagte Herr Meyerhaas warnend, der nun überhaupt nichts mehr verstand.

»Ach, das ist, weil wir nicht mehr auf hoher See sind«, erklärte sie friedlich. »Im Hafen ist mein System völlig normal. Können Sie denn nicht fühlen, wie ruhig und glatt hier das Wasser ist?«

Herr Schwabauch war nicht in der Lage, das zu beurteilen. Schon füllte sich der Ballsaal rings um ihn mit einer phantastisch abenteuerlichen Menge, die im Rhythmus irgendeines amerikanischen Songs sang und zuckte. Ein Rüffel schlug ihm die metallene Teigschüssel aus der Hand.

»Was zum Teufel –«, wollte er sich entrüsten, doch Frau Schwabauch, die erstaunlich flink auf den Beinen war, ergriff seine Hand und stürzte sich mit ihm in das Gemetzel.

Und dann durchrieselte Herrn Meyerhaas ein seltsames, höchst überraschendes Gefühl: Er hatte entdeckt, daß er zu Jazzmusik tanzen konnte. Der Whiskey war nun nicht länger dröhnend, sondern praktisch ein Erziehungsmittel.

Er erklärte ihm den Rhythmus. Er brauchte nichts anderes zu tun, als es dem Whiskey zu überlassen, seine Reflexe zu lenken. Herr Meyerhaas zog Frau Schwabauch gebieterisch an sich und nahm ihren Gehorsam befriedigt zur Kenntnis. Ja, in der Tat, er hatte das Duell gewonnen: Er hatte sich ihr erklärt, und sie hatte ihn mit nur einer Bedingung angenommen. Für die Eröffnungsrunde war das ein großer Erfolg! Er schwang Frau Schwabauch im Kreis herum.

»Wie heißt diese Nummer?« wollte er wissen.

»Es ist ein Song über einen Vater«, gab Frau Schwabauch zurück. Sie sang nun mit wie die anderen auch.

»Daddy, won't I look swell in sables,
Clothes with Paris labels ... die-ah, die-ah ...«

Es war wirklich so ein Song, dachte Herr Meyerhaas, so ein Lied, eine ermutigende, positive Melodie – ganz so, wie er selbst sich nun zu fühlen begann. Er zog den Busen seiner Partnerin näher an sich heran und sang nun selbst mit: »Daddy, you ought to get the best for me!« ... Er schwang sie durch den Saal. Ihr neues rotes Haar schmiegte sich um seine Kochhaube. Nun war sie so gut wie sein. Beinahe hatte er die Nähe der Küste vergessen.

»Hey Daddy! ...«

9

Wusch, wusch, wusch – zwei Weise aus dem Morgenland mit kohlrabenschwarzen Bärten und goldenen Kronen kamen durch den Gang daher. Ihre langen schwarzen Röcke raschelten. Wusch – sie strömten in Frieds Kabine und rissen sich das Haarzeug vom Kinn.

»Meine Verehrung«, sagte McFinnan, der erste König, zu Fried. »Hey, wir haben gerade das Ambrose-Leuchtfeuer gesehen. Wir werden also nicht schwimmen müssen.

Fried, der gleichfalls das Leuchtschiff gesehen hatte, saß einfach da. Es war das erste Mal, daß die drei nun wieder beisammen waren, und er würde es ihnen nicht leicht machen.

»Well, well, well«, sagte er und fixierte den zweiten König, der eigentlich Bell war.

»Ja, sieh einmal, wer nun wieder bei uns im Reich der Lebenden gelandet ist.« McFinnan pufft e Bell in die Rippen.

»Ich hatte schon geglaubt, sie hätten ihn mit Handschellen an seine ›Frau‹ gefesselt, oder so was«, hämte Fried.

»Ach, hört schon mit dem Quatsch auf«, sagte Bell. »Ich habe mir mit ihr einfach ein wenig die Zeit vertrieben.«

Fried sagte kein Wort. Er hatte sich zwar auch rasiert, aber er war immerhin den ganzen Morgen und auch den Nachmittag bei Mrs. B. verborgen geblieben. Das hatte schon Eindruck gemacht. Er war nicht so leicht herumzukriegen. Also begnügte er sich damit, einfach dazusitzen.

»Wie gefallen dir diese Kostüme?« mußte ihn nun McFinnan fragen.

»Mhm.«

»Sind die nicht toll? Von irgendeinem Kreuzfahrt-Karneval. Haben sie dem Chief Steward abgeschwatzt. Also komm schon – wir haben noch ein drittes für dich.«

Sie halfen Fried, die Klamotten anzuziehen, wobei Bell die Soutane hinten in Ordnung brachte. McFinnan vorn. Sie benahmen sich wie echte Kammerdiener. Und dann gaben sie Fried noch den größten Bart. Er besah sich im Spiegel und sagte: »Okay.«

»Was heißt hier ›okay‹? Du siehst einfach umwerfend aus. – So, und jetzt gehen wir zu den Mädchen.«

Wusch, wusch, die Drei Könige aus dem Morgenland gingen hinaus auf den Korridor und dann die Treppe hinauf zu den Liegestühlen. Wusch, wusch, wusch, im Gänsemarsch, drei Kronen, drei Soutanen, drei kohlrabenschwarze Bärte. Alle an Bord waren voll von ausgelassener Begeisterung, nun waren sie gerettet – ein einziger bunter Wirbel von Masken und Kostümen, und dennoch brachte diese seltsame Prozession einige von ihnen zum Erstarren. Fried spürte, wie etwas vom guten, alten Gefühl ihres Dreierbunds wieder auflebte.

»Es wäre noch besser, wenn wir irgend etwas mit uns tragen würden«, sagte er, allerdings ausschließlich zu McFinnan.

»Ja, die Gaben der Heiligen aus dem Morgenland!« rief McFinnan. »Aber es muß etwas ganz Besonderes sein.« Wusch, wusch, gingen sie das Deck lang. Fried hob einen Papier-Sonnenschirm auf, den jemand auf einem Liegestuhl liegengelassen hatte. Die anderen beiden rissen ein Stück einer Krepp-Papiergirlande ab und trugen sie zwischen sich wie eine tote Schlange. Sie gingen um eine Ecke. Hier stand der Reverend Kleinoff, komplett mit Soutane und Bart, der, wie gewöhnlich, schrie und hinunter ins Meer deutete. Jetzt rannte er ihnen tatsächlich nach. Und zum ersten Mal seit Tagen wurden die drei wieder zum alten »Dreierbund«. Sie ließen fallen, was sie trugen, legten dann die Arme um Reverend Kleinoff und nahmen ihn so in ihren Bund auf.

Wusch, wusch, die Könige aus dem Morgenland marschierten nun ins Chez Transatlantique. In ihrer Mitte stampfte und schrie ein verzweifelter Vierter. »Stop!« gestikulierte er. »Achtung! ... der Baron ... mit meinen eigenen Augen!« Die wilde, schwarzgekleidete Gruppe drang in das Chaos der Kostüme ein – eine belebte, unheimliche Szene aus dem Neuen Testament. In dieser Nacht hatte man im Ballsaal schon allerhand erlebt und gesehen, doch nichts davon war mit diesem Auftritt zu vergleichen. Er war einfach fantastisch. Er stahl allen die Show.

Und dann kamen sie zum Damentisch. »Der Baron!« schrie der Geistliche weiter. »Mann über Bord! Mann über Bord!« Doch niemand konnte das Gezeter des Reverend so recht verstehen. Und überhaupt – man wollte sich den Kostümball nicht von irgendeinem Narren stören lassen.

»Nur ruhig Blut, Alter«, sagte Fried zu Bell und hakte sich bei ihm und seiner »Frau« unter, die als Indianersquaw gekommen war. Diese ihrerseits hängte sich bei Mrs. B., der Hexe, und bei Oona, dem hübschen, nackten Waldgeist, ein. Fried führte sie alle in einem Schlangentanz um den Reverend, der in ihrer Mitte weiter randalierte.

»*Hey Daddy*« klatschten sie im Takt der Band. Frauen oder nicht, waren sie nun ja doch wieder die guten, alten Dillingers. »*I want a diamond ring …*«

»Über Bord!« antwortete Hochwürden von innen. »So hören Sie doch! … Mit meinen eigenen Augen!« Und dann gelang ihm der Durchbruch zwischen Bell und dem Waldgeist. Doch das spielte keine Rolle. Fried sprang in ihre Mitte und verwandelte sich in den neuen Reverend Kleinoff. Jetzt wackelte er mit seinem riesigen Bart: »So hören Sie doch! … Mit meinen eigenen Augen!«

»*Hey Daddy …*« Alle lachten und tanzten und klatschten um ihn herum.

»*With a bit of stimulation,*
I'd be a great sensation …
Hey Daddy!«

Neun

1

So also tanzten sie auf der *Syngdam* bis in die frühen Morgenstunden des fünfzehnten Mai – des letzten Tages. Das Logbuch des Schiffs verzeichnete dreiundsiebzig Grad westlicher Breite von Greenwich. Es fuhr eben bei gutem, etwas dunstigem Wetter in den Hafen von New York ein. Die Kapelle wiederholte Hey Daddy fünfmal; man tanzte *South of the Border, Star Dust, Sag zum Abschied leise Servus.* Man sang *Auld Lang Syne* auf deutsch, aber auch auf englisch. Und als das Orchester eben *You Are My Lucky Star* intonierte, erschien das Jüngste Gericht:

Eine völlig neue Gestalt betrat den Ballsaal. Seine Kleidung stand in krassem Gegensatz zu all den anderen Kostümen. Er trug einen karierten Lumberjack, eine seltsame Kopfbedeckung – eine mit Zelluloid-Knöpfen besteckte Ski-Kappe –, über die er gleichfalls karierte Ohrenschützer geklappt hatte; dazu einen Overall und Mokassins, mit denen er langsam übers Parkett schlurfte. Die Musik übte keine Wirkung auf ihn aus. Er mäanderte über die Tanzfläche, ging und kaute langsam mit behaglich-bedrohlicher Eintönigkeit. In seiner Linken hielt er ein Bündel Zeitungen, in seiner Rechten ein fertig gefaltetes Einzelexemplar. REICH RIPS BELGE FORT* verkün-

* Deutsche Truppen zertrümmern belgisches Fort

dete eine rätselhafte Schlagzeile. PROBE FED KICK-BACK.* REDS KAYO TRIBE.** Er trug diese fett gedruckten, schwarzen Phrasen mitten durch den Maskenball, hielt sie unter festesfrohe Nasen. Mit einer unerträglichen Kombination aus Gleichgültigkeit und unermüdlicher Zielstrebigkeit schlurfte er weiter. Es schien ihm völlig gleichgültig, wie lange er brauchen würde, ehe er die erste Zeitung verkauft hatte. Es schien ihm auch gleichgültig zu sein, daß alle vor ihm zurückwichen. Er bewegte sich wie einer, der sich seiner alles erdrosselnden Kraft bewußt ist.

Natürlich wußten alle darum. Der Chief Purser bewies wieder einmal seine Atlantik-Überquerungs-Erfahrung, indem er erklärte, daß das bloß der Zeitungsjunge sei, der gemeinsam mit dem Lotsen an Bord gekommen war. Man hatte schon so etwas vorausgeahnt, bevor es noch erklärt worden war. Jedermann hatte in dieser Gestalt ein Monster aus dem Weltraum geortet: das erste Wesen vom Festland.

Jetzt war es mitten unter ihnen: die Nemesis der Reise. Er war tatsächlich weit schlimmer als das Unterseeboot, das wenigstens Bestandteil ihrer Überfahrt gewesen war – ihre eigene, besondere, schon vertraute Gefahr. Aber diese Erscheinung aus einer anderen Welt im Lumberjack gemahnte sie an das völlig Unbekannte, dem sie sich nun stellen mußten. Also nahmen sie ihn möglichst nicht zur Kenntnis. Die Menschen an den Tischen winkten ihn fort. Die Paare auf der Tanzfläche flüchteten in entfernt gelegene Ecken. Sie tanzten nun doppelt so schnell wie vorher. Noch mehr Champagner wurde bestellt. *You are … my lucky star*, sang der ganze Saal im Chor. Musik, riefen sie, Musik! Sie stampften mit den Füßen nach mehr Musik – tapfere, verspätete Nachtschwärmer –, und tatsächlich schwoll die Musik an.

Doch es war alles vergebens. Das Ungeheuer schlurfte weiter. Und eine bestürzende Veränderung fand statt. Die Stewards, die vor Minuten noch Wein serviert, Papierhütchen und Tröten verteilt hat-

* Schmiergelduntersuchung auf Bundesebene

** »Reds« schlagen »Tribe« k.o. (Baseball)

ten – diese Stewards desertierten nun plötzlich! Sie begannen, leere Tische abzuräumen. Und dann stellten sie die Stühle kopfüber auf die Tische. Mit unrhythmischen Hammerschlägen nagelten sie eine Tafel auf einen der Notenständer. Es wies zum Rauchsalon: »Aliens: U.S. Immigration Service«. Um alles noch schlimmer zu machen, schoben sie die Vorhänge der Luken im Ballsaal zur Seite. In häßlichem Blaugrau tropfte die Morgendämmerung auf den konfettibestreuten Boden.

Ja, nun waren die Stewards zu Lakaien des Zeitungsverkäufers geworden. Er schlurfte durch den Tanzsaal – und plötzlich besaß er das ganze Schiff. Nun begannen die Leute, die Zeitungen unter seinem Arm auch zu kaufen. Und der dumpfe Knall, mit dem er jede Zeitung zusammenfaltete, ehe er sie dem Kunden aushändigte, erinnerte nicht an die bombastische Bedrohung durch das Unterseeboot (»Erinnert ihr euch an das Unterseeboot?« stießen manche einander nostalgisch an), sondern viel eher an das stetige schmutzig-graue Verhängnis des Alltags, in dem der Jüngste Tag nicht mit einem glorreichen Donnerschlag erscheint, sondern sein schweigendes Urteil durch die Einsamkeit des Zwielichts und die Leere der Mittagsstunde spricht. Das wird sich in den sterblichen Kammern des Hirns sammeln, wird wachsen, wachsen, bis es uns unter seinem Schweigen begräbt.

Die Nachtschwärmer erwachten nun einer nach dem anderen. Durch die Luken sickerte noch mehr kalte Morgendämmerung herein. In diesem neuen, grauen Licht wurden die Cliquen, die miteinander gelacht hatten, fragwürdig, die Wahrheiten, an denen man geplant hatte, die geflüsterten Pläne für die Zukunft, die Gesten der Liebe und des Hasses – ein acht Tage währender Traum zerfiel in die Fragmente eines Schattenspiels. Selbst der Foxtrott schien Illusion.

Denn das Orchester war verschwunden, als wäre es nie mehr als ein Phantom gewesen. Aus einem Grammophon erklang dünn *Smoke Gets in Your Eyes* in den nur mehr schwach besetzten Tanzsaal. Und wo einst das Podium für die Musik gestanden hatte, stapelten die Stewards – diese Verräter – nun Klappstühle unter einer Tafel: »Citizens: U.S. Immigration Service«. Die letzten Tänzer sahen einander in der Kahlheit ihre unordentlich gewordenen Kostümierungen an. Sie schauderten.

Und allmählich hörten auch sie auf zu tanzen.

2

»Nimm dir das mit deiner kleinen Miss Metunia nicht zu sehr zu Herzen«, sagte Lenore zu Leon.

Sie hatten schon so lange miteinander getanzt, in so müder, gleitender Vertrautheit; und Billy und ihre beiden Männer hatten den Saal schon vor so langer Zeit verlassen, daß Leon die Worte seiner Partnerin zunächst nicht richtig zuordnen konnte.

»Nach ihr kommen andere«, meinte Lenore. »Echte.«

»Ach, das war bloß so ein Zwischenspiel«, gab er zurück. Die Zielsicherheit ihres Ratens überraschte ihn nicht. Es machte ihn nicht einmal besonders verlegen. Dazu war er zu müde. Und er fühlte sich gelöst. Kein Druck mehr. Es war eben vorbei, und da gab es nun diese wunderbare Offenheit zwischen ihnen beiden. Merkwürdig, nun hatte sich diese völlige Offenheit endlich ergeben, und er dachte darüber nach, ob so etwas wohl nur zwischen zwei müden Menschen möglich sei, die nichts mehr voneinander zu erwarten hatten.

Da wurde er neugierig: »Wird es nach mir viele andere geben?«

»Wie?« – Sie lachte. Ihre Hand stahl sich von seinem Hemdkragen zu seinem Hals. »Nein. Du bist mein letzter. Mein letzter Wilder.« Lächelnd streichelte sie ihn. »Hast du das nicht bemerkt? So, wie ich mich aufgeführt habe?« Sie tanzten weiter, und hinter ihnen begann der Steward, das Konfetti zusammenzukehren.

»Hat es vor mir viele gegeben?« fragte Leon.

»Oh nein«, sagte sie leichthin. »Wenige so wie du. Vor zwei Jahren ein poetischer Student. Er hatte den Ansatz einer Glatze. Nein, es waren nicht genug, wenn ich es recht bedenke.«

»Wirklich nur wenige?«

»Wirklich.« Sie ließ ihn im Tanz innehalten und sah ihn an. »Macht's dir was aus?«

»Ja, eigentlich schon.« Er war überrascht, als er merkte, daß dies nicht völlig gelogen war.

»Du bist ganz lieb«, sagte sie. Zum ersten Mal zog sie ihn in der Öffentlichkeit ganz eng an sich und tanzte mit ihm Wange an Wange durch das vom grauen Morgenlicht erhellte Chez Transatlantique.

»Spielglass?« flüsterte sie ihm plötzlich ins Ohr und verunstaltete seinen Familiennamen so, daß er lachen mußte.

»Spiegelglass«, sagte er und lehrte sie, den Namen richtig auszusprechen.

»Mr. Spiegelglass«, probierte sie. »Ich muß ja wissen, wie ich dich vorstellen soll, wenn wir einander am Pier begegnen. Es könnte leicht sein, daß ich erwartet werde.«

»Dein Verlobter?«

Plötzlich fühlte er ihre Lippen auf seinem Mund und merkte, daß sie ihn allmählich zwang, vor der Tür stehenzubleiben.

»Es macht dir doch nichts aus, wenn ich dich als ›Mister‹ anspreche? Schließlich bist du jetzt erwachsen.«

Sie ließ ihn los. »Denk in Freundschaft an mich, Mr. Spiegelglass.« Sie konnte den Namen nun schon recht gut aussprechen. Sie blies ihm noch eine Kußhand zu.

Dann war sie verschwunden.

3

Liese und Mr. Bell kehrten an den Tisch von Herrn Meyerhaas zurück.

»Ach, also endlich müde?« meinte Herr Meyerhaas. »Hast du Frau Schwabauch schon kennengelernt?«

»How do you do?« sagte Mr. Bell und zu Herrn Meyerhaas gewandt: »Könnten Sie uns bitte einen Bleistift leihen?«

Dieser zog sofort einen automatischen Vierfarbstift aus der Rocktasche: »An einem Bleistift fehlt es mir nie, junger Mann.«

»Ich möchte mir die Adresse jetzt aufschreiben«, sagte Mr. Bell, »denn dann in dem ganzen Durcheinander auf dem Pier …«

»Wie ist denn unsere Adresse in New York, Papa?«

Herr Meyerhaas zog eine seiner neuen Visitenkarten hervor.

»Danke Ihnen. Sehr liebenswürdig«, sagte Mr. Bell. »Auf dem Pier geht es nämlich dann wirklich sehr toll zu. Und wenn Sie nun so freundlich wären, sich meine Adresse zu notieren …«

»Du hast doch die Karte, falls du Kontakt aufnehmen möchtest«, sagte Liese.

»Aber doch nur, um auf Nummer sicher zu gehen …«

»Mir wär's lieber, wenn nicht«, gab Liese zurück.

»Bitte.« Bell sprach die Worte laut mit, während er sie auf einem Block niederschrieb. »Fourteen Broad Street, Minstertown, Michigan – oder einfach nur kurz ›Joseph Bell, Minstertown, Michigan‹.« Dann gab er Liese das Blatt.

Liese hielt es nun verlegen in der Hand.

»Und vergiß bitte nicht, Michigan hinzuzufügen, denn es gibt auch ein Minstertown in Idaho.«

»Sie fahren direkt nach Minstertown«, sagte Liese mutlos.

»Nun, ich bleibe wohl noch ein oder zwei Tage in New York«, gab Mr. Bell zurück. »Bei Familie Fried. Während meiner Zeit in New York bin ich auf sie angewiesen. Das war schon vor der Reise so ausgemacht.«

»Ich verstehe«, sagte Liese.

»Aber rufen Sie mich bitte trotzdem dort an. Die Frieds stehen sicher im Telefonbuch. Percy Fried. Richter Percy Fried. Bitte tun Sie's doch; er hat sicher keine Geheimnummer. Soll ich es Ihnen aufschreiben?«

»Das kann ich mir schon merken«, sagte Liese.

»Nun«, sagte Mr. Bell, »wagen Sie es nicht, meine Adresse zu verlieren!«

»Werde ich nicht!« gab Liese zurück.

»Mr. Meyerhaas«, bat Mr. Bell, »ich denke, ich werde jetzt meinen Paß brauchen.«

»Das werden Sie allerdings«, sagte Herr Meyerhaas und nahm das Dokument aus seinem wasserdichten Säckchen.

»Ich danke Ihnen, mein Herr!« Bell verbeugte sich vor Vater und Tochter. »Und noch alles Gute.«

»Auch Ihnen wünsche ich viel Glück, junger Mann.«

»Tja ...«, sagte Mr. Bell, ergriff Lieses Hand und führte sie auf kurze Zeit hinter eine Säule.

Als sie zurückkam, fragte Herr Meyerhaas seine Tochter: »War das notwendig?«

Liese setzte sich neben ihn. Plattenmusik kam aus der Richtung der leeren Notenpulte.

»Oh Papa!« sagte Liese. »Verstehst du denn nicht? Ich werde ihn nie wiedersehen!«

4

Und dann blieb nur noch ein einziges Paar auf dem Tanzparkett zurück: ein dunkelhäutiger Mann und eine hellhäutige, schiffbrüchige Frau. Engumschlungen bewegten sie sich langsam wie Traumwandler an den leeren Tischen vorbei, mitten durch den leeren Zigarettenrauch. *San Francisco* ... gähnten die körperlosen Posaunen ... *Open your Golden Gate* ...

»Es hat keinen Zweck«, sagte er. »Es wird nur noch schlimmer.« Sie schien tatsächlich zu schlafen, ihr Haupt an seine Brust gebettet.

»Der Zeitungsjunge kann sich nicht satt sehen an uns.«

»Du tanzt so zauberhaft«, sagte sie wie aus tiefem Traum.

You let no stranger wait ... schluchzten die Posaunen ... *outside your door* ... Sie kannte den Text und flüsterte die Worte mit.

»Jetzt quellen ihm schon die Augen aus dem Kopf«, sagte Mr. Lawton.

»Wie machst du das nur – auf einem Bein und so zauberhaft?«

»Der Kerl sieht nicht nach meinem Bein«, sagte Mr. Lawton

müde. Sie gab keine Antwort. *San Francisco* ... sangen die Posaunen.

»Hör mal«, sagte er und hob ihre ineinander verschränkten Hände. Sie blinkten wie Zebrastreifen im Zwielicht des frühen Morgens. »Das da draußen ist Amerika«, sagte er trocken.

»Wie ...?« murmelte sie.

»Du geh erst mal die Gangway mit mir hinunter, und du wirst schon sehen ...«

»Ja.« Die Musik war zu Ende, und sie erwachte plötzlich. Sie waren nun beide im Schweigen gestrandet; hörten nur noch das Klopfen des Besens eines Stewards. Sie schwankten. Beinahe fielen sie. Und dann wurden sie noch einmal begnadigt: *San Francisco* begann ein letztes Mal.

»Genau das möchte ich tun«, sagte sie. »Ich möchte mit dir zusammen die Gangway hinuntergehen.«

Weiter tanzten sie, wie im Traum – und ohne Worte.

»Es hat keinen Zweck«, sagte er dann schließlich.

»Ich möchte nur einfach mit dir zusammen die Gangway hinuntergehen«, murmelte sie verträumt in den Schalkragen seines Smokings.

»Jetzt hör mal ...«

»Das ist alles, was ich mir wünsche. Nichts mehr danach – nicht einmal ein Good-Bye. Nur mit dir zusammen die Gangway hinuntergehen. Nur sechs Schritte.«

»Oh nein«, sagte er. Er küßte ihr Haar. »Du weißt nicht, was du sagst. Du bist verrückt.«

Wie im Schlaf murmelte sie weiter in seinen Schalkragen: »Nur um zu sehen. Nur um zu sehen, ob sie uns wirklich alle anstarren würden. Bitte!«

Sie tanzten noch einige Takte weiter. Nun tat es aber schon weh. Ein Nebelhorn seufzte tief.

»Gut!« sagte er.

»Du wirst auf mich an Bord warten?« Sie hob das Gesicht. »Du kommst rascher durch die Einwanderungskontrolle, du bist ja amerikanischer Staatsbürger, aber du wirst auf mich warten?«

»Gut«, sagte er. Seine Hand löste sich von der ihren.

»Ich muß mich erst noch umziehen, aber du wirst nicht allein gehen?«

»Nein«, sagte er. Sie standen nun voneinander getrennt. Er sagte: »Jetzt muß ich noch den Baron suchen. Ich möchte mich von ihm verabschieden.«

»Ich möchte mit dir nur auf die Gangway«, bat sie. »Keine Sekunde länger. Wirst du wirklich auf mich warten?«

»Ja«, gab er zurück. Er nahm seinen Stock und ging.

Sie stand reglos, bis sie ihn nicht mehr sehen konnte. Dann warf sie den Mantel über ihr Kostüm und ging, ohne sich erst umzuziehen, durch den leeren Ballsaal zu dem Ort auf der anderen Seite des Schiffes, an dem Ausländer die Einwanderungskontrolle passierten. Sie stolperte einmal und dann rannte sie.

5

Herr Meyerhaas stand in der Schlange vor dem Beamten der Einwanderungsbehörde. Fest gerollt, trug er seine Schürze und seine Kochhaube unterm Arm. Er konnte nicht klar sehen. Die ganze Nacht über hatte er mit seinen Kräften Schindluder getrieben, anstatt sie für einen unbekannten, bedrohlichen Kontinent bereitzuhalten. Wolken, violett und alkoholgeschwängert, schienen um Herrn Meyerhaas zu schweben. Das Licht aus dem Bullauge warf seltsame Schatten über sein Gesicht. Irgend etwas fehlte. Hatte er Mr. Bells Adresse in sein Büchlein mit nordamerikanischen Adressen eingeschrieben? Hatte er alle seine Einreisepapiere bei sich? Konnte er sich noch leisten, dem Schuhputzer Trinkgeld zu geben? Hatte er Kurts Dollar-Taschengeld schon abgerechnet? Seine Kinder waren hinter ihm in der Menschenschlange verteilt. Warum? Als Platzhalter für Frau Schwabauch im Falle, daß er selbst, wenn sie zurückkehrte, den Schreibtisch der Einwanderungsbeamten bereits passiert haben sollte. Sie war gegangen, um Suki den übriggebliebenen Kakao abzukaufen – aus Gründen, die der nunmehr rotierende Verstand von Herrn Meyerhaas nicht mehr begreifen konnte. Warum? Wozu? Für Lebkuchen? Und was hatte er womöglich alles vergessen?

»Der Nächste!« sagte der Beamte hinter dem Schreibtisch. Er saß da, hemdsärmelig, rauchend, schlecht rasiert. Er glich keiner Amtsperson, die Herr Meyerhaas je zuvor gesehen hatte. An der Brusttasche seines Hemdes trug der Mann ein Zelluloidschildchen. Im ersten Augenblick glaubte Herr Meyerhaas, sich schon wieder dem turnschuh-bekleideten Zeitungsverkäufer aus dem Ballsaal gegenüber zu sehen, und daß vielleicht alle Amerikaner nur weitere makabere Variationen des »archetypischen Tramp« wären.

»Also, wen haben wir denn da?« Der Beamte sprach durch einen unglaublichen Bleistift in seinem Mund zu einem anderen Einwanderungsbeamten, der eine Liste vor sich liegen hatte. »Emil Ernst Meyerhaas. Verwitwet. Zwei Kinder, Kert und Lisa. Sind Ihre Kids immer noch im Ballsaal und haben ihren Spaß?«

»No, Sir«, sagte Herr Meyerhaas im gleichen Ton, den Mr. Bell ihm gegenüber gebraucht hatte. »Meine Kinder sind hinter mir.«

»Na, dann bringen Sie eben die ganze Bande her.«

»Aber sie sollen den Platz reservieren – für –«

»Bringen Sie sie her. Bringen wir ein wenig Ordnung in die Sache.«

Und während er Liese und Kurt rief und während der Beamte noch in den Papieren herumkramte und ihn fragte, ob er vorhabe, den Vereinigten Staaten als Sozialfall zur Last zu fallen – was er selbstverständlich nicht vorhatte –, fiel Herrn Meyerhaas plötzlich ein, was er vergessen hatte: Er hatte nicht daran gedacht, mit Frau Schwabauch ein Treffen auszumachen, für den Fall, daß sie einander hier nicht mehr treffen sollten.

»Noch alles Gute«, sagte der Beamte. »Der Nächste.«

»Bin ich hier schon fertig?« wollte Herr Meyerhaas wissen. Es war möglich, daß er Frau Schwabauch endgültig aus den Augen verlor, hier oder in der wilden Menge draußen auf dem Pier. Nie wieder würde er den Gewinn seines Duells zu Gesicht bekommen: seine

Gefährtin und sein Kapital. Dann wäre er mit der Verantwortung für seine Kinder völlig allein. Er fühlte sich schmerzlich im Stich gelassen, gleichzeitig aber auch irgendwie befreit.

»Ja, Sie sind durch«, sagte der Beamte. »Also machen Sie schon weiter.«

»Sollen wir warten?« fragte Kurt. »Bis Frau Schwabauch –«

»Wir müssen rasch noch die Freiheitsstatue fotografieren!« sagte Herr Meyerhaas. »Eines der ganz großen Wahrzeichen der Welt!« Und auf dem Weg zu den Treppen ließ Herr Meyerhaas ganz diskret sein Bündel aus Kochhaube und Schürze in einen Mülleimer fallen.

6

An Deck wanderte Leon in dem Trenchcoat herum, den er just für diesen Augenblick reserviert hatte: ein Ding mit hohem Kragen, Schulterspangen und Gürtel, wettererprobt und kosmopolitisch. Genauso mußte man gekleidet sein, wenn man der größten Stadt der Welt gegenübertrat. Aber auch in praktischer Hinsicht kam ihm der Mantel zustatten, denn er ging durch einen seltsam zugigen Nebel, der seine Müdigkeit vibrieren ließ und jede Menge Wunder verbarg.

Die mächtigen Klänge der Nebelhörner wurden von den grauen Schwaden herangetragen. Ein Dickicht von Masten schwamm vorbei, doch man sah kein Schiff. Leuchtfeuer blinkte auf – das Auge eines wilden Tiers in einem Zauberwald. Türme schwankten vorbei – sie mochten Schemen, doch ebensogut auch Wirklichkeit einer nahe gelegenen Insel sein. Das Fragment einer berühmten Figur schwamm durch die Luft: ein riesiger grüner Arm, abgetrennt, die Faust um eine Fackel geklammert. In einem Keil aus Sonnenlicht wand sich ein Boulevard, dessen Autos – glänzende, wildverchromte amerikanische Tiere – die Kurven entlang glitten – doch der Nebel löschte sie rasch wieder aus.

Eine schreckliche Eruption löschte den Nebel. Erst durchdrangen nur vage Splitter der Stadt den Schleier. Dann wuchsen sie zusammen. Als ungeheure Geysire aus Beton schossen sie jenseits von Meer und Klippe in den Himmel. Betonwände, Betondächer, ganze Springbrunnen aus Beton, die Gestalten wie extravagante Djinns ausspieen – bis sie sich zu Titanen verfestigten, streng winkelig, ganz geballte Kraft und ausgetrocknete Höhe, eine Phalanx hochaufgeschossener Furien, zu einem zornigen, eisigen Märchen erstarrt. Die Wildheit, die Angst, der Stolz, die diesen Betonschrei hervorgebracht hatten!

Leon fühlte die volle Kraft dieses ungeheuren Schubs. Der wäre kein Problem gewesen, hätte er in seinem treuen Trenchcoat nicht zugleich gewußt: »Das ist das Ende.« Das hier war nicht bloß eine weitere Vision im wechselnden Karnevalstreiben der *Syngdam* – es war das Verschlingen der *Syngdam*. In nur noch wenigen Minuten würde sie aufgehört haben zu existieren. Und tatsächlich umgab ihn nun der Hafen wie ein endloser Rachen. Er schüttelte den Nebel ab. Er umschloß das Schiff mit den Kiefern der Endgültigkeit, mit Dächern und Häusern. Er blies den süßlich, öligen Atem aller Häfen dieser Welt übers Deck. Ein heiseres, vielkehliges Heulen begann. Von allen Seiten drangen Schlepper auf die *Syngdam* ein, klemmten ihren schlanken, weißen Leib zwischen ihre schmutzig-schwarzen Schnauzen und entführten sie zum Dock. »Huuuuuuh« heulten sie. Schlammige Gewitterwolken von Möwen beschmutzten sie mit Schreien und Flügelschlägen. Die Nebelhörner tobten.

Und Leon wollte zurückrufen: »Nein! Nein! Noch nicht! Zu früh!« Es war zauberhaft gewesen, daß wußte er nun, ganz magisch das Schöne, der Schrecken und jeder Herzschlag dieser seiner acht Tage. Gedankenlos hatte er sie vergehen lassen. Er hatte sich die ihm geschenkten Wunder durch die Finger rieseln lassen; statt sie auf immer in seinen Händen geborgen zu halten. In diesem Augenblick, als er seinen ersten kleinen Abschied von der Jugend nahm, begann er zu verstehen: wie es einen durchdringt wie ein einziger duftender Hauch, so süß einzuatmen, so abgestanden, wenn man ihn anhält; wie jede frische Ankunft das Sterben einer noch frischeren Reise bedeutet.

Er wollte nicht, daß diese Reise starb. Er umklammerte die Reling, die nun schon von der Stadt rußbefleckt war. Er versuchte unsinnigerweise das Schiff in den tiefen Ozean zurückzuziehen. Die Schlepper aber entführten es weiter dockwärts. Er versuchte, sich an alles zu erinnern, angefangen vom Staubkörnchen im Auge in Southampton, doch es gelang ihm nicht. Er lief zum Heck des Schiffes, nur um noch einmal die See zu sehen – nur die See und die *Syngdam*, vom Anblick der Küste noch unbeschmutzt.

Aber das gelang ihm nicht mehr. Der Weg war ihm durch Berge von Gepäck verstellt. Er raste hinauf zum obersten Deck. Doch auch hier zwang ihn etwas anzuhalten. Diesmal war es ein Anblick. Kapitän Deerling, Mr. Metunia und Billy standen vor Männern mit Kameras und Notizblöcken. Der Kapitän sprach in ein Mikrophon. Eine graue, offizielle Stimme, die absolut nicht zu Kapitän Deerling paßte, lobte Passagiere und Besatzung dafür, sich angesichts eines deutschen Kriegsschiffes so diszipliniert verhalten zu haben; sie dankte Mr. Metunia dafür, seinen großartigen Film für karitative Zwecke zu Verfügung gestellt zu haben. Mr. Metunias Stimme, gleichermaßen durch das Mikrophon entstellt, beehrte sich, die Premiere seines neuen, von ihm selbst produzierten Filmes am Broadway zugunsten der holländischen Kriegsopfer anzukündigen.

Die beiden sahen noch unwirklicher aus, als sie klangen. Mr. Metunia trug weder Smoking noch California-Hemd, sondern einen grauen Anzug und eine Manager-Pfeife; der Kapitän hatte sein Gesicht halb unter einer verantwortungsvoll grad sitzenden Kappe mit tiefem Schirm verborgen. Und Billy, ja Billy, war überhaupt nicht mehr Billy, sondern eine gelangweilte, elegante junge Dame in Kashmir-Cardigan, die geruhte, für die Kameraleute ihren Pudel anzulächeln.

Ein Blitzlicht-Gewitter ging nieder. Die drei wurden zu steifen, schwarzen Silhouetten, flach, öffentlich, unpersönlich vor den vorbeiziehenden Wolkenkratzern. In dem Augenblick, als diese drei für die Zeitungs- und Wochenschau-Leute posierten, wurden sie zu Abziehbildern etwas bereits Vergangenem – öffentliches Lächeln, das man in Zeitungen wiedererkannte, Bilder – irgendwie vertraut, aber doch fremd geworden.

Mit trauriger, verebbender Neugier beobachtete er die Journalisten, die die drei umschwärmten. Die Lust darauf, zum Heck zu gehen, war ihm vergangen. Bleiernde Müdigkeit hatte sich von seiner Haut bis auf die Knochen durchgefressen. Er machte sich daran hinunterzugehen, um sich der Einwanderungsbehörde zu stellen.

7

Vor Herrn Meyerhaas lag nun die Gangway. Hinter ihm standen seine Kinder. Rings um ihn her rief und winkte alles auf höchst unmanierliche Art. Im Sucher seiner Rolleiflex bauchte sich der Pier und schien menschenüberschwemmt. Es gelang ihm nicht, die Kamera scharf einzustellen. Das beunruhigte Herrn Meyerhaas. Irgendwie dachte er, es wäre riskant, zum Dock hinunterzugehen, ohne es vorher fotografiert zu haben.

»Wetzt nicht so herum!« ermahnte er Kurt und Liese. Doch er wußte, daß nicht sie sich bewegten, sondern New York. Das Bild der Stadt wankte durch seine Linse, plapperte in fremden Sprachen und gab ihm das Gefühl, diese Stadt würde sich über allen Ausländern schließen, die sich ihr anvertrauten.

Er blickte auf, um wieder einen klaren Kopf zu bekommen. Da sah er etwas, was er wirklich notwendig hatte; etwas völlig Unwahrscheinliches, wenn man bedachte, wie lang die Warteschlange vor der Einwanderungsbehörde gewesen war. »Frau Schwabauch!« rief er. »Der Beamte hat mich gezwungen, die Kinder aus der Warteschlange abzuziehen und –«

»Ach, er hat mich gleich drangenommen«, sagte Frau Schwabauch. »Ich hab' es ihm erklärt. Ein Mißverständnis.« Sie überreichte Herrn Meyerhaas einen Sack. »Da ist der Kakao.« Dann setzte sie ihren Fuß auf die Gangway, die unter ihrem Gewicht knarrte.

»Aber der Zoll! Das Zeug ist ja nicht in Ihrer Zollerklärung –«

»Och, die verstehen das schon«, sagte Frau Schwabauch und ging unbeirrt weiter.

Und so ging auch Herr Meyerhaas hinunter. Er war erstaunt, wie leicht es war, dieser mächtigen, pelzverbrämten Gestalt zu folgen, die ihm die Sicht auf den Pier nahm.

»Nun kommt schon, Kinder«, sagte er. Er ließ die Rolleiflex auf seine Brust zurückfallen. Dann nahm er seinen Sohn und seine Tochter beim Arm:

»Und jetzt seid einmal munter! Das ist die Neue Welt!«

Einen Augenblick später gingen auch die Dillingers an Land: Zuerst Fried, dann Bell, und McFinnan als letzter, der plötzlich eine irische Fahne entrollte.

»Was zum Teufel ist das?« fragte Fried.

»Ach, die hat mir Oona geschenkt.«

Und natürlich machte auch eine Pressefotograf ein Bild – Fahne unmittelbar über Finneys Grinsen – und notierte sich seinen Namen.

»Was sagst du zu diesem PR-Genie?« fragte Fried Bell. Der aber war nicht mehr da. Er starrte geistesabwesend in die Ferne, bis sie ihm einen Rüffel versetzten. Dann erwachte er zum Leben, griff sich die Flagge und wand sie um das lächelnde Irengesicht des Polizisten, der die Landing Cards einsammelte. Womit bewiesen ist, daß es alles in allem doch ein verdammt guter Trip gewesen war.

Und dann drängten sich viele andere die Gangway hinunter, an Ceil vorbei, doch keiner von ihnen war ihr wichtig. Sie stand im Eingang zur Bar und hielt immer noch Reste ihres allerletzten Rub-Downs in Händen, bereit, bei seinem Anblick hervorzuspringen, völlig natürlich und ohne Erwartung zu erscheinen, und einfach zu sagen: »Ach, da bist du ja.«

Sie begann, die Menschen zu zählen, die hinuntergingen. Als sie bei fünfzig angelangt war, war sie sich sicher. Doch sie zählte noch weitere zehn. Als sie dann schließlich doch an die Reling trat, sah sie ihn beinahe sofort in der Menschenmenge unten am Pier: ein Schwarzer unter den Weißen. Er hastete seinem Gepäck hinterher. Den Zoll hatte er bereits hinter sich. Und es half überhaupt nichts, ihn so dunkel und gebrochen zu sehen, seinen Stock umklammernd.

»Feigling!« wollte sie hinunter rufen, ja sie wollte sogar ihren Rub-Down nach ihm werfen – irgend etwas tun. Aber natürlich stand sie nur einfach da. Sie ging auf den größten und hübschesten der wartenden Kajütenjungen zu. Sie ließ sich von ihm ihren Koffer hinuntertragen. Als sie hinter ihm die steile Gangway hinunterging, begannen die Glasperlen ihres »Schiffbruchskostüms« gegen ihren Mantel zu tanzen. So klingelte sie zu ihrer Dienstbotenküche, das Glas immer noch in der Hand.

Und dann blieb als einer der wenigen nach ihr noch Reverend Kleinoff. Es war ihm nicht gelungen, irgend jemand auf dem Schiff dazu zu bringen, auf ihn zu hören. Also ging er an Deck und verkündete seine Botschaft der Menge unten am Pier. Doch keiner hörte sein Rufen. Seine verbrauchte Stimme krächzte schwach gegen die Nebelhörner und den Lärm der Menge an. Er wies vergeblich auf das Gepäck des Barons, das von niemandem abgeholt einsam auf dem Pier stand. Dann schüttelte er die Faust gegen die Türme der Wolkenkratzer von Manhattan. Aber die Leute meinten nur, er winke, und winkten emsig zurück. Wütend nahm er seine ganze Stimme für eine letzte Erklärung zusammen – auch diese verhallte ungehört. Sie wurde vom Schrei eines jungen Mannes übertönt, der sich eben an ihm vorbeidrängte.

»Mutter!« rief der Junge in diesem Augenblick.

Leon hatte die Einwanderungsbehörde hinter sich und seine Mutter erspäht; er sah die atmende, magische Stadt vor sich hingebreitet. Er brauchte nur hinzuspringen. Nun war er nicht mehr müde. Er war völlig erfrischt. Er hatte alles vergessen.

»Mutter!« rief er noch einmal.

Und er stürmte hinunter, ohne sich noch auch nur ein einziges Mal umzusehen.

Selbst Reverend Kleinoff mußte an diesem Tag irgendwann einmal gehen. Die *Syngdam* war geleert und gereinigt. Sie wurde wieder gefüllt, ebenso wie unser Herz sich immer wieder mit der Fracht unserer Tage füllt und wieder entleert. Und Wochen später wurde die

Syngdam in England entladen. Wieder wurde sie – und diesmal zum letzten Mal – mit Fracht beladen und starb wenig später an drei Torpedos westlich der Hebriden. Dort sank sie zum Meeresgrund, um von langen grünen Wesen bewohnt zu werden, die an den von Entenmuscheln überkrusteten Tafeln Gelage abhalten – Wesen, die aus weiter nichts bestehen als einem anmutigen Schweif mit einem riesigen Auge in der Mitte. Und die Salons sind erfüllt von all der Grüne ihrer Gesten und ihrem nicht enden wollenden Erstaunen, und keines von ihnen erinnert sich an die Leidenschaft Leons oder an das verzweifelte Leiden des Reverends.

Und noch weniger wissen sie – ebensowenig wie wir – vom Wunder ihres Seins.

Finis

Erstmals erschienen 1960 unter dem Titel
The Witching Ship bei Random House, New York

© Frederic Morton, 1960

Deutsche Erstausgabe

Alle Rechte dieser Ausgabe:
© 2000 Franz Deuticke Verlagsgesellschaft m. b. H., Wien–München
Alle Rechte vorbehalten.

www.deuticke.at

Fotomechanische Wiedergabe bzw. Vervielfältigung, Abdruck,
Verbreitung durch Funk, Film oder Fernsehen sowie Speicherung
auf Ton- oder Datenträger, auch auszugsweise,
nur mit Genehmigung des Verlags.

Umschlaggestaltung: Klaus Meyer / Costanza Puglisi, München
Umschlagfoto: © Bavaria Bildagentur
Druck: Wiener Verlag, Himberg
Printed in Austria
ISBN 3-216-30469-8